www.bbulmedia.com

www.bbulmedia.com

연애의
이유

연애의 이유

초판 2쇄 찍음 2014년 11월 21일
초판 2쇄 펴냄 2014년 11월 26일

지은이 | 바 나
펴낸이 | 정 필
펴낸곳 | 도서출판 **뿔미디어**

편집장 | 이재권
기획 · 편집 | 정시연

출판등록 | 2002년 9월 11일 (제1081-1-132호)
주소 | 경기도 부천시 원미구 상동로 117번길 49(상동) 503호
전화 | 032)651-6513 / 팩스 | 032)651-6094
E-mail | dahyangs@naver.com
블로그 | http://blog.naver.com/dahyangs
홈페이지 | http://bbulmedia.com

값 9,000원

ISBN 979-11-315-3667-4 03810

연애의

이유

바나

장편 소설

DAHYANG
ROMANCE
STORY

Contents

프롤로그

지유

만약. 그러니까…… 아주아주 만약에.

해외여행 중 이국의 리조트에서 잠을 자고 있었는데 말이지. 갑자기 누군가 문을 두드려 나가 보니 그게 한국인이고, 눈이 휘둥그레질 만큼 미남이고, 더구나 한국인이라면 95% 정도는 족히 알고 있을 만한 초절정 인기배우라면?

거기다 그 남자가 문을 열어 주자마자 마치 광고에 나올 듯한 섹시한 미소를 지으면서 폭풍키스를 퍼붓는다면?

그럼 그게 개꿈이 아니고 뭐야??

"아, 아니 잠깐…… 읍!!"

그러니까 지금 이 상황이 꿈이 아니면 말이 안 된다고. 물론 평소에 연예인이 나오는 꿈은 종종 꾸긴 하지. 이렇게 페로몬 넘치는 잘빠진 남자가 갑자기 꿈속에 등장해서는 응응스러운 상황에 급작스럽게 돌입하기도 했었…… 앗! 혀! 혀가 들어온다! 꺅!

"자, 자, 잠깐만요!"

난 물컹한 혀의 리얼한 감촉에 놀라 이 남자의 가슴을 팔로 힘껏 밀었다.

"너도 원하던 거잖아. 가만히 있어."

되도 않는 반항을 하던 내 손목을 사뿐히 움켜쥔 이 남자. 명품 배우, 나쁜 남자, 이 시대 최고의 섹시남 등 온갖 미사여구를 장식처럼 치장하고 다니는 이하준이었다.

숨소리가 느껴질 만큼 얼굴을 바짝 들이대고 시선을 맞추는 하준은 꿈속에서도 현실과 마찬가지로 딱 보자마자 여자 다리 휘청 꺾이게 할 만큼 잘생겼다. 걸어 다니는 조각이라더니 진짜 조각은 조각이구나.

너 참…… 잘생겼다. 자식. 이때 아니면 언제 보겠어? 내 안구건강을 위해서라도 이런 살 떨리게 잘생긴 얼굴은 질리도록 봐 둬야 해!

나는 쓸데없는 사명감에 불타올라 그의 얼굴을 맹렬히 쳐다봤다.

"……?"

너무 대놓고 봤나?

그는 자신의 양쪽 눈을 번갈아 가며 빤히 바라보는 내 시선을 보고 조금 의아스러운 표정을 하더니 피식, 실소를 흘렸다.

아, 술 냄새.

꿈인데도 냄새가 맡아지는구나. 그에게서 이 남자와 무지하게 잘 어울리는 진한 머스크 향과 함께 그에 못지않은 찌인한 알코올향이 묻어나고 있었다.

이 리조트에 야외 바도 있던데 거기서 거나하게 드시고 오신 걸까? 시간도 늦었는데……. 잠깐, 꿈속의 시간은 지금 몇 시지? 헉! 저 위험한 미소는 뭐야? 자, 잠깐만! 거기서 더 다가오면 입술이 닿는다고! 또 립서비스 해 주는 거야? 꿈 한번 되게 후하네. 그렇다면 나야 고맙지……만……?

"읍!"

이 남자 영화에서만 그런 줄 알았더니……. 실제로 키스를 이렇게 격하게 하는구나!

벽에 밀어붙여서 사정없이 입술을 빨아들이고 혀로 날렵하게 가르고 들어오는 솜씨가 예사 솜씨가 아니었다.

"으, 음하앗……."

그가 정신없이 혀를 뒤섞으며 타액을 빨아들이는 통에 정신이 핑글핑글 돌고, 머릿속이 새하얗게 되는 기분이었다. 잡힌 손목이 얼얼할 정도로 세게 움켜쥔 채로 그가 고개를 젖히며 혀를 깊숙이 밀어 넣자 숨이 턱까지 차오르기 시작했다.

이상하다. 분명 꿈인데 왜 이렇게 느낌이 좋지? 혀의 느낌이 왜 이렇게 리얼한 거야?

정신없이 밀어닥치는 키스의 물결에 휩쓸리면서도 머릿속이 엄청나게 복잡해졌다.

"아니, 저기, 자, 잠깐만요. 저기, 하준…… 앗!"

입술이 진한 마찰음을 내며 떨어지자 숨을 몰아쉬며 저지하는 순간, 그 남자의 거친 손길이 내 얇은 셔츠의 단추를 잡더니 우두둑 뜯어내 버렸다.

내, 내 옷!

순식간에 브래지어도 착용하지 않은 말랑한 가슴을 그가 덥석 움켜쥐자, 흐읏, 하고 이상한 소리가 저도 모르게 밖으로 튀어나왔다. 그 미약한 소리에 반응한 건지 그의 숨결이 조금 더 거칠어지는 것이 느껴졌다.

"예민하군."

그가 낮게 속삭이며 내 귓바퀴를 물컹한 혀로 훑고 지나가자 나도 모르게 어깨가 움츠러들었다.

아, 그, 그렇게 빨아 대면 기분이 이상, 이상해지는데……!

나도 모르게 자꾸 거북이 목이 됐지만 그는 멈추지 않고 귓불을 삼키고는 축축한 혀로 예민한 목덜미까지 쭉쭉 빨며 내려왔다. 그가 가슴을 주물거리며 자극하자, 지금까지 단 한 번도 남자 손에 잡혀 본 적이 없던 내 가슴 끝에 팽팽하게 힘이 들어가는 느낌이 들었다.

어머나, 이게 바로 흥분?

출렁이는 가슴살을 움켜쥔 그의 손가락 사이로 툭 불거진 핑크빛 유두를 손가락 끝으로 살살 매만지자 온몸의 피가 그곳으로 다 몰리는 듯하더니 금세 딱딱하게 곤두섰다.

"아!"

꿈속인데, 분명 꿈속인데 이 리얼한 감각은 도대체 뭘까? 얼굴은 자꾸만 뜨거워지고…….

"하아……. 너, 목소리가 마음에 들어."

그의 흥분된 허스키한 목소리에 질끈 감고 있던 눈을 떴다. 그가 언제부터 보고 있었던 건지 자신의 기다란 손가락 사이에 잡힌 동그랗게 땡땡해진 분홍 돌기를 응시하고 있었다.

분명 취해 있어 보임에도 묘한 열기를 담고 있는 그 시선이 난 정말 너무나, 부끄러워졌다. 아무리 꿈이라지만, 이건 너무, 뭐랄까 너무…….

"너무 그렇게 보지 말……. 아웃."

그는 순식간에 고개를 내리더니 벌어진 셔츠 사이에 봉긋하게 솟아나와 있는 젖가슴을 단숨에 뜨거운 입술 안으로 삼켜 버렸다.

"앗……!"

바들거리던 다리가 휘청, 하고 꺾여 나도 모르게 쓰러질 뻔했다. 그 순간 그가 허리를 단단한 팔로 받치더니 한 손으로 내 몸을 지탱하고는 타액에 젖은 반들거리는 가슴을 입술로 쭈욱 빨아들이기 시작했다.

"으, 으웃, 아앗……훗!"

그가 피가 몰릴 대로 몰려 팽팽하게 곤두선 유두를 삼키고 축축한 혀로 쓸어내린 순간 머릿속이 아찔해졌다.

이 꿈…… 이 꿈은…… 맙소사! 난 욕구불만이었어!!

평소 나름 조신하다고 생각해 왔던 나였는데, 아무리 꿈속이라지만 이런 노골적인 키스와 페로몬 테러 따위에 나가떨어지다니. 지금 널 보라고! 상체를 훤히 드러내 놓고 그것도 모자라 야릇한 신음까지 흘리고 있잖아! 내 속에 이런 음란마귀가 살고 있……! 아아, 그, 그런데 이건 너무 좋잖아?!

"아, 핫, 아핫."

그 남자의 어깨를 움켜쥔 채 불가항력인 양 쉴 새 없이 새된 신음을 터뜨리고 있는데 그가 거의 벗겨져 있던 내 셔츠를 거칠게 벗겼다. 고스란히 드러나 버린 내 상반신을 그 남자의 혀가 점령했다. 머릿속은 점점 아득해지고 어두운 취침등만 켜진 룸 안에는 그 남자의 혀가 움직이는 츄웁, 츕, 소리가 음란하게 울리고 있었다.

아, 더는 못 서 있을 거 같아. 다리에 힘이…….

그때 그가 벌떡 상체를 일으키더니 눈을 마주치곤 입가를 손등으로 거칠게 닦았다.

아아, 저 섹시한 눈빛이라니…….

인터넷에서 농담처럼 떠돌아다니던 눈빛만으로 임신시킨다는 눈빛일까? 아아— 정신을 못…… 차리겠어.

흐릿한 시선으로 멍하니 바라보고 있는데 그가 갑자기 날 번쩍 들어 올렸다.

"어어?"

이것은 공주님 안기? 영화에서나 보던 그거?! 꿈이 여기서 끝난 게 아니었어??

그의 단단한 팔에 안겨 공중에 떠 있는 짧은 사이 머릿속으로 수많은 생각들이 엄청난 속도로 쏜살같이 지나가고 있었다.

보통 꿈들이 결정적인 순간에 끝나니까 이쯤에서 그만 끝날 것 같긴 한데……. 이대로 끝? 아니, 아니지. 이런 호사스런 꿈이란 내 인생에 두 번 다시 없을지도 몰라. 이왕 이런 리얼한 꿈이라면, 꿈에서라도 이런 남자한테 한 번 안겨 보는 것도 좋지 않을까? 어차피 꿈이잖아!

이런저런 생각과 욕망들로 머릿속이 폭주기관차마냥 칙칙폭폭 달리는 사이 난 어느새 출렁이는 침대 위에 누워 있었고 그가 나에게 시선을 맞춘 상태로 내 위에서 내려다보고 있었다. 홀릴 듯한 아름다운 눈동자가 어둡게 잠긴 채로 내게 향해 있었다. 그 시선과 마주치는 순간 내 심장은 갓 잡은 신선한 생선마냥 생동감 있게 팔딱팔딱 뛰었다.

그때 그의 입술에서 낮은 목소리가 흘러나왔다.

"유혹할 때와는 다른데. 너…… 생각보다 적극적이지 않군. 귀여운데? 이건 연기? 아니면 일부러 순진한 척하는 건가?"

그가 붉게 달아오른 내 얼굴을 귀엽다는 듯 손등으로 쓸더니 입술 끝을 늘였다.

유혹? 무슨 소리지? 난 룸 침대에서 그냥 자고 있었는데…….

열기를 담은 까만 눈동자에 꼼짝없이 매혹당한 채로 난 아무 말도 하지 못하고 침만 꼴딱꼴딱 삼키며 그를 바라보고 있었다. 아마도 이 꿈속에서 이 남자를 먼저 유혹한 건 나인 모양이다. 그래, 그런 설정이라면 내가 맞춰 주지, 뭐. 이건 꿈이니까.

내가 입고 있던 긴 셔츠는 장렬히 전사한 단추들과 함께 바닥에서 굴러다니고 있었다. 그렇다는 건 결국 지금 내 몸을 가리고 있는 건 손바닥만 한 팬티 한 장이 다란 소린데…….

그의 시선이 내 얼굴에서 천천히 아래로 내려갔다.

쇄골부터 어깨, 그의 애무에 한껏 보풀어 오른 가슴, 소담한 아랫배…… 헉! 내가 오늘 어떤 속옷을 입었더라……?

이런 소심한!

필사적으로 오늘의 팬티를 생각하다가 입술을 질끈 깨물었다. 꿈속에서까지 팬티 디자인을 걱정하다니. 이러니 아직도 연애 경험이 없는 거지!

마침내 골짜기를 가린 얇은 팬티 위에 닿은 그의 시선이 군침 도는 무언가를 본 것마냥 묘한 빛을 띠더니 숨결이 거칠어졌다.

"앗!"

숨결만 거칠어진 것이 아니라 행동도 거칠어졌다. 그는 단숨에 얇은 팬티를 벗겨 내 버렸다. 다리를 시원하게 빠져나가는 속옷을 보는 순간 부끄러움에 눈을 질끈 감았다. 분명 현실에서도 내가 입고 있던 하트가 촘촘하게 박혀 있는 앙증맞은 핑크색 팬티. 스물아홉이 입기에는 조금 지나치게 귀염 돋는 그걸 보고 꿈속의 그는 뭐라고 생각할까?

아아, 창피해. 창피하다고!

하지만 내 창피함과는 별개로 그는 바닥으로 던져진 그 알록달록한 천 쪼가리에는 전혀 관심이 없는 듯했다. 그가 팔을 위로 들어 올려 단단한 상체에 멋스럽게 핏 되어 있던 스포티한 티셔츠를 단숨에 벗어 던지는 순간, 나는 봤다.

가슴에 웬 거대한 가오리가…… 오오, 인터넷을 떠돌던 수많은 이 남자의 조각 같은 몸매. 그 쫀쫀하게 조인 근육과 옹골찬 몸매가 뽀샵이 아니었구나! 영화나 드라마의 샤워신마다 드러났던 가오리 갑빠, 초콜릿 복근, 그러면서도 전혀 과하다는 느낌이 들지 않는 적당한 근육질이, 결코 촬영 전 급조한 푸시업과 메이크업 등으로 만들어진 가짜 근육이 아닌 그야말로 쫀득하고 튼실한…… 심 봤다!!

난 내가 나체가 되어서 오징어마냥 그의 눈앞에 널브러져 있다는 것도 잊은 채 그의 완벽한 조각품 같은 몸을 바라봤다. 그가 예술적인 상체를 드러낸 채 진의 버클을 풀고 우아하게 벗어 내자 그 안에 감춰진 탄탄한 허벅지와 길게 뻗은 종아리가 드러났다. 다리도 참 길기도 하지…… 홀린 듯 보고 있는데 그가 진한 미소를 입꼬리에 매단 채 타이트한 드로즈에 손을 가져갔다. 그제야 드로즈 위로 적나라하게 보이는 그것에 시선이 갔다.

"헉!"

세상에, 저 거대한 건……! 아무리 꿈이라지만 이건 너무 리얼하잖아!

얼굴이 시뻘개져선 양손으로 후다닥 얼굴을 가리자 그가 쿡쿡 웃는 소리가 들려왔다.

"대놓고 잘 보고 있더니 왜, 갑자기 부끄러워졌나?"

"아, 아니 전 그냥 몸이 너무 좋으셔서……."

이 무슨 침대 위에 누워 헐벗은 몸으로 하는 어울리지 않는 멘트던가. 그때 지이익 소리와 함께 침대 아래 무언가가 툭 던져지는 소리가 들렸다.

콘돔……? 하긴 꿈이라도 피임은 중요하겠지.

그가 침대 위로 올라오자 침대 스프링이 육중하게 내려가는 느낌과 함께 다리에 그의 손가락 감촉이 느껴졌다. 그의 손이 닿자 세우고 있던 무릎에 나도 모르게 바짝 힘이 들어갔다. 꺅! 어떡해!

그때 그가 낮은 목소리로 태연하게 말했다.

"벌려 봐."

"……네, 네??"

아니 벌리라니, 벌리라니요? 아무리 꿈이라지만 드라마처럼 달콤한 대사를 쳐 주면 안 되는 건가요? 뭔가 당혹스러운 기분에 바짝 힘을 준 내 노력이 가상하지도 않은지 그는 나의 양 무릎을 잡고 너무나 쉽게 다리를 벌려 버렸다.

"저기, 저기, 저기……."

꿈속에서 내숭 떨 일도 없는데 난 진심으로 당황하고 있었다. 이 남자가 무릎을 잡는 감촉이 너무나 리얼해서 이게 진짜 현실이 아닌가 하는 착각이 들 정도였다. 하지만 그럴 리가 없잖아. 이 남자는 이하준이라고!

혼란스러운 얼굴로 고개를 붕붕 젓고 있는데 그가 양 무릎 사이로 고개를 숙였다. 아니 어딜! 내 눈이 커다랗게 변하는 사이 그 남자의 머리가 다리 사이 깊은 곳을 향해 점점 더 아래로 내려가고 있었다.

"으앗! 잠깐만요, 앗, 아……앗!"

그의 입김이 거뭇한 수풀 위에 닿자 본능적인 힘이 들어가 나도 모르게 다리를 세게 오므려 그의 얼굴을 칠 뻔했다. 하지만 그가 양 무릎을 꽉 잡고 벌려 놓은 상태였다. 뜨거운 입김과 함께 축축하고 미끈한 것이 숲을 가로지르고 들어오자 허리가 바짝 움츠러들었다. 헉! 순간 눈앞에 번쩍하고 번개가 내리치는 기분이었다.

"으흑!"

그는 거침이 없었다. 노골적으로 여린 꽃잎을 벌려 깊숙이 들어온 혀가 은밀한 샘을 빨아들였다. 벌어진 살점이 후들후들 떨리고 미끈거리는 혀와 붉은 정점이 닿아 쓸릴 때마다 머릿속에선 벼락이 쳤다. 그가 양다리를 잡아 벌린 채로 쭉 펴서 위로 올리자 엉덩이부터 허리 아랫부분이 들렸다. 내, 내 다리! 양쪽으로 크게 벌어진 다리가 시야에 잡히자 민망함에 고개를 세차게 흔들었다.

"뭘 하려는……!"

"글쎄. 내가 뭘 할까?"

나는 놀라서 눈이 튀어나올 것 같은데 그는 여유롭게 말하고는

18

들처 올라간 내 민망한 부분으로 고개를 숙였다.

"학……!"

그의 높은 콧날이 수풀에 닿고 엉덩이가 들리면서 더 넓게 벌어진 꽃잎 사이를 물컹한 혀가 파고들었다. 그가 거침없이 말랑한 속살을 입술로 문 채로 쭉쭉 빨아들이자 머릿속이 아찔해졌다. 아랫배가 잔뜩 조여들고 등허리가 짜릿해지는 강한 쾌감이 그의 입술에 물린 부분에서 터져 나왔다.

"으……흐읏……."

더 이상 숨을 쉴 수가 없었다. 숨을 몰아쉴 때마다 가슴과 배가 오르락내리락하는 것이 가늘게 뜬 시야에 잡혔다. 그리고 그 아래에 노골적인 자세로 샘에 얼굴을 박고 샘물을 들이마시는…… 아아! 어떡해! 미쳤나 봐!!

머리가 팽글팽글 돌아 아무런 생각도 할 수 없을 지경이 됐을 때 그가 번쩍 상체를 세우곤 순식간에 위로 올라와 입술을 집어삼켰다.

"으읍……!"

그의 번들거리는 입술과 미끈한 것이 듬뿍 묻은 혀가 사정없이 들이쳤다. 그가 한 손으로 탱글한 가슴을 움켜쥐고 다른 한 손으로 내 다리를 잡아 넓게 벌렸다. 무섭게 달아오른 단단한 감촉이 뜨거운 속살에 닿았다.

"후우, 더 못 참겠어. 들어갈게."

아니 들어오다니 어딜…… 헉!

거칠게 숨을 몰아쉰 그가 뭉툭한 끝을 입구에 대고 힘껏 밀어 넣었다.

"아아악!"

하반신에 가해지는 엄청난 충격에 난 그야말로 숨이 넘어갈 것만 같았다. 꿈인데, 분명 꿈인데 이 온몸이 반으로 쪼개지는 고통은 뭐지? 다리 사이에 무슨 쇠망치를 쑤셔 박는 듯한 육중한 통증은 뭐냐고!

"크윽……."

그의 입술에서 괴로운 듯한 낮은 신음이 터져 나오더니 내 엉덩이를 꽉 움켜잡았다.

"너무 조여, 너."

저, 전 지금 죽을 것 같거든요?

그는 한 번에 깊게 들어갈 수가 없는지 잠시 숨을 몰아쉬다가 다시 한 번 크게 단단한 허리를 밀어 올렸다. 그러자 아주 깊숙한 곳까지 굵고 거대한 남성이 짓쳐들어왔다.

"학……!"

푹 찔러 들어오는 강한 충격과 함께 머릿속에 번쩍 번개가 쳤다. 이상해. 아무래도 이상해……! 왜 이렇게 아픈 거야? 이거 아무래도 꿈같지가 않아. 하지만 아무리 생각해도 이하준과, 그 이하준과 아무런 연관이 없는 내가 갑자기 이국의 리조트에서 침대에서 뒤엉키는 이런 일은…… 현실에서 일어날 리가 없잖아?

역시 꿈이야!

꿈이라고 결론을 내린 난 질끈 감았던 눈을 떠서 그를 바라봤다. 그의 찡그려진 얼굴이 무척 힘들어 보였다. 이, 이 사람도 아픈가……?

그런데 무언가 이상한 기분이 들었는지 상체를 일으켜 세운 그가 노골적으로 몸과 몸이 합쳐져 있는 그 은밀한 부위를 바라봤다. 아니, 이 남자가 어딜!

"이런, 그랬군. 설마 했는데……."

조금 놀라운 표정으로 중얼거렸다. 그러더니 미간을 좁히고 자신의 몸을 빼냈다.

"말을 하지 그랬어. 난 당연히 경험이 있을 줄 알았지."

낮게 속삭이듯 말한 그가 조금 전과는 달리 천천히 밀고 들어왔다.

"아, 아윽……."

"그래도 멈출 생각은 없어. 조절은 해 보겠지만 지금 상태에선 조금 어려울지도…… 모르고. 솔직히 나 역시 지금이……."

신음을 흘린 그가 몸에 힘을 잔뜩 주고 근육 잡힌 단단한 엉덩이를 천천히 움직였다. 그가 천천히 들어오자 통증도 아까같이 심하지 않고 뭐랄까…… 조금 야, 야릇한 기분이…….

"아아……."

저절로 흘러나온 신음 소리에 그가 미간을 일그러뜨렸다. 많이 고통스러운 표정이었다. 잠시 움직임을 멈춘 그의 매끈한 이마에 송골송골 맺힌 땀이 높은 콧날을 타고 흘러내렸다. 그가 깊이 숨을 몰아쉬며 다시 천천히 움직이기 시작했다.

"후우. 네 목소리가 너무 자극적이라 참기 힘들어지잖아. 그럼 너만 힘들어져."

"그, 그래도 소리가 저절로 나오는 걸 어떻……아홋."

"제기랄."

그는 정말 참을성이 부족해 보였다. 낮게 으르렁거린 그가 이를 악물고 힘을 조절하려 했지만 본능적인 움직임은 거칠어지고 있었다. 그런데 왜 난 좋지? 아, 정말 좋은…… 것 같아. 꿈이라 그런가?

침대가 출렁이는 소리가 점차 커져 갔다. 그가 쑤욱 빠져나갔다 깊게 들이쳐 올 때마다 그의 온몸의 근육이 불끈불끈해지고 관자놀이 부근에도 힘이 들어가는 것이 보였다.

"아, 정말……."

그가 괴로운 표정을 지으며 천장을 향해 고개를 들어 올렸다. 땀이 흐르는 목울대가 꿈틀하는 것이 보였다.

그는 숨을 깊게 내쉬고는 고개를 내려 나를 바라봤다. 머릿속은 팽팽 돌고 있지만 어둡게 가라앉은 눈빛으로 이를 악문 그의 표정은 무척이나 색정적이었다. 거기에 더해 그 표정으로 슬쩍 미소 짓기까지 하니까 이건 뭐 색기가 뚝뚝 떨어지다 못해 흘러넘치는 지경이랄까?

"안 되겠어. 더는 조절하기 힘드니까 아프면 밀어내."

낮은 톤으로 흘러나오는 목소리도 무척이나 섹시하…… 네? 뭐라구요?

"아! 아앗! 아웃, 아!"

그가 내 다리를 공중에서 넓게 벌리며 격렬하게 들이쳐 오기 시작했다. 강렬한 움직임에 침대가 출렁임을 넘어 거칠게 삐걱거리는 소리를 냈다. 온몸이 정신없이 흔들리는 와중에 쾌감의 정도는 점점 더해지고 있었다. 이왕 꿈이라면 고통 부분은 삭제하고 그냥 처음부터 끝까지 쾌감만 있었으면 좋았을 텐…… 아, 아니 지금 그게 문제가 아니구나. 엄마야! 이 남자 봐! 나 죽어!!

"자, 잠깐만요! 아, 아웃, 조, 좀 천천히……!"

"못해. 지금 조절이 안 되니까, 밀어내. 밀면, 밀려날 테니까."

그가 짐승같이 헐떡이며 탄력 있는 엉덩이를 펌프질하듯 강하게 움직였다. 눈앞에 흔들리는 천장이 아찔아찔했다. 어찌나 거세게 밀어붙이는지 내 몸은 이미 시트와 밀릴 대로 밀려 조금 있으면 바닥으로 떨어지기 직전이었다.

"아앗!"

그가 침대시트 끝에 아슬아슬하게 걸쳐진 내 허리를 잡아서 아래로 확 끌어내리더니 그대로 뒤집었다. 난 개구리마냥 팔을 벌리고 얼굴이 침대 쪽으로 뒤집어져서 허우적거리는데 그는 허리를 잡아 끌어당겨 민망하게도 내 엉덩이를 높이 추켜올렸다.

"꺅! 이, 이게 뭐야!"

무릎을 꿇고 엎드려져서 엉덩이를 한껏 추켜올려진 자세가 되어 버리자 얼굴이 화끈거려 뒤를 돌아봤다. 그 순간.

"아흑!"

쿵! 하고 내짓쳐 들어온 커다란 반동에 몸이 앞뒤로 크게 흔들렸다. 엉덩이 사이를 깊숙이 가로질러 쑤시고 들어온 거대한 남성에 눈앞이 어질어질하게 흔들리고 고개가 절로 젖혀졌다.

"아, 아핫! 하, 아윽! 학!"

어쩌면 좋아. 아무 생각도 안 나.

이젠 꿈인지 아닌지 아무것도 모르겠어!

그대로 그가 음란하게 허리를 흔들며 더욱 깊이 짓쳐들어오자 상체를 버티고 있던 팔이 부들부들 떨려 왔다.

"하아앙……!"

"크읏……. 죽겠군. 죽을 것 같아. 정말."

낮게 잠긴 허스키한 목소리에서 그가 무척이나 흥분되어 있다는 것이 느껴져 더욱 오싹오싹한 쾌감이 밀려왔다. 깊고 강하게 몇 번 쑤셔 들어온 그가 상체를 오만하게 세우고는 내 골반을 잡은 손에 불끈 힘을 주더니 미친 듯이 들이치기 시작했다.

"어, 어머, 어머머!! 아악!"

앞뒤로 정신없이 흔들리는 몸 때문에 비명처럼 터져 나오는 내 목소리가 뚝뚝 끊겨서 나왔다. 세상에, 뭐야. 이 쾌감은? 날카롭게 파고드는 쾌감에 온몸이 짜릿짜릿하고 정신이 혼미해졌다. 찰싹찰싹대는 살이 부딪히는 소리가 귓가를 음란하게 울리며 몸속의 흥분을 점차 가중시키고 있었다.

팔에 더 이상 버틸 힘이 없어서 시트를 움켜잡고 머리를 침대에 내리자 등과 허리가 아래쪽으로 확 기울었다.

"아흐읏……."

머리는 바닥에 닿고 엉덩이만 천장을 향해 높이 솟아 올라가게 되자 조금 더 깊이 그가 쑤셔 들어오는 느낌이었다.

"아, 꽉 조여."

그가 신음 섞인 낮은 목소리를 내뱉었다. 억눌린 듯한 그 목소리가 숨도 쉴 수 없이 몰아붙여지는 가운데서도 묘하게 심장을 뛰게 만들었다. 그가 엉덩이를 뒤로 크게 뺐다가 강하게 엉덩이 사이로 짓쳐들어왔다.

"아학!"

난 고양이같이 머리를 쳐들고 시트를 움켜쥐었다. 엉덩이와 그의 골반이 부딪힐 때마다 땀에 젖은 단단한 육체가 느껴졌다.

"역시 착각이 아니야. 이건…… 착각이 아니었어."

하아, 하아, 뭐……가?

"하아, 미치겠네……."

그는 끊임없이 하반신을 음란하게 움직이면서 으르렁거렸다. 그 음성이 묘하게 섹시하게 들리다니. 지금 이 남자가 이 상태에서 욕을 해도 난 흥분될 것 같아. 나 변탠가? 꿈에서 내 변태적인 자아를 찾게 되다니. 왠지 슬프다.

"후우, 후우. 안 되겠어. 자극이 미칠 듯이 강해. 웃…… 더는 참을 수가 없어."

"네? 그게 무…… 아! 자, 잠깐만요! 아! 아웃!!"

갑자기 지금까지는 비교도 되지 않을 정도의 빠르기로 그가 달리기 시작했다. 온몸이 앞뒤로 사정없이 흔들리고 시트에 흘러내린 머리가 정신없이 출렁거렸다.

"아학! 하윽! 아앗!!"

그는 마치 종마가 질주하듯 온몸의 근육을 꿈틀거리며 골반을 음란하게 움직이며 들이쳤다. 믿기지 않는 엄청난 쾌감이 아랫배부터 척추를 타고 머리끝까지 순식간에 타고 올라왔다. 흥건한 내부가 퍽퍽거리며 격렬하게 짓찢어지는 감각에 머릿속이 아득해졌다.

도대체 이 꿈은 언제 깨는 거지?

이제 정말 죽을 것 같다고 생각하고 있는데 그가 내 엉덩이를 꽈악 움켜잡고 엄청난 힘으로 쑤셔 들어오는 것이 느껴졌다. 맙소사! 자궁까지 짓쳐들어올 듯 거세게 치밀어 들어오는 단단한 남성에 입술이 저절로 크게 벌어졌다.

"아, 아아아아!"

퍽퍽퍽퍽퍽!

짐승같이 들이치던 그가 고개를 천장을 향해 확 젖혔다.

"크아앗!"

"으아……앗……!"

시트를 움켜쥔 손이 부들부들 떨렸다. 결합된 뜨거운 부위에서 그의 단단한 남성이 터질 듯 빳빳하게 굵어지는 것이 느껴졌다.

"후우……."

엉덩이를 꽈악 움켜잡은 채 잠시 멈춰 있던 남자가 내 허리를 끌어안으며 등 뒤로 쓰러지듯 무너져 내렸다. 귓가에 헉헉대는 그의 거친 숨소리가 들렸다. 나도 숨이 넘어갈 듯 헥헥거리며 몰아쉬고 있는데 뭔가 기분이 이상했다.

잠깐……. 보통 꿈은 이쯤에서 깨지 않나?

그런데 자꾸 생생해지는 이 감각은 뭐지? 몽롱한 정신 속에서도 허벅지 안쪽의 욱신거리는 통증이 점차 현실 감각 속으로 나를 억지로 밀어 넣고 있었다.

에이, 설마. 그럴 리가?

지나치게 생생해지는 느낌을 애써 무시하며 숨을 몰아쉬고는 고개를 슬쩍 옆으로 들었다. 땀에 범벅이 된 그가 페로몬 풀풀 날리는 미소를 지으며 내 어깨에 입을 맞췄다.

거봐. 이 남자는 이하준이라고. 아무리 봐도 이하준인데…….

이하준이라는 존재 자체는 내가 이 순간을 꿈이라고 굳건히 믿게 할 만큼 생경스런 존재였다. 아무리 생각해도 현실이라면 이렇게 될 연결고리가 하나도 없다. 태어나서 이 남자를 단 한 번도 만난 적이 없고 본 거라곤 화면에서밖에 없는데 왜 갑자기 이 남자와 이런 거사를 치르게 되느냐는 말이지.

"후우, 끝까지 모든 것이 완벽하다니……. 하, 놀랍군. 대단해. 정말 이런 건 처음이야."

그가 내 어깨에 얼굴을 묻은 채로 웅얼거리듯 말했다.

네. 저도 처음이랍니다. 꿈속에서 이런 식으로 제대로 욕망 분출을 한 건 말이지요. 꿈이지만 참으로 대단하셨지요. 그 많은 스캔들이 생기는 이유가 역시 이런 이유였을까요?

"저도요."

내가 애써 미소를 지으며 태연하게 말하자 그는 눈부신 미소를 지으며 땀에 젖은 단단한 몸으로 강하게 껴안았다.

수, 숨 막혀요!

이 남자가 사람을 죽이려고 드나 공포가 드는 순간 그가 힘을 풀고 옆에 누웠다. 반듯하게 누워 거친 숨을 몰아쉬며 무언가 생각하는 이하준의 옆얼굴은 조각 같았다. 난 엎드린 채로 잠시 그 얼굴을 감상했다. 어차피 꿈에서 깨면 이런 입체감 있는 모습은 보지 못할 테니까.

아마 이번 꿈을 계기로 난 이 남자의 열성팬이 되어 버릴 것 같다. 그때 그가 내 쪽을 바라보더니 땀에 젖은 머리칼을 손가락으로 쓸어 넘기며 싱긋 웃었다.

"겨우 찾았어."

아아, 이 섹시 터지는 미소라니!

이제 바라는 건 없다. 언제 꿈에서 깨어나도 괜찮아. 아! 어디선가 봤는데 만족스런 응응을 하는 꿈은 좋은 꿈이랬다. 꿈에서 깨어나면 로또부터……. 이런, 입국한 다음에 사야 되는구나. 로또는.

한국에 돌아가면 로또부터 사야지, 꼭!

아, 그런데 너무 잠이 온다. 꿈속에서도 섹스라는 건 체력 고갈이 심한가 봐. 꿈속에서 잠들면 꿈에서 깨는 거라고 또 어디선가 본 기억이…… 그런데 저 잘생긴 얼굴을 놔두고 꿈이 깨는 것도 참 아까운데…….

잠이 쏟아져서 무거워진 눈꺼풀을 느리게 깜빡거리는 모습을 그가 계속 보고 있었다. 손을 뻗어 땀에 젖어 내 얼굴에 달라붙어 있는 머리카락을 귀 뒤로 넘겨 주며 그가 낮게 말했다.

"졸려?"

"네. 조금……."

어차피 꿈 깨면 못 만날 사이지만, 안녕. 반가웠어요. 이하준 씨.

"쿡쿡."

참 예쁘게도 웃네. 다음에 또 꿈속에 찾아와 줘서 보여 달라고 하기엔 너무 염치없나요?

"이봐. 내가 잠들 게 놔둘 것 같아?"

네? 그건 또 무슨 소리…….

짓궂은 미소를 씨익 흘린 그가 내 팔을 잡더니 자기 쪽으로 쑤욱 끌어당겼다. 어어? 옆으로 누운 그에게 끌려가 찰싹 몸이 밀착 되자 잠들려던 눈이 놀라서 동그랗게 떠졌다.

"네, 네?"

그가 내 허벅다리를 처억 잡더니 자신의 골반 위로 올리며 틈새 없이 몸을 따악 붙였다. 탄탄한 근육이 온몸으로 느껴지자 다시 심장이 쿵쾅쿵쾅 뛰기 시작했다. 코앞까지 얼굴을 바짝 들이댄 그가 빙글빙글 웃고 있었다.

저 웃음…… 뭐, 뭔가 위험한데……?

"날 불러들였으면 잠들 생각은 하지 않는 게 좋을 거야. 게다가 겨우 찾았는데, 한 번으로 끝내는 건 안 될 말이지."

"네, 네에?"

불러들이다니요. 내가 당신을 꿈속으로 불러들인 게 아니라 당신이 일방적으로 내 꿈속으로 침투한 거라고요?

그는 입술 끝에 미소를 매달고 장난스러운, 그러나 묘하게 색기를 품은 눈빛으로 내 퉁퉁 부은 입술을 바라보더니 아랫입술을 살짝 깨물고는 말했다.

"경고했어."

"아니, 아니 그게…… 아앗!"

그가 거칠게 허리를 퉁겨 굵고 단단한 남성을 깊숙이 찔러 넣었다. 그 육중한 것이 짓쳐들어오는 순간, 내 여린 속살이 홧홧하게 쓸려 벌어지며 쾌감과 동시에 엄청난 통증이 밀려들어 오는 바로 그 순간, 비로소 난 깨달았다.

맙소사! 이거 아무래도 꿈 아닌 것 같아!!

하준

눈을 뜨고 보니 낯선 룸 천장이 보였다.

창문에 달린 커튼 틈새로 빛이 쏟아지는 걸로 봐서 이미 해가 중천쯤 떴을 것 같다. 구조가 비슷한 걸 보니 이 리조트는 내가 묵고 있는 리조트가 맞겠지만 이 방은 내 방이 아니다.

그러니까…… 아, 그렇지.

어젯밤 술에 취해 먼저 유혹해 온 여자의 방에 들어왔던 기억이 뭉근하게 밀려 올라오는 숙취를 뚫고 되살아났다.

여기까지는 익숙한 패턴이다. 평소였으면 또 쓸데없는 시도로 돌아갔다는 허무함에 짜증스러웠겠지만 오늘은 달랐다. 어젯밤의 그녀는 지금까지와는 명백히 달랐다. 어젯밤 내내 확인한 그 감각이 사실이라면, 그 미칠 듯한 짜릿함이 꿈이 아니라면…….

"찾은 거지. 드디어."

입술 끝이 기분 좋게 말려 올라갔다. 처음엔 기분 탓인 줄 알았는데 밤새 그 여자를 올라타고 있는 동안 착각이 아니라는 확신이 들었다. 그 감각이 떠오르자 또다시 탁한 연기처럼 피어오르는 욕망에 당장 목울대가 꿈틀거렸다.

지독한 갈증이 느껴져서 아직 자고 있을 그 여자 쪽으로 몸을 돌렸다.

"……어?"

눈앞엔 텅 빈 침대만 보였다. 여자가 없다?

조금 혼란스러운 얼굴로 몸을 일으켜서 주변을 살펴봤다. 혹시 욕실에 있는 건가 했지만 아무리 둘러봐도 사람이 있던 흔적이 없다.

"젠장."

벌떡 침대에서 일어서서 욕실 문을 활짝 열었다. 역시 아무도 없었다. 이곳저곳을 죄다 열어 확인했지만 여자는 아무 데도 없었다.

뭐지? 어젯밤의 모든 것이 꿈이었다는 건가? 술김에 빈 방에 들어와서 이 리조트 귀신하고 그런 짓을 한 거라고? 하!

끓어오르는 감정을 억제하며 깊게 숨을 몰아쉬었다. 도대체 어떻게 된 거지? 다시 한 번 천천히 돌아보니 이 방은 내가 묵고 있는 방과 비슷한 구조였지만 꽤 작았다. 아마 일반 여행객들이 묶는 작은 객실인 것 같았다. 침대와 탁자, 그리고 소파 등이 다였다. 소파 위에 내 옷이 차곡차곡 개어져 있었다.

"도망친 주제에 정리 한번 깔끔하게 해 놨군."

먼저 유혹하고, 뜨거운 밤을 보낸 다음에 쥐새끼마냥 흔적도 없이 사라진 그 여자가 도무지 이해가 안 됐다. 어째서?

문득 그때 베개 옆에 무언가 작게 반짝이는 것이 보였다.

……저건 뭐지?

다가가서 그것을 들어 보니 오렌지색 귀여운 고양이가 달린 작은 귀걸이였다. 그러고 보니 문득 어젯밤 그 여자의 귀를 핥았을 때 혀에 서늘하게 느껴지던 감촉이 떠올랐다. 그게 이거였나?

귀걸이를 손에 쥔 채로 소파에 앉아 개어진 옷 옆에 놓인 휴대폰을 들어 올렸다. 어제 바에서 올라오면서 진동으로 바꿔 둔 기억이 났다. 혹시 여기에라도 흔적을 남겨 놨나 싶어 켜 보니 전화와 문자가 몇 개 와 있었다.

[임수림 3건]

젠장.

절로 미간이 구겨지는 것이 느껴졌다. 짜증을 참으며 부재중 전화 목록을 휙휙 넘겨 버리고 문자를 확인했다.

[형. 술 많이 마시지 마요. 내일 돌아가는 날인 거 알죠?]

아, 그러고 보니 오늘 한국 돌아가는 날인가. 잊고 있었다.

[하준 씨. 1451호예요. 기다리고 있을게요. 빨리 와요.]

문자를 보는 순간 눈이 번쩍 떠졌다. 이거다. 이게 어제 그 여자가 보낸 문자다. 어제 야외 바에서 진탕 술을 마시고 적당히 유혹하는 여자한테 문자로 객실 번호를 보내고 먼저 올라가 있으라고

32

했다. 아무리 해외라지만 같이 룸으로 올라갔다가 사진 찍히는 멍청한 짓은 하지 말라고 형수가 귀에 딱지가 앉도록 말했으니 그 정도는 지켜 주고 있었다.

그래서 시간차를 조금 두고 그 여자 방으로 올라온 건데…… 어?

[왜 아직 안 오는 건가요? 문자가 안 갔나요? 1451호예요.]
[하준 씨. 어떻게 된 건가요? 벌써 한 시간이 지났어요. 너무 늦는 거 아닌가요?]
[바에도 다시 가 봤는데 없네요? 전화도 안 받고……. 1451호라고요. 1451호! 나 언제까지 기다리게 할 거예요?]

기다리고 있다는 문자들, 이윽고 마지막 문자.

[야! 이하준! 너 나 속인 거니? 깔라면 예의 있게 깨!]

밤새 기다린 여자의 한 맺힌 절규가 담긴 문자를 멍하니 보고 있다가 정신이 번쩍 들었다. 가만, 설마…….
급히 옷을 입고 입구로 걸어가 벌컥 문을 열고 나가 객실 번호를 확인했다.
1452호.

젠장, 옆방이었어?

01.
그 여자가 사라졌다

"형, 왜 이렇게 급하게 굴어요?"

"잔말 말고 빨리 와!"

하준은 그의 매니저인 형수에게 험악하게 인상을 썼다. 일정이 다 끝났다고 스태프들과 밤새 퍼마셨는지 술에 쩔어 자고 있던 형수를 깨워서 체크아웃한 뒤 난디 공항으로 가는 길이었다.

"바로 이렇게 가는 게 어딨어요. 나 아직 우리 식구들 줄 기념품도 못 샀는데…… 사람 잠도 못 자게 하고."

갑자기 공항으로 끌려가는 것이 마음에 안 드는 모양인지 차에 타고서도 투덜투덜거리는 형수를 하준이 잡아먹을 듯 노려보자 형수가 얼른 입을 꾹 다물었다. 하준은 손가락으로 지끈거리는 이마를 지그시 누르며 창밖을 바라봤다. 길게 늘어서 있는 이국적인 야자수 나무가 빠르게 뒤로 멀어지고 있었다.

'멋대로 도망을 가?'

그 맹랑한 여자가 리조트에서 사라진 뒤 향한 곳이 공항이라는 것을 알아낸 것은 그리 힘들지 않았다. 리조트 직원들에게 몇 푼 쥐여 줬더니 그 여자를 태운 택시기사 번호까지 일사천리로 알아 왔다.

"……하."

하준의 얼굴에 퍼런 냉기가 돌았다.

얼굴도 기억 안 나는 옆방 여자의 문자로 어젯밤 유혹을 한 상대가 그 여자가 아니라는 건 알게 됐다. 하지만 그렇다고 해서 그렇게 뜨거운 밤을 보내 놓고 멋대로 도망쳐 버리는 건 예의가 아니지, 안 그래? 넌 분명 한국인이었고, 나를 알고 있었잖아?

공항이 가까워 올수록 하준은 초조해지고 있었다.

그 여자가 어디로 향하는 비행기를 타는지, 몇 시 비행기인지, 지금 아무것도 알고 있는 것이 없다. 공항에서 그 여자를 잡지 못하면 설사 오늘 이 공항을 이용한 한국 여자의 모든 정보를 입수한다고 해도 찾기란 불가능에 가까워진다. 휴가철인 요즘 이 빌어먹을 관광지에 매일 오가는 한국인 수만 대충 짐작해도……

"젠장!"

"왜, 왜 그래요?"

하준이 버럭거리자 형수가 놀란 듯이 움찔거렸다.

"후우, 아무것도 아냐."

하준은 깊게 한숨을 내쉬었다. 문득 창문에 초조함이 가득 담긴 자신의 얼굴이 비쳤다. 지금 저 얼굴이 그저 하룻밤의 육체적 쾌락의 상대를 찾는 표정인가? 저건 마치 목숨보다 소중한 여자를 잃을까 봐 불안해하는 눈빛 같잖아.

이하준, 오버하지 마.

찾으면 좋은 거고 아니면 마는 거지. 왜 이렇게 초조하게 굴어? 그깟 하룻밤 여자 때문에.

그 여자를 찾아내서 다시 시도해 본들 그전과 같은 증상이 나타날 수도 있다. 착각일 수도 있다. 그저 술김에…… 우연히 일어난 일시적인 상황이었을 수도 있고. 그럼에도 당장 그 여자를 찾아야 한다는, 당장 이 손으로 꽉 붙잡아야 한다는 강박에서 헤어 나올 수가 없었다.

빌어먹을!

차에서 내려 공항에 들어가는 하준의 발걸음은 거의 뛰고 있었다.

"아우, 형! 짐 챙겨야 돼요! 같이 가요!"

하준은 뒤에서 다급히 외치는 형수의 목소리는 들은 체도 하지 않고 공항 안으로 들어섰다.

남태평양의 섬 피지의 난디 공항 내부는 세계적으로 유명한 휴양지답게 다양한 인종들이 뒤섞여 바쁘게 움직이고 있었다. 그중 한국인 여자로 보이는 동양 여자들은 대충 봐도 지나치게 많았다. 다급한 눈빛으로 이리저리 여자들을 살피는데 뒤에서 수군거리는 소리가 들려왔다.

"저 남자 이하준 아냐?"

"어머, 이하준? 어디??"

……실수했군. 급히 나오느라 모자만 하나 쓰고 나왔더니.

이럴 때 누가 알아보고 잡아끌면 곤란하기에 하준은 모자를 더 깊숙이 눌러쓰고 다른 쪽으로 급히 이동했다. 초조하게 주변을 살폈지만 아무리 둘러봐도 그 여자가 보이지 않았다.

설마…… 벌써 가 버린 건가?

어깨 정도의 생머리에 비슷한 체형의 여자들은 많이 보였지만 그 여자가 아니었다. 어두운 룸 안에서 얼굴도 제대로 본 건 아니지만 밤새 놔주지 않던 여자기에 알 수 있었다. 그 여자가 아니다.

그때 하준의 시야에 저 앞에서 머리를 깔끔하게 하나로 묶고 베이지색 셔츠와 반바지를 입은 동양 여자가 들어 왔다. 그 여자는 제 몸만큼 커다란 여행 가방을 들고 총총 걸어가고 있었다.

……찾았다!

하준의 눈이 번쩍 뜨였다. 뒷모습뿐이었지만 확실히 알 수 있었다. 그 여자였다.

이 확신이 어디에서 오는 것인지를 생각하고 있을 겨를은 없었다. 아직 늦지 않았다는 생각에 안도하며 하준이 그 여자에게 달려가려는 순간, 누군가가 뒤에서 그를 확 잡았다.

"꺅! 대박! 정말 이하준이다!!"

"거봐! 내 말이 맞지? 이하준 맞죠?"

하준이 뒤돌아보자 아까 스쳐 지나갔던 여자 둘이 잔뜩 흥분한 얼굴로 휴대폰 카메라를 들이대고 있었다.

"미안하지만 지금 바쁩니다."

하준이 인상을 쓴 채로 뒤돌아서려는데 여자 둘은 끈질기게 그를 붙잡았다.

"사진 한 장만 찍어 줘요! 네?"

"딱 한 장만요!!"

인상을 확 일그러뜨리는 그의 얼굴은 전혀 보이지 않는 모양인지 그 여자들은 깍깍거리며 잡고 있는 그의 팔을 놔주지 않았다. 하준은 초조한 마음에 뒤를 돌아봤다. 인파 속에 섞여 여자의 모습은 점점 멀어지고 있었다.

"저 정말 팬이에요! 딱! 따악 한 장만 같이 찍어 주세요. 네??"

"오빠! 얘가 진짜 오빠 팬이에요! 오빠 나온 영화 DVD로 다 모으고 있는 애예요!!"

하준은 팔을 잡고 놔주지 않는 여자들 사이에 껴서 그녀가 가는 쪽을 돌아봤다. 이제 아예 보이지 않는다. 젠장! 이름이라도 알아야 부를 것 아냐!

"바쁘다고 한 소리 안 들립니까?"

하준이 살벌할 정도로 낮게 말하자 그제야 여자들이 움찔하는 게 느껴졌다. 하지만 그가 평소 팬들에게 결코 살갑게 대하지 않는다는 것을 익히 알고 있는 그녀들은 굴하지 않고 카메라를 들이밀었다.

"그래도 여기서 이렇게 만난 것도 인연인데 한 장만 찍어 주세요. 네?"

이 여자들이 정말……!

그의 입에서 육두문자가 튀어나오려는 찰나 헥헥대며 형수가 등장했다.

"형! 여기 있었어요? 에이, 이러시면 안 돼요~ 이하준 사진 찍히는 거 제일 싫어하는 거 못 들었어요?"

형수가 익숙한 손길로 찰거머리 같은 여자들을 쭉쭉 떼어 내 주자 하준은 지체 없이 몸을 돌려 그녀가 사라진 쪽으로 뛰어갔다.

"헉, 헉……."

사람들을 이리저리 헤치며 여자가 있던 곳으로 가 봤지만 이미 그 자리에는 큰 트렁크도, 베이지색 셔츠도 보이지 않았다. 무수히 스쳐 지나가는 사람들 속에서 하준은 필사적인 눈빛으로 여기저기 둘러봤다. 하지만 그 여자는 어디에도 없었다.

"젠장. 놓쳤잖아!"

"후아. 역시 휴가철엔 나다니는 게 아니라더니. 공항에 웬 사람이 이렇게 많은 거래?"

지유는 기가 쪼옥 빨린 얼굴로 비행기 안에 앉아 손부채를 팔락거렸다. 어젯밤 있던 말도 안 되는 일 때문에 허벅지 안쪽이 몹시 욱신거리고 당겼다. 움직일 때마다 흠칫흠칫할 정도로 느껴지는 강렬한 통증은 절로 새벽의 일을 상기시켰다.

이하준, 그 이하준이라니…….

그가 일어나기 전에 슬금슬금 도망칠 준비를 하면서도 잠든 그 남자를 몇 번이나 쳐다봤다. 이 남자가 이하준인지, 아니면 세상에는 똑같은 얼굴은 한 사람이 세 사람이 있다는데 그중 한 명인 건지…….

하지만 그 사람들이 설마 몸까지 똑같진 않겠지. 이렇게 완벽한 얼굴과 몸을 가진 사람이 지구상에 세 명씩이나 존재하는 건 분명 어딘가 이상하다. 신이 깜빡하고 똑같이 완벽한 놈을 또 만들어 버린 게 아닌 이상.

"어쩌면 정말 꿈일지도 몰라."

지유는 왠지 현실도피적인 기분이 되어 창밖의 눈이 시리도록 파란 하늘을 내다봤다. 솔직히 정말 모르겠다. 분명히 바로 오늘 아침까지 있었던 일인데 꿈같기도 하고 환상 같기도 하고…….

에이, 뭐 꿈이면 어떻고 아니면 또 어때. 어차피 현실이라 한들 또 볼 일 없는 남자인데.

그러고 보니 어젯밤의 그의 태도로 봤을 때 그런 일이 꽤 익숙해 보였다. 그렇다는 건 지금쯤 이미 하룻밤 여자로 치부되어 버렸단 뜻이겠지. 그래. 그렇게 생각하자. 그냥 개에게 물렸다는 식으로. 좀 많이 잘생기고 몸 좋은 개한테 물렸다고…….

그렇게 생각하니 혼란스럽던 마음이 조금 안정되는 기분이었다. 이제 마지막 남은 여행지에 도착하면 그곳에서 일주일을 보낸 뒤에 한국으로 돌아간다.

"얼마 안 남았구나."

지유가 창밖을 쳐다보며 작게 중얼거렸다.

세 달 동안의 여행이 드디어 끝나 가고 있었다.

"한지유! 회사도 갑자기 그만두고 말도 없이 사라지더니, 이게 얼마 만이야?"

정희는 자리에 앉자마자 호들갑을 떨며 말했다. 지유는 스트로를 입에 문 채로 눈꼬리를 둥글게 휘어가며 헤헤 웃었다.

"미안. 일이 좀 있어서."

쇼트커트가 무척 잘 어울리는 정희가 탐정이 빙의된 듯 날카로운 눈빛으로 지유를 닦달했다.

"일은 무슨 일. 도대체 뭐가 그렇게 바빠서 연락 두절이냐고? 네가 연예인도 아니고."

연예인 부분에서 저도 모르게 흠칫한 지유는 얼른 정희 앞에 빈 테이블을 눈으로 가리켰다.

"더, 덥지 않아? 주문 먼저 하고 와."

"아, 목마르긴 하다. 너 딱 기다리고 있어. 이 언니가 번개같이 주문하고 올 테니까."

정희는 눈을 가늘게 뜨고 엄포를 놓으며 주문하러 갔다. 지유는 한숨 돌린 얼굴로 테이블 위에서 턱을 괴고 카페 안의 사람들을 바라봤다.

하아, 좋구나. 이 익숙함.

낯선 곳을 정처 없이 떠돌던 시간도 좋지만 역시 평생을 봐 왔던 풍경도 좋다. 고작 3개월 사이에 뭐가 그렇게 바뀌었겠냐마는 그 시간 내내 다른 공간을 떠돌다 왔기 때문에 더 그렇게 느껴졌다.

지유가 입술 끝을 끌어 올리며 넓은 전면 창밖을 보고 있는데 정희가 자기 말마따나 번개 같은 속도로 돌아와 앉았다.

"자. 이제 설명해 봐. 사라진 이유."

정희는 팔짱을 끼고 어서 말하라는 듯 손바닥으로 테이블을 탕탕 쳤다.

"그냥 여기저기 떠돌다 왔어."

"여기저기?"

"응. 그냥 이 나라 저 나라……."

"이 나라 저 나라??"

정희의 눈이 커다랗게 변했다. 눈을 몇 번 깜빡이며 지유를 빤히 쳐다보던 정희가 인상을 찌푸렸다.

"회사를 그만두고 3개월 사이에 세계를 쏘다니다 왔다고? 왜?

왜 갑자기?"

"으음. 그냥…… 뭐랄까. 그러고 싶었어."

"너 그런 말도 안 되는……."

뭐라 말하려는데 타이밍 좋게 진동벨이 울리자 정희는 끄응, 소리를 내며 의자에서 일어났다.

"잠깐 기다리고 있어."

"그래. 얼른 다녀와."

일어나는 순간에도 미심쩍은 눈빛을 거두지 못한 정희가 음료 나오는 곳으로 걸어가는 것을 보며 지유는 스트로로 상큼한 자몽주스를 한 모금 더 빨았다.

하긴. 어릴 때부터 한동네에 살았던 정희는 당연히 저런 반응일 거다. 지금껏 살면서 학교 다닐 땐 수학여행, 대학생 땐 엠티, 회사 다닐 땐 워크샵 외엔 여행다운 여행은 한 번도 가 본 적 없는 애가 갑자기 나라 밖에서 몇 달을 먹고 자고 했다면 누가 믿겠어?

그런데 진짜 별다른 이유는 없었는데…….

"너 혹시 회사 그만두기 전에 무슨 일 있었어?"

아메리카노를 들고 다시 나타난 정희가 심각한 얼굴로 물었다.

"에이, 무슨 일은. 아무 일도 없었어."

"그럼 이유도 없이 갑자기 그랬다고? 이야……. 한지유 거짓말 많이 늘었네. 응? 깜빡 속겠다, 야."

"정말이라니까? 오히려 너무 문제가 없어서 문제일 정도로 아무 일도 없었어. 근데 배낭여행은 전부터 하고 싶었던 거기도 하고."

지유의 말을 들은 정희가 미간을 찌푸리고 기억을 더듬는 듯했다.

"아, 맞다. 그러고 보니 너 예전부터 심심찮게 그런 말 했었지? 언젠가 혼자 배낭여행 가 보고 싶다고."

"응. 맞아. 그랬지."

지유가 고개를 끄덕이며 웃었다.

"야. 아무리 그래도 그렇지……. 그런 꿈이야 다들 한두 개씩 갖고 살긴 하는데 정말 그런 거야? 대단하다. 너 그렇게 안 봤는데 아주 그냥 대쪽 같은 부분이 있네. 공기처럼 지내다가 한순간에 저질러 버리는 한 방이 있고 말이지."

정희는 그제야 지유 말을 믿는다는 듯 신기하다는 눈빛으로 바라봤다.

"그래서, 한국은 언제 들어온 건데?"

그새 얼음이 많이 녹은 아이스 아메리카노를 스트로로 휘적거리며 정희가 물었다.

"오늘."

"뭐? 오늘?"

목이 탄 듯 아예 스트로를 빼고 컵째로 들이켜던 정희의 눈이 또 커다래졌다.

"응. 오늘. 좀 전에 입국하자마자 폰 살리고 바로 너한테 연락한 거야."

지유가 해맑게 말하자 정희는 눈을 커다랗게 뜬 채로 어이없게 바라보다가 벌떡 일어났다.

"야, 이러고 있을 때가 아니다. 오늘 막 한국 들어왔으면 얼마나 풀어 놓고 싶은 썰이 많겠어? 이 언니가 차근차근 들어줄 테니까 술이나 한잔 빨러 가자. 마침 더워서 시원한 맥주도 땡기고."

"맥주? 좋지!"

지유가 눈을 반짝이며 흔쾌히 따라 일어섰다.

물 탄 맥주니 말 오줌 같은 맥주니 말은 많아도 익숙한 한국 맥주에 길들여져서인지 엄청 그립긴 했었으니까.

"형, 형. 일어나 봐요. 다 왔어요."

약속 장소에 도착했다는 형수의 목소리에 하준이 감았던 눈을 떴다. 미간을 찌푸린 채 눈을 가늘게 뜨고 차창 밖을 바라보니 사람들이 많이 통행하는 대로변이었다.

"정형수. 이딴 데에 주차해 놓으면 어떻게 나가라는 거야?"

창밖을 확인한 하준이 대번 얼굴을 구기자 형수가 끙, 앓는 소리를 냈다.

"아휴, 이 근방에 따로 주차할 만한 데가 없단 말이에요. 오늘 가는 데는 가게 주차장도 오픈형이라 위험하고……."

"누가 장소를 그런 데로 섭외해? 나 안 나갈 거야. 뭐하면 그쪽 보고 여기로 오라고 하든가."

하준이 의자를 뒤로 확 젖히며 팔로 머리를 베고 아예 드러누워 버렸다.

"네? 형! 장준영 감독이 얼마나 대단한 사람인데요! 특히 이번 건 만들어지기도 전에 칸 경쟁 부분 진출은 따 놨다는 말이 파다해요! 그 감독 최연소 나이로 세계 영화제 쟁쟁한 상은 모조리 휩쓴 데다 매년 칸에서 모시는 감독인 거 몰라요?"

"내 알 바 아냐."

"혀엉!"

형수가 답답한 얼굴로 하준에게 소리쳤지만 그는 들은 척도 하지 않고 진하게 선팅 된 창밖만 노려보고 있었다.

'아, 진짜. 이 형이 도대체 왜 이래?!'

피지에 다녀온 뒤엔 내내 저 상태였다. 화보도 잘 찍고, 휴가도 멀쩡히 잘 갔다 와서 도대체 왜 저러는 건지 형수는 답답하기 짝이 없었다. 확 한 대 때려 주고 싶네……. 형수가 속으로 구시렁거리며 터질 듯한 속을 억지로 진정시키고 있었다. 그때 무료한 시선으로 창밖을 바라보던 하준이 갑자기 몸을 벌떡 일으켰다.

"어? 형? 왜, 왜 그래요?"

마치 귀신이라도 본 표정으로 창밖을 쳐다보는 하준에게 형수가 이상하다는 얼굴로 물었다. 형수의 말엔 대답도 없이 창밖을 뚫어져라 쳐다보던 하준이 갑자기 벌컥 차 문을 열고 밖으로 뛰쳐나갔다.

"혀, 형?!"

하준이 순식간에 가로수 길의 수많은 인파 속으로 달려 나갔다. 그 모습을 본 형수는 충격을 받아 돌이라도 된 듯 굳어 있었다. 이, 이게 지금 무슨…….

"아차! 이럴 때가 아니지!"

뒤늦게 제정신을 차린 형수가 바람같이 차에서 내려 하준을 따라 달렸다.

"형! 기다려요, 형!"

맙소사, 저 형 진짜 피지에서 귀신에라도 홀리고 온 거 아냐? 왜 저러는 거야? 게다가 달리기는 뭐 저렇게 빠르냐고?

"혀어엉!"

형수의 처절한 외침이 습도 높은 밤거리에 쩌렁쩌렁 울렸다.

"헉, 헉."

한참을 달리던 하준은 멈춰 선 채로 거칠게 숨을 몰아쉬었다. 허리를 숙이고 두 팔로 무릎을 짚은 채 턱까지 차오른 숨을 몰아쉬던 하준이 주변을 돌아봤다.

제길, 어디로 갔지?

처음엔 잘못 본 줄 알았다. 창밖에 지나가는 여자가 그 여자와 닮았다는 생각을 하고 볼 때는 그런 줄 알았다. 그건 그 여자를 놓치고 난 이후 지금껏 수십 번 겪은 일이었으니까. 그 여자인 줄 알고 따라가 잡아 보면 아니었고, 수십 번을 그렇게 허탕을 쳤다.

이번에도 그저 본능처럼 여자를 찾는데…… 그 옆모습. 그 모습이 제대로 눈에 들어오자마자 확신했다. 공항에서 그 여자를 봤을 때 느꼈던 확신과 똑같은 확신.

"도대체 어디로 간 거야."

짜증스러운 말을 내뱉는데 일순 주변이 술렁술렁해지는 것이 느껴졌다.

"이, 이하준?"

"정말? 정말 이하준?? 리얼리?"

"꺄…… 꺄아아아아악!!"

삽시간에 그의 주위로 여자들이 산 사람을 만난 좀비 떼들마냥 몰려들었다. 그때 멀리서 형수가 정의의 사도같이 옷자락을 휘날리며 달려왔다.

"잠깐, 잠깐만 비켜 주세요! 지나가겠습…… 컥!"

후광을 발산하는 조각남을 실물로 영접한 여자들은 초인적인 힘을 발휘해 강력한 스크럼을 짜고 있었다.

"아, 아니 잠시만 비켜 주…… 아야야야, 내 발! 내 발 밟지 말고 좀 비켜요!"

"까아악! 오빠!"

"아! 좀 비키라니까!"

광분한 여자들과 그 사이를 어떻게든 비집고 들어가려는 형수의 다급한 외침이 한동안 끊이지 않았다.

그 시간 지유는 정희와 맥주 바에 들어와 있었다. 커다란 잔에 담긴 생맥주를 꿀떡꿀떡 들이켠 지유는 크게 숨을 내쉬며 테이블 위에 잔을 탁 내려놨다.

"하아, 시원해!"

지유가 청량감 있는 미소를 짓자 정희가 쿡쿡 웃었다.

"너 무슨 맥주 광고 찍는 것 같다. 그게 그렇게 맛있어?"

"응. 이상하게 다른 나라에서 마신 맥주가 맛으로 따지면 훨씬 맛있는 게 많은 것 같은데 이 밍밍한 맥주가 무척 그리웠거든."

지유가 반짝반짝 빛나는 눈빛으로 맥주잔을 쳐다보며 감탄한 표정을 짓자 정희가 포크로 샐러드를 뒤적거리며 말했다.

"평생 먹어 온 맛이라 그렇지 뭐. 우리가 어릴 때부터 김치 안 먹었어 봐. 김치 먹고 싶겠냐?"

"하긴."

지유는 몹시 합당하다는 표정으로 끄덕거렸다. 그러니까 그 호화로운 스테이크와 이태리 요리들 앞에서도 김치랑 나물이랑 썩썩 비

빈 매콤한 비빔밥이 생각난 거겠지. 인도에서였던가? 그 나라 사람들은 아주 맛있다는 듯 먹던 토속음식엔 결국 손도 못 댔었다.

"여러 나라 빨빨거리고 다녔으면 재미있는 일도 많았겠네."

"음…… 인상 깊은 일들은 많았지?"

지유가 끄덕이자 정희가 눈을 가늘게 뜨고는 눈빛을 빛냈다. 쟤가 왜 뱀도 아닌데 요사스런 눈빛을 하고 그래?

"그럼 혹시 그런 건 없었어? 낯선 곳에서 처음 본 남자와의 위험하고 관능적인 하룻밤이라거나."

헉.

지유는 순간 너무 놀란 나머지 들고 있던 맥주잔을 떨어뜨릴 뻔했지만 당황하지 않고 천연덕스럽게 입술로 잔을 가져갔다.

"말도 안 되는 소리. 내가 그런 이벤트성 유희를 벌일 만한 위인이야? 모솔인 데다 소심의 극치를 달리는 성격인데."

"흠…… 하긴."

조금쯤은 부정해 줘도 좋으련만 단번에 정희는 납득이 된 듯 고개를 끄덕였다. 그것에 왠지 기분이 상한 지유는 입술을 삐죽이며 분노의 포크질로 치킨 샐러드를 뒤적거렸다. 하지만 머릿속으론 정희가 한 말이 떠나질 않고 있었다.

낯선 곳에서 처음 본 남자와의 위험하고 관능적인 하룻밤.

이하준…….

아닌 밤중에 갑자기 나타나선 난데없이 내 처녀딱지를 떼어 간 남자. 그날 이후 사실 마지막 여행지였던 콘다오의 대자연 속을 걸으면서 내내 머릿속을 떠나지 않았었다.

그날 밤 일은 진짜였을까?

어쩌면 꿈을 진짜라고 생각하고 있는 게 아닐까? 하긴, 그렇지 않고서야 그런 일이 실제로 있겠어? 그런 생각을 하며 남국의 초록 빛 바다를 바라보고 있자니 현실감각이라는 걸 도무지 찾을 수 없게 되어 버려 사실 지금조차도 그때 일이 꿈인지 현실인지 알쏭달쏭한 기분이다.

그게 정말 꿈이었다면, 온몸에 남겨 있던 붉은 흔적…… 그건 뭘까? 피지에서 피부병에라도 걸렸던 걸까?

"무슨 생각을 그렇게 해?"

정희가 갑자기 묻는 소리에 멍하니 생각에 잠겨 있던 지유는 그 제야 파드득 정신을 차렸다.

"아, 아무것도 아니야. 자! 마시자!"

지유가 얼른 맥주잔을 번쩍 치켜 들자 정희도 웃으며 잔을 들었다.

"그래. 어쨌든 한지유가 염원하던 꿈 하나는 이뤘으니, 축하!"

"히, 고마워."

지유는 배시시 웃으며 반쯤 남아 있던 맥주를 한 번에 마셨다.

"형. 도대체 왜 그래요? 귀신 들린 사람처럼."

구름처럼 몰려든 사람들을 뚫고 겨우겨우 밴으로 돌아와 차를 다른 곳에 주차시킨 형수가 하준에게 물었다. 형수는 하준에게 몰려드는 사람들을 막아 내느라 옷도 다 늘어나고 아주 만신창이가 된 모습이었다.

"형?"

늘어난 옷을 정돈하던 형수가 다시 하준을 부르며 돌아봤다. 하준은 무섭게 굳은 얼굴로 창밖만 노려보고 있었다. 그의 얼굴을 멍하니 바라보던 형수가 고개를 절레절레 저으며 중얼거렸다.

"아, 미치겠네. 이거 살풀이 굿이라도 해야 하나? 그런데 남태평양 귀신도 우리나라 무당으로 커버가 되는지 원……."

"정형수."

"예, 예?"

머리를 비비던 형수가 퍼뜩 고개를 들고 하준을 바라봤다. 이번엔 또 무슨 소리를 하려고? 형수가 바짝 긴장한 얼굴로 보고 있자 하준은 그 자세 그대로 시선만 형수에게 향한 채 말했다.

"그쪽에 사람들 몰려 있으니까 약속 장소 변경해. 이 근방이 한가해 보이니까 이왕이면 이쪽으로 부르고."

"아, 네! 지금 당장 전화할게요!"

형수는 얼른 전화기를 들어 장 감독에게 전화했다. 다행히 하준이 완전히 정신이 나간 건 아닌 모양이었다. 장 감독과 통화를 끝낸 형수는 하준이 맘 바뀌기 전에 어서 일을 진행하기 위해 급히 차에서 내렸다.

"형. 감독님 오시기 전까지 근처에 룸 있는 가게 수배해 놓을 테니 잠시만 여기서 기다려요."

차 안에 혼자 남게 된 하준은 창밖으로 부리나케 달려가는 형수를 보며 미간을 좁히고 낮은 신음을 흘렸다.

분명 지나가는 걸 두 눈으로 똑똑히 봤는데…… 어디로 사라진 거지? 형수 말대로 정말 귀신에라도 홀렸단 말인가?

하준이 헛웃음을 지으며 한숨을 내쉬었다. 아까 창밖을 지나가던 여자를 머릿속에서 몇 번이나 리플레이 시켜 봤지만 아무리 생각해도 그 여자는 피지에서의 그 여자가 확실했다. 작은 얼굴에 어려 보이는 보얀 피부와 작은 체구, 무엇보다 잊히지 않던 까맣고 동글 동글한 눈…….

가만, 그런데 왜 난 여기 와서까지 아직도 그 여자 때문에 이러 고 있는 거지?

"후우. 미치겠군."

하준은 손바닥으로 얼굴을 쓸며 답답한 듯 중얼거렸다.

"젠장. 귀신을 본 거라도 좋으니 다시 나타나서 설명이라도 해 달란 말이야. 사람 미치게 만들지 말고."

"많이 마셨는데 괜찮겠어?"

기분 좋게 휘청이는 지유를 걱정스럽게 바라보며 정희가 말했다.

"괜찮아~ 여행이 끝나서 긴장이 풀렸나 보지. 전혀 걱정 없어~ 노프라블럼! 여긴 우리나라잖아?"

지유는 가재처럼 풀린 눈으로 연신 노프라블럼을 외치며 데리러 온 애인에게 어서 가라고 정희의 등을 떠밀었다.

"아무래도 걱정되는데…… 우리 안경 군 차로 태워 줄 테니 같 이 가자."

"엄머머? 얘 좀 봐. 내가 지금부터 여기서 어떤 남자를 만나서 어떤 역사를 이룰 줄 알고? 나 지금 외쿡 물 먹고 많이 오픈마인드 돼 있거든? 내 사생활 방해하지 말고 어서 사라져 주렴."

지유가 눈을 가늘게 뜨고 손을 휘이휘이 휘젓자 정희는 헛웃음 을 흘리고는 뒤돌며 말했다.

"알았어. 그럼 난 간다. 제발 그 역사 좀 만들어라. 알았지?"

"걱정 말라니까~ 어서 가."

지유는 기다리고 있는 애인에게로 총총 사라지는 정희의 뒷모습을 향해 한참 손을 흔들다가 뒤돌았다. 천천히 밤거리를 걸으며 작게 한숨을 포옥 내쉬었다.

"하아, 좋겠다. 술 마시면 데리러 오는 애인도 있고…… 딸꾹."

하긴 정희는 키도 크고 쇼트커트를 해도 아주 잘 어울리는 도시적인 미인이었다. 어릴 때부터 모델 같다고 인기도 많았고 거기다 공부도 잘해서 지금은 알아주는 대기업에서 근무하고 있었다. 뭐 그런 것들이야 내 친구 잘난 거니까 하나도 부럽지 않은데, 술 마셨을 때 걱정된다고 당장 데리러 오는 애인은 솔직히 부럽다.

"아아, 나도 어서 연애를 해야 할 텐데……."

아직 써 보지도 못한 연애세포가 다 말라 죽기 전에 말이지! 물론 그 전에 취업부터 하고. 퇴직금 탈탈 털어 여행 경비로 다 써 버려 통장 잔고가 이미 바닥을 보이다 못해 가뭄 논바닥처럼 쩍쩍 갈라지고 있으니까.

"그러니까 문제는 돈, 그리고 남자란 말이지. 딸꾹, 그래. 돈! 남자! 돈!! 남자!!"

가재 눈을 한 채 포효하듯 부르짖는 지유를 보고 지나가던 사람이 흠칫 놀라 멀리 떨어졌다.

"하아, 그래도 좋구나. 고국은 좋은 거야……."

이렇게 한밤중에 술 먹고 휘적휘적 걸어 다녀도 안심이 되는 걸 보면 말이지. 지유는 그렇게 생각하며 헤벌쭉 웃고는 다시 열심히 갈지자로 걸어가기 시작했다.

형수는 하준이 미팅 자리에서 감독에게 진중한 태도를 보여 내심 안도했다. 요즘 영 속을 알 수 없는 모습을 보며 또 홀린 듯 자리를 박차고 나가 버리거나 뭐든 관심 없다는 듯 무기력한 모습을 보이면 어쩌나 했는데…… 얼마나 다행인지.

감독과 헤어진 후 돌아가는 길에 운전대를 잡은 형수가 기분 좋게 하준에게 말했다.

"아마 감독님이 형으로 결정할 것 같아요. 아까 들었죠? 1순위로 이하준 생각하고 있다고. 여기 나가면 내년 칸 경쟁 부분에 바로 노미네이트 된다고 봐도 무방해요. 이번 작품 시나리오 탄탄하다고 충무로에 소문 좍 퍼져서 다들 눈에 불을 켜고 있다고 제가 말했죠? 어떻게든 조연이라도 나와서 얼굴 비치려고 한다니까요?"

"흐음."

형수가 신이 나서 떠드는 소리는 안중에도 없는 듯 하준은 별다른 반응이 없었다. 뒷좌석에 앉아 아까처럼 무서운 표정은 아니었지만 턱을 괴고 창밖을 바라보고 있는 모습은 어딘가 기운이 없어 보였다.

아무래도 이상한데…….

"형. 요즘 무슨 고민 있어요? 나한테라도 털어놔 봐요. 그렇게 끙끙 앓고 있지 말고."

룸미러를 힐끗거리던 형수가 조심스럽게 묻자 하준이 형수를 슥 보고는 다시 창밖으로 시선을 돌렸다.

"나한테 신경 좀 *끄지*."

"내가 매니저인데 어떻게 형한테 신경을 꺼요? 일하지 말란 소린가, 뭐?"

형수가 투덜거리는 순간 창밖을 보고 있던 하준의 눈이 확 커졌다.

"……!"

잘못 본 게 아닌지 하준이 시선을 고정한 채로 여러 번 눈을 깜빡거렸다. 창밖에 걸어가고 있는 여자…… 저 여자는 분명 아까 봤던 여자와 같은 옷을 입고 있었다. 그리고 체형도, 머리 스타일도 그때 본 그 여자와 똑같았다.

"세워!"

"네, 넷?!"

갑자기 하준이 버럭 소리를 지르자 형수가 깜짝 놀라 급브레이크를 밟고 차를 세웠다. 끼이익 소리와 함께 겨우 차를 세운 형수가 놀란 얼굴로 뒤돌아봤다.

"왜 그래요? 이번엔 또 무슨……."

하준은 옆자리에 놔둔 모자를 눌러쓰고 차 문을 벌컥 열고 밖으로 튀어 나갔다.

"헉! 형! 위, 위험해요!"

형수의 외침과 동시에 그에게 달려들던 차들이 급브레이크를 밟으며 클랙슨을 울려 댔다. 형수가 경악스러운 표정으로 입을 떡 벌리는데 하준은 묘기를 부리듯 이리저리 차를 피해 바람처럼 인도를 향해 달려갔다. 그가 무사히 차도를 건너자 그제야 형수가 훅, 하고 참았던 숨을 내쉬었다.

"도, 도대체 무슨……."

빵빵! 빵빵!

형수가 어이없는 눈으로 망연자실 하준을 보는데 뒤차들이 쉴 새 없이 클랙슨을 울려댔다.

"아, 미치겠네!"

형수는 자기가 사람들의 이목을 집중시키면 하준이 들키기가 더 쉬울 것 같다는 생각에 할 수 없이 일단 차 시동을 걸고 출발시켰다.

술에 취해 비틀거리는 지유의 걸음은 매우 느렸고, 주위는 신경 쓰이지 않을 정도로 풀어져 있었다. 급박한 발자국 소리 따위 제 알 바 아니니까. 어차피 남 일이겠거니.

그런데 그때 누군가 그녀의 팔을 확 낚아챘다.

"어어?"

시야가 한 바퀴 빙그르르 돌더니 눈앞에 어디서 봤던 잘생긴 얼굴이 떡하니……

"헉! 이, 이하…… 읍!"

지유가 눈을 동그랗게 뜨고 소리치는데 하준이 얼른 그녀의 입을 손으로 막았다. 그러더니 입이 막힌 채 놀란 눈으로 쳐다보고 있는 여자를 뚫어지게 응시하며 빠르게 말했다.

"괜히 사람들 시선 집중시킬 필요는 없잖아. 안 그래?"

아니 이, 이 남자가 어디서 갑자기 나타난 거지?

지유가 흔들리는 동공으로 하준을 쳐다봤다. 거칠게 숨을 몰아쉬는 하준의 가슴이 크게 들썩이고 있었다. 힘이 드는지 살짝 인상을 쓴 채로 지유를 내려다보던 하준이 손을 내렸다.

"겨우 잡았는데 나와 얘기 좀 할까?"

"어……어어어?"

분명 권유형으로 물어봤으면서도 하준은 말이 끝나기도 전에 지유의 팔을 잡고 성큼성큼 끌고 갔다.

"아니, 아니 잠깐. 잠깐만요. 지금 이게 무슨……."

　지유는 하준에게 잡혀 끌려가면서도 머릿속이 뒤죽박죽이었다. 왜 이 남자는 항상 갑자기 나타나서 이렇게 제멋대로 행동하는 거지? 도대체 어디서 나타난 거야?

　그보다, 지금 이거 꿈 아니지?

　차를 세울 데가 마땅치 않아 주차하는 데 애를 먹은 형수가 부랴부랴 그 자리로 다시 돌아왔을 땐 하준은 이미 자취를 감춘 뒤였다.

"헥, 헥. 어디로 갔지?"

　형수가 숨을 몰아쉬며 주머니에서 급히 휴대전화를 꺼내 하준에게 전화를 걸었다. 하지만 계속 신호음만 들릴 뿐 연결되지 않았다.

"사람들 사이로 달려들지를 않나, 도로 한가운데서 뛰쳐나가지 않나…… 진짜 이 형한테 뭐가 씌었나? 심각하네, 이거?"

　형수는 이마를 찌푸리며 계속 신호음만 가는 전화기를 바라봤다.

　그 시간 하준은 보이는 대로 들어간 건물의 꼭대기 층 라운지 바에 지유와 마주 앉아 있었다. 다행히 손님이 얼마 없는 어두운 바라 그를 알아보는 사람은 없는 듯했다. 주문을 받으러 온 젊은 여자가 그를 조금 유심히 보는 듯했지만 숙달된 목소리 변조 스킬로 곧 여자의 의심을 지워 버렸다.

지유가 자신에게 시선을 똑바로 박고 있는 하준을 흘끗 바라봤다.

'……왜 저렇게 날 뚫어지게 보는 거야.'

따끔따끔할 정도로 내리꽂히는 시선에 지유는 겸연쩍은 표정으로 눈앞의 맥주만 벌컥벌컥 들이켰다. 아아, 속이 탄다, 속이 타! 도대체 이 상황은 뭐냐고?

아까부터 이 남자가 정말 얼굴에 구멍이라도 낼 생각인지. 머릿속도 패닉이고 딱히 할 말도 없는 지유는 맥주만 홀짝거렸다. 지유가 맥주 한 병을 거의 다 비울 때쯤에야 하준이 천천히 입을 열었다.

"나, 알지?"

많은 뜻을 내포한 듯한 그 말에 지유는 움찔했다.

'……역시 그건 꿈이 아니었던 모양이야. 맙소사!'

지유는 당혹스러운 속내를 감추고 태연히 맥주를 들이켜며 말했다.

"이하준을 모르는 여자가 이 나라에 어디 있겠어요? 이렇게 아무나 붙잡고 헌팅 하는 남자인 줄은 몰랐지만."

그녀의 말에 하준의 시선이 날카롭게 번뜩였다. 그 서슬에 지유는 일순 심장이 쪼그라드는 기분이었지만 무심한 표정으로 그의 시선을 받아 내며 똑바로 마주 봤다.

그 일이 사실이든 꿈이든 어쨌든 간에 그건 하룻밤의 꿈으로 생각하기로 했으니까.

"아무 여자나?"

그의 비틀린 입술에서 헛웃음이 새어 나왔다.

"그럼 이하준 씨는 저 아세요?"

"알지."

그냥 이대로 넘어갑시다, 제발. 그 밤의 일이 사실이었다 해도 당신처럼 유명인과 엮일 생각 따윈 없다고요.

지유가 눈을 번뜩이며 물었다.

"내 이름이 뭔데요?"

"지금 그게 중요해? 이름 따위가?"

"어머머? 내 이름도 모르고 날 어떻게 안다는 거예요? 그럼 이름도 모르는 아무 여자 맞죠."

"하."

하준이 어이없다는 듯 실소를 흘렸다.

도대체 뭐하자는 건지……. 저 얼굴, 저 목소리, 저 눈빛. 아무리 취했어도 그의 모든 감각은 그녀를 기억하고 있었다. 그런데 기억이 안 난다? 모르는 사람이다?

위스키를 입에 털어 넣은 하준이 지유를 똑바로 응시했다.

지유는 마치 자신을 간파하려는 듯한 강렬한 시선에 자기도 모르게 슬쩍 시선을 돌렸다. 아니 사실은 아까부터…… 이 남자가 똑바로 쳐다볼 때마다 그날이…… 그 새벽의 격렬했던 몸사위가 떠올라서 자꾸…… 아우, 죽겠네. 진짜!

지유의 몹시 초조한 눈동자를 보며 하준이 고개를 비스듬히 기울였다.

"내가 착각한 건가? 난 분명 널 안다고 생각했는데."

"누, 누군지는 모르겠지만 착각하신 거 맞아요. 적어도 난 아니거든요."

"……그래?"

하준이 위스키 잔에 시선을 내린 채로 빙글빙글 돌렸다. 그의 속 눈썹이 천천히 들려 올라가 공중에서 시선이 딱 부딪히자 지유는 순간 숨이 멎는 줄 알았다.

아…….

이하준의 눈빛은 사람의 마음을 단숨에 사로잡는 힘을 가지고 있었다. 언론에서 심심찮게 나오는 '치명적인 독을 품은 눈빛'이니 '헤어 나올 수 없는 매혹의 눈빛'이라는 표현은 정말 괜히 나온 말이 아니구나. 저 독에 당하면…….

"약도 없겠어."

자기도 모르게 중얼거린 지유는 흠칫 놀라 얼른 시선을 내렸다. 더 보고 있으면 정말 귀신에게 홀리듯 그의 유도심문에 홀라당 넘어갈 것만 같았다. 그래서 믿을 건 이 맥주밖에 없다는 듯 맥주잔을 움켜잡고 벌컥벌컥 들이켰다. 이미 정희와 있을 때 주량이 오버됐지만 지금 그게 중요한 건 아니었다.

"그때 너와 했던 걸 다시 해 보면."

뭐, 뭐라고?

지유가 놀란 눈을 둥그렇게 뜨자 하준이 입술 끝을 늘리고 그녀를 바라봤다.

"그럼 확실히 알 수 있을 것 같은데? 내가 착각한 건지 아닌지. 어때? 한번 시도해 보는 게."

"그, 그게 무슨……. 어멋!"

지유는 무척 당황해하며 손에서 맥주잔을 미끄러뜨렸다. 테이블 위로 잔에 남아 있던 맥주가 좌악 쏟아지자 하준이 빠르게 몸을 일으켜 그녀의 몸에 닿기 전에 자신의 재킷으로 덮었다.

"헉! 옷으로 그렇게 하면…… 여, 여기 휴지 있어요."

"됐어."

지유가 맥주에 푹 절어지는 고급스러운 재킷을 보며 휴지를 뽑아 들고 안절부절못해했다. 하준은 아무 일도 없던 듯 남은 맥주를 닦아 내고는 자리에 앉았다. 휴지를 든 채로 어정쩡하게 서 있는 지유를 가만히 바라보며 그가 말했다.

"모르는 척하고 싶어?"

"……!"

지유의 동공이 급격히 흔들리는 것을 보며 하준이 싱긋 웃었다.

"솔직히 말해 봐. 괜찮으니까."

아, 아니 뭐가 괜찮다는 건지…… 지금 여기서 그렇다고 해 버리면 그 일이 있었다는 걸 인정하는 꼴이 되어 버리잖아?

"무슨 소리신지 도통……."

하준은 마치 사시라도 될 것처럼 그에게서 시선을 한참 비낀 채로 중얼거린 지유를 가만히 응시했다. 훗, 입가에 미소를 띠운 채로 그가 시니컬하게 말했다.

"좋아. 재미있겠군. 그럼 어디 한번 해봐."

"해보다니. 뭐, 뭘요?"

빙글빙글 웃고 있는 하준의 얼굴이 왠지 꺼림칙하게 느껴진 지유가 슬쩍 물었다.

"모르겠어?"

"네. 솔직히 전혀……."

이 남자가 도대체 무슨 생각으로 이렇게 확신을 갖고 있는지 알고 싶었지만 하준의 묘한 웃음의 의미는 도무지 파악이 안 됐다.

그러니까 더 불안하잖아?

지유가 마른침을 꿀꺽 삼켰다. 술잔을 천천히 돌리던 하준이 웃음기 섞인 낮은 목소리로 말했다.

"어디 한번 도망가 보라고. 내가 너를 잡나, 못 잡나. 그런데 잡히면 각오는 해야 할 거야. 내가 그렇게 쉬운 상대는 아니거든."

매혹적인 미소를 짓는 그를 바라보는 지유의 얼굴이 노래졌다.

맙소사! 어쩌지?

지유는 그야말로 공황 상태였다. 정신이 완전히 나가 버려서 그날 밤 그와 어떻게 헤어져서 집에 왔는지조차 기억이 흐릿했다. 그정도로 이하준 그 남자의 말은 충격적이었다.

'그런데 잡히면 각오는 해야 할 거야. 내가 그렇게 쉬운 상대는 아니거든.'

각오라니! 도대체 무, 무슨 각오를 하라는 소리지? 그럼 그 남자는 내가 모르는 척하고 있다는 걸 다 꿰뚫어 보고 있다는 건가? 그정도로 그날의 기억이 또렷하다고? 설마. 그 남자는 그날 취해 있기까지 했는데…….

하지만 아무리 생각해 봐도 그 눈빛은 분명 확신을 가진 눈빛이었다.

"하아, 어쩌지? 이건 정말 말도 안 돼…….''

지유가 손바닥으로 얼굴을 감쌌다. 정희가 말한 '낯선 곳에서 처음 본 남자와의 위험하고 관능적인 하룻밤' 이 이런 어마어마한 결과로까지 이어질 줄은 정말 생각도 못 했다.

어떻게 해야 할까? ……설마 그 남자와 또 만날 일이 생기진 않겠지?

"그래. 그날은 그냥…… 장난친 거였을 거야. 비슷한 여자니 떠본다거나 그런 거 말이지. 그래, 그래. 그런 거겠지. 너무 진지하게 생각하지 말자. 이건 너무 비현실적이야."

지유가 스스로에게 납득시키듯 중얼거리며 생각에서 벗어나고자 TV를 켰다. 그랬더니 이하준이 딱 나타났다.

"허억."

눈을 크게 뜨고 소스라치게 놀란 지유가 리모컨을 떨어뜨리고 숨을 멈췄다.

―당신에게만 따뜻하고 싶은 남자. 당신의 커피. 피아르.

지유는 광고가 넘어간 뒤에도 놀란 가슴을 부여잡고 있다가 겨우 제정신을 차리고 얼른 TV를 꺼 버렸다.

"아, 안 되겠어. 이 남자가 나오는 광고가 도대체 몇 개야? TV는 지뢰밭이니 당분간 켜면 안 되겠어."

지유가 쿵덕이는 심장을 겨우 진정시키고 인터넷을 하려고 컴퓨터 전원을 켰다. 그랬더니 인터넷 창에 이하준이 딱 나타났다.

"허억."

『이하준이 모델로 있는 명품 브랜드 제이카파의 자선 파티장에 나타난······.』

팟.

지유는 인터넷 창을 가차 없이 닫아 버리고 침대 위에 벌렁 누워
버렸다.

"됐다. 스마트폰 게임이나 해야지."

침대 위에 누운 채로 게임에 접속하기 위해 모바일 메신저를 열
었더니 갑자기 광고창이 열리면서 이하준이 딱 나타났다.

『스타와 함께 하는 초특급 아이템전! 오늘 딱 하루, 이하준이 쏜
다! 달려라 붕붕이 게임을 하시는 유저들을 위해 오늘 하루 특별
히······.』

"아아악!"

지유는 스마트폰을 머리 위로 휙 던져 버리고 베개에 머리를 푸
욱 묻었다.

이하준, 이하준, 이하준!

어딜 봐도 이하준 천지다. 도무지 도망칠 곳이 없어!

02.
연애의 이유

그 남자, 이하준이 다시 나타난 건 얼마 지나지 않아서였다. 집에서 끙끙거리며 이력서를 작성하던 지유는 초인종 소리에 문을 열었다가 그 자리에 얼음처럼 꽁꽁 굳어 버렸다.

"아무나 문을 열어 주나? 겁이 없으시군."

빈티지한 화이트 셔츠에 물 빠진 청바지를 입고 까만 군모를 푹 눌러쓰고 나타난 이하준은 대뜸 인상을 구기며 그랬다. 이 남자는 어떻게 이렇게 대충 입은 것 같은 옷도 모델처럼 소화하냐.

"나, 난 택배인 줄 알고……."

놀란 지유의 얼굴을 빤히 내려다보며 하준이 태연하게 물었다.

"뭘 시켰는데?"

"네? 그러니까 왕만두 3종 세트랑 놀라운 정리력을 보여주는 12단 속옷 정리함…… 어? 자, 잠깐만요!"

자기도 모르게 술술 대답하고 있는 지유의 옆을 하준이 유유히 지나 현관으로 들어왔다. 퍼뜩 정신을 차린 지유가 얼른 그의 앞을 가로막았다.

"어딜 들어와요?"

지유가 짧은 팔을 필사적으로 쫙 벌려 앞을 가로막은 채로 올려다봤다. 그러자 그 자리에 멈춘 하준이 눈을 가늘게 뜨고 가슴 위로 팔짱을 꼈다.

"왜? 안에 남자라도 있나?"

"뭐, 뭐라고요?"

이 남자가 뭐래?

어이없어서 입이 절로 벌어지는데 하준이 아랑곳하지 않고 다시 진입을 시도했다. 지유는 온몸으로 방어하며 그를 다시 현관문 밖으로 밀어냈다. 하지만 하준의 한 걸음으로 겨우 몰아낸 영역이 고대로 복구됐다.

"어엇! 멈춰요! 어딜 들어오냐고요!"

"그럼 내가 여기까지 왜 찾아왔게?"

"이하준 씨!"

하준이 지유를 삐딱하게 내려다봤다. 얼굴이 벌겋게 달아오른 지유가 씩씩거리며 미간을 모으고 그를 올려다봤다.

"그렇게 큰 소리로 부르면 네가 곤란해질 수도 있는데? 여기 사는 사람들한테 다 들려서 이하준이 찾아온 여자로 소문내고 싶은 거라면 계속 그렇게 하고."

지유가 미간을 더욱 힘껏 모았다.

"그런 소문나면 이하준 씨한테 더 치명적일걸요?"

65

눈을 가늘게 뜬 지유가 말하자 하준이 팔짱을 낀 채로 싱글거렸다.

"전혀. 난 익숙하거든."

"뭐, 뭐라고요?"

가만. 생각해 보니 이 남자 말이 맞는 것 같았다. 이하준의 이미지가 절대 성실다정남 이미지는 아니지. 지금껏 이 남자와 스캔들 난 여자 연예인들만 해도 수두룩하다. 스캔들이 터진 지 얼마 안 되어 또 다른 스캔들을 터뜨리니 오히려 깊게 사귀는 여자는 없는 게 다행이라고 팬들이 실드 칠 정도니.

뭐 본인이야 천부적인 연기 재능과 우월한 외모까지 갖췄으니 스캔들 여파가 크게 미치지 못한다지만 상대 여자들은 어땠던가. 이하준과 만났던 여자라며 다른 연애를 하는 내내 꼬리표가 따라붙지 않았던가.

거기에 일반인인 자신에게 이하준과의 스캔들이란…… 헉! 그렇게 되면 평생 시집은 다 갔다!

"……일단 안으로 들어와요."

지유가 불퉁한 얼굴로 마지못해 한 걸음 뒤로 물러서자 하준이 씨익 웃으며 지체 없이 안으로 들어왔다. 마치 자기 집 안방 들어가듯 거리낌이 없는 하준의 뒷모습을 황당하다는 시선으로 보고 있던 지유는 누가 볼세라 얼른 현관문을 닫았다.

'휴, 설마 복도에 누가 나와 있던 건 아니겠지?'

방이 다닥다닥 붙어 있는 원룸형 오피스텔이니 혹 누가 봤을까 봐 여간 신경 쓰이는 게 아니었다. 잽싸게 문단속을 하고 돌아와 보니 하준이 책상 위 모니터를 빤히 보고 있었다.

"앗."

내 이력서! 지유가 깜짝 놀라 바람같이 달려가 모니터를 확 꺼버렸다.

"뭐야?"

하준이 인상을 쓰며 돌아봤다. 그의 미간이 확 좁혀 든 걸 보고 지유는 어이가 없었다. 이 남자가 적반하장도 유분수지…… 연예인은 다 이런가?

"왜 남의 이력서를 함부로 봐요? 저기 개인 정보가 얼마나 많은데. 요즘 개인정보가 제일 소중한 거 몰라요?"

"흐음."

하준은 지유가 하는 말에는 관심 없다는 듯 일어나 방 안을 이곳저곳 살피기 시작했다. 그런 그의 뒷모습을 눈을 가늘게 뜨고 응시하며 지유가 물었다.

"여긴 어떻게 안 거예요?"

"아, 난 이상한 취미가 있어서."

"이상한 취미요? 잠깐! 왜 남의 침대에 함부로 앉아요?"

하준이 지유의 침대 쪽으로 걸어가 털썩 앉자 지유가 뽈뽈거리며 다가가 득달같이 종알거렸다. 하준은 지유의 눈앞에서 그 긴 다리 한 짝을 들어 여유 있게 척 꼬고는 그녀를 지그시 올려다봤다.

"술 취한 여자 뒤따라가는 취미."

"네에?"

지유가 황당하다는 시선으로 하준을 바라봤다. 그는 빙글빙글 웃으며 두 팔을 뒤로 뻗어 침대에 기댄 채 방 안을 천천히 훑었다. 그러다 화장품이 나열해 있는 침대 옆의 작은 서랍장에 그의 시선이 머물렀다.

"……?"

못 박힌 듯 그의 시선이 거기에 향해 있자 지유도 이상한 기분으로 그의 시선을 따라갔다. 남의 화장품을 왜 저렇게 뚫어져라 보지?

"흠. 역시 그렇군. 생각대로야."

하준이 싱글거리며 시선을 옮겨 지유를 똑바로 바라봤다.

지유는 순간 흠칫 놀랐다. 창백할 정도로 하얀 피부와 높은 콧날, 거기에 진하게 뻗은 눈썹과 시원한 눈매는 도저히 같은 인종이 아닌 것처럼 느껴졌다. 게다가 머리 크기는 왜 저렇게 작은지…… 다리는 저렇게 긴데. 매혹적인 다갈색 눈동자와 마주칠 때마다 몸이 자라처럼 절로 움츠러드는 기분이다.

이 방 안에 이하준이 앉아 있다는 것도 적응 안 되는데, 그렇게 똑바로 쳐다보면 정말 뭐랄까…… 아무튼 심장에 좋지 않다.

"뭐, 뭐가요?"

지유가 그의 외모에 홀리지 않겠다는 듯 일부러 삐뚜름한 눈빛으로 그를 보며 말하자 하준이 입술 끝을 둥글게 휘어 올리며 싱긋 웃었다.

"그런 게 있어."

방금 화장품 정리 함 옆 투명 귀걸이 함에서 딱 하나 짝을 잃은 귀걸이를 발견했다. 피지의 리조트에서 그날 아침 침대 위에 남겨져 있던 고양이 모양 귀걸이와 똑같은 귀걸이.

훗. 역시 너였어.

자신의 생각이 틀리지 않았다는 생각에 싱글거리며 만족스러운 미소를 짓던 그가 순간 멈칫했다.

'……왜 그게 기분이 좋아? 어이가 없네.'

하준은 스스로의 기분에 의아스러움을 느꼈다. 솔직히 이해가 되지 않는 것이 한두 가지가 아니다. 피지에서부터 미친놈처럼 이 여자만 찾아다녔던 시간도 그렇고. 심지어 이국에서 만났는데 이 넓은 한국 땅에서 이렇게 다시 만났다는 것도 신기했다.

'왜 이 여자에게 그런 우연이 생긴 거지?

한국에서 그렇게 우연히 같은 시간 같은 공간 안에 있었다 해도, 바로 옆을 스쳐 지나갔다고 해도 알아보지 못했을 확률도 충분히 있지 않은가? 그런데 신기하게도 다시 만났다.

그 사실이 자신으로 하여금 새로운 이상한 취미를 만들었다. 술취해 집으로 가는 여자를 뒤따라가는 짓이라니…… 이하준이? 정말 무슨 짓을 하고 있는지 모르겠군.

"훗."

자조적인 표정으로 짧게 웃음을 흘린 하준이 고개를 들어 지유를 쳐다봤다. 지유는 갑자기 진지한 표정으로 자기를 응시하고 있는 남자를 심란한 표정으로 마주 보고 있었다.

저 남자는 도대체 무슨 생각인 거지?

솔직히 이하준이 저러는 이유를 정말 모르겠다. 그날 밤 여자가 나라고 한들, 이렇게까지 찾아와서 그걸 확인하려는 이유가 도대체 뭘까?

침묵이 길어지자 불편해진 지유가 결국 먼저 입을 열었다.

"여긴 왜 온 거예요?"

"나?"

하준이 능청스러운 표정으로 대답했다.

"그럼 누구겠어요? 이 집엔 지금 이하준 씨와 나밖에 없잖아요."

아차.

말을 하고 보니 왠지 이 집에 단둘뿐인 걸 강조하는 것 같아 지유의 얼굴이 슬쩍 달아올랐다. 그러자 하준이 묘한 미소를 지으며 고개를 끄덕였다.

"그러네. 우리 둘뿐이네. 여기."

하준이 은근한 미소를 지은 채로 강조하듯 말하자 지유는 얼굴이 토마토처럼 붉게 달아오르는 기분이었다.

"그, 그러니까 왜 온 거냐고요. 여자 혼자 사는 집에 무슨 볼일이 있다고."

"여기 사는 여자가 궁금해서."

"……네?"

지유의 눈이 공처럼 동그래졌다. 그 시선을 강하게 휘어 감으며 하준이 그녀를 똑바로 바라봤다.

"한지유라는 여자가 궁금해서 왔다고. 여기 오면 알 수 있을 것 같아서. 이 여자가 날 왜 이렇게 홀리는지."

홀리다니…… 내가?

지유는 멍한 얼굴로 하준을 바라봤다. 눈도 깜빡거리지 않고 가만히 보고 있다가 퍼뜩 정신이 들었다.

"나는, 나는 그런 적 없어요. 이하준 씨 착각이겠죠."

"자꾸 그렇게 모르는 척하는 부분도 그렇고. 왜 한지유는 그 일을 없던 일로 하고 싶은 걸까? 나에겐 정말 특별한 밤이었는데, 한지유에겐 아닌가? 그냥 별거 아니었나? 그런 생각하다 보면 저절로 홀리는 기분이야."

……가만. 이게 무슨 말이야?

이 남자는 어떻게 다시 만난 밤부터 날 피지의 그 여자라고 확신하고 있는 거지? 이거 지금 설마 몰카…… 아, 그럴 리가 없겠구나. 그런 19금 몰카가 있을 리가 없잖아!

"무슨 말인지 전혀 모르겠어요. 어쨌든 지금 무슨 착각을 해도 단단히 하고 계신 것 같으니까 같은 말 여러 번 하게 만들지 말고 이거 드시고 가 보세요."

지유는 냉장고에서 물병을 꺼내 컵에 차가운 물을 잔뜩 따라 하준에게 슥 내밀었다. 그는 물컵을 건네받으며 피식 웃었다.

"냉수 마시고 정신 차리라고?"

잘 아시네요.

지유가 차마 말로는 뱉지 못하고 긍정의 뜻을 담아 고개만 살짝 끄덕였다. 지유의 반응에 하준의 웃음이 짙어지더니 들고 있는 컵을 비우고 빈 컵을 책상 위에 척 올렸다.

"자, 다 마셨는데. 어쩐다? 그래도 변하는 건 없는데?"

하준이 팔짱을 끼고는 싱글거리며 지유를 바라봤다.

아. 얄미운 남자 같으니…….

지유가 입술을 살짝 깨물었다. 하준의 태도는 암만 봐도 그러했다. 어디 내가 네 장단에 어디까지 맞춰 주는지 볼래? 라는 식. 자신의 거짓말을 뻔히 다 알고 맞춰 주는 듯한 그의 태도에 지유는 거짓말을 하고 있는 초딩처럼 불안해졌다.

그때 하준이 갑자기 표정을 바꿔 한 순간에 웃음기를 지우고 지유를 똑바로 바라봤다.

"쓸데없는 짓은 이제 그만하는 게 좋지 않을까? 계속 우겨 봐야 피차 피곤해지기만 할 것 같은데."

진지한 그의 표정에 지유는 침을 삼켰다. 머릿속으로 무수한 갈등이 스쳐 지나갔다. 어떡하지? 계속 모르쇠로 일관해? 아니면 그냥 저 남자 말대로 우기는 걸 그만둬? 하지만 그랬다간 그 후의 일은 어떻게 감당하라고? 하아, 도대체 이걸 어쩌면 좋지?

꿈인 줄 알았던 하룻밤의 일이 이렇게 어마어마한 일로 번질 줄은 정말 몰랐다. 정말로.

하준은 지유의 두 눈을 흔들림 없이 똑바로 응시하고 있었다.

"일단은……."

고민하던 지유가 한참 만에 입을 열었다.

"알았어요. 우선 솔직해지는 걸로 할게요. 이래선 아무것도 해결되는 것이 없으니까."

"잘 생각했어."

하준이 굳은 얼굴을 풀고 씩 웃었다.

저 남자는 배우라 그런가, 표정 하나로 아주 분위기를 확확 잘도 바꾸네. 지유가 꿀꺽 침을 삼키고는 말했다.

"하준 씨는 그날 만났던 여자가 나라는 걸 어떻게 확신해요?"

"그걸 어떻게 모를 수가 있지?"

되레 이해가 안 간다는 표정으로 하준이 미간을 좁혔다.

"나야 하준 씨가 워낙에 유명한 사람이고…… 그러니까 처음부터 안 거라지만 하준 씨는 그게 아니었잖아요."

"그날부터 너만 찾아다녔으니까."

"네?"

찾아다니다니…… 날?

"네가 그 방에서 사라진 아침부터 뭔가에 씌인 사람처럼 너만 찾아다녔어. 홀려도 단단히 홀린 건지…… 공항까지 따라가서 뒷모습을 봤는데, 절묘하게 코앞에서 놓쳤지. 그날 베이지색 셔츠와 청반바지 입고 있던 거 너 맞지?"

엇, 정말……?

그날 자신의 옷차림을 하준이 정확히 맞추자 지유의 입술이 저절로 벌어졌다. 그걸 본 하준의 눈동자가 순식간에 까맣게 어두워졌다. 지유의 눈이 의아스러워지는데 그가 웃음기 없는 얼굴로 낮게 말했다.

"그렇게 입 벌리지 마."

"헉."

지유가 입을 꾹 다물고는 얼른 손으로 제 입을 가렸다. 아무리 멍청한 표정을 했더라도 저렇게 무서운 얼굴로 말할 것까지야……. 괜히 민망해진 지유가 자기도 모르게 화르륵 달아오른 얼굴로 하준을 쳐다봤다.

"나, 남이야 입을 벌리고 있든 말든……."

"삼키고 싶어지잖아."

"뭐, 뭐라구요?"

하준이 싱글거리며 말하자 지유가 미간을 확 좁혔다. 그의 표정은 어느샌가 또 태연해져 있었다. 하준이 무척 부드러워 보이는 찰랑이는 까만 머리칼을 쓸어 넘기며 말했다.

"그 후로 한국에 오고 난 뒤에도 그랬어. 널 찾기 위해 갖은 방법은 다 썼지만 실패했지. 난 네 이름도 나이도 아무것도 모르니까. 그래도 나도 모르게 너와 닮은 사람을 본능적으로 찾고 있었어. 어딜 가든."

"왜 날…… 그렇게 찾은 건데요?"

지유가 슬쩍 손을 내리고 이해가 되지 않는다는 듯 물었다.

"왜냐고?"

"네. 사실 잘 이해가 가질 않아서요. 그런 일 이하준 씨한테는 별로 특별한 일은 아닐 것 같거든요…… 솔직히."

내내 궁금하던 것을 지유가 용기를 내어 물었다. 그러자 하준이 기분 나쁜 듯 슬몃 인상을 굳혔다.

"왜 쉽게 특별한 일이 아닐 거라고 속단하지? 나에게는 태어나서 처음 있는 일이었어."

"네에? 서, 설마…… 숫총각이었어요?"

지유가 놀란 눈을 보름달마냥 크게 떴다. 그, 그럼 지금까지 나왔던 그 무수한 스캔들은 죄다 연막이었고 실상은 순진무구한 숫총각이었단 뜻인가?

지유의 말에 하준의 눈빛이 서늘해졌다.

아. 역시 아닌가. 따가운 하준의 눈초리에 지유가 얼른 손을 내저으며 말했다.

"노, 농담이에요. 농담. 설마 그럴 리는 없겠죠. 그럼 그게 무슨 뜻인데요?"

"여자한테 육체적으로 느꼈던 적이 처음이라고."

"아아. 그렇구…… 네??"

이게 무슨 소리야? 관계가 처음도 아닌데 느끼질 못했다? 그러니까 관계가 처음인 건 아니고…… 느끼지 못하다니? 그날 그렇게 엄청나게 느끼던 사람이……?

지유가 알쏭달쏭한 표정을 지으며 고개를 갸웃거리자 하준이 툭 내뱉듯 말했다.

"일종의 불감증이었다고."

"아아, 불감…… 네??"

고개를 끄덕거리던 지유가 다시 고개를 번쩍 쳐들었다.

이하준이 불감증이라니. 그럼 그 많은 스캔들은 다 불감증인 상태로 일으켰단 소린가? 불감증인 상태로 이 여자에서 저 여자로, 저 여자에서 요 여자로 이랬다가 저랬다가 왔다갔다 나 갔다가 너는 밤낮…….

"지금 장난해요?"

왠지 농락당하는 기분에 지유가 기분 나쁘다는 표정으로 눈에 힘을 줬다. 그대로 그를 쳐다보자 하준이 그녀의 눈을 똑바로 바라봤다.

"장난 같아 보여?"

장난 같진 않은데…… 거참, 모르겠네.

"알았어요. 그러니까 하준 씨 말은…… 내가 하준 씨의 불감증을 고쳐 줘서 날 찾아다녔다는 말이에요?"

일단 하준의 말을 믿어보기로 하고 지유가 물었다. 눈썹을 찡그리고 생각하던 그가 어깨를 으쓱였다.

"고쳐진 건지는 아직 몰라. 아직 그 한 번의 경험밖에 없으니까."

"그럼 혹시 다른 사람하고는…….."

"미친놈처럼 너만 찾아다녔는데 그걸 시험해 볼 시간이 어딨어?"

"아, 그, 그런가……."

그렇다고 그렇게 눈을 부라릴 것까지야……. 사람 성질 참.

"설마 나 혼자만의 생각이라곤 말하지 못할걸? 너 역시 그날 특별한 무언가를 느꼈을 테니."

하준이 진지한 시선으로 지유를 응시했다. 그날 너의 반응을 똑똑히 기억한다는 듯한 그의 눈빛에 지유가 숨을 삼켰다.

"하준 씨가 무슨 말을 하는지는 알겠거든요. 그런데 저는……."

지유가 말을 멈추고 잠시 뜸을 들였다. 이런 말하면 기분이 나쁘려나? 아무래도 그럴 것 같은데…….

"말해."

하준이 달싹이는 지유의 입술만 노려보며 재촉했다. 지유는 슬쩍 그의 눈치를 보고는 입을 열었다.

"전 그날은 사실 그냥 꿈인 줄로만 알았거든요."

"……꿈?"

지유의 말에 하준이 잠시 멍한 얼굴로 그녀를 바라봤다.

"네. 꿈이요. 전 원래 이하준 씨 팬도 아니었고……."

물론 꿈에 당신이 나와서 야한 짓을 벌였던 적이 있기 때문에 그날도 당연하게 꿈이라고 받아들였다는 말은 차마 할 수는 없어 지유는 열심히 말을 골랐다.

"미안해요. 실은 그래서 모른 척했던 거예요. 음, 그러니까 전 그때 그 일이 꿈이라고 생각했고 꿈이 아니라는 걸 깨달았을 때 정말 깜짝 놀랐거든요. 그래서 이거 정말 큰일이구나 싶어서……."

"그래서 도망갔다?"

하준이 날카로운 눈빛으로 묻자 지유가 어깨를 흠칫거렸다. 에라, 모르겠다!

"네. 뭐 말하자면 그런 거죠."

지유가 용기를 내어 솔직히 말하자 하준이 일순 허탈한 표정을 짓더니 갑자기 싸늘하게 표정을 굳혔다.

"지금 장난해?"

"네, 네?"

낮게 흘러나오는 그의 목소리에 지유가 흠칫 놀라 되물었다.

"그렇게 사람을 환장할 만큼 좋게 만들어 놓고, 꿈? 그런 식으로 핑계를 대면 넘어갈 수 있다고 생각해? 어림없어. 한지유."

"피, 핑계가 아니라 그냥 솔직한 제 마음을 말한 것뿐인……
헉."

이 남자가 왜 또 사람을 죽일 듯이 쏘아보고…….

지유는 레이저라도 쏠 듯 살벌하게 쳐다보는 하준을 향해 잔뜩 미간을 좁힌 채 억울하다는 듯 마주 봤다. 하지만 점차 강렬해지는 그의 시선에 저도 모르게 슬쩍 시선을 내렸다. 다소곳이 시선을 떨군 지유를 잡아먹을 듯 노려보던 하준이 말했다.

"그래. 백번 양보해서 넌 꿈인 줄 알았다 치자. 그런데 난 아니야. 난 그날 죽을 것 같은 쾌감을 느꼈으니까."

"그, 그런 민망한 말을 대놓고……."

지유가 얼굴이 화끈 달아올라 고개를 더욱 숙이는데 그의 목소리가 다시 들렸다.

"한지유."

"……네?"

동그란 그녀의 눈망울이 다시 거슬러 올라 그와 시선이 부딪혔다. 다갈색 눈동자에 포박당한 듯 지유는 꼼짝도 할 수가 없었다. 이러면 안 되는데…… 홀렸다고 한 사람은 저 사람인데 왜 내가 홀릴 지경인가.

지유가 그의 마수에서 벗어나고자 고개를 돌리려는데 하준이 침대 위에 앉은 채로 손을 뻗어 지유의 손을 잡았다.

"엇."

갑자기 손이 잡힌 지유가 움찔 놀랐지만 하준은 아랑곳하지 않고 그대로 지유의 손에 깍지를 끼었다.

"봐봐."

하준이 깍지 낀 손을 지유에게 들어 보였다. 그녀의 흔들리는 시선이 자신의 손과 깍지 낀 그의 커다란 손에 닿자 하준이 낮게 말했다.

"넌 나한테 잡혔어. 네가 어떤 생각이든 간에 난 이걸 놔줄 생각이 없으니까, 그냥 얌전히 따라와."

"따, 따라오라니…… 어딜요?"

지유가 불안한 얼굴로 침을 삼키고 묻자 하준의 입술 끝이 비스듬하게 휘어 올라갔다.

"어디긴. 나한테지."

"그러니까 그게 무슨 뜻……."

"풀어서 설명해야 하나? 나와 연애해 보자고."

헉……. 맙소사.

정신을 차려 보니 지유는 어찌 된 일인지 하준의 차 안에 앉아 있었다. 그것도 조수석에서 얌전히 벨트까지 매고.

……내가 언제 이 남자의 차에 타게 된 거지?

"이, 이하준 씨."

지유가 창백해진 얼굴로 옆자리에서 태연히 운전하고 있는 하준을 바라봤다.

"이제 뇌에 산소가 좀 도나? 내내 얼음같이 얼어 있더니."

하준이 지유를 힐끗 보며 입꼬리를 추켜올렸다. 얄밉게 말려 올라가는 입꼬리가 솔직히 좀…… 섹시하다. 정말이지 배우라는 우월한 종자들이란 사람 혼을 빼놓기 위해 태어난 사람 같다니까. 사탄이 따로 없어, 사탄.

"아까 그 말, 진심이에요? 우리 지금 어디 가고 있는 거예요? 그런데 이렇게 차에 여자 태우고 다니면 파파라치한테 걸릴 위험이 크지 않아요?"

지유가 한꺼번에 질문들을 쏟아 내고는 흠칫 놀랐다. 무슨 짓이람? 정신분열증 걸린 사람같이. 자신이 내뱉은 말에 지유가 겸연쩍어하고 있는데 하준이 시선을 전방에 둔 채로 말했다.

"물론 진심이야. 지금은 배고파서 밥 먹으러 나가는 길이고. 아까 말했는데 듣는 것 같지 않더니 역시 그런 모양이군……. 하긴 얼음 상태였으니 이해는 해. 그리고 이렇게 내 차에 여자를 태우고 다니는 건 솔직히 위험하지 않다고 할 순 없겠지. 그래도 이건 공식적인 내 차가 아니니까 안전한 편이고."

지유는 잠시 눈을 깜빡이다가 이마를 살짝 찡그렸다.

이 남자가 질문 순서도 까먹지 않고 대답하다니. 역시 배우라 대본을 잘 외워서 그렇구…… 아, 아니 그게 문제가 아니라 그러니까…… 뭐부터 문제지?

지유의 머릿속이 패닉에 빠진 듯 복잡하게 얽혀들었다. 평범하던 인생이 갑자기 이상한 쪽으로 급속도로 꼬이고 있는 기분이었다.

"이하준 씨는 단지 나와의 그…… 그러니까 그…… 그 몸적인 관계가 좋았기 때문에 내게 연애하자는 거예요?"

지유가 겨우 말하자 하준이 운전대를 잡은 채로 슥 쳐다봤다.

"단지라니? 그게 얼마나 중요한 문젠데."

하준이 너무나 당연하다는 듯 말하자 지유는 자기도 모르게 아, 그렇구나 하고 납득할 뻔했다.

'그래도 이건 아니잖아? 몸이, 몸이 좋아서? 몸이 잘 맞아서 연애를 한다고?'

지유가 대번 인상을 썼다.

"중요한 건 이하준 씨 입장에서죠. 나한테는 그게 연애의 이유가 될 순 없어요."

지유가 완고하게 말하자 하준이 핸들을 손가락으로 톡톡 치더니 말했다.

"그럼 넌 그날 느끼지 않았던가?"

"그, 그건……."

허를 찔린 듯한 표정을 지은 지유의 얼굴이 화르륵 달아올랐다. 솔직히 무척 아프고, 꿈이 아니라는 충격에 당혹스러웠긴 했지만 그 밤…… 생전 처음 느끼는 감각의 홍수 속에서 정말 정신이 나가 버리는 줄 알았다. 그 정도로 기분이 좋았다. 그러니까 난 분명…… 느꼈어. 이 남자에게.

"기분이 안 좋았어?"

"아뇨. 그런 건……."

"아니지?"

"……네."

집요하게 추궁하는 그에게 지유는 결국 실토했다. 그녀의 입에서
인정의 말이 나오자 하준의 입술에 희미한 미소가 걸렸다.

"그것 봐. 너도 같은 걸 느꼈다면 연애의 이유로는 충분한 거 아
냐?"

"하지만…… 모든 사람들이 그런 이유로 연애하진 않아요."

"다른 사람은 상관없어. 난 내가 하고 싶은 대로 할 뿐이니까."

"난 아니라니까요?"

"그럼 시험해 봐."

"네??"

도대체 무슨 시험을?

지유가 영문 모를 표정으로 하준을 멍하니 바라봤다. 식당 주차
장에 차를 세운 하준은 시동을 끄고 핸들에 팔을 걸친 채 그녀를
가만히 응시했다.

미소를 띠우지 않은 그의 얼굴은 오만한 분위기를 풍기는 조각
그 자체였다. 선 굵은 눈썹과 시원하게 뻗어 있는 눈, 그리고 우뚝
솟은 콧날과 육감적인 입술은 가만히 보고 있으면 저도 모르게 홀
릴 것처럼 완벽했다.

그의 입술이 천천히 열렸다.

"그게 너에게 연애의 이유가 될 수 있는지 없는지 한번 시험해
보자고."

헛!

또 얼음이 되어 있었던 모양이다. 땡! 하고 정신을 차려 보니 지유는 일본식 다다미방에서 코로 들어가는지 입으로 들어가는지 모를 음식을 꾸역꾸역 먹고 있었다. 그리고 그 맞은편엔 이하준이 앉아 있었다. 분명 이 남자가 좀 전에 나에게 연애를 하자고······.

그것도 그, 그런····· 그런 위험한 이유로?

차 안에서의 대화가 떠오른 지유는 혼미한 정신을 수습하고 진지하게 이 남자가 말한 연애의 이유라는 것에 대해 생각해 보기로 했다.

"생각 끝났어?"

"에에? 아, 아뇨. 아직······."

끝나긴커녕 이제 시작하려던 참이었는데.

지유는 앞에 앉아 자신을 빤히 바라보는 하준 때문에 왠지 기가 눌렸다. 잘못한 것도 없는데 왜 내가 기가 눌려야 되는 거지? 억울한 마음도 들었지만 저 눈동자 앞에 왠지 자꾸 움찔움찔하게 된단 말이야.

"아까부터 말이 없더니 아직도 안 끝난 거야?"

하준이 이마를 슬쩍 찡그리고 말했다.

"이, 이건 쉬운 문제가 아니잖아요."

"어려울 건 또 뭔데?"

"아니 그······."

······런가? 그러고 보니 나 지금 너무 진지한가?

지유가 미심쩍은 눈빛으로 하준을 바라봤다. 저 남자를 보라고. 처음이니 뭐니 해도 꼭 이런 제안 백 번도 넘게 한 사람처럼 느긋하잖아? 오히려 이런 내 반응이 재미있어서 즐기고 있는지도 몰라.

결혼하자는 것도 아닌데 고작 연애해 보자는 말로 무슨 이렇게 깊게 생각하냐는 둥.

지유는 고급스러운 문양이 그려진 흑색 찻잔을 들어 일본 전통 차인 호우지차를 한 모금 마셨다. 그러고 보니 정신없이 입안에 밀어 넣고 있던 음식들이 이제야 눈에 들어오는데 꽤나 비싸 보였다.

이런, 아까워라.

이럴 줄 알았으면 맛이라도 좀 제대로 음미하고 목구멍으로 집어넣는 건데. 이런 생각까지 드는 걸 보니 상당히 정신이 차분해졌군, 좋아.

스스로 흡족한 기분이 들어 지유가 고개를 끄덕이고 있는데 하준의 목소리가 들렸다.

"이제야 끝난 모양이군. 내 제안, 받을 거야?"

"일단 밥 좀 먹고 생각할게요."

지유가 결연하게 말하고는 작은 접시들에 정갈하게 담긴 음식들을 하나하나 천천히 입안에 넣고 씹었다.

와, 맛있다. 이 맛있는 걸 놔두고 딴생각만 죽어라 하고 있었다니. 역시 사람은 위에 먹을 게 좀 들어가야 머리도 돌고 그런 거라니까? 꼭 눈앞의 먹이를 바라보는 야수의 눈빛으로 자신을 바라보고 있는 저 남자를 상대하려면 힘이 필요할 테니 일단 먹고 보자.

지유는 그런 생각을 하며 눈을 번뜩이고는 전투적으로 산해진미를 먹어치우기 시작했다.

하준은 마치 미각을 되찾은 장금이처럼 진지한 얼굴로 음식을 흡입하고 있는 지유를 턱을 괴고 응시했다.

'도대체 알 수가 없는 여자다. 지금 음식이 넘어가나?'

지금껏 이하준 앞에서 저렇게 게걸스럽게 음식을 먹는 여자는 없었다. 물론 저 작은 입술을 오물거리며 먹는 모습이 꽤 귀엽긴 하다만…… 왜 이렇게 기분이 상하는 거지? 저 여자가 다른 여자들처럼 내 앞에서 예쁜 척하지 않는다는 게 화가 났다. 그만큼 이하준이 남자로 보이지 않는다는 뜻 같아서.

'……후우. 답답하군.'

하준은 눈을 가늘게 뜨고 지유가 밥 먹는 모습을 가만히 지켜봤다.

저 여자의 어떤 점이 날 이렇게 달아오르게 하는 걸까. 화장기 없는 수수한 얼굴에 집에서 입던 티셔츠 차림으로 내 시선은 개의치도 않는다는 듯 오물거리며 잘도 먹고 있는데도 저 여자에게서 눈을 뗄 수가 없다니…… 정말 알 수 없는 노릇이다.

"너무 그렇게 노려보지 마요. 다 먹었으니까."

하준의 뜨거운 시선 때문에 먹는 것을 그만두기로 한 지유가 찻잔을 들어 올리며 슬몃 미간을 찌푸렸다.

밥이라도 좀 맘 편히 먹게 해 주지 저렇게 무서운 눈으로 쳐다보면서 보챌 건 또 뭐냐고? 내가 지금 누구 때문에 이성이 수시로 육체를 탈출하고 있는데.

비록 육신은 굶주린 승냥이처럼 음식을 먹고 있지만 지유의 머릿속은 매우 복잡한 상태였다. 이런 제안은 난생처음 받아 본 데다 그 상대가 이런 외계인 같은 남자라니. 지금껏 지유의 인생에 연예인이란, 꿈에서나 친하게 지내고 가끔 에로영화나 찍을 뿐이지 현실에선 나오는 전혀 다른 인종, 외계인이나 다름없는 생명체

였는데…….

그런데 이 남자가 사귀어 보잔다.

무려 연애라는 걸 해 보잔다. 연예도 아닌 연애를. 이걸 내가 과연 감당할 수 있을까? 이 남자가 원하는 게 뭔지도 잘 모르겠지만…… 정말 그 밤이 이 남자한테 그렇게나 특별했던 걸까?

물론 솔직히 나에게도 특별하지 않았다 할 순 없지. 나에게도 엄연한 처, 첫 경험인 데다…… 기분도 좋았고…… 처음인데 그렇게 좋은 것도 신기할 정도였으니까.

'그래도 그건 하룻밤의 꿈일 뿐이잖아.'

그걸 이어 간다는 건 정말 바보 같은 짓인 것 같아. 일단 이 남자는 이하준이고…… 이하준이고…… 이하준이니까.

"이제 얘기해 봐."

하준이 가슴 위로 팔짱을 끼고 묻자 지유는 단숨에 들이켠 찻잔을 탁 소리 나게 내려놓고는 숨을 크게 내쉬었다.

"난요."

하준이 숨을 삼키고 지유의 귀엽게 오므라진 입술에 시선을 집중했다. 앵두같이 작고 도톰한 입술을 보고 있으려니 숨이 더욱 막혀 왔다. 이게 뭐라고 이렇게 긴장이 되는 걸까. 내 인생에 여자 앞에서 이렇게 초조한 기분이 되어 본 적이 있던가?

'없어. 결단코 없어.'

그런데 왜 이 여자가 날 이렇게 만드는 거지?

"간이 무척 작아요."

"……뭐?"

혼란스러움을 감추고 집중해서 지유의 입술을 바라보던 하준이 그 입술에서 흘러나온 말에 눈을 가늘게 떴다. 간이 작다니. 남들보다 간이 작은 희귀병에 걸렸단 소린가? 그래서 남은 시간이 얼마 되지 않아 나와 연애를 할 수 없다는…… 그럴 리가. 이게 무슨 드라마야?

"그래서 어떤 이유에서건 연예인과 연애하는 간 큰 짓은 할 엄두가 안 나네요."

"아, 그 소리였어?"

"네?"

연애 안 한다고 하는 말에도 하준이 안심한 표정을 짓자 지유가 미간을 좁혔다.

"난 또, 막장 드라마로 가는 줄 알았네. 어쨌든 그런 이유라면 기각."

"기각이라니. 왜, 왜요?"

자신의 말이 가차 없이 기각당하자 지유가 어이없다는 듯 물었다. 그러자 하준이 당연하다는 듯 대답했다.

"연예인이라서 안 된다니. 너 그거 연예인 차별 발언인 거 알아? 왜 연예인이라서 안 돼? 눈 두 개, 코 하나, 입 하나, 팔다리 한 쌍씩, 어딜 봐도 너랑 똑같은 사람인데."

"네……?"

지유의 얼굴이 순간 멍해졌다.

연예인 차별 발언이라니…… 이 무슨 얼토당토않는 말인가. 지유의 표정이 저절로 썩어 들어갔다. 하준을 보니 그는 뻔뻔하리만치 당당한 표정인 것이 자기 말에 한 점의 부끄러움도 없는 진심인 모양이다. 세상에…….

"그건 하준 씨 생각이겠죠. 남들은 그렇게 생각 안 해요."

지유가 정신줄을 놓지 않으려 노력하며 얼른 말했다.

"남들이 뭐가 중요해. 이건 너와 나, 둘의 문제지. 지금 다른 사람들에 대한 이야기를 하고 있는 건 아니잖아."

"아, 그건 물론 그렇지만……."

왠지 모르게 이상한 방향으로 설득이 되고 있다는 생각에 지유가 다시 정신줄을 힘껏 움켜잡았다.

"아니! 그건 중요해요! 적어도 나한테는!"

고개를 번쩍 치켜들고 결연하게 외치는 지유의 얼굴을 가만히 건너다본 하준이 조금 씁쓸한 표정으로 웃었다.

"그래서. 안 되겠어? 나와는? 난 한지유에게 전혀 만나 볼 가치도 없는 타입이야?"

"네? 아, 아니 그게 아니라……."

이 남자 표정이 왜 또 불쌍해질 정도로 처연해진데? 사, 사람 난감하게…….

"서운하네. 난 한지유가 마음에 드는데. 미친놈처럼 찾아다닐 만큼. 거기다 그날 밤의 그 짜릿한 감각이 잊혀지지 않아서 지금까지……."

"꺅! 그 얘긴 하지 마요!"

얼굴이 벌겋게 달아오른 지유가 소리쳤지만 그러거나 말거나 하준은 자조적인 표정으로 말을 계속했다.

"정말 그런 건 처음이었단 말이야. 딱 한 번 만난 여자를 그렇게나 찾아다닌 것도 처음이었고, 지금 이렇게 만나자고 여자한테 매달리는 것도 처음이야."

"언제 매달렸다고……."

"모르겠어? 나 지금 진심을 다해 매달리는 건데. 나와 제발 사귀어 달라고."

하준이 진지한 눈동자로 지유를 똑바로 바라봤다. 지유는 당황스러운 표정으로 입술만 달싹이다가 고개를 숙이고 괜히 컵을 매만졌다. 정말 반칙이다. 저렇게 생긴 얼굴로 저런 표정으로 바라보면 도대체 어떤 여자가 저 남자를 거부해?

지유가 고개를 숙인 채로 컵을 만지작거리며 말했다.

"하준 씨가 나한테 왜 그러는지는 솔직히 납득이 잘 안 돼요. 내 작은 간이 갑자기 커질 리도 없고…… 그래도 혹시 간이 조금쯤은 늘어날 수도 있을 테니…… 노력은 해 볼게요."

"그게 무슨 말이야? 확실하게 말해 봐."

하준이 미간을 찌푸리자 지유가 한숨을 내쉬고 다시 말했다.

"그러니까 시간을 더 달라구요. 지금 당장은 도저히 안 된다는 대답밖에 할 수 있는 게 없으니까."

"시간을 주면 긍정적인 답변을 할 수도 있다는 뜻이야?"

하준이 눈을 가늘게 뜨고 물었다. 지유는 고개를 숙인 채로 머리만 끄덕였다.

"노력은 해 본다는 뜻이에요."

"언제까지 시간이 필요한데?"

"그, 그건 나도 잘……."

"생각하는 동안 보러 와도 되는 거지?"

"아……그건…… 네, 네."

"좋아. 그럼. 우선 기다릴게. 네가 생각해 볼 때까지."

하준이 싱긋 웃으며 테이블 위에서 팔짱을 꼈다. 지유는 그제야 고개를 들었다.

이 남자가 이렇게까지 해서 나와 연애하고 싶다는 건가……? 지유는 의아심을 담은 눈동자를 굴려 하준을 바라봤다.

"정말 괜찮겠어요?"

"물론. 난 괜찮아. 기다리는 시간이 너무 길어지지만 않는다면."

이해가 되지는 않았지만 지유가 고개를 끄덕였다. 솔직히 궁금하긴 해. 이 남자에 대해…… 그래도 그런 호기심만으로 누군가를 만날 수 있다는 생각은 해 본 적이 없는데…….

지유가 뒤죽박죽으로 떠오르는 생각을 갈무리하고 여전히 미소 짓고 있는 하준을 바라봤다.

"어쨌든 기다려 주세요."

"좋은 대답 기대하지."

"그건 장담할 수 없겠지만요."

지유가 정색을 하자 하준이 쿡쿡 웃으며 자리에서 일어났다.

"그만 가자."

"아, 네."

지유도 정신을 차리고 얼른 그를 따라 일어났다.

하준이 바래다준 이후 지유는 방 안에 오도카니 앉아 생각에 생각을 거듭하고 있었다. 정말 이상한 일이다. 분명 누구보다 평범한 삶을 살고 있었는데 용기를 내어 배낭여행을 다녀온 이후 전혀 평범하지 않게 인생이 제멋대로 굴러가고 있었다.

"괘……괜찮을까? 내 인생."

혹시 내가 여행지에서 인생이 버라이어티해지는 돌을 만지거나 엄청나게 잘생긴 남자가 꼬이는 연못에 들어갔다던가 했던가? 가만, 기억이 잘 안 나는데……. 어딘가의 연못에 손을 담가 보고 예쁜 돌이 보이면 만져 보고 하기도 했었지만 딱히 찍어서 이거다! 하는 일은 기억나지 않았다. 그럼 도대체 뭐지?

스물아홉까지 본의 아니게 고이 지켜 온 순결을 하룻밤 만에 날려 버린 상대가 하필…… 이하준이라니. 게다가 그 남자가 연애하자며 따라다니는 말도 안 되는 일이 내 인생에 벌어지다니?

"이건 여행지 어딘가에서 뭔가 잘못된 것이 분명해. 그렇지 않고서야 이런 일은 생길 수가 없지. 암."

그런데 그 효력은 과연 언제까지일까? 이러다 효력 떨어지면 그 남자도 그만두지 않을까?

지유는 오도카니 앉아 현실감 없는 생각들을 거듭하다 현실감 없는 결론에 도달했다.

"그래! 이건 일시적으로 그 남자 눈에, 아니 몸에 뭣이 씌었거나 한 것이 분명해! 그러니까 그 효력이 떨어지면 그 남자도 제정신 차리겠지."

지유는 그렇게 생각을 정리하고 책상에 앉아 컴퓨터 전원을 켰다. 그러고는 쓰다 만 이력서를 다시 타닥타닥 쓰기 시작했다. 환상은 환상이고 현실은 현실이니 어찌 됐든 취업은 해야 하니까.

하준은 오피스텔로 돌아왔다. 넓은 최고급 오피스텔엔 소파와 침대 하나만 덩그러니 있을 뿐 짐이라곤 거의 없었다. 살풍경한 오피스텔을 가로질러 소파 위에 모자를 툭 던져둔 하준이 욕실로 들어갔다.

셔츠와 청바지를 벗어 내고 블랙 드로즈까지 벗어 내니 적당히 근육이 잡힌 조각 같은 완벽한 몸매가 드러났다. 샤워부스 안으로 들어가 샤워기 아래 서서 물을 틀자 시원한 물이 쏟아져 내렸다.

쏴아아아아—

"후우."

하준은 쏟아지는 물을 맞으며 깊이 숨을 들이쉬었다 내쉬었다. 지유의 말이 운전하는 내내 계속 머릿속을 맴돌고 있었다.

'이하준 씨는 단지 나와의 그…… 그러니까 그…… 그 몸적인 관계가 좋았기 때문에 내게 연애하자는 거예요?'

그런 걸까? 솔직히 아니라고는 못 하겠다. 여자한테 그런 육체적인 자극을 느낀 건 처음이니 그렇게 정신이 빠져 있었던 거겠지. 그런데 왜 그 말을 들었을 때 아니라고 부인하고 싶었을까?

까맣고 동그란 눈으로 바라보며 당신 그런 사람이냐고 묻는 것 같아서, 나 그런 사람 아니라고……. 왜 그런 기분이 들었지? 한지유에게…….

"마음대로 되지 않아서겠지."

하준이 쏟아지는 물줄기를 맞으며 두 손으로 젖은 머리칼을 뒤로 쓸어 넘겼다. 팔을 들어 올리자 그의 팔뚝에 잡힌 단단한 근육이 보기 좋게 도드라졌다. 머리칼을 뒤로 넘긴 채로 하준이 한쪽 눈썹을 휘어 올린 채로 가만히 서 있었다.

스스로 결론을 내려 놓고서도 마음속에 무언가 밝히는 기분이었다. 하준은 서걱거리며 이물감을 남기는 그 감정을 무시하고 중얼거렸다.

"신경 쓸 거 없어. 다시 안으면 사라질 감정이니까."

그럴 테니까. 분명……

이 묘하게 걸리적거리는 감정도.

03.
스캔들은 사절입니다!

"꺄아아아악!"

백화점에 마련된 포토라인 안으로 하준이 등장하자 수십만 마리 돌고래 떼의 초음파 목소리와 흡사한 고주파 비명이 터져 나왔다.

"이하준! 오빠! 꺄악!"

한 손으로는 미친 듯이 사진을 찍어 대며 다른 한 손으로는 번쩍 쳐들어 흔들어 대고 입으로는 연신 돌고래 발성을 시전하는 놀라운 스킬을 보여 주는 팬들을 향해 하준이 그림 같은 미소를 지으며 섰다.

유명 디자이너가 직접 하준을 위해 만들었다는 세상에 딱 하나밖에 없는 블랙 슈트를 빼입고 광이 날 듯한 잘생긴 얼굴을 들어 바라보자 팬들은 정신이 나갈 지경이었다. 이 사인회에 뽑히기 위해 하준이 모델로 있는 고가 브랜드의 향수를 눈에 불을 켜고 사재기한 정성이 방금 전 그 미소 한 방으로 모두 보상받는 기분이었다.

"오빠아! 으어어어어!"

포토라인에 매달려 결국 폭풍 절규를 뿜어내는 학생으로 보이는 여자를 향해 하준이 다가갔다. 그가 다가오자 여기저기서 돌고래 비명 소리가 터져 나왔다. 자신에게 다가오는 그를 보고 눈이 쟁반만 하게 커진 여자를 향해 우아한 발걸음으로 걸어간 하준이 한쪽 눈썹을 추켜올리곤 말했다.

"숨넘어가겠다. 조심해."

"하, 하, 하, 하준 오……."

팡!

"꺅! 코피!"

하준의 저음의 목소리 한 번으로 시뻘겋게 달아오른 얼굴로 결국 코피를 쏟고 쓰러진 여자의 주변이 시끌시끌해졌다. 급히 달려온 보안 요원들이 실신한 여자를 업고 나가고 형수가 얼른 다가와 하준을 사인회 자리로 이끌었다.

"형. 그렇게 갑자기 다가가면 위험해요."

"난 조심하라고 한 것뿐인데?"

하준이 이해 안 된다는 듯 미간을 구기자 형수가 투덜거렸다.

"평소에 팬서비스라곤 없는 사람이 그런 돌발 행동을 하면 그게 더 위험한 거 몰라요?"

"사인회라고 해서 특별히 친절히 대하려고 했더만."

"그냥 하던 대로 해요. 하던 대로."

형수의 조잘거리는 잔소리에 하준이 인상을 쓴 채로 경호원이 배치된 자리에 앉았다. 모처럼 착한 마음을 먹었다가 좋지 않은 결과만 초래하게 되자 하준은 진행요원들의 안내에 따라 번호표대로 다가오는 팬들에게 평소의 시크한 표정으로 사인을 해 주기 시작했다.

"성함이 어떻게 되시죠?"

"하, 하윤서요. 오빠. 저 오빠 작품 다 봤고 너무너무 좋아해요."

"감사합니다. 윤서 님."

그가 해 준 사인을 집안의 가보인 양 소중히 품에 안은 여자가 지나가고 흥분된 표정으로 다음 팬이 다가왔다. 양 볼을 발갛게 물들인 채 반짝이는 눈빛으로 바라보는 여자에게 능숙하게 사인을 해 주는 하준의 머릿속에 문득 목소리 하나가 휙 지나갔다.

'전 원래 이하준 씨 팬도 아니었고…….'

지유의 목소리가 떠오르자 하준의 미간에 저도 모르게 힘이 들어갔다. 이렇게 날 좋아하는 여자들이 많은데. 뭐? 원래 이하준 씨 팬도 아니었고?

'형! 형!'

소곤거리며 다급하게 부르는 형수의 목소리에 하준이 삐딱해진 시선을 들었다. 형수가 자신의 미간을 손가락으로 좍좍 펴는 모션을 하며 하준을 가리켰다.

'인상 펴요! 인상!'

아아. 내가 인상 쓰고 있었나.

그제야 제 미간에 굵은 주름이 세로로 좍 그어져 있었다는 것을 깨달은 하준이 표정을 정돈했다.

"감사합니다. 미연 님."

"네, 네! 열심히 하세요!"

하준이 사인지를 전해 주자 감개무량한 표정으로 받아 든 여자가 허리가 부러져라 인사하더니 이번에도 집안의 가보인 양 소중히 품에 안아 총총 사라졌다.

다행히 보지 못한 모양이군.

하준은 내심 안도의 한숨을 내쉬며 상념을 떨치고 사인회에만 집중했다. 형수도 그제야 안심한 표정으로 하준이 사인하는 모습을 지켜봤다.

지유는 전철역으로 내려가다 흠칫 놀라 멈춰 섰다. 스킨 병을 들고 눈부신 미소를 짓고 있는 이하준의 광고 스크린이 지유의 정신을 혼미하게 만들고 있었다.

'오늘 벌써 몇 번째인지……'

버스 정류장의 거대 전광판에서 흠칫, 지나가는 버스에 대문짝만하게 붙은 광고 사진에서 흠칫, 버스 창 밖에 보이는 대형 의류센터에 걸려 있는 거대한 현수막에서 흠칫. 이러다가 전철 타기도 전에 심장마비로 죽을 것만 같았다.

"심장마비로 죽더라도 면접 때 입을 옷은 사야 돼. 난 취업을 해야 하니까."

지유는 급성심근경색을 호소하는 가슴을 부여잡고 전철에 올라탔다. 그전에 다니던 회사는 옷차림에 제약이 없는 편이라 늘 캐주얼하게 입고 다니다 보니 옷장을 아무리 뒤져 봐도 면접 보기에 적당한 옷이 없었다.

　그래서 이력서 뿌리기 작업에 앞서 정장이라도 한 벌 장만할까 하여 나온 길이었다. 혼미한 정신을 수습하며 전철 칸에 올라탔는데 뒤에서 남자 목소리가 들렸다.

　"저기요. 이거 떨어뜨렸어요."

　"……네?"

　나한테 하는 소린가? 지유가 눈을 둥그렇게 뜨고 돌아보자 누군가가 내밀고 있는 익숙한 카드지갑이 눈에 쏙 들어왔다. 앗, 내 거!

　"가, 감사합니다."

　황급히 카드지갑을 받아 든 지유가 머리를 꾸벅거렸다. 이런 바보. 아무리 정신이 나가 있다고 해도 물건을 줄줄 흘리고 다니니…….

　"어?"

　카드지갑을 잡고 있던 그 남자가 순간 손에 힘을 줬다. 남자의 손에서 거의 다 빠져나온 카드지갑이 더 이상 빠져나오지 않자 지유가 이상함을 느끼고 남자의 얼굴로 고개를 올렸다. 삼십 대 정도로 보이는 검은 테 안경을 쓴 꽤 잘생긴 남자가 눈을 크게 뜨고 내려다보고 있었다.

　어? 그런데 이 남자 어디서 본 것 같은…….

　"스페인!"

　남자가 놀라운 표정으로 소리쳤다.

　"스페인 거기, 거기 게스트하우스에 있던 사람 맞죠?"

　아아! 남자의 말을 듣자마자 스페인에 갔을 때 한국인이 운영하던 게스트하우스에서 인사하고 지내던 남자 얼굴이 휙 하고 지나갔다. 그래. 이 얼굴이었어!

"아! 맞아요. 어디서 봤다 했더니……."

"맞죠? 우와. 신기하다. 어떻게 여기서 또 만나요? 이렇게 신기한 일도 있나? 정말 신기하네. 말도 안 되게 신기하다. 정말."

남자는 신기, 신기를 연발하며 웃음을 터뜨렸다. 지유도 놀랍긴 하지만 이 남자 같은 놀라움은 솔직히 없었다. 여행지에서 만난 또 다른 남자에게 너무 강한 충격을 받은 뒤라 그런가?

"저 그런데 이거……."

지유가 어정쩡한 웃음을 지은 채로 아직도 남자의 손가락 사이에 고정되어 있는 자신의 카드지갑을 바라보자 남자가 어이쿠, 하면서 얼른 손을 뗐다.

"미안해요. 너무 놀라서 그만. 하하."

"아뇨. 그럴 수도 있죠. 괜찮아요. 하하."

멋쩍게 웃는 남자에게 따라 웃어 준 지유는 고개를 숙여 다시 인사를 하고 비어 있는 자리에 앉았다. 평일 낮 시간이라 그런지 지하철 안은 한산해서 빈자리가 많았다. 지유가 앉자 그 남자도 잽싸게 지유의 옆에 따라 앉으며 주문을 외우듯 중얼거렸다.

"이런 우연은 정말 처음인데…… 살다 보니 이런 일도 다 있네요. 정말."

"그, 그러네요."

"정말 신기해요. 와. 안 그래요?"

"네. 물론 신기하……네요. 하하."

그러고 보니 이하준도 그랬지. 우연의 연속이야.

남자는 몹시 반가운 얼굴로 지유의 옆에 앉아 있었지만 지유는 정신이 혼미해져 있는 상태인지라 어떻게 대해야 할지 감이 잘 잡히지 않았다. 이대로 누가 먼저 내리기 전까지 어쩌면 이리 신기할 꼬만 중얼대고 있어야 하나……

"지우? 지수? 그런 이름이었지 않아요?"

"아, 지유예요. 한지유."

"맞다. 한지유. 기억나네요. 내 이름은 혹시 기억나요?"

"그, 그게 오래돼서 그런지 기억이 잘……."

솔직히 얼굴도 오늘 보기 전까진 완전히 잊고 있었다. 아마 먼저 알아보지 않았으면 그냥 누군가와 닮았네, 라고 생각하고 지나칠 정도로.

"윤성호. 이제 기억나죠?"

아뇨. 전혀.

"아아. 기억나네요."

그래도 기억 안 난다고 하기도 뭐해 잽싸게 고개를 끄덕이며 아는 체를 했다. 성호는 짙은 색 안경테를 손가락으로 올리며 싱긋 웃었다.

"사람 인연이라는 게 정말 신기하네요. 아, 그래. 이렇게 만나게 된 김에 그거 보여 줄까요?"

성호는 무언가 생각났다는 듯 자신의 휴대폰 사진첩을 뒤적거렸다. 그러더니 이윽고 어떤 사진을 활성화시켜 지유 앞에 내밀었다.

"어? 이건……."

휴대폰을 받아 든 지유의 눈이 커졌다. 화면 속엔 게스트하우스에 머물 때 그곳 사람들과 식사를 준비하며 같이 있던 자신의 모습이 떡하니 찍혀 있었다. 이걸 언제 찍은 거지?

"여행지에서 사람들 사진 찍는 게 취미거든요. 지유 씨 나온 건 그거밖에 없지만 인상 깊어서 기억에 남았었어요."

"내가요?"

뭐가 인상 깊었다는 건지 도통 짐작을 할 수가 없어 지유의 고개가 갸우뚱했다. 스페인의 그 게스트하우스에서 머문 기간은 5일 정도라 딱히 특별한 일은 없었던 것 같은데…….

성호가 어리둥절한 표정의 지유를 보고 조금 쑥스러운 듯 웃었다.

"아, 이건 개인적인 취향이라…… 아, 아니. 그곳에서 혼자 여행하는 여자를 만난 게 얼마 없어서 그냥 기억에 남았다는 거예요."

"그렇구나…….."

지유가 고개를 끄덕이며 사진 속의 자신의 모습을 뚫어져라 바라봤다. 여행 기간 동안 여행지 사진은 많이 찍었지만 혼자 떠난 여행이라 자신의 사진은 하나도 없었다. 셀카를 찍기도 조금 부끄럽고. 그랬기에 지금은 기억이 되어 버린 여행지 속의 자신의 모습이 조금 낯설면서도 신기하게 느껴졌다.

지유가 한참 사진을 바라보고 있자 성호가 말했다.

"폰 번호 불러 줄래요? 그 사진 보내 줄게요."

"네? 아, 네."

지유가 폰 번호를 불러 주자 성호는 자신의 휴대폰으로 사진을 전송했다. 지유는 메시지로 도착한 사진을 얼른 사진첩에 저장했다.

"여행 다니면서 내 사진은 하나도 찍지 못했는데 이렇게라도 갖게 되네요. 고마워요."

"뭘요. 말도 없이 찍었다고 혼날까 봐 보여 주고 난 다음에 내심 고민도 했는데 좋아하니 다행이네요."

성호가 웃으며 말하자 지유도 방싯 웃었다.

"설마요. 하하. 아, 저 여기서 내려야 되네요. 그럼 사진 고마워요. 반가웠습니다."

지유가 전광판에 써 있는 역 이름을 보고 서둘러 일어섰다. 성호는 잠시 멈칫거리더니 고개를 끄덕였다.

"네. 반가웠어요, 지유 씨."

지유는 일어선 채로 고개를 꾸벅거리고는 열리는 문 쪽으로 잰걸음으로 걸어갔다. 그녀가 문밖으로 사라지는 모습을 보며 성호는 꿈을 꾸는 표정으로 중얼거렸다.

"정말 신기하네…… 이런 우연도 있나?"

한국인이 운영하는 게스트하우스니 한국 여자를 만날 가능성이야 높다지만, 거기서 만난 여자를 한국에 돌아와서 만날 가능성이 얼마나 될까? 아무리 생각해도 신기한 인연처럼 느껴졌다.

성호는 자신의 손에 들린 휴대폰을 멍하니 바라보다가 꼭 쥐었다. 이 안에는 운명적이라 느껴지는 상대의 전화번호가 입력되어 있었다.

"큰일이야. 빨리 취직을 해야겠어."

지유가 쇼핑센터에서 걸어 나오며 비장하게 읊조렸다. 정장을 사고 보니 통장 잔고가 눈물 없이는 보기 힘들 정도가 되어 버렸다. 퇴직금과 모아 둔 돈을 탈탈 털어 3개월간 배낭여행을 갔던지라 예상은 했지만 생각보다 참담하기 이를 데가 없었다.

시골에 계신 부모님에게 손 벌릴 나이도 아니고 하니 대책은 하루 빨리 취업을 하는 수밖에 없다. 그런데 그 취업이라는 게 쉬워야 말이지.

"취업난 취업난 하더니 정말 헛소리가 아니었구나…… 나 너무 무책임한 짓을 해 버린 건 아닐까?"

늘 꿈꿔 오던 일을 실행에 옮긴 건 좋다마는 까딱하면 궁상맞은 백조 신세가 될 처지에 놓이고 나니 본인의 선택이 과연 잘한 것인가 하는 의구심이 들었다. 이러다 오래 취업을 못 하게 되면 서른 줄에 생활을 알바로 연명해야 할지도 모른다.

"에이, 뭐 설마 산 입에 거미줄 치겠어? 그래도 어떻게든 다 살게 되어 있는 법이겠지."

지유는 우울한 생각들을 머릿속에서 애써 떨쳐 버리며 지하철역으로 내려갔다. 과연 현실 고민만큼 큰 건 없는 것인지 계속 정신을 혼몽하게 만들던 이하준의 생각을 잠시 미뤄 둘 수 있었다.

그때 플랫폼으로 내려가려는 지유의 전화벨이 울렸다. 들고 있던 휴대폰을 보니 모르는 번호가 떠 있었다. 어? 요즘 스팸 전화 엄청 오던데 또 스팸 아냐?

지유가 입술을 비죽이며 전화를 받았다.

"여보세요."

— 어디야?

어디냐니. 신종 스팸 수법인가?

"누구신데요?"

지유가 눈을 가늘게 뜨고 절대 스팸 따위에는 속지 않겠다는 강경한 어조로 되물었다.

— 내 목소리도 아직 머릿속에 입력이 안 됐나? 서운하네. 몸까지 섞은 사이에.

헐, 음란 스팸?

"그게 무슨…… 아."

이하준! 흠칫 놀란 지유는 들고 있던 쇼핑백을 놓칠 뻔했다. 얼른 쇼핑백을 힘주어 잡은 뒤 괜히 주변을 둘레둘레 둘러보곤 목소리를 낮춰 속닥거렸다.

"그런 소리 좀 안 하면 안 돼요? 사람 민망하게. 그리고 내 번호는 어떻게 안 거예요?"

— 스토킹이 취미라고 말 안 했던가. 그보다 어디야? 지금.

"가산…… 아, 아니. 그건 왜 물으시는데요?"

지유가 잔뜩 경계심을 담은 눈을 굴리며 전화기에 바짝 얼굴을 대고 말했다. 위험해. 너무 당당하게 물어보니까 나도 모르게 대답할 뻔했잖아.

— 만나려고.

"나를……요?"

— 그럼 내가 누굴 만나자고 전화했을까.

살짝 짜증이 비치는 목소리에 지유는 왠지 절로 위축이 되는 기분이었다. 아, 아니지. 내가 왜 위축을?

"난 볼일 있어서 나와 있으니 안 돼요."

지유가 어깨를 꼿꼿이 펴고 안 된다는 말에 특히 힘주어 말했다.

— 집 앞에서 기다릴게. 빨리 와.

뚝.

어라? 뚝? 지유가 끊긴 휴대폰을 어이없이 바라봤다. 집 앞에서 기다린다니…… 우리 집 앞에서? 아, 아니 그랬다가 누가 보기라도 하면 어쩌려고? 이 남자는 자기가 누군지 망각하고 사는 건가?

"아, 몰라. 내 알 바 아니지 뭐. 들켜도 이 남자가 들키는 거고."

내뱉은 말과 달리 지유는 흡사 축지법을 쓰듯 빠르게 계단을 내려갔다. 막 닫히고 있는 전철 문 안으로 휙 몸을 날려 날다람쥐마냥 퍼덕이며 들어간 지유는 헉헉거리며 숨을 몰아쉬었다.

'빨리. 빨리. 그 남자가 도착하기 전에 먼저 가 있어야 된다고!'

정말이지 스캔들은 절대 사절이었다. 그 남자가 집 앞에서 기다리다가 누군가에게 걸리기라도 하면 당연히 그 집 주인이 누구냐까지 기사로 퍼질 테고 그렇게 되면…… 안 돼. 그건 아니 되는 말이지. 절대!

지유는 타는 목마름을 느끼며 초조한 눈빛으로 전광판만 노려보고 있었다.

우사인볼트 저리 가라의 달리기 실력을 뽐낸 결과 지유는 놀라운 시간대에 집에 도착했다. 엘리베이터로 올라오는 동안 이하준이 사람들에 둘러싸인 채 자신의 집 문을 가리키며 피지의 리조트에서 밤을 보낸 여자니 뭐니 설명하고 있는 최악의 장면까지 상상하고 나니 절로 염통이 쫄깃해졌다. 오, 하느님. 그것만은 제발!

띵.

문이 열리자 지유는 숨을 멈추고 복도의 상황을 살폈다. 다행히 평소와 다름없는 조용한 복도를 보자 안도의 한숨이 새어 나왔다.

"휴. 다행이다."

지유는 기진맥진한 표정으로 도어록 비밀번호를 누르고 집 안으로 들어왔다. 온몸의 긴장이 풀려 아무 데나 쇼핑백을 휙 던져 놓고 침대 위에 풀썩 누웠다. 그 남자 때문에 요즘 아주 정신이 하나도 없다니까…….

"아이고, 종아리 근육 땡겨. 이렇게 달려 본 게 얼마 만이야? 이 남자가 올지 안 올지 어떻게 알아서 나도 참…….."

시체처럼 침대 위에 늘어진 채로 투덜거리는데 맑고 고운 현관 벨소리가 울렸다.

'왔다!'

지유는 튕기듯 침대에서 벌떡 몸을 일으켰다. 저, 정말 오다니……. 긴장된 표정으로 현관으로 다가간 지유가 큼큼 목을 가다듬고 말했다.

"누구……세요?"

"나."

이 당당한 대답 좀 보게.

얄미운 심정에 지유는 슬쩍 미간을 찌푸리고 현관문을 열었다. 가볍고 드라이한 소재의 셔츠와 톤다운된 컬러의 팬츠를 산뜻하게 입고 있는 이하준이 모습을 드러냈다. 깊이 얼굴을 가릴 수 있는 모자를 쓰는 것도 잊지 않았다.

"들어와요."

재빨리 누가 있는지 주변을 샥샥 쳐다본 지유가 몸을 비켜 줬다. 하준은 자기 집인 양 집 안으로 성큼 들어왔다.

"뭘 사 온 거야?"

바닥에 떨어져 있는 쇼핑백을 보며 하준이 물었다. 지유는 얼른 문단속을 하고 들어오며 대답했다.

"옷이에요. 면접 볼 때 입을 옷이 없어서요."

"흐음."

하준은 자연스럽게 쇼핑백을 들어 열어 봤다.

"나, 남의 걸 왜 함부로 봐요?"

그가 어느새 지유가 사 온 정장을 꺼내 유심히 살피자 지유가 도도도 다가가 옷을 낚아챘다. 쇼핑백을 빼앗긴 하준이 태연한 얼굴로 지유를 바라봤다.

"이거 입어 보고 산 거야? 좀 작겠는데."

"네? 그럴 리가요. 평소 사던 사이즈로 샀는데……."

지유가 인상을 찌푸리고 들고 있는 옷을 바라봤다. 하준은 침대 위에 털썩 걸터앉으며 말했다.

"입어 봐. 작을걸."

"여, 여기서요?"

지유가 옷을 든 채로 흠칫 놀라자 하준이 싱글거렸다.

"그래 주면 나야 좋지만."

"설마요!"

지유는 옷을 들고 쌩하니 욕실로 들어가 문을 잠갔다. 그러고는 꼬물꼬물 옷을 벗기 시작했다. 작다니. 그럴 리가. 평소 입는 사이즈로 대충 샀는데…… 응?

"이럴 수가. 단추가 안 잠겨."

힘껏 숨을 들이쉬고 필사적으로 블라우스 단추를 부여잡고 당겨 봤지만 거의 다 닿은 상태에서 꿈쩍을 안 했다. 치마도 마찬가지였다. 단추는커녕 지퍼도 다 올라가지 않았다.

"정말 작네……. 나 살쪘나?"

지유가 훅 숨을 내쉬며 옷을 벗었다. 아니 그런데 어떻게 내 몸을 나보다 더 잘 알지? 옷을 딱 보고 사이즈를 한눈에 맞추다니. 그게 가능해? 정말 무서운 남자야.

고개를 절레절레 저은 지유가 다시 옷을 갈아입고 밖으로 나왔다. 침대 위에 앉아 있던 하준이 씩 웃으며 그녀를 바라봤다.

"작지?"

"네. 작네요. 바꾸러 가기 귀찮은데……. 살을 빼야 되나."

지유가 투덜거리며 옷을 다시 쇼핑백에 넣자 하준이 몸을 일으켰다.

"바꾸러 가자. 태워다 줄게."

"지, 지금요?"

지유가 쇼핑백을 든 채로 멍하게 그를 바라보자 언제 현관까지 간 건지 신발을 신으며 하준이 고개를 끄덕였다.

"차로 가면 금방이니까. 어서 나와."

"아…… 네, 네."

쇼핑백을 든 채로 어벙한 표정으로 서 있던 지유가 얼른 휴대폰과 지갑을 챙겨 하준을 따라 나갔다.

지하주차장에 세워져 있는 하준의 차를 보고 지유가 고개를 갸웃거렸다. 얼마 전에는 넋이 나가서 잘 몰랐는데 이 차는 일반적인 연예인의 차 같지는 않았다. 그야말로 사람들이 흔히 타는 차종 중하나였으니까.

'연예인치고는 꽤 검소하네?'

지유는 의외의 면이 있다고 생각하며 주차장 안에서 보호색이라도 띠고 있는 듯한 그의 차에 올라탔다. 그러고 보니 이 남자는 평소엔 옷도 늘 보호색을 띠듯 평범하고 무난한 옷들이었던 것 같다. 그런 수수한 옷도 너무 핏을 잘 살려서 문제지만. 파파라치에 시달려서 그런가?

지유는 쇼핑백 봉투를 두 손으로 조신히 든 채로 조수석에 앉아 얌전히 벨트를 맸다. 운전석 문이 열리더니 하준이 문을 열고 긴 다리를 뻗어 운전석에 앉았다. 이 남자는 행동 하나하나가 꼭 영화에 나오는 장면 같다. 연기하는 것도 아닐진대 타고난 것일까? 역시 옷차림이나 차종이 중요한 건 아닌 것 같아.

하준이 능숙하게 차를 출발시켰다. 지유는 하준과 단둘이 차에 타고 있다는 것이 왠지 묘하게 긴장이 돼 짙게 선팅 된 창밖만 죽어라 바라봤다.

'이상하네. 왜 이렇게 긴장되는 거야?'

이 남자 차를 처음 타는 것도 아닌데……. 하긴 그땐 제정신이 아닌 상태에서 타긴 했지만.

차 안에선 이하준과 어울리는 향수향이 은은하게 배어 있었다. 아, 냄새 좋다. 지유는 저도 모르게 코를 킁킁거리며 그의 향을 흠뻑 들이마셨다. 하준은 핸들을 잡은 채로 리모컨을 눌러 라디오를 켰다.

"라디오 괜찮지?"

"네."

물론이죠. 숨 막히는 정적보다야 무슨 소리든 들리는 것이 백배 천배 나으니까요.

라디오에서 익숙한 멜로디가 흘러나왔다. 담담한 목소리의 남자가수가 부르는 노래가 흘러나오자 지유가 눈을 깜빡거렸다. 이 노래가 뭐더라? 분명 아는 노래인데……. 지유가 창밖에 시선을 박은 채로 머릿속으로 생각을 더듬었다. 뭐지? 뭐더라? 뭐였지? 아, 진짜 생각날 듯 말 듯 감질나게…….

"이 노래 뭐였지? 분명 아는 노랜데 생각이 안 나네."

하준의 중얼거리는 목소리에 지유가 그에게 고개를 홱 돌렸다.

"그쵸? 저도 지금 그게 생각이 안 나서 계속 생각하고 있었거든요. 뭐더라. 이게…… 분명 예전 노랜데 말이죠. 라디오에서 많이 들었는데."

"80년대쯤 노래인 것 같은데. 90년대 초반이나."

"맞아요. 맞아요."

같은 노래에 대해 기억을 더듬고 있자니 묘한 동질감이 느껴져 지유가 고개를 세차게 끄덕였다. 하준의 얼굴도 미간이 찌푸려진 것이 노래 제목이 생각이 나지 않아 답답함을 느끼고 있는 듯 보였다.

"아~ 돌겠군. 나 이런 거 못 참는데. 생각날 때까지 계속 생각하는 성격이라."

"저도요!"

또 하나의 동질감에 지유가 다시 격하게 고개를 끄덕였다. 둘은 미간을 한껏 찌푸린 채 노랫소리에 집중했다. 노래가 곧 끝나 갈 것 같기에 초조함이 두 사람의 얼굴을 스쳐 지나갔다. 지금이라도 더 늦기 전에 노래 검색 어플을 작동시켜야 하나?

"아! 검색! 검색해 볼게요!"

지유가 휴대폰을 들고 검색을 해 보려던 순간,

"안 돼!!"

별안간 하준이 버럭거리며 지유의 휴대폰을 움켜잡았다. 하준의 고함 소리에 움찔 놀란 지유가 기어 들어가는 목소리로 물었다.

"왜, 왜요……."

하준이 완고한 표정으로 말했다.

"이런 건 직접 기억해 내지 않으면 소용이 없어!"

그의 얼굴에선 어떻게든 기억해 내고야 말리라는 결연한 다짐이 엿보였다.

─떨리는 수화기를 들고 너를 사랑해 눈물을 흘리며 말해도 아무도 대답하지 않고 야윈 두 손엔 외로운 동전 두 개뿐…….

"아!"

동시에 지유와 하준이 소리쳤다.

"공일오비!"

"텅 빈 거리에서!"

제목과 가수를 동시에 소리친 두 사람이 그제야 궁금증에서 해갈되어 얼굴에 화색이 돌았다.

"이게 생각 안 나다니."

"그러게요. 이게 왜 이렇게 생각이 안 났지?"

여유로운 웃음을 지은 채로 하준이 어깨를 으쓱이자 지유도 제 허벅지를 팡팡 치며 연신 고개를 끄덕거렸다. 그러다 순간 왠지 모르게 지금 상황이 무척 우습다는 생각이 들어 슬며시 웃음이 새어 나왔다. 이게 뭐라고 둘이 끙끙거리며 한참을 초집중 상태로 노래만 듣고 있다니…….

"하준 씨 이제 보니까 파는 구석이 있네요."

"피차 마찬가지지."

"음. 그건 부정할 수 없겠네요."

지유가 실실 웃으며 대답했다. 머릿속에서 맴맴 돌던 궁금증이 해소되어서 그런 건지, 사소한 걸 가지고 목숨을 걸 듯한 행동을 둘이 필사적으로 같이 하고 있었다는 공감대 때문인지, 그도 아니면 둘이 동시에 떠오른 우연 때문인지 아무튼 갑자기 이 엄청난 남자가 친밀하게 느껴지고 있었다.

지유가 슬쩍 하준을 훔쳐봤다. 조각 같은 날렵한 콧대가 아무래도 같은 인종이 아닌 것 같다는 생각마저 드는데 이런 남자가 친밀하게 느껴지다니…….

"이 노래 좋아했는데."

하준이 전방을 바라본 채로 핸들을 움직이며 말하자 빤히 바라보고 있던 지유가 흠칫 놀라 창밖으로 얼른 시선을 돌렸다.

"난 애기 때 나온 노랜데. 하준 씨 생각보다 나이 많네요."

"나도 어릴 때 들은 노래야. 너도 좋아했다며? 애기 때 뭘 안다고."

"뭐, 나중에 들은 거죠."

"스물아홉이면 나랑 네 살 차이밖에 안 나잖아. 같이 늙어 가는 처지에 왜 나이 가지고 시비야?"

하준이 투덜거렸다.

"어머머. 네 살이면 엄청 많이 차이 나는 거거든요?"

"스물아홉도 어린 나이는 아니거든."

"서른셋만 하겠어요?"

"하."

그때부터 정적이 흐르기 시작했다. 지유가 고개를 돌려 슬쩍 보니 나이 먹은 사람 취급하는 게 마음에 안 들었던 듯 하준의 미간이 구겨져 있었다. 지유는 왠지 우스워 속으로 키득키득 웃었다.

의외네. 이 남자.

워낙 카리스마 넘치는 나쁜 남자 역할을 많이 한 남자다 보니 이런 어린애 같은 면이 있는 줄 몰랐는데. 실제의 이하준은 배우 이하준과는 분명 다른 부분이 있었다.

하준이 차로 태워다 준 덕분에 수월하게 옷을 교환해 올 수 있었다. 지유는 얼른 옷을 교환해서 하준이 기다리고 있는 차로 돌아왔다.

"기다렸죠? 매장 위치가 어딨는지 기억이 안 나서 좀 헤맸어요."

"별로 안 기다렸어."

하준은 싱글거리며 차에 시동을 걸었다. 지유는 쇼핑백을 들고 조수석에 앉아 긴장된 눈빛으로 창밖을 바라봤다. 좀 외진 곳에 차를 세워 뒀긴 하지만 그래도 워낙 사람들이 많이 다니는 길이라 지나다니는 사람들이 많았다.

그의 차를 힐끗거리고 지나가는 사람들이 많아서 지유는 괜히 긴장이 되어 침이 꼴깍꼴깍 삼켜졌다. 설마 들키지는 않겠지…….

"안 들키니까 걱정 마."

"어, 어떻게 알았어요?"

조수석 의자에 팔을 대고 몸을 그녀 쪽으로 돌린 채 후진을 하던 하준의 말에 지유가 흠칫 놀라 그를 바라봤다. 하준은 지유를 슥 보고는 말했다.

"거북이목 하고 있잖아. 아주 목이 사라질 것 같은데?"

"아아······."

지유는 그제야 자신이 거북이처럼 목을 움츠리고 있다는 것을 알았다. 민망한 표정으로 목을 빼고 하준을 힐끗 보자 그는 그 유명한 여자 홀리는 후진 스킬을 시전하고 있었다. 그러고 보니 몇 년 전엔가 인터넷에서 한창 후진하는 남자가 얼마나 섹시한지에 대한 찬양이 이뤄질 때 대표적인 후진 짤로 이하준의 짤방이 돌아다녔다.

슈트를 입은 채로 남자답게 후진하고 있는 모습이 담겨 있던 그 짤방을 나도 모르게 반복 재생했던 기억이 떠오르자 괜히 얼굴이 붉어졌다.

드라마에서만이 아니라 이하준의 후진하는 모습은 실제로도 섹시하기 이를 데 없었다. 소매 아래 드러난 팔의 단단한 근육과 고개를 돌리고 있을 때 나타나는 날렵한 턱선이 심장을 쿵덕쿵덕하게 만드는 것이······ 아, 안 되겠어.

"흠, 흠."

지유가 괜히 헛기침을 하고는 고개를 슥 옆으로 돌려 창밖을 바라봤다. 그사이 하준은 능숙하게 후진한 뒤 차를 돌려 도로로 빠져나갔다. 지유는 창밖을 구경하는 척 고개를 창문에만 고정시키고 쿵쿵거리는 심장 소리가 어서 가라앉기를 기다렸다.

그때 하준의 목소리가 들렸다.

"어디 가서 저녁 먹자. 뭐 먹고 싶어?"

"아, 밥이요? 전 뭐든 상관없어요."

"여자들은 꼭 상관없다고 하고 이거 싫다 저거 싫다 하던데."

"전 안 그래요. 정말 뭐든 괜찮아요."

하준이 미심쩍은 눈빛으로 바라보자 지유는 순진무구한 눈동자로 단호하게 마주 봐 줬다. 하준이 쿡쿡 웃으며 고개를 다시 전방으로 돌렸다.

"좋아. 그럼 내가 원하는 데로 가자."

"그래요."

하준이 내비를 조작하고 유연하게 핸들을 움직여 차를 돌렸다.

"이건 좀 그렇네요."

지유가 볼멘소리를 하자 하준이 능청스러운 표정으로 말했다.

"뭐든 괜찮다고 한 건 너였어."

"그, 그건 그렇지만……."

아무리 그래도 밥 하나 먹자고 비행기까지 탈 건 뭔가. 007작전을 펴듯 따로따로 게이트로 들어오긴 했지만 비행기에 탑승하고 나서도 이건 아니다 싶은 기분이 굴뚝같았다. 분명 옷을 바꾸러 간 것뿐인데 뜬금없이 비행기라니?

"걱정 마. 정말 맛있는 데야."

"걱정이 안 될 리가 있냐구요. 비행기를 탔는데!"

근처의 자리들을 다 하준이 사들인 모양인지 사람이 없었지만 지유가 본능적으로 목소리를 낮춰 속닥댔다. 하준이 그녀에게 얼굴을 바짝 갖다 대고는 말했다.

"그래 봐야 제주도야. 같은 나라인데 뭐 어때?"

"다른 데 가려고 해도 여권이 없으니 어차피 못 간다구요. 여권 없이 갈 수 있는 곳 중에선 가장 먼 데까지 가고 있다는 거 알아요?"

"걱정할 거 없다니까."

하준이 싱글거리며 지유의 볼을 손가락으로 톡톡 쳤다. 그러자 지유는 깜짝 놀라 몸을 뒤로 확 물렸다. 이, 이 남자는 정말 방심할 수 없다니깐. 그러고 보니 방금 전 얼굴이 너무 가까이 있었던 것 같다. 코앞에서 저런 얼굴을 갖다 대고 있으면 그야말로 흉기가 따로 없지. 여자 홀리는 신종흉기.

"어, 어쨌든 밥만 먹고 오는 거예요. 알았죠?"

"알았다니까."

……정말 안 걸까?

하준의 미소가 가득한 얼굴을 보고 있으려니 왠지 묘한 불안감이 올라오는 것이…… 아, 나는 왜 그런 말을 해 가지고. 이럴 줄 알았으면 그냥 내가 장소를 정하는 건데. 서울에 널리고 널린 맛집들을 제치고 왜 제주도까지 내려가야 되느냔 말이야. 밥 한 번 먹겠다고.

지유가 불안한 눈빛으로 하준을 바라보니 그는 태연하게 비치된 책자를 보고 있었다.

'정말 이상한 남자라니까.'

지유는 스멀스멀 피어올라 오는 불안한 심정을 애써 내리 누르며 창밖을 바라봤다. 어두워지는 하늘 사이를 통과하며 지유의 마음속도 덩달아 불안함으로 어두워지고 있었다.

제주도에 도착하니 아직 완전히 어두워지진 않은 상태였다.

"제주도가 가깝긴 가깝구나."

지유가 중얼거리며 주변을 둘러봤다. 하준은 차를 렌트하러 간 상태라 지유는 좀 떨어진 곳에 오도카니 서 있었다. 혹 그를 알아보는 사람이 있을 수 있으니 가능한 한 거리를 두려는 본능이 꿈틀거려 지유는 자신도 모르게 슬슬 뒷걸음질 치고 있었다.

그때 지유의 앞으로 차 한 대가 와서 멈춰 섰다.

"타."

창문을 내리고 하준이 말하자 지유는 얼른 뛰어서 차에 올라탔다. 차가 공항을 빠져나가자 지유가 숙이고 있던 고개를 들고 말했다.

"얼른 먹고 와야겠어요. 벌써 어두워지는데…… 비행기 몇 시까지 있어요?"

"걱정할 거 없어."

하준이 싱글거리며 운전하는 모습을 지유가 미심쩍은 표정으로 바라봤다. 아까부터 계속 걱정 말라고만 하는 거 같은데……. 주변을 바라보니 어느새 한적한 도로로 접어들었다. 어둑어둑한 이국적인 분위기의 낯선 시골길을 달리다 보니 슬며시 불안감이 다시 고개를 들었다.

"그런데 뭐 먹으러 가는 거예요?"

빨리 먹고 올라가려면 서둘러야겠다는 생각에 지유가 눈동자를 굴리며 물었다. 그러자 하준이 태연하게 대답했다.

"짬뽕."

"……네?"

싱싱한 회도 아니고, 성게알 미역국도 아니고, 고기국수도 아니고, 오분자기 뚝배기도 아니고…… 짬뽕? 지유가 자기도 모르게 이마를 찌푸리고 쳐다보자 하준이 그녀의 얼굴을 힐끗 보고는 말했다.

"왜? 제주도 왔으니까 짬뽕 먹어야지. 당연한 거 아냐?"

"아, 그, 그래요……."

전혀 당연하다고 생각하진 않았지만 그래도 짬뽕이니까 빨리 먹고 갈 수 있겠구나, 라는 생각에 지유가 썩은 미소를 지으며 대답했다. 그래도 많고 많은 제주 맛집 중에 짬뽕이라니. 짬뽕이라니…….

지유가 실망스러운 기색을 감추지 못하고 음울한 얼굴로 창밖을 보고 있는 사이 한적하고 외딴 시골집 앞에 차가 멈춰 섰다. 지유가 하준을 따라 내려 멍하니 건물을 바라봤다.

"여기가 식당이에요? 아닌 거 같은데?"

아무리 둘러봐도 간판도 없고 전혀 식당 같지 않은, 심지어 다 쓰러져 가는 듯한 시골집으로 하준이 거침없이 들어갔다. 두리번거리며 의문스런 얼굴로 보고 있던 지유도 서둘러 그를 따라갔다.

"아이고, 오랜만이네."

화려한 꽃무늬 몸빼 바지를 입은 할머니가 하준을 향해 반갑게 다가왔다. 하준도 싱글거리며 할머니를 가볍게 포옹했다.

"잘 지내셨어요? 한동안 오질 못했더니 할머니 짬뽕 맛이 생각나서."

"그래그래. 잘 왔어. 곧 올 때 됐으니까 조금만 기다려. 싱싱한 놈으로 잡아 올 거니까."

"때 잘 맞춰 왔네요. 아, 매운 거 잘 먹어?"

하준이 갑자기 돌아보며 말하자 지유가 얼른 대답했다.

"아뇨. 매운 건 잘 못 먹는데……."

"그럼 매운 거 하나랑 덜 맵게 하나 해 줘요."

"알았어. 알았어. 저기 끝에서 세 번째 방으로 들어가면 돼. 아궁이 불 지펴 놨으니까 따뜻할 거야. 어여 들어가 있어."

할머니는 주름진 얼굴로 환하게 웃고는 연기가 올라오는 거대한 아궁이가 있는 부엌 쪽으로 잰걸음으로 사라졌다.

지유는 새삼 놀라운 얼굴로 주변을 훑었다. 한옥식 집을 개조했는지 방들이 여러 개 이어져 있는데 대부분의 방에 불이 켜져 있었고 마루 밑 돌판 위에는 신발들이 얌전히 놓여 있었다. 그러고 보니 하준이 차를 세울 때 주변에 차가 여러 대 서 있던 것도 기억이 났다.

"이쪽으로 와."

"아, 네."

하준이 그중 비어 있는 방으로 향하며 부르자 지유가 퍼뜩 정신을 차리고 그쪽으로 뿔뿔뿔 쫓아갔다.

"간판도 없는데 여긴 어떻게 찾아온 거예요? 밖에서 볼 땐 전혀 식당 같지 않던데…… 여기 손님도 많은가 봐요."

궁금함을 참지 못하고 신발을 벗으며 지유가 묻자 먼저 방으로 들어가 불을 켠 하준이 그녀를 돌아봤다.

"여긴 나 같은 사람들만 오는 비밀 장소니까."

헉, 그럼 여기 방마다 들어차 있는 사람들이 죄다 연예인이란 소리?

지유의 눈이 놀란 듯 둥그렇게 커지자 하준이 못마땅한 듯 입술 끝을 비틀어 올렸다.

　"뭐야. 만나고 싶은 남자 연예인이라도 있는 모양이지? 얼굴까지 빨개지는 걸 보니."

　"빠, 빨개지다뇨. 그런 건 아니고 그냥 신기해서 그렇죠."

　눈을 가늘게 뜨고 쳐다보는 시선이 따끔거려 지유는 얼른 방으로 들어가 방석 위에 살포시 앉았다. 적당한 크기의 방 안은 밖의 허름한 인테리어와 달리 동양식으로 아주 깔끔했다. 테이블 하나와 방석 두 개. 수묵화가 그려진 병풍이 한쪽 벽에 늘어서 있었고 동양식 찻주전자와 우아한 문양이 수놓인 잔 등이 정갈하게 테이블 위에 놓여 있는 걸 보니 왠지 이상한 기분이었다.

　'여긴 짬뽕집인데……?'

　분명 다 쓰러져 가는 집에 들어왔는데 고급 한정식집에 와 있는 듯한 기분이 들자 이곳이 과연 짬뽕을 파는 집이 맞는지 의문이 들었다. 분명 이 남자가 짬뽕이라고 했는데…… 맵니 안 맵니 그런 말도 하고.

　하준이 능숙하게 동그란 동양식 찻주전자를 들어 잔에 물을 따라 주자 지유가 얼른 받았다.

　"짬뽕 먹으러 여기까지 와요? 아까 주인 할머니랑 대화하는 거 보니까 자주 오는 거 같던데."

　도대체 얼마나 맛있으면 그러려나 싶은 기대감에 지유의 눈이 저절로 반짝였다. 하준이 자신의 잔에도 물을 따라 한 모금 마시고는 싱긋 웃었다.

　"먹어 보면 알 거야."

"아아……."

왠지 침이 꼴깍 넘어간다. 그러고 보니 오늘 아침에 대충 토스트만 먹은 이후로 아무것도 먹지 않았다는 것을 깨달았다. 간단하게 옷만 사 와서 집에서 먹을 생각이었는데 갑자기 들이닥친 이 남자 때문에 모든 일정이 꼬여 버렸으니…… 아아. 한번 자각하니까 배가 엄청 고파 오네.

꼬로로록.

"……!"

눈치 없는 육체는 배고픔을 인식하자마자 노골적인 항의를 시작했다. 그 항의 소리에 무척 당황한 지유는 꼬로록 소리를 숨기고자 갑자기 헛기침을 하기 시작했다.

"큼, 크흠. 여기 건조한가 봐요. 목이 간질간질한 것이…… 크흐흐흠."

요란하게 목을 다듬던 지유가 힐끗 하준의 눈치를 봤다. 무표정한 얼굴로 자신을 보고 있는 하준을 보니 그 요란한 소리를 들키지 않았다는 안도감이 스며들었다.

……안 들켰겠지?

"흠. 흠. 아, 이제 좀 괜찮네."

지유가 마지막까지 마른기침을 하며 완벽한 연기력을 뽐내고 있으려니 무감하게 그녀를 보고 있던 하준이 씩 웃었다.

"괜찮아. 사람 위장은 배가 고프면 누구나 소리가 나게 되어 있으니까."

"헛! 드, 들었어요?"

지유가 흠칫 놀라 바라보자 하준이 너그러운 미소를 지은 채로 말했다.

"그래도 내가 신경은 쓰이는 모양이네. 한지유 연기 잘하는데?"

"칫, 하준 씨도 눈치 없네요. 사람이 이렇게 노력하면 그냥 모른 척해 주지."

지유가 입술을 비죽이자 그가 재미있다는 듯 하하 웃었다.

"다음엔 모른 척해 줄게. 나한테 잘 보이고 싶은 거라면 환영이 니까."

왜 자꾸 대화가 그쪽으로 가는 거람?

"꼭 잘 보이고 싶어서 그런 게 아니라……."

지유가 항변하려는데 노크 소리와 함께 문이 열렸다. 아. 왔나 봐. 지유가 환한 얼굴로 문 쪽을 바라보자 기대했던 짬뽕 그릇은 안 보이고 소쿠리에 풍성하게 담긴 채소가 나왔다.

"이거 직접 키운 거야. 배고플 테니 이거라도 먹고 있어."

"보기만 해도 몸이 좋아지겠는데요? 잘 먹을게요."

할머니가 테이블 위에 소쿠리를 놔두고 다시 나갔다. 짬뽕인 줄 알았는데…… 채소를 싫어하진 않지만 지금 위장은 풀떼기가 아닌 짬뽕을 내놓으라며 격렬한 항의 중이었다. 지유가 시무룩한 표정을 짓자 하준이 초록빛 싱싱해 보이는 커다란 이파리를 집어 들고는 건넸다.

"먹어 봐."

"네……."

우울하게 그가 내민 손바닥만 한 풀을 받아 든 지유가 입에 넣고 씹기 시작했다. 배고픔에 지쳐 어둡던 지유의 얼굴이 갑자기 환해 졌다.

"어? 맛있네요?"

지유가 눈을 빛내며 채소들을 열심히 손으로 집어 먹기 시작했다. 세상에. 무슨 풀이 이렇게 맛있담? 고소하고 풋풋한 것이……내가 배가 너무 고파서 그런가?

"여기서 직접 키운 채소는 다른 채소와 비할 바가 아니야. 풀이 얼마나 맛있는지 나도 여기서 처음 알게 됐거든."

"에. 아이어오.(네. 맛있어요.)"

지유가 양 볼이 미어터져라 한 움큼 집어넣고 열심히 오물거리며 말하자 하준이 쿡쿡 웃었다.

"토끼 같네. 꼭."

"으에?"

토끼처럼 눈을 깜빡이며 의문스러운 표정을 짓는 지유를 하준이 웃음기 담긴 표정으로 바라봤다.

"여긴 내 아지트 같은 곳 중에 하나야. 가끔 멀리 떠날 여력이 안 될 때 오는 곳이 제주도인데 여기만 와도 멀리 떠나온 듯한 기분이 들거든. 그래서 내가 아주 좋아하는 곳이지."

지유는 그의 말을 들으며 부지런히 손으로는 풀을 입으로 가져갔다. 동그란 뺨을 부풀리고 작은 입술을 오물거리고 움직이는 것을 가만히 응시하며 하준이 말했다.

"여기, 여자랑 온 건 처음이야."

"으에?"

처음이라고?

열심히 풀을 씹던 지유가 또 멍한 얼굴로 그를 바라봤다. 하준은 잠시 뭔가 생각하더니 다시 말했다.

"생각해 보니 누군가와 오는 것 자체가 처음인 것 같군. 처음에 이곳을 소개시켜 준 감독님과 왔을 때 말고는 늘 혼자 왔으니까."

지유가 멍하니 그를 보고 있다가 씹던 풀을 꿀떡 삼키고 급히 물을 마셨다. 풀 먹고 체하는 사람도 있을까? 없겠지?

"그럼 오늘은 왜 나랑 같이 온 건데요?"

"글쎄? 아마 너도 알지 않을까?"

하준이 진지한 눈빛을 빛내며 장난스럽게 웃었다. 어떻게 저런 상반된 표정으로 웃을 수 있는 거지? 지유는 자신을 빤히 바라보는 하준의 시선에 괜히 민망해져 헛기침을 큼, 큼 하고는 풀을 들어 입으로 가져갔다. 긴장이 돼서인지 풀을 씹으면서도 무슨 맛인지 잘 느껴지지가 않았다. 좀 전에는 그렇게 맛있었는데…….

"결정은 아직인가?"

"코, 콜록, 콜록!"

이번엔 연기가 아니라 진짜로 사례가 들려 지유가 입을 막고 콜록거렸다. 방심한 사이에 이렇게 훅 들어오다니?

"그건 아, 아직이요."

겨우 숨을 진정시킨 지유가 기침으로 벌게진 목에 손을 대고는 말했다.

"흠. 그렇군."

하준이 납득한 듯 끄덕이고는 태연하게 물을 마셨다. 이 남자가 사람 혼을 갑자기 빼놓고는 나 몰라라……. 쿵덕거리는 심장을 가라앉힌 지유가 새우 눈을 뜨고 하준을 바라봤다.

도대체 알 수가 없는 남자야. 진심으로 물어본 게 아닌가? 저렇게 선뜻 납득하는 걸 보면 그냥 찔러 본 것 같기도 하고…… 아니 혹시, 지금은 괜히 그런 말 했다고 후회하고 있는 게 아닐까? 그래서 혹시 그 말 자체를 없던 일로 돌리려고? 그럼 나 지금 괜히 고민하고 있는 건데?

꼬로로록.

"아."

혼자만의 망상이 폭주할 즈음 그걸 멈춰 줄 생각이었던지 지유의 배가 다시 요란한 소리를 냈다. 아아…… 배고파라.

지유가 자신의 폭풍 흡입으로 동이 난 소쿠리를 가만히 바라보며 입맛을 다셨다. 배고픔의 위대함이란 대단하다. 온갖 번뇌와 고민을 한 쾌에 날려 버리다니. 점점 격렬해지는 위장의 고통을 느끼며 지유는 결국 묻지 않을 수 없었다.

"저…… 짬뽕은 도대체 언제 나오는 거예요?"

지유가 슬쩍 묻는 말에 하준이 당연하다는 듯 대답했다.

"잡으면 나오겠지."

"잡아요? 뭘요?"

이해할 수 없는 말에 지유가 다시 물었다.

"문어."

"……네??"

지유가 눈을 크게 떴다.

"아까 못 들었어? 이제 곧 올 때 됐다고. 그게 문어 잡아 온다는 소리야. 이 집의 환상적인 짬뽕 맛의 포인트는 갓 잡은 문어의 맛이거든. 원래 할머니 아들이 문어를 잡아 오다가 그게 첫째 손자에게 넘어갔고 지금은 둘째 손자가 이어받았지."

맙소사.

"이어받은 지 얼마 안 돼서 아직 좀 서툰 모양이군. 생각보다 오래 걸리는 걸 보니. 조금만 기다리면 환상적인 짬뽕 맛을 볼 수 있을 테니까 조금만 기다려."

하준이 기대해도 좋다는 듯 자신감 넘치는 미소를 지었다.

아, 아니 지금 맛이 중요한 게 아닌……. 지유는 싱글싱글 웃고 있는 하준을 보며 패닉에 빠져 붕어처럼 입만 끔벅거렸다.

하준이 장담한 바와 같이 짬뽕은 무척 맛이 좋았다. 환상적인 정도인지는 모르겠으나 푸짐하게 들어간 싱싱한 문어와 각종 해산물의 조화로 남다른 맛을 가진 것은 확실했다. 그런데 문제는…….

"아, 이런. 역시 끊겼네."

부랴부랴 공항까지 달려왔지만 역시 마지막 비행기는 떠난 후였다. 안색이 노래진 지유의 뒤에서 하준은 마치 전철이 끊긴 것처럼 태연하게 말하고는 전혀 아쉬움이 느껴지지 않는 얼굴로 웃었다.

"지금 웃음이 나와요? 꼼짝없이 갇혔는데!"

지유가 사람이 거의 빠져나간 공항 안에서 혹시 그를 알아보는 사람이 있을까 봐 목소리를 낮춰 작게 소리쳤다.

"갇히긴. 몇 시간만 있으면 첫 비행기 뜰 텐데 뭐가 걱정이야."

"그, 그렇긴 하지만 그래도 이게 다 그 짬뽕 때문……."

"맛은 있었잖아?"

"물론 맛은 있었죠! 맛은 있었지만 비행기를 놓쳤잖아요!"

"거 봐. 맛있다니까."

하준이 역시 자신의 입맛은 틀리지 않았다는 듯 자랑스러운 표정을 짓고는 고개를 끄덕였다.

"문제는 그게 아니라 비행기가……."

"맛있었으면 됐지 뭘. 여긴 짬뽕 먹으러 온 거니까. 자자. 일단 여긴 나가자."

하준이 모자를 깊게 눌러쓰며 능청스럽게 지유를 끌어당겼다. 지유는 혼미한 정신으로 공항을 빠져나가며 새우 눈을 하고 물었다.

"하준 씨 이러려고 여기로 온 거죠? 그래서 거기로 간 거고?"

"내가? 설마."

"그 시간에 왔으면 분명 시간 내에 못 돌아갈 거라는 걸 알고 있던 게 아니고요?"

미심쩍은 눈빛을 빛내며 눈을 가늘게 뜬 지유에게 하준이 당치도 않다는 듯 말했다.

"평소라면 먹고 올라가고도 남을 시간이야. 오늘따라 유독 늦어진 거라니까. 나도 이렇게까지 늦어질 줄은 몰랐지. 이럴 줄 알았으면 미리 전화라도 해 보고 오는 건데 나도 실수하긴 했지만 고의라고 하면 서운한데."

하준이 미간을 좁히고 말하자 지유도 새우 눈을 풀고 한숨을 내쉬었다. 하긴. 나도 시간이 늦은 걸 알고 있었으면서 더 주는 대로 그걸 다 받아먹고 있었으니…… 그래도 짬뽕이 정말 맛있긴 했어. 배도 너무 고팠고.

"의심해서 미안해요."

지유가 의심을 풀고 사과하자 하준이 그녀의 어깨를 툭툭 쳤다.

"괜찮아. 그렇게 생각할 수도 있지. 일단 차로 가자."

"네…… 그런데 지낼 곳을 찾아봐야 되지 않아요? 검색 좀 해 볼까요?"

지유가 그녀의 어깨를 잡고 가는 하준을 종종걸음으로 따라가며 휴대폰을 꺼내 들었다.

"안 찾아봐도 돼. 갈 데는 있으니까."

"있어요? 어딘데요?"

지유가 눈을 동그랗게 뜨고 묻자 하준이 차 문을 열어 주면서 싱긋 웃었다.

"불편하진 않을 거야. 어서 타. 비 오기 시작한다."

"아, 네."

그러고 보니 조금 전부터 빗방울이 떨어지고 있었다. 차로 돌아와 시동을 거는 그를 보면서 지유는 속으로 심호흡했다. 오늘 하루는 정말 내내 예상을 빗나가는 일의 연속이더니, 결국 이 시간에 이 남자와 제주도에 남게 되다니…… 왠지 긴장이 되는 것 같아 지유가 침을 꼴딱 삼키고 최대한 아무렇지 않은 목소리로 말했다.

"지금 가는 곳이 하준 씨 아는 사람 집인가요?"

"비슷해."

아는 사람이 펜션이라도 운영하나?

그때 하준의 전화벨이 울렸다. 아까부터 계속 오고 있는 매니저의 전화를 무시하고 있는 그였던지라 또 매니저의 전화인 줄 알았는데 액정을 바라본 그의 표정이 묘하게 굳었다.

"……?"

하준의 표정 변화를 지유가 의아스럽게 생각하려는 찰나 그가 휴대폰으로 손을 뻗어 진동으로 바꿨다. 전화는 한동안 계속 진동음을 울리고 있었지만 하준은 전방에만 시선을 둔 채 본 척도 하지 않고 있었다.

"······안 받아도 되는 전화예요?"

"어. 신경 쓰지 마."

하준이 지유를 보며 싱긋 웃었다. 그 미소는 평소와 다름없는 미소로 보였지만 방금 전 봤던 그의 굳은 얼굴 때문에 어딘가 다른 분위기를 냈다. 어느 순간 전화벨은 끊겼다. 더는 벨이 울리지 않았지만 지유는 왠지 하준의 휴대폰에 신경이 쓰였다.

언뜻 봤던 이름이 여자 이름 같았는데······. 분명 임수림이라고 써 있었어. 과거의 여자라도 되는 걸까?

하긴 하준은 알려진 연예인 애인만 한둘이 아니었으니 안 알려진 관계까지 포함하면 도대체 과거의 여자란 얼마나 될지······. 그런 생각을 하니까 기분이 조금 나빠졌다. 아니, 왜 그런 데에 기분이 나빠지지? 이 남자의 과거에 내가 질투할 이유가 있나?

지유가 머릿속으로 치열한 공방전을 펼치는 사이 차는 제주도의 바닷가를 한쪽에 끼고 길게 뻗은 해안도로를 따라 달렸다.

해변가에 위치한 훌륭한 별장에 들어선 지유는 속았다고 생각했다.

"아는 사람 집이라더니······."

지유가 눈을 좍 찢고 하준을 바라보자 그는 천장이 높은 고급스러운 디자인의 거실로 걸어가 소파 위에 털썩 앉으며 말했다.

"비슷한 거라고 했지."

"이게 비슷한 거예요?"

"난 날 잘 아는 편이니까."

하준이 엄지로 자신을 척 가리키며 싱긋 웃자 지유의 표정이 썩어 들어갔다. 물론 연예인이니까 국내에 자기 별장 몇 개쯤 없으란 법은 없지만 그래도 갑자기 이런 상황이 된다는 건…….

"역시 일부러 비행기 놓친 거죠?"

지유가 벽으로 사사삭 붙으며 의혹과 불신이 가득한 눈빛으로 하준을 쳐다봤다. 그러자 하준이 지유를 가만히 마주 봤다. 저 남 자가 왜 저렇게 본데? 지유가 경계를 풀지 않고 긴장한 표정으로 그의 시선을 받았다.

"내가 일부러 이런 짓을 벌일 만큼 여자가 궁하다고 생각해?"

"네? 아니…….."

하긴 이 남자가 누군가. 그 이하준이 아닌가. 쳐다만 봐도 여자 들이 굴비마냥 주렁주렁 엮이는. 그런 남자가 나와 하룻밤 같이 있 겠다며 굳이 이런 일을 만들 거라 생각했다니 나 아무래도 자의식 과잉인가 봐.

"하하, 제가 망상이 조금 과했네요."

지유가 민망한 표정으로 말하자 하준이 가볍게 어깨를 으쓱였다.

"오늘 내 아지트가 제대로 털리는 기분이군."

"네?"

"말해 두지만, 여기도 누군가를 데려오는 건 처음이야. 여긴 내 매니저도 모르는 곳이거든."

"……네?"

지유가 어리둥절한 표정으로 되묻자 하준이 빙긋 웃으며 손목시 계를 확인하더니 소파에서 일어섰다.

"그럼 제주도까지 왔으니 밤바다라도 볼래?"

"밤바다요…….? 보고 싶긴 한데 괜찮을까요? 사람들이라도 오면······."

"이 근처는 사유지라 이쪽 해변가에는 사람들도 안 오니까."

"아, 그럼 좋아요."

지유가 그제야 안심한 듯 끄덕이자 하준은 못마땅한 표정을 지었다.

"직업이 연예인인 건 난데 오히려 네가 들킬까 봐 안절부절못하는 것 같은데."

"그, 그야 조심하는 게 좋으니까요. 이왕이면 말이죠."

하준의 따끔따끔한 시선을 피해 지유가 도망치듯 얼른 현관 쪽으로 걸어갔다. 저 남자가 저렇게 볼 때는 정말 괜히 눈치 보게 된다니까.

불퉁한 표정으로 벗어 뒀던 모자를 눌러쓴 하준이 지유가 서 있는 현관으로 걸어갔다. 스니커즈를 신으며 지유를 똑바로 내려다보자 지유는 문을 열어 줄 때까지 기다리려는 듯 오도카니 서 있었다.

'이렇게 가까이 있는데도 전혀 긴장하지 않는군.'

괜히 심술이 난 하준이 한 손을 그녀 뒤의 문에 댄 채 고개를 숙였다.

"어······."

갑자기 하준의 얼굴의 가까이 다가오자 지유가 놀란 눈을 끔벅거렸다. 숨결이 느껴질 정도로 가까이 온 그의 모자챙이 지유의 이마에 살짝 닿았다.

'이, 이 남자가 또 왜 이래?'

하준의 얼굴이 지나치게 가까이 있었다. 저 숨 막히게 잘생긴 얼굴이 여보란 듯 가까워지자 지유는 정말 숨이 막힐 지경이었다.

하준은 지유를 가만히 내려다보다 지유 등 뒤로 손을 뻗어 잠금 장치를 풀었다. 달칵 소리가 나자 지유가 크게 숨을 들이켰다. 아, 문 열려고 그런 거구나……. 까, 깜짝 놀랐네. 키스하려는 줄 알고.

"왜?"

하준이 싱글거리며 조용히 묻자 지유가 자신의 생각을 들킨 듯 흠칫 놀랐다.

"아, 아뇨! 아무것도 아니에요."

지유가 얼른 몸을 돌려 쌩하니 문 밖으로 나갔다. 도망치듯 멀어지는 지유를 보며 하준이 입술 끝을 비틀었다.

"다가가기만 해도 움찔거리면 어떡해. 한지유."

네 대답만 목 빠지게 기다리고 있는 사람 불안하게.

"후우."

하준이 낮게 한숨을 내쉬었다.

태연한 척 대하는 것도 생각보다 쉬운 일이 아니군. 제주도까지 오면서 이곳으로 데려올 생각을 안 했을 리가 없잖아.

아니, 솔직히 그게 목적이었는지도 모른다. 지금까지 한 번도 이곳에 누군가를 데려오고 싶다는 생각은 해 본 적이 없는데 오늘은 처음으로 거짓말을 해서라도 데려오고 싶었다.

아직 대답도 못 들은 상황에서 어떻게 하고 싶은 마음은 없지만 솔직히 기대하고 있지 않다고 하면 거짓말이겠지…….

하준이 문을 잠그고 나오자 지유가 조금 떨어진 곳에서 동그마니 서서 그를 기다리고 있었다. 별장 정원에 설치된 환한 가로등 아래 비치는 지유의 모습이 그의 머릿속을 혼란스럽게 만들었다.

난 어떻게 하고 싶은 거지? 다시 한지유를 가져서 그때의 그 감각이 착각이 아니라는 걸 알고 싶은 것뿐일까? 단지 그 이유로 이렇게?

"바로 앞에 바다가 있는 줄 몰랐어요."

지유가 밤바다를 보고 눈을 빛내며 말하자 하준은 혼란스러움을 감추고 싱긋 웃으며 그녀의 옆으로 갔다.

"명당이지? 낮에 보면 더 장관이야. 오션 뷰가 마음에 들어서 이곳으로 정했거든. 이쪽은 특히나 한적하기도 하고."

"정말요? 내일 아침에 볼 수 있겠네요."

지유가 기대된다는 표정을 지었다. 기대도 안 한 상태에서 멋진 밤바다를 보게 되니 괜히 들뜨는 기분이었다. 해변으로 향하는 하준의 옆을 따라 타박타박 걷는데 그가 지유의 손을 잡았다.

"어어."

지유가 당황한 표정을 지으며 손가락을 꼬물거렸다. 하준은 개의치 않고 더 강하게 손을 쥐고는 그녀를 내려다봤다.

"싫어?"

그의 물음에 지유가 잠시 생각하고는 고개를 저었다.

"음…… 아니. 싫진 않아요."

싫진 않다. 솔직히. 아니, 오히려 좀 설레는데…… 이거 이래도 되나?

"다행이네."

지유가 혼란스러운 표정을 짓고 있는데 하준이 씩 웃고는 그대로 손을 잡고 해변가로 걸어 나갔다. 지유는 맞잡은 손의 부드럽고 단단한 감촉에 모든 신경이 쏠렸다. 본의 아니게 첫 만남부터 진도의 끝까지 간 관계이다 보니 이런 데는 무감할 줄 알았는데 전혀 아니었다. 그땐 꿈이라 생각해서 그런 걸까? 오히려 관계를 가질 때보다 지금이 훨씬 떨리는 기분이었다.

쿵쾅쿵쾅쿵쾅.

심장의 거센 드럼질을 느끼며 지유는 침을 꼴깍 삼켰다. 아, 침 나와. 긴장하면 입안이 바짝 말라야 되는데 왜 침이 나오고 그런 거야? 꼭 이 남자가 먹고 싶은 것처럼. 어머머머. 나 좀 봐. 이게 웬 야한 생각이야?

철썩거리는 파도 소리를 들으며 지유는 얼른 고개를 흔들었다. 달이 너무 밝아서 머리가 이상해지는 모양이야. 정신 차리자. 정신!

"달이 참 밝네."

"그, 그러네요. 아하하하하."

지유가 과장된 목소리로 웃어 젖히자 하준이 걸음을 멈추고 이상하다는 표정으로 내려다봤다. 달이 밝아서 그런지 그의 표정이 잘 보였다. 지유는 고개를 숙이고 멋쩍은 표정으로 헛기침을 하고는 말했다.

"괜히 긴장되네요. 손을 잡고 있어서 그런지……."

"그래서 놔 달라고?"

"네? 아니……."

"난 놔줄 생각이 없는데."

지유가 눈동자를 굴리다 올려다봤다. 그가 평소처럼 싱글거리며 웃고 있을 거라고 생각했는데…… 아니었다. 하준은 웃음기 없는 표정으로 자신을 똑바로 내려다보고 있었다.

아…….

둘의 눈동자가 똑바로 부딪쳤다. 시리도록 밝은 달빛에 비친 그의 진지한 얼굴을 보자 지유의 심장이 요란한 소리를 내며 뛰기 시작했다. 비트와 강도를 높여 가는 심장 때문에 머릿속이 댕댕 울릴 지경이었다.

그녀를 내려다보던 하준이 낮게 말했다.

"한지유."

그저 이름을 불렸을 뿐인데 심장이 입 밖으로 튀어나올 기세였다.

"네……?"

지유가 떨리는 목소리로 대답했다.

"부탁이 있는데. 오늘 밤."

헛!

하준의 은밀한 목소리에 지유는 눈을 크게 떴다. 서, 설마 오늘 밤 같이 있자거나 그런 건 아니……아니겠지?

"무, 무슨 부탁인데요?"

"들어줄 거지? 난 네가 꼭 들어줬으면 좋겠어."

손을 잡은 채로 멈춰 선 그가 똑바로 내려다보고 있었다. 지유는 얼굴에 열기가 확 오르는 것이 느껴졌다. 하준이 고개를 천천히 내렸다. 점점 다가오는 그의 얼굴을 보며 지유는 또다시 얼굴이 홍당무처럼 붉게 물들었다.

역시 그건가? 저 어두운 눈동자는…… 꼬, 꼭 그때 같잖아!

지유는 머릿속이 패닉이 되는 것 같았다. 휘영청 밝은 달빛과 아름다운 밤바다에 취해 머릿속이 어떻게 된 건가? 이상하게 두근거리고 안 된다고 생각하면서도 한편으로 정반대의 생각을 하고 있었다.

"오늘 밤."

그의 입술에서 은밀한 목소리가 흘러나왔다.

어쩌면, 아니 역시 오늘 밤 이 남자와 또다시 불타는…… 헉! 내가 무슨 생각을? 미쳤어!

"나와 밤새 트럼프 하자."

"안 돼요! 아직 대답도 안 했는데 그건 너무 빠른…… 네, 네??"

하준이 말하는 것과 동시에 버럭 소리친 지유가 흠칫 놀랐다. 바, 방금 뭐라고? 트럼프??

지유가 하얗게 굳은 채 그를 올려다보자 하준이 태연하게 내려다보며 입술 끝을 말아 올렸다.

"어. 나 트럼프 좋아해서 사 놨는데 지금까지 여기 오면 같이 할 사람이 없어서 아쉬웠거든. 그보다…… 빠르다니? 뭐가 빠른데?"

"아아아아아무것도 아니에요! 트럼프! 트럼프 좋죠! 아주 좋아요!!"

얼굴이 불타오를 듯 시뻘겋게 달아오른 지유가 고개를 미친 듯이 끄덕이며 좋아요를 외쳐 댔다. 하준이 눈을 가늘게 뜨고 지유를 보며 말했다.

"왜 얼굴이 빨개졌을까? 어두워도 다 보일 정도인데? 한지유 무슨 생각했어?"

"아아아아아무 생각도 안 했어요! 빠, 빨리 들어가서 우리 트럼프 해요! 트럼프!"

갑자기 트럼프를 못 해서 죽은 귀신이 쓰인 양 목 놓아 트럼프를 부르짖으며 지유가 몸을 홱 돌렸다. 그러고는 왔던 곳을 향해 도망치듯 냅다 달려 나가자 하준은 비어져 나오는 웃음을 손으로 가렸다. 어색한 걸음걸이로 그를 뒤돌아보며 쉭쉭 걸어가는 지유를 보며 하준의 웃음이 천천히 지워져 갔다.

"후우."

하준이 진지한 표정으로 크게 숨을 내쉬었다.

"위험했어. 뭐라고 하려고 한 거야? 이하준."

하준이 지그시 주먹을 쥐었다 풀고는 고개를 저었다. 자제심이 이렇게 없는 인간인 줄 몰랐는데 저 여자와 같이 있으면 자신의 자제심이 형편없어진다는 사실을 수시로 인지하게 된다.

인내심이 고작 이 정도라니. 한심하군.

하준은 씁쓸한 얼굴로 고개를 젓고는 한참 멀어진 지유를 향해 걸어갔다.

"치사하게! 이런 게 어디 있어요?"

지유는 여전히 벌겋게 달아오른 얼굴이었다. 처음엔 관심 없는 듯 슬렁슬렁하는 듯하더니 한 판을 지고, 두 판을 지고, 세 판을 지고, 열다섯 판을 내리 지게 되자 그녀의 얼굴은 불붙은 화약처럼 급속도로 달아올랐다.

지유가 금방이라도 빵 터질 듯한 토마토처럼 시뻘건 얼굴을 한 채 뱁새눈으로 노려보자 하준은 여유 있는 표정으로 어깨를 으쓱였다.

"이런 게 어딨느냐니. 승부의 세계는 냉정한 거 몰라?"

"아무리 그렇다지만…… 스무 판을 내리 이기는 게 어딨어요! 이거 사기 아니에요? 여기에 뭔가 숨겼다거나!"

지유가 상체를 납작 엎드린 채 하준의 반바지 아래 드러난 다리와 두툼한 솔리드 러그 사이에 손을 쉭쉭 집어넣자 하준이 미간을 좁혔다.

"어딜 남자 다리를 함부로 더듬어? 너 지금 행동에 책임질 수 있어?"

"책임이고 뭐고 숨겨 둔 카드 나오기만 해 봐요. 내가 진정한 깽판이 뭔지 보여 줄 테니까!"

지유가 씩씩거리며 날렵한 손놀림으로 그의 단단한 다리 아래를 훑어 댔다. 상체를 숙인 지유의 티셔츠의 넥라인이 내려와 앙증맞은 보얀 가슴골이 보이자 하준은 순간 숨을 삼켰다.

"없어. 이거 봐. 없다니까."

하준이 벌떡 일어나 확인시키듯 바지를 탁탁 털자 지유가 납작 엎드린 채로 열심히 바닥을 더듬으며 살폈다.

"정말 없네. 이럴 리가 없는데……."

지유가 미심쩍은 표정으로 하준을 올려다봤다. 그녀가 도발적으로 엎드린 채 고개를 들어 자신을 올려다보자 하준의 얼굴에 핏기가 가셨다. 포즈도 그랬고 위치 때문에 눈빛도 그랬지만 특히 헐렁한 티셔츠의 넥라인 안으로 탐스러운 가슴골이 그 자태를 좀 더 아슬아슬하게 드러내고 있었다. 그 위험할 정도로 유혹적인 모습에 하준의 미간이 일그러졌다.

……죽겠군.

"어? 어디 가요?"

갑자기 뒤돌아 성큼성큼 걸어가는 하준을 보며 지유가 고개를 번쩍 쳐들고 물었다.

"잠깐 화장실."

"그렇지! 내가 그럴 줄 알았어!"

지유가 잽싸게 몸을 일으켜 머리칼을 휘날리며 날듯이 그를 따라잡았다.

"뭐, 뭐야? 너 왜 이래?"

갑자기 달려온 지유가 뒤에서 자신의 양쪽 바지 주머니에 두 손을 쑥 넣더니 더듬거리기 시작하자 하준이 당혹스러운 표정을 지었다. 지유는 그의 몸이 굳는지 안 굳는지는 관심도 없는 듯 숨긴 카드를 찾기 위해 백만 불짜리 몸매로 일컬어지는 남자의 몸을 떡 주무르듯 주무르고 있었다.

"지금 화장실 간다고 하고 숨겨 둔 카드 버리러 가는 거 모를 줄 알아요? 이실직고하고 빨리 내놔요. 카드 어뒀어요?"

눈을 희번덕하게 까뒤집고 손으로 탄탄한 근육질 허벅지와 은밀한 부위 근처를 거침없이 오가자 하준의 얼굴이 빳빳하게 굳었다.

"여기 있죠? 여기 있는 게 분명해!"

"어, 없다니까? 왜 이래? 이거 놔."

"거짓말 말아요! 내놔요 당장!"

지유가 흡사 마귀 같은 얼굴로 당장 내놓으라고 버럭거렸다.

"거참, 없다니까 그러네! 바지라도 벗어 보여 줘?"

신체적으로 더는 참기 힘든 위기 상황에 직면한 하준이 힘을 써서 그녀의 손에서 빠져나가자 지유가 이상하다는 듯 고개를 갸웃거렸다.

"이상하네. 분명 있는 줄 알았는데……."

"누굴 타짜로 알아? 바닥 서늘하니까 자리로 돌아가서 기다리고 있어. 화장실 갔다 올 테니까."

"알았어요."

지유가 아쉬운 듯 입맛을 다시며 터덜터덜 돌아가는 모습을 흘 끗 보고는 하준이 화장실로 향했다. 도대체 무슨 여자가 저렇게 위 기감은 없고 승부욕만 넘치는지……. 덕분에 뻐근하게 일어선 자신 의 분신 때문에 하준은 자존심이 상할 지경이었다.

이렇게 만들어 놓고, 아무것도 몰라요 순진한 표정이나 짓고 있 다니 너무한 거 아냐?

화장실에서 차가운 물로 세수를 한 하준이 거울을 보며 인상을 썼다. 세수까지 했지만 뜨거운 열기가 가라앉지 않으니 화가 났다.

"이쯤 되면 쌍방과실이라 할 만한데. 그냥 가서 확 안아 버려?"

거울을 보던 하준이 헛웃음을 흘리고 다시 찬물로 세차게 세수 를 했다. 한참 동안 세수를 하고 나서야 좀 진정이 되어 수건으로 닦고 나와 보니 카드가 널려 있는 도톰한 러그 위에서 지유가 잠들 어 있었다.

새근새근 잠든 지유를 내려다보며 하준이 미간을 찡그렸다.

"넌 잠이 오냐."

난 죽겠는데.

고개를 들고 젖은 머리칼을 성마르게 쓸어 넘긴 하준이 깊게 한 숨을 내쉬고 다시 고개를 내려 지유를 바라봤다. 잠들어 있는 지유 는 아이처럼 무방비해 보였다.

하얗고 탐스러운 볼과 붉고 도톰한 입술을 가만히 내려다보던 하준이 허리를 숙여 지유를 안아 올렸다. 하루 종일 의외의 사건 때문에 피곤했던 모양인지 지유는 짧은 사이 깊게 잠들어 있었다.

안아 올려도 세상모르고 자고 있는 지유를 방 안의 침대 위에 눕히자 지유가 작게 뒤척였다.

"으응……."

하준은 폭신한 침대 위에 눕힌 지유의 몸 위에 가볍고 보드라운 이불을 덮어 줬다. 그러고는 침대 위에 걸터앉아 아이처럼 자고 있는 지유를 바라봤다.

"너무 무방비한 거 아니야?"

투덜거리듯 말한 하준이 고개를 숙여 지유의 귓가에 입술을 가져갔다.

"조심해. 난 아주 힘들게 참고 있는 거니까."

낮게 속삭인 하준이 볼에 살짝 입을 맞추고 몸을 일으켰다. 그때 그의 눈에 지유의 손에서 뭔가 반짝이고 있는 것이 보였다. 하준이 고개를 숙여 자세히 들여다봤다.

뭐지? ……동전?

지유는 스무 판이 넘게 내리 진 결과로 다 잃고 남은 동전 몇 개를 손에 꼬옥 쥔 채 잠들어 있었다. 그 모습을 조금 황당한 얼굴로 보고 있던 하준이 쿡, 하고 웃으며 지유의 손가락에서 동전을 빼내려고 했다. 그러자 지유가 하얀 이마를 찌푸리며 잠꼬대를 했다.

"이 타짜…… 이건 내 거야……."

그 말만 하고는 다시 스르륵 잠든 지유를 보며 하준이 어이없다는 듯 웃었다.

"자면서도 승부욕을 못 버리는군."

하준은 동전을 쥔 지유의 손을 가만히 쓸어 본 후 침대에서 일어섰다. 그는 그대로 방의 불을 꺼 주고 살짝 문을 닫고 나와 옆방으로 들어갔다. 거대한 침대 위에 털썩 누워 그가 중얼거렸다.

"……방을 많이 만드는 게 아니었는데."

이럴 줄 알았으면 방이 하나밖에 없다는 핑계를 댈 수 있도록 처음 별장을 지을 때 아예 방을 하나로 만들었어야…….

"내가 도대체 무슨 생각을 하는 거야."

하준이 스스로의 생각에 어이가 없어 저도 모르게 실소를 흘리고는 돌아누웠다. 잠을 청해 봤지만 옆방에서 무방비한 모습으로 자고 있는 여자에게 모든 신경이 쏠려 그것도 쉽지 않았다. 이 밤이 무척 길 것 같은 불길한 예감이 스멀스멀 올라오기 시작했다.

04.
별세계에 사는 남자

"형. 어제 어디 있었어요? 연락도 안 되고."

집으로 찾아온 형수가 대본을 건네주며 예리한 눈빛으로 하준을 훑었다. 브이넥 셔츠와 면바지를 입고 있던 하준은 편하게 입고 있어도 평소와 다름없는 톱스타의 아우라를 내뿜고 있었다. 하지만 얼굴은 왠지 무척 피곤해 보였다.

"정형수. 너 나 너무 좋아한다. 부담스럽게. 쉬는 날까지 내가 뭐 하는지 궁금해?"

하준이 심드렁한 표정으로 소파 위에 앉아 대본을 훑었다. 형수는 미심쩍은 표정을 풀지 않은 채 하준을 응시했다.

"아니 그런 건 아니지만…… 형 표정이 뭐랄까, 꼭 밤새 뭐 하느라 잠 한숨 못 잔 사람처럼 피곤해 보이고 그래서요."

형수의 떠보는 듯한 말에 하준이 대본에서 시선을 올려 형수를 바라봤다. 하준의 입술 끝이 추켜 올라갔다.

"그래 보여?"

"네."

형수가 몹시 진지한 표정으로 고개를 주억거렸다.

"훗."

하준이 의미심장한 미소를 짓더니 다시 대본으로 시선을 내렸다. 형수는 눈치채지 못했지만 하준의 웃고 있는 입과는 달리 눈은 전혀 웃고 있지 않았다. 하준이 썩소를 지으며 눈을 번뜩였다.

'밤새 한숨도 못 자긴 했지. 누구 때문에.'

한 여자와 같은 공간에서 밤을 새우고도 아무 일도 없었다는 사실이 새삼 굴욕적으로 다가와 하준의 올라간 입가가 절로 비틀어졌다. 그 표정을 열심히 훑는 형수는 답답한 심정이었다.

'뭐야? 사람 궁금하게.'

근래의 하준의 이상한 행동에 바짝 신경을 곤두세우고 있던 형수는 불안한 기운이 스멀스멀 올라와 작게 진저리를 쳤다. 설마…… 에이, 아니겠지. 설마.

줄기차게 스캔들을 생성해 내던 하준이 한동안 잠잠하기에 안심하고 있었는데 그 평화를 깨트리려는 정체불명의 불안함이 다시금 빼꼼 고개를 들이밀고 있었다. 안 돼. 너 안 보고 싶어. 들어가. 들어가. 불안함을 꾸욱꾸욱 억지로 밀어 넣으며 형수가 말했다.

"그럼 천천히 읽어 보시고, 전 그만 가 볼게요. 아, 금요일에 화보 촬영 있는 거 잊지 말고요."

"그래."

하준이 대본에 시선을 박은 채 건성으로 대답했다. 형수가 문을 닫고 나가자 하준의 고개가 들려 올라갔다. 잠시 눈을 가늘게 뜬 채 생각에 잠겼던 그가 휴대폰을 꺼내 들었다.

— 네, 형. 뭐 빠뜨린 거 있어요?

"내가 봐 둔 집이 있어. 문자로 보낼 테니까 네 이름으로 계약해 둬."

— 또요? 거기 이사 간 지도 얼마 안 된 것 같은데…… 벌써 들킨 것 같아요?

"잔말 말고."

— 알았어요.

하준이 전화를 끊고 입술 끝을 말아 올렸다.

"토끼를 잡으려면 우선 토끼 굴로 들어가야겠지. 어디로든 도망 못 치도록."

패닉에 빠진 토끼를 잡아먹는 기분도 나쁘진 않을 것 같군. 안 그래?

하준이 쿡쿡 웃으며 다시 대본을 펼쳐 들었다.

뜻하지 않은 제주행 이후 하준은 심심찮게 나타났다. 그날 역시 하준은 이력서를 뿌리고 있는 지유의 뒤에 마치 자기 집인 듯 편안 한 자세로 침대 위에 누워 대본을 읽고 있었다.

지유는 마우스를 눌러 대다가 하준을 힐끔 바라봤다.

"의외예요."

"뭐가?"

하준이 검토하던 대본에서 시선을 떼고 지유를 바라봤다. 지유는 눈을 가늘게 뜨고 그를 보며 말했다.

"톱스타는 엄청 바쁠 줄 알았거든요."

"아아. 작품 들어가기 전까진 대부분 한가해. 광고를 찍거나 화보를 찍는 일 외엔 거의 없으니까."

"그거 참 편한 직업이네요."

지유가 몹시 부럽다는 표정으로 말하자 하준이 싱긋 웃었다.

"아무나 할 수 있는 일이 아니니까."

하하하, 그러네요. 정말 거만하기 짝이 없다니까.

지유가 세모꼴 눈을 하고 하준을 노려보다가 다시 모니터로 시선을 돌리고 이력서를 뿌려 댔다. 그래. 사는 세계가 다른 사람한테 질투해 봤자 어쩌겠어. 난 저렇게 생겨먹지 못한 것을.

띠로롱.

그때 문자수신음이 울렸다. 지유가 책상 위에 올려놓은 휴대폰을 확인하고는 눈을 동그랗게 떴다.

"어?"

사진이 첨부된 문자가 와 있는데 그 사진은 전에 전철에서 우연히 마주친 성호가 보내 줬던 사진과 같은 날 찍힌 사진이었다.

[윤성호입니다. 스페인에서의 지유 씨 사진 또 찾았네요. 혹시 필요하실까 봐 보내 드립니다.^^]

"고맙기도 하지."

지유가 자신의 얼굴이 제법 크게 나와 있는 사진을 흡족하게 바라보고는 잽싸게 저장하려는데 하준의 손이 불쑥 휴대폰을 낚아챘다.

"어어?"

휴대폰을 뺏긴 지유가 상황을 인지하지 못하고 멍한 얼굴로 하준을 바라봤다. 아무렇지도 않게 제 휴대폰인 양 문자를 확인한 하준이 미간을 확 좁혔다.

"윤성호? 이건 누구야?"

"그, 그냥 여행지에서 마주친 사람이에요. 이리 줘요."

지유가 휴대폰을 가져가려 손을 들자 더 높이 들어 올리며 하준이 날카로운 눈빛을 했다. 그의 살벌한 시선에 지유가 저도 모르게 움찔했다.

"우연히 마주쳐? 어디서, 어떤 식으로 얼마나 마주쳤는데? 설마 너와 나의 그런 일 같은 농도 짙은 마주침은 아니겠지."

"그런 거 아니에요! 그냥 한국인이 운영하는 게스트하우스에 묵게 되었을 때 만난 한국인이에요."

지유가 말도 안 된다는 듯 눈을 크게 뜨고 속눈썹을 퍼덕거렸다. 하지만 하준은 차가운 표정을 풀지 않은 채 내려다보다가 휴대폰으로 시선을 옮겨 꾹꾹 누르기 시작했다.

"어? 뭐하는……."

"자."

한참 눌러 대던 하준이 휴대폰을 넘겨주자 지유가 받아 들었다. 어라? 잠깐…… 휴대폰을 확인하던 지유가 눈을 크게 떴다.

"사, 사진 지웠어요?"

"어. 지웠어. 참고로 그거 연락처도 같이 지웠으니까 다시 받을 생각 하지 마."

하준은 성호를 '그거' 라 지칭하며 태연히 말하고는 지유를 내려다봤다.

세상에……. 지유가 황당한 표정으로 입만 뻐끔거리다가 정신을 차리고 말했다.

"내 사진을 하준 씨가 왜 지워요? 무슨 권리로요."

"다른 남자가 찍은 사진 마음에 안 들어."

"허! 마음에 안 든다고 지워 버리는 게 어디 있어요? 그건 내 사진인데! 여행지에서 찍은 내 사진은 그게 다란 말이에요!"

지유가 발을 동동 구르며 화를 내자 하준이 인상을 구겼다.

"스페인에서 찍은 사진이 필요하면 당장 스페인에 데려다 줄 테니까 가든가. 그깟 사진 수십 장이든 수백 장이든 다시 찍어 줄 테니."

지유가 어이없다는 표정으로 벌떡 일어났다.

"그게 무슨 소용이에요. 이미 지금은 그때 그 시간이 아닌데!"

"다른 남자가 찍어 준 사진이 그렇게 중요해?"

"중요해요! 나한테는 중요하니까 돌려놔요. 돌려놓으란 말이에요!"

지유가 휴대폰에 삿대질을 하며 떽떽거리자 하준의 얼굴이 무서울 정도로 살벌해졌다. 그가 사나운 눈빛으로 노려보자 지유도 지지 않겠다는 듯 눈을 좍 찢고 마주 봤다.

"……."

한참 말없이 노려만 보던 하준이 홱 몸을 돌려 문 쪽으로 성큼성큼 걸어갔다. 신경질적으로 신발을 신은 하준이 그대로 문을 열고 밖으로 나갔다.

쾅!

문이 부서져라 닫고 그가 나가 버리자 지유가 입술을 비죽거렸다.

"순 자기 맘대로야. 그러면 내가 겁이라도 낼까 봐? 흥."

들으라는 듯 투덜거린 지유가 휴대폰을 만지작거렸다. 수신번호 목록까지 지워 버리다니……. 정말 나쁜 남자라니까. 도대체 무슨 권리로 말이지.

휴대폰을 만지작거리던 지유는 한숨을 포옥 내쉬고 현관문을 바라봤다. 그렇다고 그렇게 문까지 쾅 닫고 나갈 필요가 있느냐고. 고작 이런 일 가지고…….

겁이라도 낼 성싶으냐고 큰소리친 지 1분도 지나지 않았는데 지유는 불안한 기분이 들었다. 내가 너무 화를 냈나? 아니, 아니지. 이건 그 남자가 잘못한 거잖아, 명백히! 그래도 나도 좀 심하지 않았…… 아니, 아니지. 난 잘못한 게 없다니까??

지유가 고개를 붕붕 돌리며 자아분열에 빠져드는데 갑자기 전화가 왔다.

"꺅!"

흠칫 놀라 휴대폰을 떨어뜨릴 뻔했지만 무사히 위기를 모면한 지유가 번호를 가만히 바라봤다. 모르는 번호…… 혹시?

"네, 네. 여보세요."

— 한지유 씨 맞죠? 저 방금 사진 보낸 윤성호라고 하는데요.

역시 맞구나.

"아아. 맞아요. 안녕하세요."

— 네. 저 방금 전에 사진을 보냈는데 잘 받으셨나 해서요.

"그게 저어…… 제가 실수로 사진을 지워 버렸는데. 죄송한데 다시 보내 주실 수 있을까요?"

— 그러셨어요? 그거야 어렵지 않죠. 지금 다시 보내 드릴까요?

"네. 그래 주시면 감사하겠는데요. 괜찮으시다면 저번 것도 같이
좀……."

— 그것도 가지고 있으니까 보내 드릴게요.

아싸!

지유가 눈을 빛냈다. 번호까지 사라져 버렸으니 이제 그 사진은
영영 볼 수 없겠구나 싶었는데 이렇게 빨리 해결되다니.

"감사합니다!"

— 뭘요. 하하. 아, 저기 그런데 저도 부탁할 게 있는데.

"뭔데요?"

지유가 의문스러운 표정으로 묻자 겸연쩍은 웃음을 지으며 성호
가 말했다.

— 실은 제가 지금 여행지에서 만난 사람들에 대한 주제로 책을
쓰고 있거든요. 지유 씨와의 특별한 인연도 괜찮으시다면 책에 담
고 싶은데…… 저 오늘 시간 되시면 인터뷰 좀 할 수 있을까요?

"아아. 작가분이셨어요? 몰라뵀네요. 사진도 보내 주셨으니 저도
도움을 드려야죠. 오늘 시간 괜찮아요."

— 감사합니다. 그럼 편하신 곳을 말씀해 주시면 제가 차를 가지
고 그쪽으로 갈게요.

"네. 그럼 여기가요……."

성호의 안심한 목소리를 들으며 지유는 집에서 가까운 카페를
알려 줬다. 한 시간 후에 만나자고 하고 전화를 끊은 뒤 휴대폰을
바라봤다.

혹시 그 남자, 다시 오지 않을까……?

문을 박차고 가 버린 하준이 신경 쓰였지만 지유는 애써 머릿속에서 밀어내며 약속 장소로 나갈 준비를 했다.

대충 샤워를 하고 간편한 차림으로 만나기로 한 카페에 앉아 있으니 약속 시간 전에 성호가 나타났다. 가방을 메고 캐주얼한 차림으로 들어온 성호는 두리번거리다가 지유를 한눈에 알아보고는 얼른 다가왔다.

"반가워요. 지유 씨."

성호가 웃으며 인사하자 지유도 고개를 꾸벅거리며 인사했다.

"네. 반가워요. 저 그런데 제가 도움이 될지 모르겠어요. 딱히 그곳에서 특별한 일이 있었던 건 아니었던지라……."

"하하. 그게 무슨 말씀이세요. 한국에 와서 이런 신기한 인연을 만들었다는 것 자체가 드라마적 요소가 있잖아요. 걱정 마세요. 대화 내용 녹음할 건데 괜찮죠?"

테이블 위에 녹음기와 메모장을 꺼내 놓으며 성호가 사람 좋은 미소를 짓자 지유도 조금 안심한 듯 웃었다.

"괜찮아요."

"아차! 내 정신 좀 봐. 차, 차는 뭘로 드시겠어요? 제가 얼른 가서 주문해 올게요."

"아, 아니에요. 제가……."

"아닙니다. 제가! 제가 할게요. 뭘로 사 올까요? 케이크 같은 거 좋아하세요?"

성호가 결연하게 일어서서 말하는 통에 지갑을 들고 어정쩡하게 일어서서 있던 지유가 자리에 다시 앉았다.

"그럼 라떼로……."

"네. 잠시만 기다리세요!"

성호가 웃으며 멀어지자 그의 과한 친절에 지유는 멋쩍은 표정으로 오도카니 앉아 있다가 휴대폰을 슬쩍 바라봤다. 아직 연락은 없네.

그게 그렇게 불같이 화낼 일인가?

지유가 입술을 삐죽거렸다. 그러고 나갔으면 적어도 연락은 해야 될 거 아냐? 사과 한마디만 하면 되는데 그게 뭐가 그리 어려워서…….

"기다리셨죠?"

"아, 아니요!"

진동 벨을 든 성호가 다가오자 지유는 잽싸게 고개를 들고 말했다. 일단 인터뷰해 주기로 했으니 여기에만 집중해야지. 지유는 그렇게 마음먹고 휴대폰에 신경을 끄기 위해 노력했다.

인터뷰가 끝난 건 두 시간이 지난 뒤였다. 지유가 했던 3개월간의 여행에 대해 이것저것 묻던 성호는 도움이 많이 됐다며 자신이 밥을 사겠다고 나섰다.

"밥이요? 괜, 괜찮은데……."

"두 시간 동안 인터뷰하는 게 쉬운 일이 아닌데 그럴 순 없죠. 밥이라도 사야 제 마음이 편하니 그렇게 하게 주세요. 지유 씨는 뭘 좋아하나요? 이 근방에 괜찮은 소고기집이 있는데 소고기 괜찮아요?"

"소고기 비싼데……."

"저 소고기 좋아해서 제가 먹고 싶은 거니까요. 걱정 말고 가시죠. 저도 여기서 멀지 않은 곳에 살아서 지리는 잘 알거든요."

"아, 네. 네."

성호가 사람 좋은 미소를 지으며 이끌자 소고기의 유혹을 이기지 못한 지유가 따라나섰다. 두 시간 동안 인터뷰하는 동안 스페인에서의 이야기들로 공감대가 많이 형성돼서 같이 식사하는 자리도 썩 불편할 것 같지는 않았다.

근처 소고기집으로 자리를 옮긴 그들은 때깔도 고운 소고기를 열심히 흡입했다. 생각대로 성호와의 대화는 불편하지 않았지만 그녀를 불편하게 만드는 건 따로 있었다.

울리지 않는 휴대폰.

지유는 고기 한 점 먹을 때마다 테이블 위에 떡하니 올려놓은 휴대폰에 눈길을 줬다. 아무리 눈길을 줘도 울리지 않는 휴대폰이 야속하게 느껴질 지경이었다.

성호는 그런 지유를 가만히 바라보다 조심스럽게 물었다.

"혹시 기다리는 연락이라도 있어요?"

"네? 아…… 네."

지유가 멋쩍게 웃자 성호가 잠시 생각하고는 말했다.

"애인 연락이요?"

"아뇨. 그건 아니지만……."

대답을 하는 지유의 표정이 조금 어두워졌다. 분명 하준은 애인이 아니다. 그가 그것을 제안하고 있었지만 그의 제안을 받아들인다 한들 이런 질문을 받았을 때 그를 애인이라 말할 수는 없을 것 같았다.

그는 이하준이니까……

자신과 같은 평범한 사람인 성호와 함께 앉아 있으니 하준이 더욱 별세계 사람같이 느껴졌다. 나와는 전혀 다른 사람.

지유가 생각에 빠진 사이 성호는 지유의 얼굴을 조용히 살폈다. 애인은 아니라고 하지만 뉘앙스로 보아 그런 감정을 가지고 있는 상대가 있는 것 같았다.

'아직 늦은 건 아니겠지?'

이런 인연은 보통 인연이 아니다. 스페인에서 만난 사람을 이렇게 한국에서도 만나게 되는 우연이라니. 하지만 그걸 자신만 느끼고 있을까 봐 불안했다. 지유도 자신을 그렇게 생각해 주길 바랐지만 지금 앞에 앉아 있는 그녀의 표정에는 온통 다른 사람으로만 가득한 것 같았다.

"기다리는 연락이 있다면 마음을 비우고 있는 게 좋아요. 그렇게 안절부절못하면 올 연락도 오기 힘들어질 수 있으니까요."

성호는 성급하게 생각하지 않으려 노력하며 속마음을 감추고 미소 지었다.

"그렇……겠죠?"

지유는 그제야 휴대폰에서 시선을 떼고 멋쩍게 웃었다.

"맛있는 거 먹을 땐 맛있게만 먹고, 걱정은 다음에 하는 게 이득이죠. 아무리 걱정을 해도 상황이 나아지지는 않으니까요."

"네. 맞는 말이에요. 음, 고기가 정말 맛있기도 하고요."

지유가 고기를 집어 입 속으로 쏙 넣으며 생긋 웃자 성호도 마주 웃었다.

치이익 고기 익는 소리가 다시 가열차게 울려 퍼졌다. 지유는 성호의 조언대로 부지런히 고기를 먹었고 성호는 그 모습을 흐뭇한 표정으로 바라봤다.

"오늘 정말 감사했습니다. 조심히 들어가세요."

"저도 감사했어요. 잘 들어가세요."

집 앞까지 데려다 준 성호의 차가 출발하는 걸 본 지유가 뒤로 돌아섰다. 그런데 그녀의 시야에 멀찍이 익숙한 남자가 서 있는 것이 보였다. 한눈에 봐도 환상적인 비율의 남자가…….

"헉, 하, 하준 씨?"

오피스텔 입구 근처에서 모자를 눌러쓴 채 자신에게 레이저빔을 쏘아 대고 있는 남자는 하준이 분명해 보였다. 눈은 잘 보이지도 않지만 그가 쏘아 대는 레이저에 온몸이 따끔거리자 지유는 괜히 심장이 오그라드는 기분이었다.

'저 남자가 언제부터 저기 있던 거야?'

벌렁거리는 가슴으로 보고 있는데 하준이 긴 다리를 교차시켜 걸어오더니 순식간에 지유의 앞에 섰다. 마치 날카로운 칼날 같은 차가운 눈동자로 그녀를 내려다보자 지유는 저도 모르게 슬쩍 시선을 피했다. 아, 내가 왜 이렇게 죄인 같은 기분이 들지?

"여, 여긴 언제……."

"여행지에서 우연히 만났을 뿐인 남자가 우연히 한국에서 차로 데려다 주기도 하고 그런 모양이지?"

낮게 흘러나오는 위압적인 목소리에 지유가 개미만 한 목소리로 옹알거렸다.

"그게 아니라 아까 연락 와서 도움을 필요로 하기에 잠깐 도와주고 왔을…… 뿐이에요."

"도움? 여행지에서 우연히 만났을 뿐인 남자가 우연히 도움을 바라기도 하나?"

"책을…… 여, 여행지에서 만난 사람들을 주제로 책을 쓴다기에 인터뷰를 잠깐……."

"여행지에서 우연히 만났을 뿐인 남자가 우연히 인터뷰를 요청했다?"

하준이 토씨 하나 안 틀리고 아까 자신이 한 말을 반복하자 지유가 슬쩍 고개를 들었다. 자기는 그렇게 문을 부서져라 닫고 나갔으면서 사람 취조하는 것도 아니고…….

"정말이에요. 하준 씨 나간 다음에 연락이 와서 사진도 다시 받고 도움을 청하기에 도와준 것뿐이에요."

지유가 억울한 기분에 불퉁한 목소리로 말하자 하준의 눈에 분노가 이글거렸다.

"하, 사진도 다시 받았다고?"

"말했지만 그건 내 추억이 담긴 사진이라고요."

"한지유."

"왜요."

무섭게 으르는 하준에게 지유가 지지 않겠다는 듯 받아쳤다. 그때 강렬하게 마주 보는 두 사람 사이로 꼬마아이가 우다다 지나갔다.

"야! 이 개미 똥꼬야!"

"거기 서!"

그러더니 여러 명의 꼬마아이들이 연속적으로 쌩쌩 지나쳤다.

"얘들아. 뛰지 말랬지? 천천히 가."

"찬호 쟤 넘어지겠어. 찬호 엄마. 조심히 좀 시켜."

"애가 내 말을 당최 안 들어서 말이야. 그런데 어제 지영 엄마 가……."

뒤이어 아줌마 군단이 엄청난 수다스킬을 구사하며 다가오자 하준과 지유는 서로를 힐끗 보고는 잽싸게 자리를 피했다. 입구에서 조금 떨어진 화단 쪽으로 걸어간 그들은 주변을 휙휙 살피고는 사람들이 없는 걸 확인하고 다시 전투태세를 갖췄다.

"사과해."

"내가 왜요? 하준 씨야말로 사과해요."

"좋은 말로 할 때 사과해."

"내가 뭘 잘못했다고 사과를……!"

촤아악!

"뭐, 뭐야!"

갑자기 하늘에서 하준에게 물벼락이 떨어졌다. 지유가 눈을 크게 뜨고 이게 뭔 일이야? 하고 보고 있으려니 위에서 다급한 목소리가 들려왔다.

"꺅! 죄송합니다! 실수로 그만……."

큰 바가지에 물을 담아 조심성 없이 화분에 물을 주던 젊은 여자가 소리쳤다. 고개를 위로 향하려던 하준은 젊은 여자의 목소리에 멈칫하고는 지유의 손을 잡고 빠르게 그 자리를 피했다.

"일단 집으로 들어가야 될 것 같군."

"아…… 네."

축축하게 젖은 모자와 옷을 보며 지유가 대답했다. 왜 하필 물벼락이 쏟아져선…….

하준과 함께 엘리베이터를 타고 집으로 올라온 지유는 수건과 자신의 옷 중 커다란 것을 골라 내밀었다.

"젖은 옷은 벗고 일단 이거라도 입어요. 드라이기로 말려 볼 테니까요."

"이걸 입으라고?"

하준이 못마땅한 표정으로 핑크색 돼지가 그려진 알록달록한 티셔츠를 바라봤다.

"할 수 없잖아요. 내 옷 중에 제일 길이가 긴 게 그거니……. 다른 건 다 배꼽티 될걸요."

지유가 내민 옷을 낚아챈 하준이 욕실로 들어갔다. 하준이 샤워하는 동안 드라이기를 들고 대기하던 지유는 문이 열리고 그가 나타나자 자기도 모르게 웃음을 터뜨렸다.

"풋."

"웃어?"

하준이 사납게 지유를 바라봤다. 하지만 안 웃을 수가 있겠냐고? 핑크색 돼지 티셔츠를 입고 반바지를 입은 이하준이라니.

"그냥, 그 옷마저도 잘 어울려서요."

지유가 스멀스멀 올라오는 웃음을 참으며 둘러댔지만 하준의 눈빛은 더욱 매서워졌다.

"아, 옷 주세요. 말리게."

하준이 손을 내민 지유에게 자신이 들고 있는 옷을 넘겼다. 그러고는 한숨을 내쉬고 침대로 걸어가 털썩 앉았다.

"이 꼴을 하고 사과니 뭐니 그런 소리를 어떻게 하라는 거야."

지금 상황이 무척 짜증스러운 듯 하준이 인상을 구겼다. 지유는 그를 볼 때마다 터져 나오는 웃음을 지그시 억누르며 드라이기로 옷을 말렸다.

"안 볼게요. 안 보고 대화하면 되죠."

"됐어. 안 해."

하준이 침대 위로 벌렁 누워 버리며 투덜거리자 지유는 계속 웃음이 흘러나왔다. 이런 모습은 왠지 어린애 같단 말이지.

"내가 애 같다고 생각하고 있지?"

"네? 아, 아뇨!"

지유가 자기도 모르게 깜짝 놀라 말하자 하준이 침대 위에서 머리를 괴고 옆으로 누운 채로 그녀를 바라봤다.

"맞네."

귀신이네, 아주. 귀신이야. 지유가 속으로 혀를 차며 이번엔 다리미를 꺼내 다림질을 시작했다. 옷은 생각보다 금방 말라 갔다.

"조금만 기다리면 입을 수 있을 것 같아요."

"흐음."

하준은 슥삭슥삭 다림질 중인 지유를 지그시 쳐다봤다. 그의 시선이 느껴져 지유는 괜히 손에 힘이 들어가는 느낌이 들었다. 왜 저렇게 대놓고 사람을 본대…… 심장 떨리게.

"다, 다 됐어요."

지유가 그의 시선에서 해방되기 위해 필사의 다림질을 마치고는 옷을 내밀었다. 하준은 몸을 일으켜 기다렸다는 듯 알록달록한 옷을 머리 위로 벗어 버렸다. 단단한 골격의 근육이 잘 잡힌 예술적인 상체가 드러나자 지유가 눈을 크게 떴다.

"꺅!"

지유가 얼른 손바닥으로 얼굴을 가리고 몸을 돌리자 하준이 천연덕스럽게 말했다.

"뭘 가리고 그래. 다 봤던 몸인데. 그것도 아주 열심히 보더니만."

"그, 그때야 꿈이라고 생각해서 그런 거죠."

"꿈이라고 생각했던 현실이지."

그거야 그렇지만…….

그때 봤던 그의 초콜릿 복근과 가오리처럼 넓은 가슴 근육이 떠올라 지유는 뺨이 붉어졌다. 방금 전에도 찰나의 순간이었지만 그 조각 같은 몸을 담은 안구가 빠르게 뇌에 그 영상을 전달해 주고 있었다.

"이제 돌아도 돼."

그의 말에 왠지 모를 진한 아쉬움이…… 아, 아니지. 내가 무슨 생각을?

지유가 얼른 표정을 정비하고 다시 뒤돌아섰다. 자신의 옷으로 갈아입은 하준이 침대 위에 앉아 그녀를 보고 있었다. 살짝 헝클어진 머리칼을 쓸어 넘기는 그의 얼굴을 보며 지유는 괜히 심장이 떨려 왔다. 얼굴의 열기가 가라앉았을까?

"다 말랐죠?"

지유가 묻자 하준이 그녀에게 시선을 향한 채로 대답했다.

"괜찮아. 그보다…… 난 아까 일 사과할 생각 없어."

"또 그 소리예요?"

지유가 이마를 찌푸리자 하준이 손을 뻗어 엄지로 그녀의 찡그려진 이마를 살짝 폈다. 그 손길이 닿자 지유의 심장이 빠르게 달리기 시작했다.

"다른 남자가 네 사진 찍은 것도 싫고, 그 사진을 네가 가지고 있는 것도 마음에 안 들어."

하준의 말에 지유가 가만히 눈을 깜빡이며 그를 내려다봤다.

"난 또 내 눈에 보이면 지우고 싶을 거야. 지우지 않으면 못 참을 거 같으니까…… 그런 말을 당당히 할 수 없는 게 화가 나. 너한테 내가 그럴 수 없는 입장인데 우기기만 해야 하니까."

하준이 잠시 말을 멈추고 지유의 눈을 들여다봤다.

"그러니까 이제 대답해 줘. 네 대답, 듣고 싶어. 지금."

하준의 눈동자가 지유의 눈을 똑바로 향했다. 숨을 멈추고 가만히 서 있던 지유가 천천히 입을 열었다.

"내가 만약 하준 씨의 제안을 안 받아들이면 어떻게 할 건데요?"

"받아들이게 해야지."

하준이 싱긋 웃으며 말하자 지유가 다시 이마를 찡그렸다. 이 남자가…….

"그럼 내 말이 무슨 소용이 있어요? 그렇게 자기 맘대로 다 할 거면서."

"그래도 이왕이면 합의하에 이뤄진 관계가 좋잖아? 일방적인 것보단."

지유의 표정이 급격히 썩어 들어가는 것을 보면서 하준이 입술 끝을 말아 올렸다.

"이미지와는 다르게 되게 얄미운 것 같아요. 이하준 씨."

"칭찬으로 듣지."

칭찬 아니거든요? 지유는 부아가 끓어오르는 걸 참으며 다시 심호흡했다.

"뭐, 좋아요. 어쨌든 앞으로는 이미지와 다른 이하준 씨 모습 많이 알게 될 것 같으니까 천천히 알아 가면 되겠죠."

지유가 어깨를 으쓱이자 하준의 눈매가 예리해졌다.

"그 말은…… 승낙인가?"

"이러나저러나 결론은 마찬가지라면서요. 짧은 시간 동안 이렇게 사람 혼을 빼놓는 사람이 그렇게 말하는데 거부해 봐야 내 피만 쪽쪽 마르지."

지유의 말에 하준의 얼굴에 숨길 수 없는 미소가 번져 나갔다.

"잘 생각했어."

"하준 씨는 어떻게 생각할지 모르겠지만 나에게 이런 일은 정말 큰 모험이에요. 지금도 한편으론 정말 미친 짓이라고 생각하고 있지만 그럼에도 승낙하는 이유는요."

여기까지 말한 지유가 입을 다물자 하준이 미소를 거두고 그녀를 응시했다. 그의 눈빛에 초조함이 스며들었다.

말해. 어서.

입안이 바싹 말라 가는 기분에 하준이 숨도 못 쉬고 지유를 바라보고 있었다. 잠시 뜸을 들인 지유가 다시 입을 열었다.

"솔직히 조금 궁금해졌어요. 하준 씨가 말한…… 연애의 이유라는 게."

지유의 말에 하준의 눈이 가늘어졌다.

"그게 정말 연애의 이유가 될 수 있는지 난 잘 모르겠거든요. 난 아닐 거라 생각하지만…… 시도를 해 볼 가치는 있는 것 같아요. 그러니까 언제까지가 될진 모르겠지만 하준 씨 제안대로 해 봐요. 우선 지금은……요."

그렇게 말한 지유가 볼을 붉히고는 손가락을 꼼지락거렸다. 하준의 입술 끝이 저절로 말려 올라갔다.

"그럼 이건 일방적인 연애는 아니네. 그렇지?"

그가 그렇게 말하고는 겸연쩍어하는 지유를 빤히 바라보며 웃었다. 지유는 과연 잘하는 짓일까 걱정스러웠지만 이미 엎질러진 물이라고 생각하기로 했다. 자신의 생각은 있는 그대로 솔직히 말했으니까.

……그런데 정말 괜찮을까?

05.
이상한 연애가 시작되었다

"형. 뭐 좋은 일 있어요?"

아침엔 저기압 티를 팍팍 내기 일쑤였던 하준이 새벽부터 광고 촬영장에 나오고도 소녀 팬 대여섯은 한 방에 녹여 버릴 듯한 살인 미소를 짓고 있자 형수가 궁금함을 참지 못하고 물었다.

"별일 없어."

"에이, 별일 없는 얼굴이 아닌데요? 뭔데요? 좋은 거면 나도 같이 좀 알죠?"

환하게 웃으며 대답하는 하준의 옆구리를 쿡쿡 찌르며 형수가 씩 웃었다. 장사 하루 이틀 해 보냐는 듯한 능글맞은 형수의 얼굴을 보면서 하준이 싱긋 웃고는 몸을 일으켰다.

"자식."

묘한 웃음을 띤 하준이 형수의 어깨를 툭툭 쳐 주고는 헤어아티

스트가 세심하게 웨이브를 넣은 머리칼을 쓸어 넘기며 촬영 세트 쪽으로 걸어갔다.

"허 참. 도통 모를 일이네."

영문 모를 표정으로 하준의 뒷모습을 보고 있던 형수는 갑자기 쎄한 기분을 느꼈다.

"뭐지? 이 촉은…… 서, 설마 또 형이 어마어마한 스캔들을 서 프라이즈 선물로 날리는 거 아냐? 헛! 에비, 에비. 이놈의 주둥이! 재수 없는 말을 하고 있어!"

카메라를 향해 그림 같은 미소를 짓고 있는 하준의 뒤에서 형수 는 촐랑맞은 제 입술을 찰싹찰싹 때려 댔다. 우연인지 갑자기 세트 장 밖 창문으로 시커먼 먹구름이 몰려오는 것이 보였다.

촬영이 끝난 뒤에도 하준의 기묘하게 업된 기분은 바뀌지 않고 있었다. 형수는 운전대를 잡고 하준의 얼굴을 흘끗거렸다. 입술 끝 에 비뚜름하게 매달려 있는 정체불명의 미소가 아무래도 계속 마음 에 걸렸다.

형수가 하준을 보며 비굴한 미소를 지으며 말했다.

"형. 사무실 들렀다 갈 건데 괜찮죠? 대표님이 들렀다 가래서 요."

"그래."

창밖을 바라보며 기분 좋게 대답하는 하준을 보니 형수는 더욱 불안함을 느꼈다. 이 형이 이렇게 고분고분한 형이 아닌데…….

평소라면 새벽 촬영으로 진이 빠졌으니 모자란 잠을 채워야 한 다며 곧장 집으로 가라고 버럭거렸을 사람이 시종일관 너그러운 미소를 짓고 있으니 더더욱 쎄한 기분을 느끼는 형수였다.

어쨌든 차는 소속사 건물이 있는 신사동으로 향했다. 굵직굵직한 대형배우들이 소속되어 있는 소속사답게 한눈에 봐도 확 눈에 띄는 으리으리한 건물이었다.

하준은 평소 이 소속사를 페이스오프 경유지로 삼았다. 기자들의 눈을 피할 만한 평범한 차들을 여러 대 회사에 준비해 놓고 있었기 때문이다. 공식 일정이 있을 땐 늘 소속사로 와서 옷까지 완벽하게 평범한 차림으로 갈아입은 뒤 어디서든 보호색을 띨 수 있는 차를 몰고 나가곤 했다.

그게 파파라치를 최대한 피할 수 있는 그만의 방법이었다. 물론 그래도 집념의 파파라치들이 따라붙는 경우가 있어서 완전히 마음을 놓을 수는 없었지만.

형수가 주차하는 사이 하준은 엘리베이터를 타고 대표실로 올라갔다.

"오, 왔어?"

사장인 이남훈 대표가 책상에 앉은 채로 전화를 받다가 노크도 없이 들어온 하준을 반겼다. 하준은 대표실 가운데 배치된 소파로 걸어가 털썩 앉았다. 그사이 남훈은 전화를 끊고 얼른 그에게 다가갔다.

"차 마실래? 아니면 커피 줘?"

"괜찮아요. 촬영장에서 많이 마셨으니까."

하준이 사양하고 편하게 앉자 남훈은 자신이 마시던 커피 잔을 들고 와 그의 맞은편에 앉았다.

"할 얘기 있으시다면서요."

"앉자마자 본론부터 말하라는 거냐?"

커피 잔을 테이블 위에 내려놓기도 전에 하준이 묻자 남훈이 핀잔을 줬다. 하준은 싱글싱글 웃으며 어깨를 으쓱였다.

"대표님이 시간은 금이라면서요. 뭔데요?"

"흠. 아니 다른 건 아니고, 이번에 광고가 하나 들어와서. 큰 거."

'큰 거' 부분에 유독 힘을 실어 말한 후 남훈이 하준의 표정을 살폈다.

"그래서요? 그 정도로 저를 여기까지 부른 건 아닐 테고."

이 녀석 눈치는 빨라선…….

하준은 돈에는 그다지 욕심이 없는 편이라 단가 먼저 물어보지 않을 거라고는 예상했지만 남훈은 조금 실망스럽게 입맛을 다셨다. 미끼를 안 물면 할 수 없지. 털어놓을 수밖에.

"연인 컨셉이고 상대역이 이민……."

"안 합니다."

하준이 딱 자르고 몸을 일으키자 남훈이 성마르게 소리쳤다.

"아, 아직 말도 다 안 끝났어!"

"더 들어 뭐합니까. 안 들어도 뻔한데. 나 이민희랑 다신 일 안 한다고 못 박아 뒀던 거 기억하시죠?"

"알지. 그건 아는데 이게 단가가 말이야. 워낙……."

"안 해요."

"으이그, 하준아! 좀 들어 보고 결정하라고!"

"안 한다니까요."

타협은 없다는 듯 하준이 못을 박자 남훈이 답답하다는 듯 가슴을 탕탕 쳤다. 원래 한번 아니면 죽어도 아닌 성격 모르는 바는 아니었지만 저놈이 아니다 한 것이 도처에 널려 있으니 그걸 다 피해서 일을 할 수는 없는 노릇이었다. 그러니 매번 이리 살살 구슬리고 협박도 하고 그러는 수밖에. 아이고, 내 팔자야…….

"그때 그 일로 이민희도 자존심 좀 상했겠냐. 걔도 탑여배운데. 물론 너한테 까이고 까이고 또 까인 여배우가 한둘은 아니지만…… 그러면서도 또 이 여자 저 여자, 심지어 자기 급보다 훨씬 못 미치는 애들이랑 대량 스캔들 양성 중이니 자존심이 얼마나 상하겠어. 내가 여배우들 자존심 빼면 시체라고 했지?"

"그래서요?"

하준이 시니컬한 표정으로 바라보자 남훈이 씨익 웃었다.

"그러니까 이제 또 그러진 않을 거라는 얘기지."

"흠…… 만약 또 그러면 어떻게 하실 건데요."

하준이 일어선 채로 팔짱을 끼고 남훈을 바라봤다. 이 딜을 호락호락 넘어가 줄 생각이 없다는 듯 여유로운 표정으로 삐딱하게 내려다보고 있는 하준이 얄미웠지만 남훈은 비장한 표정으로 딜을 받았다.

"차 바꿔 줄게."

"벤츠 S클래스 이하는 안 받습니다."

이 녀석이 그게 얼마짜린…….

"알았어. 어떻게, 각서라도 써 주리?"

꼬이는 심사와는 달리 남훈은 비굴한 미소를 지으며 하준을 어르고 있었다. 그래야만 했다. 이게 성사되면 그깟 벤츠가 문제가 아니니까.

"당연하죠."

하준은 태연히 책상 쪽으로 걸어가 종이와 펜을 들고 왔다. 소파에 앉으며 남훈에게 내밀자 남훈은 투덜거리면서도 익숙하게 각서를 작성해 나갔다.

"자. 됐지?"

남훈이 사인까지 끝낸 각서를 휙 던지자 하준이 싱글거리며 잡았다.

"스케줄 잡히면 연락 줘요. 몸 만들어야 되면 더 일찍."

"알아. 인마. 들어가 봐."

각서를 들고 그림 같은 미소를 뿌리며 경쾌하게 문 쪽으로 걸어가는 하준을 불만스럽게 쳐다본 남훈이 투덜거렸다.

"몸은 늘 만들어 놓으면서 무슨 일찍 연락해 달라고…… 아주 저놈 때문에 각서 쓰기 달인이 되게 생겼다니까."

남훈이 고개를 절레절레 저으며 전화기를 들었다.

"아, 머리야아."

지유가 이마를 살짝 찌푸렸다. 자신의 미친 짓에 대한 고뇌와 번뇌의 밤을 보내느라 수면부족도 심한 데다 한동안 비어 있던 옆집은 이사까지 오는지 하루 종일 쿵쿵거리며 시끄러웠다.

"이 집은 정말 방음이 부실하다니까."

지유가 투덜거리며 커피를 타려 물을 끓이려는데 현관 벨소리가 딩동 울렸다.

"누구세요?"

주전자를 내려놓은 지유가 현관문으로 다가가며 물었다. 문밖에서 낯선 목소리가 들려왔다.

"옆집에 이사 온 사람인데요."

응? 이사 온 사람? 뭐 물어볼 게 있나? 지유가 현관문을 빼꼼 열어 보니 거기엔 하준이 떡 서 있었다.

"하······!"

하준 씨! 하고 소리치려던 지유가 아차 싶어 얼른 손으로 제 입을 막았다. 하준이 삐딱하게 지유를 내려다보며 말했다.

"문 함부로 열어 주지 말랬지?"

"이, 이사 온 사람이라면서요?"

"맞아."

"네에??"

지유가 눈을 뎅그렇게 뜨고 있는데 하준은 현관문 안으로 태연히 들어섰다. 그가 신발을 벗고 그녀를 지나쳐 집 안으로 들어가는 것을 입을 삐끔거리며 보고 있던 지유가 물었다.

"옆집에 이사 온 게 하준 씨였어요?"

"음, 마침 비어 있더군."

"거기 비어 있는 지 좀 됐······ 아니, 그게 문제가 아니라. 하준 씨 집 있잖아요? 전에 인터넷에선가 엄청 으리으리한 집 본 것 같은데."

지유의 말에 하준이 그녀를 힐끗 쳐다봤다.

······어라?

얼음 같은 싸늘한 눈빛. 그의 표정이 왠지 이상하다고 느끼려는 순간 하준이 다시 고개를 돌리곤 태연히 말했다.

"거긴 원래 잘 안 들어가고 여기저기 옮겨 다녀. 한 군데 있으면 지겨워지고…… 또 그 편이 파파라치한테 시달리지 않아서 좋고."

"그 좋은 집 놔두고, 아깝게."

"그럼 같이 들어가서 살래?"

"에엑."

지유가 대번 얼굴을 구기자 하준이 하하 웃었다.

"정말 반응 특이하다니까. 농담으로 그런 말 툭툭 던지면 여자들은 다들 눈이 하트가 돼서 보던데."

"에이, 설마요."

"진짜라니까?"

이번에도 하준은 침대 위에 아무렇지도 않게 앉…… 아니 벌렁 누워 버렸다. 아, 침대 밖으로 다리가 저렇게 삐져나오다니…… 굴욕적이다.

"그런데 하준 씨 방금 밖에서 목소리 변조한 거 맞죠?"

"어? 어."

천장을 훑어보던 하준이 그녀에게 시선을 돌리고 끄덕였다.

"전에도 느꼈는데 하준 씨 목소리 변조 완전 수준급인데요? 안속는 사람이 없겠어요. 이왕 목소리도 좋은데 성우 해 보지 그래요?"

개인적으로 성우를 무척 좋아하는 지유가 눈을 빛내며 말하자 하준이 눈썹을 치켜 올렸다.

"나보고 호랑이니 펭귄이니 애벌레니 이딴 것들 목소리 흉내 내라는 거야?"

아니 이 남자가 전국의 꼬맹이들 적으로 돌릴 발언을?

"시, 싫으면 말지 왜 신경질이에요? 성격도 참…… 나 커피 끓

이러던 참인데 하준 씨도 마실래요?"

"좋지."

지유가 주방 쪽으로 총총 걸어가며 묻자 하준이 언제 짜증냈냐는 듯 싱글거리며 대답했다.

역시 속을 알 수 없는 남자다. 웃었다가 인상 썼다가 또 언제 그랬냐는 듯 싱글거리고…… 수시로 획획 바뀌는 표정을 보면 도통 적응이 안 된달까.

지유가 걸어가며 힐끗 뒤돌아보자 하준은 제집인 양 팔을 베고 누워선 발을 꼬고 까닥거렸다. 지유는 얼른 싱크대 쪽으로 다가가 주전자를 렌지 위에 올리고 끓이기 시작했다.

"휴우."

지유가 크게 심호흡했다. 하준이 집에 찾아온 거야 처음 있는 일도 아닌데 침대 위에 누워 있는 그가 여간 신경 쓰이는 게 아니었다.

'역시 그런…… 연애를 하기로 해서 그런 걸까?'

우린 지금 그렇고 그런 것이 과연 연애의 이유가 될 수 있는지 확인하려는 거니까. 그래서 그런가? 묘하게 긴장이 되고 입안이 바짝 마르는 것이…….

"그런데 설마…… 나 때문에 여기로 이사 온 거예요?"

지유가 커피 잔 두 개를 들고 오며 말하자 하준이 태연한 표정으로 그녀를 바라봤다.

"아니면 무슨 의미가 있지?"

헉, 이 사람 좀 봐.

"그, 그렇게까지 할 필요는 없잖아요? 그랬다가 파파라치에게 걸리면 더 위험해질 수도 있고요."

"걱정할 거 없어."

"나 참. 어떻게 걱정이 안 돼요?"

쫑알거리면서 침대 앞에 다가온 지유가 커피 잔 두 개를 책상 위에 올려놨다.

"하준 씨 여기 커피……."

지유가 아무 생각 없이 하준을 내려다보고는 저도 모르게 흠칫 놀랐다. 아니 이 남자는 왜 남의 침대 위에서 혼자 화보를 찍고 있대?

느른히 누워 양손을 머리 뒤로 넘겨 깍지를 낀 채로 매혹적인 눈빛으로 그녀를 올려다보고 있는 하준에게서는 뭔가 아슬아슬하고 위험한 관능미가 느껴졌다. 타이트한 티셔츠 아래 윤곽이 드러난 탄탄하고 넓은 가슴 때문인가? 아, 아니다. 저 남자는 저 눈빛, 저게 문제야. 지나치게 페로몬이 넘쳐.

하준이 느른하게 누운 채로 지유를 바라보며 말했다.

"모르는 소리. 앞으로 수시로 들락거릴 텐데 아예 이렇게 집을 얻어 놓는 게 편하지. 이쪽 복도에는 창문도 없으니 밖에서 오가는 걸 찍힐 위험도 없고. 그리고 다른 사람 이름으로 이사 온 거라 조심하기만 하면 들키는 일은 없을 테니 걱정 안 해도 돼."

"그거 위장 전입 아닌가……."

지유의 중얼거리는 말에 하준이 피식 웃었다. 저 남자는 내가 무슨 말만 하면 웃어 대? 정말 이상한 남자다.

"마셔요. 식겠어요."

지유가 커피 잔을 건네주자 하준은 팔을 뻗어 잔을 받고는 그대로 책상 위에 턱 올렸다. 그러고는 빈손으로 지유의 팔을 잡았다.

"어엇!"

그가 그대로 잡은 팔에 힘을 주어 끌어당기자 지유의 몸이 하준의 몸 위로 홀라당 넘어지게 되었다.

"왜, 왜 이래요?"

지유가 얼굴이 확 붉어져선 빠져나가려고 했지만 그녀의 허리를 강한 팔로 단단히 감싼 하준 때문에 꼼짝도 할 수가 없었다.

"왜라니? 우리 연애의 이유에 대해 진지하게 고찰하려는데."

"이 상태로 무슨 고찰을 한다고……."

"이래야 할 수 있지. 잊었어? 네가 궁금한 거?"

하준은 관능적인 미소를 지으며 지유의 입술을 살짝 빨았다.

헉……!

입술이 닿는 순간 찌릿, 하는 전류가 흐르는 것 같았다. 굳어 있는 지유의 얼굴을 응시하며 하준이 다시 천천히 고개를 기울였다. 그의 입술이 지유의 보드라운 입술에 천천히 닿았다. 그녀의 아랫입술을 살짝 빨아 당긴 입술이 촉촉한 소리를 내며 떨어져 나가자 지유는 숨이 턱 막히는 느낌이었다.

'웃……. 기, 기분이 왜 이러지?'

하준이 지유의 반응을 지켜보듯 가만히 올려다보고 있자 지유는 심장이 급박하게 뛰는 것이 느껴졌다. 저 홀릴 듯한 눈빛 때문일까? 아니면 그에게서만 나는 향기? 입술의 부드러운 감촉? 뭐지?

왜 이렇게 기분이 좋은 건지 필사적으로 생각하고 있는데 그의 입술이 천천히 가까워졌다. 입술이 닿기도 전에 지유는 스르르 눈을 감았다.

솔직히 느끼고 싶다. 이 남자의 입술.

기분이 좋아…… 무척.

부드럽게 입술이 포개지고 벌어진 입술 사이로 그의 말캉한 혀가 가르고 들어왔다. 수줍게 움츠러든 혀를 단번에 휘어감아 빨아당기자 지유의 입술 안에서 작은 탄성이 터져 나왔다.

"하아."

이 남자는 어쩌면 이렇게 키스를 잘하는 걸까?

혹시 모든 남자는 다 이렇게 키스를 잘하는데 내가 몰랐던 걸까? 그런데 모르긴 몰라도 이 남자는 정말 다른 것 같았다.

가슴 끝이 바짝 곤두설 정도로 짜릿한 쾌감이 입술과 혀를 거쳐 전신으로 순식간에 퍼져 나갔다. 몇 번이나 타액에 젖은 입술을 빨아 당기던 그가 입술을 떼고 그녀를 가까이에서 응시했다. 다갈색 눈동자가 가까이 보이자 지유가 몽롱한 눈을 느리게 깜빡거렸다.

"……키스, 왜 이렇게 잘해요?"

지유가 자기도 모르게 궁금증을 입 밖에 내 버리자 하준이 눈썹을 홱 치켜 올렸다가 낮게 웃음을 터뜨렸다.

"키스 잘하는 남자 싫어?"

"아뇨. 싫다기보단…… 으음."

말을 하느라 살짝 벌어진 지유의 탐스러운 입술을 하준이 다시 삼켰다. 조금 전보다 거친 키스가 쏟아지자 지유는 숨을 멈추고 눈을 꼭 감았다. 하준은 그녀의 턱을 엄지로 눌러 입술을 더 크게 벌린 뒤 물컹한 혀를 깊숙이 밀어 넣었다.

"으합……."

입안을 점령하듯 들어온 그의 혀가 지유의 혀를 끌어당겨 휘감고 뜨거운 호흡을 밀어 넣었다. 젖은 입술이 맞닿았다 떨어지는 소리와 다시 합쳐지는 소리가 은밀하게 귀를 자극했다.

하아, 숨 막혀!

지유는 머릿속이 팽글팽글 도는 기분이었다. 밀착된 단단한 몸과 키스가 주는 짜릿한 자극이 자꾸만 숨을 막히게 만들고 있었다. 그때 지유의 티셔츠 안으로 손을 밀어 넣은 하준이 그녀의 말랑한 젖가슴을 움켜잡았다.

"앗!"

지유가 깜짝 놀라 얼른 몸을 뒤로 뺐다. 시뻘겋게 달아오른 얼굴로 눈을 큼지막하게 뜨고 하준을 쳐다보자 거칠어진 숨을 가다듬으며 하준이 낮게 말했다.

"뭐야?"

그의 목소리가 어느샌가 허스키하게 잠겨 있었다. 하준이 몸을 뒤로 뺀 지유가 못마땅한 듯 묻자 지유가 당황해하며 말했다.

"뭐, 뭐라뇨. 하준 씨가 갑자기 그렇게 하니까……."

"갑자기?"

"어쨌든 이건, 이건 아닌 것 같아요."

지유가 물러난 채로 몸을 일으키자 하준의 눈썹이 확 좁혀졌다.

"그러기로 합의한 것 아니었나? 설마 플라토닉한 연애를 생각한 건 아니겠지."

하준이 인상을 쓰고 말하자 지유가 지지 않고 대답했다.

"플라토닉이 아니라고 해서 바로 침대 위는 아니죠."

"그럼 여기서 게임이라도 하자는 거야?"

온몸에 확 뻗친 열을 주체할 수 없어 숨을 거칠게 몰아쉬며 하준

이제 머리칼을 성마르게 쓸어 넘겼다. 멀찍이 거리를 둔 지유가 경계심이 가득 담긴 눈빛으로 자신을 바라보고 있었다.

"……후우."

하준이 짜증스러운 한숨을 내쉬었다. 왜 저 여자는 사람을 자기 혈기 하나 주체 못 하는 애송이로 만들어 버리는 거야?

지유는 하준의 화가 난 듯한 얼굴을 힐끔거리며 옷차림을 정돈했다. 그러고는 발갛게 열이 오르는 얼굴에 휘휘 손부채질을 하며 지나가는 말처럼 넌지시 말했다.

"누, 누가 게임하자고 했어요? 대화를 하면 되죠."

"……대화?"

하준의 눈썹이 매섭게 위로 추켜 올라갔다.

"네. 몸의 대화 말고…… 그냥 대화요. 그때야 꿈이라 생각해서 그랬다지만 아직 현실의 이하준 씨와는 그런…… 일은 잘 못하겠어요."

무슨 일이라는 거야?

하준의 표정이 더 구겨졌다. 중간에 목소리가 너무 작아 웅얼거려 못 알아들었다. 하지만 저 문어처럼 벌겋게 달아오르는 얼굴로 보건대…… 아마 그걸 말하는 거겠지.

하! 이 여자가 아주 사람 피를 말리려고 작정을 했군.

하준으로선 그날 이후로 내내, 그때의 감각만이 모든 신경 체계를 장악하고 있었다. 그의 오감은 그날의 그 짜릿했던 감각이 정말 맞는지 다시 확인하려 들었다. 다시 만났을 때부터 그 욕망을 참아내느라 죽을 맛인데, 뭐? 대화?

지금, 단둘뿐인 이 작은방 침대 위에서 성인 남녀가, 그것도 이미 서로가 주는 육체의 쾌락을 안 남녀가…… 맨정신으로 대화를 하자고?

하준이 손바닥으로 제 얼굴을 쓸고는 멀찍이 떨어져서 오도카니 앉아 있는 지유에게 고개를 돌렸다. 홍시같이 붉어진 얼굴로 바짝 긴장한 채 앉아 있는 여자를 보니 자신이 무척 한심한 기분이 들었다.

'이하준이 같이 자 달라고 여자에게 떼를 쓰고 억지를 부리는 꼴이라니……'

헛웃음을 지은 하준이 침대 위에서 벌떡 몸을 일으켰다. 지유가 의아한 시선으로 올려다보자 그는 책상 위에 올려 뒀던 식은 커피를 단번에 원샷하고는 말했다.

"나가자. 여긴 네가 말한 대화를 하기에 썩 좋은 장소는 아니니까."

"아, 네."

지유는 안심한 표정을 지으며 얼른 일어서서 옷장을 열었다. 하준은 갈아입을 옷을 챙겨 쪼르르 욕실로 향하는 지유를 마음에 안 드는 표정으로 삐딱하게 쳐다봤다.

진심으로 안심한 얼굴이라니…… 자존심 제대로 건드는데.

인상을 쓴 채로 숨을 크게 몰아쉰 하준이 짜증스럽게 제 머리칼을 헝클였다.

지유는 하준과 경기도 외곽의 한적한 지중해풍 레스토랑 야외 테라스에 앉아 있었다. 강이 내려다보이는 너른 테라스에는 테이블도 얼마 없고 테이블 사이의 간격도 무척 넓어서 다른 사람에게 신경 쓰지 않아도 되었다. 아니 그보다는 손님 자체가 우리밖에 없었으니 신경 쓸 필요가 없었다.

"무척 한적하네요. 여기 자주 오는 곳이에요?"

탁 트인 풍경을 둘레둘레 둘러보며 지유가 물었다.

"늘 꽉 막힌 곳에만 앉아 있다 보면 가끔 숨이 막힐 지경이 되거든. 해외로 나가는 게 제일 편하지만 그럴 시간이 없을 땐 보통 이런 곳으로 오지."

"하긴 항상 남들 시선에 신경 써야 하니 그렇기도 하겠어요. 그래서 연예인들이 틈만 나면 해외로 나가고 그런 건가 봐요."

지유가 납득한 듯 끄덕이는 사이 주문했던 요리의 에피타이저와 와인 한 병이 테이블 위에 조심스럽게 놓였다.

와인? 와인을 보고 눈을 동그랗게 뜬 지유가 물었다.

"술도 시켰어요?"

소믈리에가 시음을 권하는 것을 사양한 하준은 자신의 잔에 와인을 따르며 말했다.

"몰랐어?"

"그랬구나. 워낙 이상한 이름들을 말하기에 그중에 와인 이름이 섞여 있는지도 몰랐…… 아! 그런데 차 가지고 왔잖아요."

지유가 그가 따라 주는 술을 받다가 퍼뜩 생각난 듯 말하자 하준이 태연하게 술을 계속 따랐다.

"음주운전 할 리는 없으니 걱정 마."

하긴 뭐…… 요즘 대리도 많고 콜택시도 많고 이 사람은 언제든 달려오는 매니저까지 있을 테니 걱정 안 해도 되겠지.

지유는 아랫부분이 탐스럽게 볼록한 잔을 두 손으로 살며시 들어 올렸다. 사실 술이 땡기긴 했다. 대낮인데……. 그런데 앞에 앉은 남자가 도무지 사람을 제정신으로 있기 힘들게 만드니까 말이지.

챙. 살짝 잔을 부딪친 두 사람은 주욱 술을 들이켰다. 거침없이 술잔을 비운 둘은 테이블 위에 빈 잔을 동시에 탁 소리 나게 내려놨다.

"후."

"후아."

크게 숨을 내쉰 하준은 지유의 잔도 빈 것을 보고 피식 웃으며 와인 병을 들었다.

"술을 좋아하나?"

하준이 지유의 잔에 술을 따라 주며 묻자 지유가 끄덕였다.

"음, 적당히는요."

"전에 보니 술을 꽤 마시는 것 같던데."

"하준 씨도 처음에 봤을 때 술에 많이 취해 있……."

헉.

그날 밤의 말이 나와 버리자 하준의 눈썹이 미세하게 꿈틀거리는 것이 보였다. 지유는 얼른 술병을 받아 들고 그의 잔에도 술을 따라 주며 물었다.

"저기 궁금한 게 있는데요. 내 이름은 어떻게 안 거예요? 생각해 보니 이름도 말 안 했는데 어느샌가 하준 씨가 부르고 있던데."

하준이 와인을 한 모금 마시고 대답했다.

"집을 알아내면 거기 사는 사람 알아내는 건 쉽지."

"정말 그런 스토커 같은 짓…… 아, 아니 그게 아니라. 그 정도로 나에게 관심이 있던 거예요?"

"내가 거짓말할 사람으로 보이나?"

하준이 불쾌한 듯한 표정을 짓자 지유가 손을 저었다.

이 남자 진짜 성질은!

"아, 아뇨. 그건 아닌데요. 그냥 이상해서요. 하준 씨 같은 사람
이 왜 나한테 이러는지 생각해 봤는데…… 밤새 생각해도 도통 이
유를 알 수 없겠더라고요. 물론 하준 씨 이야기는 들었지만…… 솔
직히 잘 이해가 되진 않아요."

"그래서 대화가 필요하다?"

"뭐…… 말하자면 그렇죠."

에피타이저로 나온 갈릭 오레가노 크로스티니를 하나 집어먹으
며 지유가 말을 이었다.

"난 하준 씨를 잘 몰라요. 영화나 가끔 나오는 드라마, 아니면
무수히 많은 광고 이미지 정도밖에? 하지만 그 이미지와 실제 하준
씨와는 많이 다르지 않아요?"

"다르지, 물론."

하준이 심플하게 대답하자 지유가 이마를 살짝 찡그렸다.

"그것 봐요. 그러니 내가 그전까지 알고 있던 그 이하준과 실제
의 이하준은 다른 사람이겠죠. 그래도 나는 이하준 씨의 대외적인
정보는 알잖아요. 포털에 이름만 치면 다 나오니까. 그런데 하준
씨는 내가 어떤 사람인지 아예 모르죠. 전혀 모르는 사람이었으니
까. 안 그래요?"

지유가 와인 잔을 강하게 내려놓으며 대답을 강요하자 하준이
끄덕였다.

"맞아."

"그런데 어떻게 나에 대해 그렇게 생각해요? 끌리는지 안 끌리는지 어떻게 알아요? 나에 대해 아무것도 모르잖아요."

지유의 말을 들은 하준이 미간을 좁히고는 고개를 돌려 잔잔하게 흐르는 강물을 바라봤다. 반짝반짝 빛나는 햇빛이 마치 은비늘처럼 눈부시게 수면 위에서 일렁이고 있었다.

'……도대체 뭐라는 거야, 이 여자.'

보기와 달리, 아니 보기보다 훨씬 더 순진한 소리만 하고 있는 지유는 그를 미치고 환장할 심정으로 만들고 있었다.

한참 죄 없는 강만 노려보고 있던 하준은 메인요리가 서빙 되고 난 뒤 지유에게 다시 시선을 옮겼다.

"이성이 이성에게 끌리는 데 정보가 필요하다고 생각해?"

"그래도 기본적인 건……."

"예를 들면?"

하준의 질문에 지유는 머릿속이 복잡해졌다. 그러고 보니 무슨 정보가 필요하지? 어디까지의 정보가 상대방을 안다고 생각하는 적당한 선일까?

한참을 끙끙거리며 고민하던 지유가 고개를 갸우뚱하게 기울이며 입을 열었다.

"그냥 그 사람이 어떻게 살아 왔는지 정도……?"

"어디서 태어났고 무슨 학교를 나와서 무슨 일을 하고 있다, 이런 거?"

"아, 네. 그런 거요."

지유가 열심히 고개를 끄덕였다. 그녀의 얼굴을 가만히 쳐다보며 하준이 말했다.

"난 한지유가 서울 양재에서 태어나서 양학초, 미울여중, 여고를 나온 걸 알아. 그리고 서인대 졸업 후 A모직 사무과에서 경리로 3년간 일했다는 것도 알고. 그럼 난 한지유에 대해 꽤 많은 정보를 가지고 있는 셈이니 이제 문제없는 건가?"

하준의 말을 들은 지유의 얼굴이 하얗게 질렸다.

"하, 하준 씨가 그걸 어떻게 알아요? 하준 씨 정말 스토……."

"네 방에서 본 이력서, 기억 안 나?"

그가 아무렇지도 않게 스테이크를 썰며 말하자 지유의 머릿속으로 장면이 휙 지나갔다.

'아아, 그때……!'

이 남자가 처음 집에 찾아왔던 날 모니터 위에 띄워 놓은 이력서를 그가 잠깐 봤었지. 아니 잠깐, 그럼 그 짧은 시간에 본 걸 외워서 지금까지 기억하고 있었단 소린가?

"원래 그렇게 암기력이 좋아요?"

지유가 감탄을 금치 못하는 얼굴로 묻자 하준이 와인을 마시며 어깨를 으쓱였다.

"내 직업이 뭐라고 생각하는 거야? 평소 대본 외우는 게 습관화되다 보니 외우는 건 저절로 늘어. 네 전화번호도 그때 외운 거고."

"아, 하긴 그렇구나……. 다행이네요. 난 정말 하준 씨가 스토커인 줄 알고……."

"어쨌든 내 말은."

하준이 와인 잔을 내려놓으며 인상을 썼다.

"남녀가 만나 사랑에 빠지는 데에 그런 부차원적인 정보는 하등

쓸모가 없다는 거야. 알겠어? 이 고지식하기가 **뻣뻣한 나무토막** 같은 여자야."

어라. 이거 비꼬는 것 같은데?

왠지 비꼬는 듯한 하준의 말에 지유가 눈을 가늘게 뜨고 입술을 삐죽거렸다.

"그럼 왜 그 **뻣뻣한 나무토막** 같은 여자랑 연애하자고 하는 건데요?"

"……끌리니까."

낮은 하준의 목소리에 막 포크로 탱탱한 새우 하나를 들어 올리려던 지유가 멈칫하고는 고개를 들었다. 하준이 웃음기 없는 얼굴로 지유를 바라보고 있었다. 그의 다갈색 눈동자가 자신을 똑바로 향하고 있는 것을 지유가 꼼짝없이 마주 봤다.

아, 목말라.

지유는 왠지 침이 마르는 기분에 얼른 와인 잔을 들어 주욱 마셨다. 그러지 않으면 꼴깍, 하는 침 넘어가는 소리가 무척 크게 들릴 것 같았다. 왜지? 왜 저 남자와 시선이 얽히는 순간마다 꼼짝할 수가 없는 걸까? 저 남자가 한 말 때문일까?

'끌리니까.'

……사실 그의 말이 맞다.

춘향이와 이 도령도, 로미오와 줄리엣도, 호적등본 떼 보고 호구조사도 해 본 다음에 사랑에 빠진 건 아닐 거다. 만약 그랬더라면 로미오와 줄리엣은 호적등본까지 가기도 전에 이름과 성을 아는 순간 이미 가문의 원수라는 걸 깨닫고 애초에 시작도 하지 않았겠지.

하지만 그랬다면 그런 비극적인 결말도 없었잖아?

그럼 시작하지 않는 게 더 나았지 않았을까?

지유가 혼란스러운 머릿속으로 끙끙거리며 생각에 몰두했다.

저 남자 말대로 내가 고지식할 뿐인 걸까? 다른 여자였다면 저 남자가 찾아다녔다는 사실만으로 감동해서 연애로 바로 이어지지 않았을까? 드라마에선 그러던데…….

"난 아무래도 연애세포가 현저히 부족한가 봐요."

머릿속이 과부화가 된 지유가 의기소침한 표정으로 한숨을 포옥 내쉬었다.

"그게 그렇게 힘든 일이야? 그냥 끌리는 대로 행동하고 표현하는 게."

하준은 답답한 심경이었다.

지금까지 진심으로 누군가에게 빠져서 연애한 적이 없어서 그런가? 원래 이렇게 어려운 건가? 지금껏 쉽다고 생각했던 일이 이렇게 어렵게만 돌아가니 속이 타들어 가는 심정이었다.

하준의 초조한 표정은 보지 못한 지유가 조금 우울한 얼굴로 와인 잔을 매만졌다.

"난 그게 잘 안 되는 것 같아요. 어쩌면…… 하준 씨 직업 때문일 수도 있고요."

"내가 연예인이라서?"

"네."

지유가 끄덕거리고는 와인을 또 한 모금 마셨다. 하준은 답답한 듯 성마르게 머리칼을 쓸어 넘겼다.

"연예인도 그냥 하나의 남자, 여자일 뿐이야. 무슨 다른 특별한 종이라도 되는 것 같군."

하준은 속에서 점점 짜증이 치밀어 올랐다. 연애를 시작하기만 하면 생각대로 될 것 같았는데 실상은 전혀 아니었다. 분명 연애를 시작해 보기로 해 놓고도 지유는 당신은 나와 다르다, 라는 말로 선명하게 선을 긋고 있었다.

지유의 그런 반응이 하준은 매우 짜증이 났다. 아니 짜증보다는 초조하게 만들었다. 아까부터 가슴 한쪽이 자꾸 답답하고 욱신거리는 것이 아무래도 이러다 울화병에 걸릴지도 모르겠다는 생각마저 든다. 젠장.

"넌."

하준이 지유를 똑바로 응시하며 말하자 지유가 접시에만 박고 있던 시선을 들어 그를 쳐다봤다.

"네?"

"쓸데없이 진지하게 생각하려는 경향이 있는 것 같아. 그냥 쉽게 생각하는 게 어때?"

누군 뭐 안 그러고 싶어서 그런가…….

지유가 불퉁한 표정으로 입술을 비쭉였다.

"여자들은 보통 그래요. 남자들이 보기에 별거 아닌 일로도 한참 고민하고."

"네가 그랬었지. 나와의 연애가 하나의 도전이라고."

"그건…… 그랬죠."

지유가 와인을 홀짝이며 순순히 고개를 끄덕였다. 분명 그런 식으로 생각하고 덜컥 승낙한 거긴 하니까.

"그럼 좀 더 쉽게 생각하지 그래? 그렇게 어렵게 생각하지 말고. 연애세포야 내가 늘려 주면 되는 거니까."

하준의 말에 지유가 멍하니 그의 얼굴을 바라봤다. 왠지 저도 모르게 수긍이 가는 기분이었다.

하긴……. 용기 내기로 했는데 왜 또 이렇게 복잡하게 생각하고 있어? 도전해 보기로 해 놓고선 말이지.

저 남자 때문인가, 아니면 와인 때문인가? 또 대책 없는 용기가 솟아오르려 하고 있었다.

그때 하준이 지유의 생각에 쐐기를 박아 주는 말을 했다.

"나도 가능한 한 네가 하자는 대로 하도록 노력해 볼 테니까…… 너도 노력해 봐."

"내가 하자는 대로요?"

지유가 묻자 하준이 웃음 띤 얼굴로 말했다.

"그래. 그래서 여기도 온 거잖아. 네가 대화하고 싶다고 하니까 대화하기 좋은 장소로 나온 거지. 내가 있고 싶은 장소는 아무에게도 방해받지 않는 네 방이었으니 내 쪽에서는 많이 양보한 거 아냐?"

"아아……."

생각해 보니 그런 것 같다. 이 남자가 막 정신없이 사람을 몰아세우는 것 같으면서도 억지로 무언가를 요구하지는 않는 것 같달까……?

"그럼 앞으로도 노력해 줘요. 하준 씨가 노력한다면 나도 노력해 볼게요. 당신 말대로 조금은 음…… 그러니까 최대한…… 난, 난, 난."

지유가 생각을 더듬는 듯 눈을 가늘게 떴다.

"난잡하게."

"풋!"

하준이 와인을 뿜을 뻔한 위기를 겨우 넘기고 어이없는 얼굴로 지유를 바라봤다.

"아니, 난잡하게? 이게 아닌데…… 뭐였지? 아! 난해하게!"

지유가 생각났다는 듯 손뼉을 짝 치며 소리쳤다.

"난해하게 생각하지 않고 단순해지도록 노력할게요. 우리 관계에 대해서."

"그래. 난 조금은 난잡한 쪽도 좋지만."

"네? 하준 씨도 참. 아하하하하하하!"

아까부터 부쩍 웃음이 헤퍼진 지유를 가만 바라보던 하준이 고개를 옆으로 기울이고 말했다.

"조금 취한 것 같은데."

"아뇨. 전혀요. 아직 와인 몇 잔 마시지도 않았는데요, 뭐."

지유가 전혀 아니라는 듯 손을 흔들어 댔지만 그녀의 양 볼은 발그스름하게 붉어져 있었다. 하준의 눈동자가 짙어졌다. 잘 익은 사과 같은 뺨. 루돌프처럼 반짝거리는 붉은 코. 약간 흐트러진 표정…… 저 여자는 지금 자기가 얼마나 유혹적인지 알고 있을까?

맛보고 싶다.

하나하나 입술 안에 가두고 핥고 깨물고 맛보고 싶은 진한 충동이 그의 몸을 위험하게 일렁이자 하준은 머리를 푸르르 흔들었다.

위험해. 저 여자는 날 너무 위험하게 만들어.

"좋아. 네가 원한다면 노력해 보지."

지금은.

내가 너에게 이유 없이 빠져 있는 지금은…… 말이지.

하준이 뒷말을 삼킨 채 싱긋 웃자 지유가 와인 잔을 든 채로 배시시 웃었다.

"고마워요. 하준 씨."

'고마워요, 하준 씨.'

하준은 그날 이후로 왠지 그 말이 머릿속을 뱅뱅 돌아 떨쳐지질 않는 기분이었다. 그 말이 뭐라고 이렇게 사람 기분을…… 하아, 죽겠군.

눈꼬리를 둥글게 휘어 순박하게 웃으면서 고마워요, 하준 씨, 란다. 정작 난 안아 줘요, 하준 씨, 라는 말이 듣고 싶은데.

생각보다 너무 순진한 여자라서 그런가? 연애를 시작하면 그때의 그 경험이 맞는지 다시 시도해 보려고 했었다. 그러면 이 영문 모르고 날뛰는 욕구를 잠재울 수 있을 거라고 생각했는데, 아무래도 지금으로선 그러기가 힘들 것 같다. 적어도 그 여자의 페이스에 맞추려면 시간이 상당히 걸릴 것 같은 불길한 예감이…….

"후우. 할 수 없지."

억지로 할 순 없잖아. 내가 무슨 발정 난 짐승도 아니고.

"형, 짐 다 실었어요?"

"어."

형수가 소리치는 소리에 하준이 고개를 돌리고 대답했다.

장준영 감독의 영화에 남주인공으로 캐스팅된 상태라 영화의 여

주인공 역을 맡은 프랑스 여배우와 파리에서 화보 촬영을 찍는 일
정이 잡혀 있었다. 이번 장 감독의 영화는 프랑스에서도 관심이 많
아 찍기도 전에 그쪽 인터뷰도 많이 잡혀 있어 꽤나 빠듯한 일정이
될 것 같았다.

하준은 탑승 게이트 쪽으로 이동하며 지유에게 문자를 보냈다.

[지금 공항 들어가. 도착하면 연락하지.]

문자를 보내고 휴대폰을 주머니에 밀어 넣으며 중얼거렸다.

"……언제부터 이런 문자 보냈다고. 어울리지 않게 무슨 짓이
야? 이하준."

하준은 인상을 찌푸리고 선글라스를 꼈다. 어쨌든 당분간은 그걸
확인해 볼 순 없겠지만 프랑스에 다녀와서 본격적으로 시도해 보면
되겠지.

조금만 기다려. 한지유. 지금은 네 말대로 따라 주지만 내가 그
리 인내심이 많은 사람은 아니니까.

"형! 빨리요!"

"지금 가고 있는 거 안보여? 성질은 급해 가지고."

하준은 미간을 찌푸리고 게이트 입구 앞에서 성마르게 손짓을
하고 있는 형수 쪽으로 걸어갔다.

06.
어느새 성큼

지유는 몇 군데의 회사에 이력서를 보내 놓은 상태였다. 취업난이 심각하다더니, 정말 심각하긴 한 모양이다. 한 군데서도 면접보러 오라는 말이 없는 걸 보면…….

"에이, 언젠간 오겠지. 뭐."

지유는 조금 꿀꿀한 기분으로 집 안 대청소를 했다. 우울하거나기분이 처지는 일이 있을 땐 오히려 부지런히 움직이고 무언가를하면 기분이 훨씬 나아지는 법이니까. 그런 생각으로 주방을 번쩍번쩍 닦아 광을 내 놓고 내친김에 침대 커버도 빨려고 침대를 봤다.

……그런데 왜 침대를 보자마자 화보같이 누워 있던 그 남자가떡 생각나는 거야?

우월한 다리 길이를 자랑하듯 작은 침대 위에 그 기다란 몸을 누이고 있던 그 남자 생각이 나자 지유는 풋, 하고 웃음이 나왔다. 생각해 보니 그 남자가 다녀간 다음 날 그가 마신 커피 잔을 닦을 때도 조금 이상한 기분이었지.

이하준의 입술이 닿은 커피 잔.

지유가 커피 잔을 들고 골똘히 쳐다봤다. 그러고 보니 전에 이하준이 입었던 재킷이 자선 경매에 부쳐져 어마어마한 가격에 팔렸다는 기사를 포털 메인에서 본 기억이 있는데……. 이 컵을 두고도 팬들 사이에선 피의 혈투가 벌어지려나?

"에이, 쓸데없는 생각은 그만하자."

생각하다 보니 점점 겁이 날 것 같아 지유는 얼른 고개를 젓고는 컵을 씻었다. 컵을 깨끗이 닦아 식기건조대 위에 얌전히 올려 두고도 왠지 계속 신경이 쓰였었다. 우연히 컵 색도 딱 이하준 이미지인 심플한 다크블랙.

"내 코코아 전용 잔인데……."

아무래도 앞으로 코코아 마실 때마다 그 남자 생각이 날 것 같다. 이건 좋은 걸까, 아님 나쁜 걸까? 지유는 곰곰이 그런 생각을 하며 카키색 체크무늬가 입혀진 침대 커버와 이불을 세탁기 안에 밀어 넣었다. 빨래를 돌리며 아까 받은 정희의 메시지에 답장도 할 겸 다시 컴퓨터 앞에 앉았다.

"어?"

열어 뒀던 인터넷 창에 갑자기 하준이 등장하자 지유는 흠칫 놀랐다. 포털 메인 뉴스란에 장준영 감독과 프랑스 유명한 여배우와 함께 식사를 하는 듯한 하준의 파파라치 사진이 떠 있었다.

헐. 프랑스까지 파파라치가 따라갔단 말인가?

하긴 이번 영화 캐스팅부터 아주 시끌시끌해 보이긴 했다. 세계적으로 유명한 감독이니……. 음, 그래도 참 대단하네.

지유는 파파라치 샷에도 마치 화보처럼 찍힌 그들의 모습을 눈을 가늘게 뜨고 보고 있다가 조용히 인터넷 창을 닫았다. 모니터 하단에 정희의 메시지창이 깜빡거리고 있었지만 그대로 컴퓨터도 종료시키고 의자에서 일어났다.

"뭐 또 닦을 게 없나?"

지유는 매의 눈으로 주변을 살피다 슬슬 빨 때가 되어 가는 운동화를 발견하곤 냅다 챙겨 들고 욕실로 달려갔다. 욕실 바닥에 쪼그리고 앉아 솔로 운동화를 벅벅 문지르며 지유는 힘차게 중얼거렸다.

"괜찮아. 쫄 거 없어. 응! 괜찮아!"

그 남자가 아무리 대단한 남자건, 아무리 세계적으로 유명한 감독과 여배우와 함께 연기를 하건 그건 그 남자의 일일 뿐이니까. 그래. Job. Job일 뿐이지, 암.

반팔 셔츠를 어깨 위까지 둘둘 말아 올리고 열심히 운동화를 빨던 지유는 문득 그 남자가 했던 말이 생각났다.

'끌리니까.'

요즘 자주 생각나는 말. 그리고 왠지 생각날 때마다 심장이 콩콩 뛰는 말.

"어우! 덥다, 더워. 날이 덥네."

지유는 달아오른 뺨에 퍼덕퍼덕 손부채질을 하고는 혼신의 힘을 쏟아 운동화를 깨끗이 빨았다. 새것처럼 깨끗해진 운동화를 베란다에 널어 두고 한결 상쾌해진 기분으로 돌아와 보니 휴대폰이 깜빡깜빡거리고 있었다.

"어?"

집어 보니 하준의 문자였다. 거기다 부재중 전화도 와 있었다.

[뭐하고 있는 거야? 전화도 안 받고.]

왠지 문자에서 그의 잔뜩 좁혀진 미간이 보이는 것 같아 지유는 슬며시 웃음이 나왔다. 요즘 하준의 이런 문자가 꽤 자주 오는 편이었다.

흠. 보기와는 다르게 연락을 자주 하는 타입인가? 차가운 나쁜 남자 이미지의 이하준이 이런 면을 보이는 건 조금 어울리지 않는 것 같은데 말이지. 지유는 저도 모르게 입술 끝을 둥글게 말아 올리고 미소를 지으며 답장을 보냈다.

[청소하고 있어서 안 들렸나 봐요. 집이에요.]

잠시 후 답장이 왔다.

[난 여기저기 끌려 다니고 있는데 말이야. 여긴 죄다 재미없는 사람들뿐이라고.]

[일이잖아요. 아, 그런데 포털 메인에 사진 떴던데. 알아요?]

지유가 문자를 보내고 보송보송한 새 시트를 간 침대 위에 누우려는데 전화가 왔다. 전화기를 들어 액정을 확인해 보니 하준이었다.

엇…….

갑자기 울린 전화벨에 왠지 또 심장이 쿵쿵 울린다. 지유가 얼른 다시 몸을 일으켜 큼큼거리며 목을 다듬고는 침대 위에 조신하게 앉아 전화를 받았다.

"네! 여보쎄요."

아, 이런. 목소리가 살짝 갈라져 버렸어!

— 알아. 찍히는 것도 알고 있었어.

감도가 조금 멀긴 했지만 하준의 낮은 목소리가 귓속을 파고들자 지유는 작게 숨을 들이켰다.

"하, 하준 씨도 알고 있었구나……. 하긴 소속사에서 먼저 연락이 갔겠죠? 그런 사진은."

— 그렇게 대놓고 찍는데 모를 수가 없지. 염치없는 놈들, 남의 나라에서.

농담처럼 투덜거리는 말투로 말하고는 그가 느른하게 웃었다.

이 남자 웃는 목소리가 참…… 이렇게 들으니 섹시하구나. 왜 이 남자는 장난치는 목소리까지 섹시한 걸까. 신이 페로몬 충만한 기분으로 만든 걸까? 아, 숨 막혀.

"맞다. 그런데 같이 있던 여배우 이름이 이자벨이죠? 실제로 봐도 영화에서처럼 예뻐요? 몸매도 완전 좋은 것 같던……."

헉! 숨 막힘 증상 때문에 무슨 말이든 떠벌거리려는데 예상치 못한 본심이 튀어나와 버리자 지유가 흠칫 놀랐다.

— 이봐. 그렇게 순진하게 물어도 되는 거야? 조금쯤은 질투해 줬으면 좋겠는데.

휴. 눈치채지 못한 모양이야.

"아, 미안해요. 지금 질투해야 되는 타이밍인 거죠?"

— 됐어. 이제 와서 엎드려 절 받기도 아니고.

그의 기분 상한 듯한 목소리가 왠지 가슴을 더 간질간질하게 만들었다. 풋, 하고 웃음이 나올 것 같아 지유는 작게 헛기침을 하고는 말했다.

"실은 아까 그 사진 봤을 때 조금 이상한 기분이 들긴 했어요. 뭐랄까, 나와는 너무 다른 별천지 세상 같아서요."

— 그 말 금지.

"……네?"

장난기 어린 그의 목소리가 갑자기 낮게 가라앉자 지유가 눈을 깜빡였다.

— 너와 다르다느니, 별천지라느니, 그런 말 금지야. 쓰지 마.

"음. 알았어요. 하준 씨 기분 안 좋으면 안 쓰죠, 뭐."

지유가 순순히 승낙하자 하준이 잠시 말이 없었다. 침묵이 지속되자 지유가 전화기를 고쳐 잡았다. 어? 끊겼나?

"하준……."

— 네가 지금보다 더 멀게 느끼는 거 싫어. 안 그래도 넌 충분히 사람을 멀리하려는 본능이 넘치잖아. 지금 가뜩이나 거리도 멀리 떨어져 있는데.

낮게 한숨을 쉬듯 하준이 말하자 지유가 훅 숨을 들이켰다. 쿵덕쿵덕쿵덕. 왜 이 남자의 말에 이렇게 심장이 반응하지? 심장이 떡

방아를 찧듯 요동치기 시작하자 지유는 괜히 크게 웃으며 말했다.

"에이, 알았어요. 하하하. 안 그런다니까요? 나 약속은 잘 지키니까."

— 그래. 약속은 잘 지켜야지. 아, 그만 들어가 봐야겠어. 나중에 또 연락할게.

"응. 알았어요. 그럼 끊어요."

뚝 소리와 함께 전화가 끊겼다. 지유는 후아, 크게 숨을 내쉬고 끊긴 전화기를 잠시 바라봤다.

"뭘까? 이 기분은……."

사진을 보고 우울했던 기분이 그의 전화를 받으니까 싹 풀리는 기분. 뭔가 간질간질하고…… 어쨌든 무척 이상한 기분이다.

"형! 여기서 뭐해요?"

잠깐 화장실 간다던 하준이 오질 않자 직접 찾으러 나온 형수가 얼른 다가오며 말했다.

"잠깐 통화할 데가 있어서."

휴대폰을 가만히 내려다보고 있던 하준이 싱긋 웃으며 몸을 돌렸다. 형수는 앞서 걸어가는 하준의 잘빠진 뒤태를 바라보다가 왠지 이상한 기분에 고개를 갸웃거렸다.

'이상하다. 정말 이상하단 말이지…….'

요즘 왜 저리 페로몬을 사방으로 뿌려 대? 가만히 있어도 십 리 밖까지 페로몬 풀풀 날리는 사람이 저렇게 대놓고 뿌려 대면 나보고 뒷감당을 어떻게 하라고…… 헛! 저거 봐, 저거!

고새를 못 참고 복도에서 하준을 불러 세운 요염한 금발 여자를 보고 제정신을 번쩍 차린 형수가 얼른 내달렸다.

"혀, 형! 같이 가요!"

안 돼! 스캔들은 이제 지긋지긋하다고!

'응. 알았어요. 그럼 끊어요.'

이번에도 그 여자의 소곤거리는 듯한 마지막 말이 내내 귓가를 맴돈다. 그러고 보니 그 여자, 신음 소리도 그렇고…… 목소리가 묘하게 마음에 들어. 특별한 게 없는 목소리인데 왜지?

하준은 자기도 모르게 입술 끝을 느슨히 휘어 올리곤 앉은 채로 생각에 빠져 있었다. 그런 그를 맞은편에 앉은 이자벨이 유심히 바라보고 있다가 말을 건넸다.

「뭔가 좋은 일이 있나 봐요? 기분 좋아 보여요.」

하준이 고개를 들었다. 마주 앉은 이자벨이 화사한 미소를 지으며 그를 보고 있었다.

「내가 말입니까?」

「그럼 누구겠어요? 아까부터 내내 웃던데…… 몰랐어요?」

……내가 계속 웃었다고?

내내 지유의 목소리를 떠올리고는 있었지만 내내 웃고 있는 줄은 몰랐다. 하준은 손으로 슬쩍 턱을 쓰다듬고는 헛웃음을 지었다.

고작 통화 한 번 했을 뿐인데.

하긴 어제와 그제는 공식일정 탓으로 바빠 통화할 시간이 없었지. 이동 중에 짬을 내서 겨우 문자 몇 번 보낸 게 다였으니. 그러니 목소리를 들은 건 삼 일 만이란 소린가? 고작 삼 일. 삼 일인데 왜 이렇게 오래된 시간처럼 느껴지는 거지?

「혹시 한국의 애인 생각 중인가요?」

다시 귓속을 파고든 이자벨의 목소리에 하준이 고개를 들었다. 풍성한 금발을 쓸어 넘기며 묘한 미소를 짓고 있는 이자벨에게 하준도 단정한 웃음을 지으며 대답했다.

「글쎄요.」

「애매한 대답이네요. 어떻게 생각해도 괜찮다는 뜻인가요?」

이자벨이 고혹적인 눈빛으로 그를 똑바로 응시하며 물었지만 하준은 낮게 웃기만 할 뿐 대답하지 않았다. 느른하게 웃고 있는 하준을 향해 진한 눈빛을 거두지 않는 이자벨의 모습에 옆에서 보고 있던 형수는 심장이 쫄깃해지는 기분이었다.

프랑스 여배우와의 스캔들이라니! 그, 그것만은 제발!

하준이 프랑스로 떠난 지 일주일이 지났다.

프랑스에서 여러 일정을 소화해 내야 하는 상황이라 최소 열흘 이상은 걸린다고 들었는데도 지유는 자기도 모르게 자꾸만 달력을 확인하고 있었다. 앞으로 삼 일…… 혹은 사 일? 그 정도만 지나면 하준이 돌아온다. 이곳으로.

"이상하다……."

지유는 의자 위에서 무릎을 세워 동그마니 앉았다.

정말 이상하단 말이지. 왜 이렇게 약을 잘못 먹은 사람처럼 자꾸 심장이 쿵쿵 뛰고 휴대폰만 쳐다보고. 뭐 사실 휴대폰이야 면접 전화가 올 수도 있으니 기다려지는 거라 친다지만…… 달력에 떡이라도 붙여 놓은 사람처럼 달력은 왜 이렇게 시도 때도 없이 쳐다보는 거야? 설마 나, 지금 그 남자 기다리니?

"헉! 설마."

지유가 머리를 붕붕 휘젓는데 갑자기 전화 벨소리가 울렸다. 혹시 하준 씨? 지유가 잽싸게 휴대폰을 들어 올리고 상대방을 확인했다.

"아……."

순간 지유의 얼굴에 실망의 빛이 어렸다. 액정에 떠 있는 이름은 기다리는 상대가 아닌 성호였다.

— 지유 씨. 잘 지냈어요?

성호의 밝은 목소리로 말했다.

"네. 그런데 무슨 일로……."

— 전에 말씀드린 책이 곧 나오거든요. 그것도 전해 줄 겸 식사나 같이 할까 해서요.

"식사요?"

전에 하준이 분노를 표출하던 일을 잠시 생각하던 지유가 조금 미안한 목소리로 말했다.

"미안하지만 제 남자 친구가 싫어할 것 같아서 그건 조금 어려울 것 같고…… 책은 제목 알려 주시면 제가 따로 구입할게요."

— 아…… 그래요?

실망스러운 기색이 물씬 묻어나는 목소리에 지유는 의아스러움을 느꼈다. 이렇게까지 실망스러워할 필요는 없을 텐데…….

"네. 죄송해요. 남자 친구가 질투가 좀 심하네요. 하하."

지유가 밝은 목소리로 말하자 잠시 말이 없던 성호도 입을 열었다.

— 그래도 질투해 줄 남자 친구 있으면 좋은 거죠. 부러운데요?
그럼 책은 집으로 보내 드리도록 할게요. 문자로 주소 남겨 주세
요.

"아! 괜찮아요. 제가 살게요."

— 인터뷰해 주신 분인데 그럴 순 없죠. 하하…… 그럼 문자 주
세요. 이만 끊습니다.

지유가 뭐라 대답도 하기 전에 전화가 뚝 끊겼다. 이상하네…….
휴대폰을 보며 갸우뚱거리던 지유는 갑자기 들린 현관 벨소리에 저
도 모르게 움찔했다.

"까, 깜짝이야!"

언제부턴가 현관 벨소리가 들리면 자기도 모르게 깜짝깜짝 놀라
게 된다. 그러니까 정확히 언제부터냐면…… 그 남자가 갑자기 찾
아오게 된 이후부터.

지유가 몸을 일으켜 현관 쪽으로 다가가며 생각했다.

하준 씨……? 에이, 설마. 아직 올 때가 안 됐잖아. 그리고 난
그 사람 기다리는 거 아냐. 자꾸 왜 이래? 한지유, 정신 차려!

"누구세요?"

지유가 인터폰을 들고 묻자 익숙한 목소리가 들려왔다.

"혹시 기다릴지도 모르는 사람?"

헉! 이, 이 남자 귀신이네. 내가 기다리는 걸 어떻게 알았지?

흠칫 놀란 지유가 놀란 가슴을 진정시키고 얼른 문을 열자 트렁
크와 짐 가방을 든 채로 하준이 우뚝 서 있었다.

"한지유."

모자를 눌러쓴 하준이 눈부신 미소를 짓자 지유의 심장이 마치

절구에 찰떡을 찧는 듯 쿵덕쿵덕거리기 시작했다.

"벌써 온 거예요? 어? 그런데 짐은 왜 안 놓고 왔어요? 바로 옆인데…….."

그가 들고 있는 짐 가방을 의아스러운 눈빛으로 보며 지유가 물었다.

"이쪽이 더 급해서."

하준이 싱긋 웃으며 집 안으로 성큼 들어왔다. 그가 짐을 한쪽에 내려놓고 들어오는 사이 지유는 얼른 냉장고 문을 열며 물었다.

"덥죠? 물 마실래요? 아님 주스?"

"그냥 물이면 돼."

하준이 언제나 그렇듯 침대 위에 털썩 걸터앉았다. 지유는 차가운 물 잔을 뽈뽈거리며 가져가 하준에게 내밀었다.

"여기요."

잔을 받아 든 하준은 이번에도 잔을 그대로 책상 위로 올리고는 지유의 손을 척 잡아 끌어당겼다.

"어멋!"

지유는 침대 위에 앉아 있는 하준의 몸 위로 쓰러져 그대로 그의 품에 포옥 안기게 됐다. 순간 하준의 익숙한 향이 콧속으로 훅 밀려들어 오며 얼굴에 그의 탄탄한 가슴이 제대로 느껴졌다.

'이, 이건…… 그 가오리 갑빠?'

하준의 가슴에 얼굴을 묻은 채로 눈을 커다랗게 뜨고 있던 지유의 머릿속으로 피지에서의 그 밤, 그녀의 몸 위에서 땀이 밴 근육을 힘차게 불끈거리던 용맹스러운 가오리 갑빠가 획 지나갔다.

"잘 있었어? 나 없는 동안."

갑자기 머리 위에서 들린 낮은 목소리에 지유가 번쩍 정신을 차리고 고개를 들어 올렸다.

"노, 놀랐잖아요."

핑 달아오른 벌건 얼굴을 숨기려 몸을 일으켜 세우려는 지유를 그가 더 강하게 끌어안은 채로 말했다.

"오랜만에 만났는데 이 정도는 하게 해 주지? 내가 이걸 하고 싶어서 당장 한국으로 날아오고 싶은 걸 얼마나 참았는지 알아?"

웃음기를 섞은 그의 낮은 음성에 지유는 고슴도치처럼 바짝 곤두서 있던 긴장이 사르르 풀리는 기분이었다.

"……그, 그럼 안고만 있기예요?"

"알았어."

하준이 담백하게 대답하고 지유의 허리를 끌어안은 팔에 힘을 줬다. 힘이 들어간 하준의 강한 몸이 느껴져 지유는 왠지 몸이 달아오르는 기분이었다.

"보고 싶더라. 난 이상하게 보고 싶던데. 한지유는 아닌가?"

이상하게 보고 싶다…… 나돈데.

"그, 그래요?"

자신과 똑같은 감정을 그가 느끼고 있었다는 게 신기했지만 왠지 부끄러워서 아닌 척해 버렸다. 지유가 두근거리는 심장을 숨기려 호흡을 가다듬는데 작은 등을 쓰다듬던 하준의 손이 자연스럽게 그녀의 허리춤으로 파고들었다.

……헛!

깜짝 놀란 지유의 몸이 굳는 순간, 이상하게도 하준의 몸도 굳었다.

어라?

옷 속을 반쯤 파고 들어갔던 하준의 손이 그 자리에서 어정쩡하게 굳어 있더니 다시 태연하게 등으로 척 올라왔다.

"미안, 나도 모르게 그만."

이 남자가…….

자기도 모르게 손이 제멋대로 옷을 파고든단 말인가? 지유가 미심쩍은 눈을 하고 그를 보자 하준은 능청스럽게 딴청을 부렸다.

"힘들었어. 감독이 어찌나 사람을 뺑뺑이 돌리는지. 하루에도 도시 단위로 옮겨 다니느라 피곤해서 잠잘 시간도 없었다고."

그래서 손이 제멋대로 움직이던가요?

"힘들었겠어요."

지유가 의심의 시선을 풀지 않고 대답했다.

"무척 힘들었지. 그러니까 에너지 좀 줘 봐."

"에, 에너지를…… 어떻게요?"

흠칫 놀란 지유가 에너지를 주는 갖가지 방식을 떠올리며 얼굴이 벌겋게 달아오르자 그 얼굴을 가만히 바라보던 하준이 씩 웃었다.

"방법은 여러 가지가 있지. 이를테면 키스라든가."

아, 키스…….

"어? 실망이라는 얼굴인데? 다른 방법을 생각한 건가?"

"아! 아뇨! 그그그그럴 리가요!"

지유가 화들짝 놀라 시뻘개진 얼굴로 고개를 붕붕 젓고는 하준의 얼굴을 두 손으로 척 잡았다.

"줄게요! 에너지."

그렇게 비장한 표정으로 줄 건 없는데.

흡사 목숨을 건 혈투라도 벌일 듯한 결연한 표정을 한 지유가 하준의 얼굴을 잡고 천천히 끌어당겼다. 입술이 가까워지고 눈이 가까이에 닿자 지유의 눈이 스르르 감겼다.

쪽.

"돼, 됐죠?"

지유가 더욱 벌게진 얼굴로 고개를 숙이자 하준이 그녀의 얼굴을 다시 잡아 올렸다.

"이걸로 되긴 뭐가."

"……흡!"

하준이 거칠게 지유의 입술을 삼켰다. 그가 혀를 밀어 넣자 지유의 입술이 작게 벌어졌다. 그 틈으로 더욱 깊숙이 들어간 하준이 말캉한 혀를 뜨겁게 휘어 감았다. 축축한 혀가 휘감아 오자 아찔한 감각이 치솟아 올라 지유는 눈을 질끈 감고 입술을 더 크게 벌렸다. 입술이 맞물렸다 타액에 뒤섞여 아찔하게 비틀리고 혀가 엉키는 은밀한 소리가 울렸다.

"으음……."

낮게 새어 나오는 지유의 신음 소리에 하준의 손이 다시 그녀의 옷 속으로 밀고 들어갔다. 맨살에 그의 손이 닿는 순간 지유가 흠칫 놀라고 하준도 움직임을 멈췄다.

"……."

잠시 정적. 그의 손이 슬쩍 옷에서 빠져나오고 맞물렸던 입술이 촉촉한 소리를 내며 떨어졌다.

"후우."

하준이 깊게 숨을 내쉬며 지유를 끌어안았다. 콩콩 뛰는 심장을 진정시키며 그의 품 안에 안겨 있으니 그의 가슴이 크게 들썩이는 것이 느껴졌다. 살짝 거칠어진 숨을 억지로 진정시키려는 것이 그대로 느껴지자 지유의 눈이 커졌다.

어라……?

"왜 너랑 있으면 이렇게 자제심이라는 게 없어지는 거지? 아주 형편없어."

마음에 안 드는 듯 투덜거리며 말하는 그의 낮은 목소리를 들으며 지유는 깨달았다.

아, 이 남자가 지금 무지 참고 있구나…….

좀체 가라앉지 않는 거친 숨결과 가슴의 들썩거림이 그걸 말해 주고 있었다. 지금 이 남자가 무언가를 힘들게 참고 있는 거라고.

지유는 이상하게도 그걸 알고 나자 왠지 안심이 됐다. 이 남자가 일방적으로만 행동하는 남자가 아니라는 걸 알면서도 돌발 행동이 많아 긴장이 됐는데 스스로 참으려고 노력하는 그의 행동이 묘한 안심을 불러일으켰다. 지유가 그의 품 안에서 바르작거리며 잠시 웃음을 참고는 말을 꺼냈다.

"있죠. 일주일간 이력서를 스무 군데도 넘게 넣었는데요. 전화가 몇 군데 왔는지 알아요?"

"몇 군데?"

하준이 살짝 잠긴 허스키한 목소리로 물었다.

"세 군데."

"쿡."

지유가 불퉁하게 말하자 하준이 웃음을 터뜨렸다.

"웃을 일이 아니에요. 그럼 확률상 열 군데 중에 한 군데 면접 본다는 소린데…… 이래 가지고 취업을 도대체 언제 하겠어요?"

"여행 다녀온 지 얼마 안 됐잖아. 급할 건 없지 않나?"

하준이 지유의 윤기 있는 까만 머리칼을 부드럽게 매만졌다. 아, 왠지 기분 좋다. 이 사람 손의 감촉.

"그 여행 다녀오느라 통장 잔고가 바닥이 났단 말이죠. 퇴직금도 다 쏟아부었는데…… 어서 새로운 일을 해야 해요. 앞으로 손가락 빨지 않으려면."

"그러고 보니 여행을 삼 개월간 했다고 했던가? 여자 혼자 다니기엔 꽤 긴 시간인 것 같은데."

"솔직히 좀 두려운 것도 있긴 했는데요. 예전부터 꿈꿔 오던 일 중 서른이 되기 전에 하나쯤은 해 보고 싶었어요."

"서른이 뭔가 대단한 건 아니잖아. 서른 이후에 사람이 갑자기 변하는 것도 아니고."

하준이 조금 이해가 되지 않는다는 듯 말하자 지유가 잠시 생각하다가 말했다.

"모르겠어요. 그냥 그때는 그 생각이 너무 절실했던 것 같아요. 이대로 마냥 흘러가듯 살다가 서른을 맞이하게 되면, 또 그냥 그대로 흘러가다가 마흔을 맞이할 것 같고……. 그렇게 오십, 육십 맞이하다 보면 어느샌가 쭈글쭈글 할머니가 되어 있을 것 같아서요."

……이상하다.

내가 왜 이 남자에게 이런 말들을 주절주절 늘어놓고 있는 걸까?

이유는 알 수 없었지만 맞닿아 있는 피부의 부드럽고 단단한 감촉 때문인지, 아니면 귓가에 규칙적으로 울리는 그의 심장 소리 때문인지 왠지 마음이 느슨해져선 나도 모르게 속에 있던 말들을 주절주절 늘어놓고 있었다.

아니 어쩌면 참아 주려는 그의 노력을 봤기 때문인지도……

하준이 지유의 동그란 머리통을 커다란 손으로 천천히 쓰다듬었다.

"누구에게나 절실한 순간이 있긴 해. 어떤 계기로 인해서든……
네가 그때 그런 생각을 했다면 생각한 대로 하는 게 맞는 걸 거야."

그의 말에 뜻밖에 위안을 얻은 지유가 그의 가슴 위에 볼을 댄 채로 잠시 눈을 깜빡거리다 말했다.

"……고마워요."

"어? 감사받자고 한 말은 아닌데. 그런데 그만 일어나야겠어. 이대로 있으면 내가 아주 힘들어져."

"아, 네."

느른한 웃음을 머금은 하준의 말에 지유가 팔을 들어 얼른 그의 몸 위에서 상체를 일으켜 세웠다. 그러나 그의 두 손이 일어서려는 지유의 허리를 꽉 잡더니 움직이지 못하도록 깍지를 꼈다.

"……어?"

당황한 지유의 얼굴이 위에서 그를 내려다봤다. 이, 이러고 있으니 자세가 왠지 더 이상해진 기분……인데…….

그의 몸 위에 올라탄 자세가 되어 얼굴을 마주 보게 되자 지유는 또 얼굴이 확 달아오르기 시작했다. 수려한 얼굴로 매혹적인 미소를 짓고 있는 하준의 얼굴이 가까이에 있었다.

"그런데 막상 놔주려니 아쉽고, 어떻게 하나?"

유혹하듯 들리는 낮은 목소리에 지유는 가슴이 뜨겁게 달아오르고 머릿속이 어지러워지기 시작했다. 하준은 관찰하듯 지유의 눈동자를 들여다봤다. 이리저리 흔들리는 눈동자와 터질 듯한 토마토처럼 빨갛게 물든 지유의 얼굴을 가만히 응시하고 있던 그가 깍지 낀 손을 풀어 줬다.

그러자 지유는 발딱 몸을 일으켜 주방 쪽으로 도도도 도망치며 말했다.

"시, 시원한 커피 타 줄게요. 거기 있는 물 먼저 마시고 있어요."

하준은 쏜살같이 도망치는 지유의 뒷모습을 보며 입꼬리를 끌어올렸다.

저 여자를 만나기 위해 무리해서 스케줄을 조정하고 잠도 줄여가며 일정을 소화해 낸 걸 저 여자가 알까? 모르겠지. 그런데 만약 알게 된다면…….

지금보다 더 멀리 도망칠까?

아니면, 한 걸음이라도 더 가까워질까?

하준은 짐을 놓고 씻고 오겠다며 자신의 집으로 돌아갔다.

"뭐 그래 봐야 옆집이지만."

지유가 중얼거리며 쿵쾅거리는 심장을 진정시키려 애썼다. 아까의 자극으로 심장이 아주 그냥 자신의 존재를 온몸으로 널뛰며 확인시켜 주고 있는 중이었다.

"진정하자, 진정."

지유가 크게 심호흡을 몇 번 하고는 하준의 집 쪽 벽을 바라봤다. 지금 저 너머에 그 남자가 있겠지. 그가 이사 온 이후 벽 너머에 그가 있을 수도 있다는 생각에 왠지 집에 있으면서도 자꾸 신경이 쓰이게 되었다. ……그 남자도 그럴까?

"에이, 설마."

사실 전혀 긴장하는 모습이 아닌걸. 하준 씨는……. 그러고 보니 처음부터 당황하고 도망치고 난리브루스를 추는 건 나고, 저 남자는 자기가 밀어붙이면서도 항상 태연자약한 것 같다는 생각이……?

지유가 곰곰이 그런 생각을 하며 서 있는데 초인종이 울렸다. 얼른 달려가 문을 열어 주니 샤워를 끝낸 지 얼마 되지 않았는지 모자를 든 채로 덜 마른 머리칼을 푸르르 터는 하준이 서 있었다.

"나와."

"네? 어딜……."

지유가 대답하기도 전에 하준이 그녀의 팔을 잡아 끌어당겼다. 현관 밖으로 달랑 딸려 나오는 지유의 귓가에 고개를 숙인 하준이 속삭였다.

"이 집에 더 있으면 위험해. 내가 아주 못된 짓을 벌여도 괜찮으면 여기 있고."

순간 마주친 그의 눈동자가 지나치게 관능적인 분위기를 풍겨 지유는 헉, 하고 숨을 삼켰다.

"아, 나, 나갈게요. 잠깐, 잠깐만요."

지유가 허둥지둥 운동화에 발을 끼워 넣으며 말했다. 그녀가 운동화를 다 신자 하준이 모자를 눌러쓰고 엘리베이터 안에 지유와 올라탔다. 그리고 그대로 지하 주차장으로 향했다.

"아, 더워."

차에 올라탄 하준이 덜 마른 머리에 쓰고 있었던 모자를 벗으며 머리칼을 푸르르 털었다. 그의 머리칼이 섹시하게 흐트러지는 걸 보며 지유는 침을 꼴깍 삼켰다.

"그런데 어디 가게요?"

"음, 어디 갈까?"

하준이 태연히 지유를 바라보며 물었다.

응? 어디 갈지 정해져 있지 않았던 거였나? 지유가 아무 생각 없는 순진무구한 표정으로 눈을 깜빡이며 그를 빤히 바라보자 하준이 시동을 걸며 말했다.

"일단 밥 먹으면서 생각하자. 식사 아직이지?"

"네. 그럼 그렇게 해요."

고개를 끄덕이며 벨트를 맸던 지유가 순간 멈칫했다.

"잠깐. 설마 또 제주도 갈 생각은 아니죠?"

눈을 가늘게 뜨고 미심쩍은 표정으로 그를 보자 하준이 입술 끝을 말아 올렸다.

"한지유, 꽤 눈치가 생겼는데?"

"그럴 줄 알았어! 제주도는 안 돼요! 근처로 가요."

"쿡쿡. 알았어."

하준이 장난스럽게 웃고는 파파라치가 없는지 주변을 한 번 살핀 뒤 유연하게 차를 몰아 주차장을 빠져나갔다.

조용한 한식당에 지유와 마주 앉은 하준은 순식간에 식사를 마쳤다. 아직 절반도 먹지 못한 지유는 수저를 들고 멍하니 하준을 보다가 풋 하고 웃었다.

"배가 정말 많이 고팠나 봐요. 그렇게 급히 먹는 모습은 처음이라."

하준이 이제야 살겠다는 듯 물을 마시며 싱긋 웃었다.

"그러게. 누가 보고 싶어서 바로 달려오느라 밥도 못 먹었거든."

헛, 이, 이 남자가…….

방심한 사이 순식간에 치명상을 입은 병사처럼 지유는 수저를 든 채로 그대로 굳어 버렸다. 방금 그 말을 어떻게 해석하면 좋을까? 내가 보고 싶어서 달려왔다고? 에이, 아무리 그래도, 설마, 하준 씨가 그런 뜻으로 한 말이겠어?

아니라고 생각하면서도 지유는 심박수가 가파르게 상승했다. 배가 고픈 와중에도 그가 자신을 먼저 보려고 바로 집으로 온 거라고 생각하면…… 세상에, 그럴 리가!

지유가 말도 안 된다는 듯 고개를 붕붕 젓자 하준이 이상하다는 표정을 지었다.

"왜 그래?"

"아! 아뇨. 아무것도. 하하하."

지유는 얼른 웃으며 식사를 마저 하려 했지만 긴장 때문인지 입맛이 사라져 버려 슬쩍 수저를 내려놨다. 그걸 본 하준이 미간을 좁히고 말했다.

"밥 아직 안 먹었다더니. 아니었어? 나 때문에 밥 먹으러 온 거야?"

"네? 아뇨. 안 먹었는데……?"

"그런데 왜 그것밖에 안 먹어. 평소엔 잘만 먹더니."

아, 그런가……?

그러고 보니 전에 일식집에서도 그렇고 제주도에서도 그렇고 이 남자 앞에서 술이고 밥이고 잘만 먹었던 것 같은데, 왜 갑자기 음식이 먹히질 않을까? 오늘 속이 안 좋나? 그건 아닌 것 같은데…….

지유가 달콤쌉쌀한 수정과를 홀짝이며 고개를 갸웃거렸다.

"어디 몸이 안 좋은 거야?"

하준이 그녀의 안색을 살피며 말하자 지유가 손을 내저었다.

"아, 아뇨. 전혀요. 멀쩡한데."

자신의 얼굴을 빤히 바라보는 하준 때문에 가슴속의 열기가 더 홧홧해지는 기분이었다. 열기가 조금만 더 위로 올라가면 머릿속까지 어질어질해질 것 같은 느낌에 지유는 차가운 수정과를 원샷했다.

지유가 수정과를 급히 들이켜는 모습을 보고 하준이 고개를 기울였다.

"더워서 그런가……? 여기 냉방이 약해?"

추, 추울 정돈데…….

하준이 에어컨 바람을 확인하며 룸 안 호출벨을 누를 태세를 취하자 지유가 벌떡 일어섰다.

"단 게 땡겨서 그런가 봐요. 일단 나갈까요?"

"그래?"

하준이 별 의심 없이 일어서서 그녀를 따라 나왔다.

아, 도대체 왜 이러는 걸까. 옆을 걷는 하준의 매끄럽고 단단한 팔에 피부가 스칠 때마다 지유는 찌릿찌릿 온몸에 전기가 흐르는 기분이었다. 왠지 그가 신경 쓰이고, 옆에 있다는 것에 바짝 긴장이 되고……. 아아악! 한지유! 너 도대체 왜 그러냐고?

"괜찮아?"

머리를 세차게 휘젓다가 휘청거리던 지유의 허리에 얼른 팔을 둘러 지탱한 하준이 내려다봤다. 허리에 닿는 그의 강한 손아귀의 감촉에 얼굴이 확 붉어진 지유가 얼른 그의 팔을 빠져나가 도도도 걸어갔다.

"괜찮, 괜찮아요."

축지법을 쓰듯 순식간에 멀어지는 지유를 보며 하준이 낮게 한숨을 내쉬고는 뻗었던 손을 말아 쥐었다.

지유는 중간에 들른 아이스크림집에서 커다란 아이스크림을 사서 하준과 한강에 차를 세우고 앉아 있었다. 조수석에 앉아 푹푹 아이스크림을 퍼먹고 있는 지유를 빤히 보던 하준이 말했다.

"맛있어?"

"네! 맛있어요!"

헉, 목소리가 너무 컸다.

지유가 빽 소리를 지르다시피 말하고는 순식간에 얼굴이 벌겋게 되자 하준이 쿡쿡 웃었다.

"그 정도로 맛있다는 건가?"

"아, 네. 하준 씨도 같이 먹을래요?"

아까 한 번 권했을 때 거절했던 하준이 다시 관심을 보이기에 지유가 얼른 말하고는 스푼이 담겨 있던 봉투를 찾았다. 뒤적거리며 봉투에서 스푼 하나를 더 꺼내려는데 그가 태연히 고개를 가까이 대고는 말했다.

"그럼 먹여 줘."

"……네?"

뭐, 뭐라고요?

이미 아까부터 묘한 긴장으로 고장 나 버린 것처럼 뛰고 있던 지유의 심장이 거센 꿍음을 내며 내달리기 시작했다. 자신의 스푼을 든 채로 굳어 있는 지유를 향해 더 고개를 가까이 숙이며 하준이 다시 말했다.

"어서."

지유는 달달 떨리는 손으로 초코칩이 송송 박힌 딸기맛 아이스크림을 산더미처럼 퍼 올렸다. 그걸 본 하준이 슬몃 이마를 찌푸렸다.

"그걸 먹으라고?"

"아, 아니 자, 잠시만요."

지유가 허둥지둥 야구공만 하게 퍼 올린 아이스크림을 다시 통 안에 넣고 살짝만 다시 떴다. 한입 크기인지 확인한 지유가 분홍빛 플라스틱 스푼에 담긴 딸기색 아이스크림을 그의 입술로 가져가자 하준이 한입에 맛있게 삼켰다.

그의 관능적인 입술 안으로 들어갔다 천천히 빠져나오는 스푼을 보자 지유는 왠지 그와 키스를 할 때와 같은 묘한 느낌을 받았다.

어머나! 나 너무 야한가?

지유가 붉게 달아오른 얼굴을 숙이고는 얼른 스푼으로 아이스크림을 퍼 올리는 척했다.

"음. 이런 맛이군. 괜찮네."

하준이 입안의 아이스크림을 천천히 굴리며 고개를 끄덕이자 지유가 다시 동그랗게 아이스크림을 퍼서 그에게 가져갔다.

"더 먹을래요?"

하준은 자신의 입술 앞에 있는 스푼과 아이스크림, 그리고 지유를 한 번씩 바라보고는 시선을 그녀의 눈으로 향한 채 입술 끝을 살짝 휘어 올렸다. 그러고는 천천히 육감적인 입술을 열어 지유를 바라본 채로 아이스크림을 입술 안에 담았다.

……아.

눈앞에서 하준이 먹고 있는 건 아이스크림인데. 분명 아이스크림인데 그의 눈빛은 마치…… 자신의 은밀한 부분이 그의 입술 안에 있는 착각을 하게 만들었다. 매혹적인 다갈색 눈빛에 사로잡힌 채 멍하니 그의 얼굴을 보고 있는데 하준이 천천히 아이스크림을 입술 안에 담고는 갑자기 지유의 뒷덜미를 잡아 확 끌어당겼다.

"……!"

차가운 그의 입술이 맞닿은 지유의 입술을 벌리고는 그 안으로 달콤한 아이스크림을 혀로 살짝 밀어 넣었다.

"으음."

서늘하고 달콤한 감각이 혀로 전해지자 지유가 흠칫 어깨를 움츠렸다.

……달아. 차갑고 달콤해.

지유의 입술 안에서 달콤한 아이스크림이 하준의 혀와 그녀의 혀 사이에서 녹아들었다. 향긋한 딸기향이 입술 안에 가득 번지고 지유의 목으로 달콤함이 꿀꺽 삼켜졌다. 그러고 나자 그의 혀가 그녀의 입안에 남은 아이스크림을 핥아 갔다. 온전히 아이스크림을 나눠 먹은 하준이 촉촉이 젖은 그녀의 입술을 한 번 빨아 당기고 입술을 떼어 냈다.

"하아."

지유가 막혔던 숨을 쏟아 내며 몽롱한 눈빛으로 하준을 바라봤다. 하준은 까맣게 어두워진 눈동자로 코가 맞닿을 듯 가까운 거리에서 지유를 내려다보며 낮게 말했다.

"더 먹여 줘."

허스키하게 갈라지는 하준의 목소리가 지유의 가슴을 뜨겁게 만들었다. 지유의 발갛게 열꽃이 핀 사랑스러운 두 뺨을 살짝 어루만진 하준이 재촉했다.

"어서."

지유는 떨리는 손길로 아이스크림 통 속에 스푼을 밀어 넣었다.

통 안에 남은 아이스크림이 두 사람의 입술에서 모두 녹아 삼켜질 때까지 하준의 재촉은 끝나지 않았다.

"하아, 어쩜 좋아……."

지유는 베개를 껴안고 침대 위를 데굴데굴 굴러다니며 고뇌에 빠졌다. 문제는 그거였다. 차 안에서 입술이 얼얼하게 부어오를 때까지 하준과 나눈 키스가 전혀 싫지 않았다는 거. 아니, 싫기는커녕 오히려 나중엔 자신이 하준의 목에 매달려 입술로 그의 입안에 적극적으로 아이스크림을 옮겨 주기까지 했…… 아아아!

지유가 시뻘게진 얼굴로 베개를 터뜨려 버릴 듯 부여잡고 발을 동동 굴렀다.

"미쳤어, 미쳤어, 미쳤어!"

아무리 키스가 기분 좋아도 그렇지. 어떻게 그렇게 적극적으로 야한 짓을 할 수가 있어? 달아오른 숨결과 타액에 물든 입술이 뒤섞이며 내는 아찔한 소리가 떠오를 때마다 아주 그냥 미쳐 버릴 것만 같았다.

"하아아……."

지유가 베개를 껴안고 맥없이 옆으로 누운 채로 길게 한숨을 내쉬었다. 잠시 떨어져 있어서 그런 걸까? 아니면 그를 대하는 내 감정에 변화가 생긴 걸까?

갑자기 변해 버린 스스로의 감정이 놀랍고 적응이 안 되는 지유였다.

하준은 그녀의 방과 맞닿아 있는 방에서 침대 위에 누운 채 천장을 바라보고 있었다. 그의 손가락 끝이 아까부터 내내 그의 입술을 천천히 훑었다.

아이스크림보다 훨씬 달콤하던 입술.

그리고 아무리 빨아들여도 부족하게 느껴지는 한지유의 향.

그의 눈빛이 욕망으로 어둡게 출렁이다가 눈을 질끈 감았다. 도대체 뭘까? 그 여자를 향한 이 감정은…… 그저 욕망이라고 하기엔 과도하고, 그렇다고 사랑하는 여자라고 생각하기엔 함께한 시간이 너무나 짧다.

'그런데 이 감정은 뭐냐고.'

그저 육체의 열망을 감정의 영역이라고 착각하고 있는 걸까? 이유는 모르겠지만 어쨌든 그의 머릿속은 벽 너머 있는 그 여자 하나로 가득했다. 밤이 늦었는데 모든 신경이 그쪽으로 쏠려 도저히 잠도 오지 않았다.

이건 제주도 때보다 훨씬 더 심해. 입술을 맛봤기 때문인가?

"후우."

혼란스러운 기분으로 하준이 몸을 일으켰다. 벗어 뒀던 셔츠를 다시 입으며 지체 없이 현관 쪽으로 다가가다가 우뚝 걸음을 멈췄다.

가서 어쩌자고?

확실한 건 지금 그 여자에게 가면…… 참지 못한다. 반드시.

하준이 한숨을 내쉬고는 몸을 돌렸다. 그대로 침대로 걸어와 그대로 풀썩 누워 버렸다. 베개에 얼굴을 묻은 채로 하준이 낮게 내뱉었다.

"젠장, 잠이라도 와라. 좀."

그 밤은 하준에게도, 지유에게도 무척이나 긴 밤이었다.

07.
어쩌다가 연예인과 연예도 아닌 연애를 해서

형수는 눈을 가늘게 뜨고 하준을 가만히 바라봤다.

"완전 레벨업을 하셨군."

본래 잘생긴 얼굴이었지만 피부에 광이 도는 것이 아주 보기만 해도 반짝반짝 빛날 정도였다. 광고 촬영 때문에 메이크업에 세련되고 스타일리시한 포멀룩까지 갖춰 입으니 그냥 사람이 아니라 조각이 따로 없다.

거기에다 사람 홀리는 색기 넘치는 미소까지 얼굴에 장착하고 있으니 아무리 커플 컨셉이라지만 상대 여배우인 이민희 눈빛이 심상치 않아지는 게 당연하지.

"저, 저 메이크업 고쳐 주는 스타일리스트 손 떨리는 거 봐라. 쯧쯧. 애꿎은 다른 여자들만 고생시키고…… 죄 많은 남자 같으니."

촬영을 지켜보던 형수가 고개를 절레절레 저었다.

전부터 심상치 않더니 아주 레벨업을 제대로 하셨어. 도대체 무슨 일이 있었던 거야?

"오케이! 수고하셨습니다!"

"수고하셨습니다."

광고촬영이 끝나자 하준이 스탭들에게 인사를 한 후 촬영 세트를 빠져나왔다. 스타일리스트에게 재킷을 벗어 주며 걸어가는데 뒤에서 이민희의 목소리가 들렸다.

"하준 씨."

타이를 풀던 하준이 힐끗 뒤를 돌아봤다. 긴 웨이브 머리를 치렁치렁하게 늘어뜨린 민희가 구두 굽을 또각거리며 다가와 커다란 눈으로 스타일리스트를 흘겨봤다.

"저, 저 먼저 가 있을게요."

바비 인형 같은 외모의 민희에게 기가 죽은 스타일리스트가 하준의 재킷만 든 채로 허둥지둥 복도로 사라지자 하준이 낮게 한숨을 내쉬었다.

무사히 지나가나 했다.

"무슨 일이십니까. 이민희 씨."

하준이 타이를 마저 풀며 지극히 사무적인 말투로 말하자 민희가 은근한 눈빛으로 그를 보며 미소 지었다.

"왜 나한테만 그리 경계 모드예요? 다른 사람들에게는 안 그러면서."

네가 항상 들이대니까 그렇지.

"오해인 모양이군요. 난 그런 적이 없는데."

하준이 싱긋 웃으며 말하자 민희는 더욱 교태로운 눈빛으로 그를 바라봤다.

"전에도 그랬잖아요. 하준 씨 나 불편해요?"

엄청 불편해. 특히 네가 술에 취하지도 않았으면서 술 취한 척 안겨서 내 가슴을 멋대로 주물러 댔을 때부터 더 심해졌지.

"그런 거 아니라니까요. 같이 일하는 동료에게 왜 불편함까지 느끼겠어요? 그냥 동료잖아요. 동료일 뿐인데."

웃는 얼굴로 동료를 강조하는 하준의 말에 민희의 얼굴이 살짝 일그러졌다. 철벽방어. 이 남자는 항상 이런 식이다. 다른 여자한테는 싱글싱글 웃으면서 가볍게 대하고 온갖 염문을 뿌려 대면서 왜 나한테는 철벽이야?

"그럼 내 기분 탓이라 해 두죠. 그런데 왜 저번 달 내 생일 때 안 왔어요? 다들 온다고 꼭 오라고 했잖아요."

"아, 미안합니다. 기억력이 꽤 안 좋아서 금방금방 잊어버리는 버릇이 있거든요. 다음에 기회 되면 그때는 잊지 않도록 노력해 보죠. 그럼."

하준이 귀찮은 내색을 담은 얼굴로 웃어 보이고는 몸을 돌리려 하자 민희가 얼른 말했다.

"그럼 그 기회, 오늘 줘요."

"정형수!"

"네! 형!"

하준이 소리치자 근방에서 둘을 주시하고 있던 형수가 얼른 달려갔다. 형수가 끼어들자 민희의 이마가 찌푸려졌다.

"잠깐만요. 하준……."

"스케줄 늦었다고 한 녀석이 어디서 꾸물거리고 있어?"

"제가 언제 꾸물거렸다고…… 감독님한테 체크할 게 있어서 잠깐 기다린 거죠. 끝났으니 빨리 갑시다."

형수가 눈치 좋게 하준을 가드하듯 데리고 가자 민희가 멀어지는 하준의 뒷모습을 어이없다는 듯 바라봤다.

"저 남자가 진짜……."

민희가 진하게 칠한 핑크빛 입술을 깨물었다. 첫눈에 탐이 나서 벌써 3년째 틈만 나면 공략 중인데 번번이 실패로 돌아가자 약이 오를 정도로 자존심이 상했다.

"아무리 그래도 이렇게 대놓고 무시하는 게 어딨어?"

작전이 실패하자 멀어지는 하준을 표독스럽게 노려보던 민희가 몸을 홱 돌려 신경질적으로 걸어갔다.

민희가 완전히 멀어지자 힐끗 뒤돌아본 하준이 형수의 어깨를 툭 쳤다.

"내가 저럴 줄 알았지. 대표님한테 벤츠 준비하라고 해."

"형 또 차 걸고 내기했어요? 뭐 이 정도야 일상이잖아요. 이민희 저러는 거 하루 이틀 일도 아니고."

"그래서 내가 혐오하는 족속이랑 일 안 하는 거 몰라?"

하준이 인상을 팍 쓰자 형수가 혀를 쯧쯧 찼다. 대표는 늘 하준이 이기는 내기를 왜 부득불 걸고 나오는지……. 하긴, 대표도 절대 손해 보는 성격이 아니긴 하다만. 그걸 감수하면서 제안을 한 거 보니 이 광고의 단가가 가히 상상이 가는군.

"차 빼 놓을게요. 형, 어디로 갈 거예요?"

"어디긴, 집이지."

당연하게 말한 하준이 무언가 생각했는지 입가에 관능적인 미소를 띠웠다. 그 얼굴을 보니 자기도 모르게 반할 것 같……긴 누가!

"형. 조심해요."

"뭘?"

"페로몬이 지나쳐. 위험할 정도예요."

의상실로 들어가려던 하준이 타이를 든 채로 형수를 내려다보자 형수가 사뭇 진지한 표정으로 다시 강조했다.

"조심해요. 알았죠? 이 바닥 페로몬에 민감한데 그러다 여자 남자 안 가리고 꼬여들면 어떻…… 커헉!"

하준이 타이로 형수의 목을 조였다.

"기분 더러운 소리 해라?"

"죄, 죄송해요. 형. 켁켁."

형수가 싹싹 빌자 하준은 인상을 쓰고 놔줬다. 지유 생각으로 기분 좋았는데 이 자식 때문에 망쳤다. 나쁜 자식.

어쩌다가 연예인과 '연예'도 아닌 '연애'를 하게 된 건진 모르겠지만 지유는 정신을 차리고 보니 이 나라에서 탑배우라 불리는 남자와 007데이트를 펼치고 있었다.

그런데 그게 또 보통 어려운 일이 아니다. 겨울이라면 머플러로 칭칭 두르고 다니겠는데 지금은 한여름. 지나치게 가리면 오히려 눈에 띄기 쉬운 계절인 것이다.

"그래서 연예인들이 주로 자동차 데이트를 하는 건가 봐요. 사람들 시선이 없는 데가 거의 없으니까 말이죠."

자동차 극장 으슥한 한쪽 구석에 세워 둔 차 안에서 콜라를 쪽쪽 빨며 지유가 말했다.

"미안. 불편하지? 마음대로 움직일 수 없어서."

하준이 지유에게 시선을 돌리고 살짝 눈썹을 찡그렸다.

"아뇨. 나름 스릴 넘치고 좋긴 해요. 평생 이렇게 산다면 불편하겠지만."

지유가 빨대를 문 채로 밝게 웃자 하준의 입술 끝이 말려 올라갔다.

"평생이 될 수도 있는데? 지금부터 적응해야 되지 않겠어?"

"에……."

이 남자가 또 농담 같지 않은 농담을…….

지유가 조금 당황스러워하며 발개진 얼굴로 눈을 연신 깜빡거리자 하준이 쿡쿡 웃으며 그녀의 보드라운 손을 잡았다. 영화가 시작되자 하준은 그 상태로 다시 화면으로 시선을 돌려 영화에 집중했다.

지유가 콜라를 쪽쪽 빨다가 눈을 굴려 힐끔 쳐다보자 하준은 안경을 쓴 채로 미동도 안 하고 화면만 바라보고 있었다. 무척 진지한 그의 옆모습은 정교한 칼로 깎은 듯한 섬세한 조각 라인을 그리고 있었다.

'영화를 볼 때 저 남자 표정이 저렇구나.'

정말이지 속을 알 수가 없는 남자다. 장난스러웠다가 진지했다가. 표정도 휙휙 변하고. 배우라 그런가? 가만, 그러고 보니 이런 타입 중에 사이코패스인지 소시오패스인지가 많다고 들었던 것 같은데……?

지유가 의심으로 가늘어진 눈으로 하준을 응시했다. 그때 마침 그녀에게 시선을 돌린 하준과 눈이 딱 마주쳤다.

'앗, 보고 있던 거 들켰네.'

지유가 흠칫 놀라 얼른 고개를 돌려 콜라 잔으로 손을 뻗는데 하준이 물었다.

"영화를 너무 내 취향으로만 골랐나? 재미없어?"

"아, 아뇨. 그냥 잠시 신기해서 본 것뿐이에요."

지유는 얼른 핑계거리를 찾아내 둘러댔다.

"신기해서? 내가?"

"안경 낀 모습은 거의 못 본 것 같아서."

"아하. 이거."

하준이 자기 안경을 추켜올리며 싱긋 웃었다.

"답답해서 잘 안 끼거든. 영화 볼 때나 모니터 볼 때 외엔 잘 안 껴."

싱글싱글 웃는 그를 보며 지유는 내심 안도의 한숨을 내쉬었다.

'휴, 좋아. 자연스러웠어!'

자신이 생각해도 절묘한 핑계였다는 생각에 지유가 흡족해하고 있는데 이번엔 하준이 그녀를 지그시 바라봤다.

왜 저렇게 보지? 혹시 좀 전에 먹은 샌드위치 부스러기라도 묻은 거 아냐?

"……왜요?"

얼른 손으로 입 주위를 확인하며 묻자 하준은 그대로 지유를 가만 바라보다가 손을 뻗어 주파수를 영화가 아닌 라디오로 바꿨다.

"어? 영화는요?"

혹시 내가 영화 보는 거 방해해서 그런가? 지유가 당황한 얼굴로 쳐다보자 하준이 싱긋 웃었다.

"영화보다 한지유 보는 게 더 재밌는 거 같아서."

"네……?"

아니 방금까지 그렇게 진지하게 영화에 집중하던 사람이? 지유가 미간을 좁히고 그를 보고 있는데 하준이 안경을 벗어 앞에 올려둔 뒤 지유 쪽으로 몸을 기울였다.

으와…… 놀라라.

상체를 숙여 갑자기 다가온 그의 상쾌한 스킨 향에 지유가 숨을 들이켰다. 바짝 가까이에 얼굴을 갖다 댄 하준이 지유의 볼을 천천히 쓸었다. 그의 손가락 끝이 보드라운 볼에서 미끄러져 내려가 탐스러운 붉은 입술에 닿자 지유의 심장이 거세게 쿵쾅거리기 시작했다.

'그, 그런데 이렇게 가까이 있어도 되는 걸까?'

옆에서 하는 영화가 히트작이라 이쪽엔 차가 별로 없긴 했지만…… 그래도 혹시 누가 보면…….

지유가 그런 생각을 하며 침을 꼴깍 삼키는데 하준은 전혀 그런 데는 신경 쓰지 않는다는 듯 그녀의 턱을 살짝 들어 올려 부드럽게 입술을 포갰다.

"아……."

포개진 입술 사이로 축축한 혀가 밀려 들어와 아찔하게 휘감자 지유의 입술에서 달짝지근한 신음이 흘렀다. 하준은 그녀의 입술을 벌려 더 깊게 밀고 들어갔다. 몇 번이나 혀가 엉켰다 풀어지고 타액이 뒤섞이며 강하게 압박해 오자 지유의 몸이 점차 뒤로 밀렸다.

정말 이 남자는…… 키스를 너무 잘해.

머릿속이 팽글팽글 돌 만큼.

"하아."

입술이 떨어지자 달콤한 숨결이 지유의 입술에서 새어 나왔다. 그 소리에 자극을 받은 듯 하준이 그녀의 하얀 귓불을 입술로 물고는 뜨거운 숨을 훅 불어 넣었다.

"으앗!"

귓속으로 뜨거운 숨결이 밀려 들어오자 지유가 홍당무처럼 얼굴을 붉히고는 어깨를 움찔거렸다. 그의 입술이 지유의 뽀얀 목덜미를 타고 점차 아래로 내려갔다.

어, 어어. 또, 또 이렇게 되면…….

지유가 침을 꼴깍꼴깍 삼키며 어쩔 줄을 몰라 하는 사이 하준의 입술이 그녀의 헐렁한 티셔츠 위의 쇄골까지 닿았다. 거기에서 멈추지 않고 그가 셔츠를 잡아당기며 폭신한 가슴골에 뜨거운 입술이 닿자 지유가 기겁을 하며 소리쳤다.

"자, 잠깐! 잠깐요!"

지유의 목소리에 하준이 번쩍 정신을 차리고 고개를 들었다. 까맣게 물든 그의 눈동자에 제철을 맞은 붉은 홍게 같은 지유의 얼굴이 담겼다.

"아. 미안."

하준은 태연히 사과하고는 지유에게서 몸을 떼어 냈다. 지유는 훅훅 강한 콧바람을 내쉬며 자신의 늘어날 것 같은 옷을 추슬렀다.

'이 남자가 정말. 방심하면 안 되겠어.'

지유가 눈을 세모꼴로 뜨고 하준을 쳐다봤다. 그는 언제 자기가 그런 짓을 했냐는 듯 말끔한 표정으로 자신을 쳐다보고 있었다.

　"나와 약속한 건 잊었어요?"

　"설마."

　"그럼 왜 자꾸 이렇게 되는 거죠?"

　"글쎄. 그건 나도 잘……."

　하준이 도통 모르겠다는 표정으로 어깨를 으쓱였다. 그 모습이 무척 얄미워 보여 지유가 눈을 더욱 가늘게 떴다. 이 남자는 나와의 약속 따윈 안중에도 없는 것이 분명하다. 자신의 과하게 잘난 얼굴과 흘러넘치는 매력을 믿고 이런 식으로 깔짝깔짝거리면 결국 넘어오지 않을까 생각하는 것이 분명해.

　지유는 결연한 표정으로 하준을 바라보며 자세를 바로 했다.

　"하준 씨. 실망이에요. 난 하준 씨가 약속을 지켜 줄 줄 알았는데."

　"방금 건 실수야. 약속을 어길 생각은 없었어."

　"그런데 이렇게 매번 슬금슬금 손으로 만지고 입술을 갖다 대고 그래요?"

　"너 야한 말 함부로 한다. 내가 언제 슬금슬금 손으로 만지고 입술을……."

　"어쨌든 실망이에요. 영화 볼 마음 싹 사라졌으니 집으로 돌아가요!"

　완강하게 말한 지유가 팔짱을 끼고 고개를 팩 돌렸다.

　그 모습을 바라보는 하준은 기가 찼다. 아니, 아무리 자신이 욕망을 주체할 수가 없어 조금 만지고 그랬다고 하더라도 이게 얼마

나 힘들게 참고 있는 건데…… 그건 알아주지도 않고 실망? 나한
테 실망했다고?

어떻게든 자신에게 안기고 싶어 알짱거리는 여자들을 지유를 만
난 이후로는 쳐다도 보지 않았는데 이런 호색한 취급을 받고 보니
기분이 무척 더러워졌다.

"벨트 매."

싸늘한 목소리로 하준이 말하자 지유는 순간 움찔했지만 고개를
창 쪽으로 돌린 채로 팔짱 긴 손만 풀어서 꾸물꾸물 벨트를 맸다.
하준은 거칠게 시동을 걸고 차를 출발시켰다.

"꺅!"

급작스럽게 차가 출발하자 벨트를 맨 상태에서도 지유의 몸이
출렁거렸다. 이 남자가 진짜 좀스럽게! 지유가 고양이같이 눈을 치
켜뜨고 하준에게 고개를 확 돌리자 도로에 접어든 차가 무시무시한
속도를 내기 시작했다.

"꺄아아아아아!"

몸이 튕겨나갈 정도로 빠른 질주가 시작되자 지유가 비명을 질
렀다. 하준의 차는 엄청난 속도로 달리며 이리저리 곡예 운전을 하
고 있었다.

"꺄악! 꺄아아악! 이러다 죽겠어요!"

놀이기구도 무서워서 제대로 타지 못하는 지유는 마치 제트코스
터에 탄 것 같은 기분에 눈앞이 팽글팽글 돌았다. 하준은 백미러로
뒤를 힐끗 보며 낮게 말했다.

"제길. 파파라치가 따라붙었어. 조금만 참아."

"네, 네? 파파라치요? 꺄악! 드, 들킬 리 없다면서요! 꺅! 꺄악!

끼아아악!"

연신 돌고래 비명을 내지르며 지유가 죽을힘을 다해 차 손잡이
를 잡고 매달렸다. 하준은 파파라치를 따돌리기 위해 도로 위에서
이리저리 차선을 급작스럽게 바꿔 가며 더욱 속력을 올렸다. 차체
가 덜컹거릴 정도로 속도를 올리자 얼굴이 사색이 된 지유는 마치
저승사자라도 접신한 듯 비명을 질렀다.

"까아아악! 드리프트ㅇㅇㅇㅇ!"

삶과 죽음을 넘나드는 곡예운전 끝에 겨우 파파라치를 따돌린
하준과 지유는 파김치가 되어 집으로 돌아왔다. 얼굴에 핏기가 싹
가셔 퀭한 얼굴로 엘리베이터에 서 있던 지유는 문이 열리자 재빨
리 걸어가 날다람쥐처럼 자기 집으로 쏙 들어가 버렸다.

"하."

인사도 없이 문을 닫아 버리는 지유의 만행에 하준의 눈썹 끝이
사납게 추켜 올라갔다. 지유의 현관문을 잠시 노려보던 하준은 곧
저벅저벅 걸어 자기 집 문을 열고 들어가 쾅 소리 나게 닫았다.

신경질적으로 옷을 벗고 욕실로 들어간 하준은 차가운 물을 틀
고 몸의 열을 식혔다. 쏟아지는 물줄기를 한참 맞고 있어도 욱하는
마음이 가라앉지 않았다.

"빌어먹을."

도대체 내가 뭘 어떻게 했다고. 연애라는 게 그런 거 아냐? 억지
로 덮친 것도 아니고, 내 욕망대로 한 것도 아니고 내가 뭘 어떻게
했는데?

생각할수록 짜증이 솟구쳐 오르자 하준이 신경질적으로 머리를

푸르르 털었다. 거울에 비친 하준의 젖은 머리칼이 흐트러져 섹시하게 헝클어져 있었다. 그 머리칼을 근육이 잘 잡힌 팔로 쓸어 넘기며 거울 속 자신을 노려봤다.

도대체 내가 왜 이런 취급을 받고 있어야 되는 건지…….

"맘대로 해. 한지유."

네가 원하는 대로 너한테는 신경도 쓰지 않을 테니.

거울을 노려보는 하준의 눈매가 사납게 번뜩였다.

잠시 후, 하준은 휴대폰을 귀에 댄 채 지유의 현관문 앞에 서 있었다. 분명 전화벨이 울리고 있을 텐데 지유는 자신의 전화를 받지 않고 있었다.

'안 받아?'

벨을 누르려 손을 뻗으려는데 그제야 통화가 연결됐다.

— ……왜요?

"받자마자 왜요라니, 어디서 배운 말버릇이지? 문 열어."

— 싫어요.

"문 두드린다?"

전화기 너머로 움찔하는 기색이 느껴졌다.

"두드리기 전에 열어."

하준은 자신의 참을성이라는 것이 이 정도로 미약하다는 걸 새삼 깨닫는 중이었다. 현관문 앞에서 전화기를 잡고 문 열어 달라고 애원 아닌 애원을 하고 있는 지금 그는 속이 타들어 가는 기분이었다.

분명 화가 나는데, 맘대로 하게 두고 싶은데 왜 난 그럴 수가 없는 거지?

"빨리 열어. 기자들 다 올 때까지 한지유 나오라고 고래고래 소리치기 전에."

— 헉.

하준이 낮게 말하자 잠시 망설이는 듯하더니 문이 살짝 열렸다. 그 사이로 지유의 얼굴만 빼꼼 나왔다.

"……!"

하준의 화가 난 눈이 일순 커다래졌다. 샤워를 하고 있었던 듯 달콤한 향기를 풍기며 촉촉이 젖은 머리칼과 살짝 상기된 뺨을 하고 있는 지유를 보는 순간 숨이 꽉 막히는 기분이었다.

"왜 그러는데요. 나 하준 씨랑 할 말 없어요."

지유가 새초롬한 얼굴로 여전히 새우 눈을 하고 주위를 살피며 소리 죽여 말했다. 하준이 흔들리는 눈빛으로 지유를 바라보다가 크게 숨을 내쉬고는 말했다.

"뭐에 화가 난 건데."

"아까 말했잖아요."

"내가 널 더듬어서?"

"그게 아니라, 하…… 씨가 약속을 지키지 않으니까."

하, 라고 말하고 아무도 없는 복도를 또 예리한 눈빛으로 훑은 지유가 더욱 목소리를 낮춰 말했다.

"내가 약속을 지키지 않은 건 아니지. 난 노력을 해 본다고 했을 뿐 너에게 어느 정도의 스킨십만 하겠다고 각서를 쓴 것도 아니잖아."

"그건 그렇지만 그래도 하…… 씨는 너무 그런 쪽으로만 생각하는 것 같단 말이에요."

"내가?"

하준이 어이없는 얼굴로 지유를 바라보자 지유가 결연한 표정으로 열심히 고개를 끄덕거렸다. 고개를 끄덕이자 그녀의 꽃향기 같은 샴푸 향이 확 풍겨 하준은 또 숨을 삼켜야 했다.

'아, 죽겠네.'

말간 얼굴에 윤기가 흐르는 동그란 뺨과 반짝이는 까만 눈동자를 내려다보고 있으려니 자꾸 머릿속이 어지러워지고 산소결핍에 시달리는 기분이었다.

"어쨌든 당분간 우리 집은 출입금지예요. 여기 더 오래 서 있으면 위험해지니까 빨리 집에 들어가세욧."

다다다 말한 지유가 문을 쾅 닫아 버렸다. 하준은 황당한 얼굴로 닫힌 문을 보고 있다가 미간을 확 좁혔다.

'한 번도 아니고, 두 번이나?'

때아닌 문전박대를 두 번이나 당하자 자존심이 사정없이 뭉개진 기분이었다. 하준은 얼굴을 굳히고 거칠게 자기 집 문을 열고 들어가 버렸다.

쾅!

닫히는 문 소리를 들으며 겨우 타월 한 장 몸에 감고 현관문에 등을 대고 서 있던 지유가 휴, 하고 안도의 한숨을 내쉬었다. 샤워를 하다가 갑자기 전화벨이 울려서 받았더니 느닷없이 문을 열라기에 어찌나 놀랐는지 모른다.

"다행히 억지로 들어오진 않았지만."

늘 자기 맘대로 하는 사람이라 갑자기 집 안으로 들어올까 봐 내심 긴장했는데 다행히 그런 일은 없었다. 하긴 그런 말을 했는데 자존심이 상하긴 하겠지. 대스타신데.

"……그래도 잘한 거야. 암."

지유가 혼잣말하며 고개를 끄덕였다. 이런 식으로 휩쓸려 갔다가 또 그때 같은 일을 저지르면 분명 후회할 것 같다. 처음이야 물론 꿈이라 생각해서 그랬다지만 두 번째는 다르니까.

"그 사람이 말한 연애의 이유가 그런 거긴 하지만 아무리 그래도 난 그렇게 생각할 수가 없다고."

천천히 서로를 알아 가는 과정을 동반하지 않는다면 아무래도 마음이 몸을 따라가질 않을 것 같단 말이지. 그런데 남의 속도 모르고 무작정 더듬더듬 만지작만지작 스킬을 발휘하는 하준의 실력은 솔직히 너무 뛰어나서 단단히 정신 차리지 않으면 아차, 하는 사이에 일을 치를 것 같다.

"정신 똑바로 차려야지."

지유가 머리를 붕붕 저었다. 무엇보다 자신을 너무 쉽게 생각하는 듯한 그의 태도가 묘하게 기분을 상하게 만들었다. 노력을 해 본다고 말만 해 놓고 행동이 다르면 무슨 소용이냐고.

아무리 그가 온몸을 페로몬으로 무장한 남자라 하더라도 정신만 똑바로 차리면 그의 페이스에 마냥 끌려가진 않을 수 있을 것이다.

한국에서의 기자간담회와 국내 촬영을 위해 이자벨이 인천공항을 통해 입국했다. 세기의 미녀로 알려진 이자벨의 첫 내한을 맞아

수많은 기자들과 팬들이 공항으로 몰려들었다. 선글라스로 머리를 올린 채 몸매를 드러내는 원피스와 가벼운 재킷을 걸치고 등장한 이자벨은 경호원들의 삼엄한 가드를 받으면서도 카메라를 향해 환하게 미소 지어 줬다.

그녀의 미소에 넋이 나간 듯 기자들은 살아 있는 여신이라며 피를 토하는 심정으로 찬양하는 기사들을 죽죽 뽑아냈고 덕분에 이자벨의 내한 관련 기사가 며칠 내내 포털 메인을 점령했다.

「이자벨. 한국에 온 감상이 어때요?」

기자간담회에서 이자벨에게 질문이 던져지자 그녀는 굵게 웨이브를 넣은 탐스러운 금발 머리칼을 고혹적으로 쓸어 올리며 미소 지었다.

「한국에 대해서는 잘 몰랐는데 무척 느낌이 좋은 곳이라는 생각이 들어요. 사람들도 다들 친절하고 음식들도 맛있어요.」

내한한 여느 스타와 다르지 않은 일상적인 답변이었지만 이자벨이 말하니 전혀 흔하지 않은 새로운 말 같았다. 여기자들도 감히 범접할 수 없는 여신 아우라를 내뿜는 이자벨에겐 질투의 시선조차 던지지 못할 정도로 타고난 아름다움이 있었다.

동양인과 비교도 되지 않는 작은 얼굴과 빠져들 듯한 깊은 눈과 푸른 눈동자, 빚은 듯한 높다란 코와 육감적인 라인의 입술은 살아 있는 인형 같았다.

「이번 촬영 기간 동안 특별히 한국에서 하고 싶은 일이 있다면 어떤 게 있을까요?」

여신을 영접한 듯 거룩한 표정으로 묻는 남기자를 향해 이자벨이 시선을 맞추자 그의 얼굴이 업무라는 것도 잊고 붉게 달아올랐다. 녹을 듯 부드러운 미소를 지어 준 이자벨이 말했다.

「갖고 싶은 게 있긴 한데 어떤 건지는 비밀이에요.」

이자벨의 그 두루뭉술한 발언으로 인터넷에서는 갖가지 추론이 떠돌았다. 김치의 여신, 간장게장의 여신, 떡갈비의 여신 등 한국의 대표적인 음식과 그것을 갖고 싶다는 듯 손을 뻗은 이자벨의 사진을 합성한 여신 시리즈가 커뮤니티들을 뜨겁게 달구고 새로운 드립을 양산해 내고 있었다.

「화제성으로는 아주 훌륭한데 그래. 이 발언은 일부러 한 거야?」

이자벨의 매니저인 자크가 차에 그녀를 태우고 묵고 있는 호텔로 가던 중 물었다. 휴대폰을 보고 있던 이자벨이 자크를 보더니 미묘한 미소를 지었다.

「홋. 글쎄.」

자크는 이자벨의 미소를 보고 있으려니 왠지 속이 답답해지는 기분이었다. 뭐지? 이 갑자기 체하는 듯한 기분은?

자크가 고개를 갸웃거리며 이자벨을 바라봤지만 그녀는 입가에 미소를 띤 채로 휴대폰만 보고 있었다. 그녀의 휴대폰 안 인터넷 페이지에 하준의 사진이 떠 있다는 걸 자크는 알지 못했다.

찰칵! 찰칵!

플래시 소리가 연속적으로 터져 나왔다.

패션 잡지의 화보 촬영장에서 하준이 새빨간 스포츠카 위에서 포즈를 취하고 있었다. 섹시미와 육체미를 강조한 컨셉의 화보라 풀어헤친 단추 사이에 탄탄한 가슴 근육이 그대로 내비치고 있었다. 버클을 살짝 푼 청바지와 흐트러진 셔츠의 절묘한 조화 속에

야성적인 눈빛까지 더해져 그야말로 숨 막히는 관능미를 분출하는
중이었다.

"좋습니다! 거기서 다리를 좀 더 넓게 벌리고, 그렇지! 아주 좋
아요!"

열정적인 포토그래퍼는 하준의 앞과 옆을 빠른 걸음으로 오가고
바닥에 구르기도 하며 혼신의 힘을 다해 자신의 열정을 뿜어내고
있었다.

조명을 담당하는 남자 역시 하준이 뿜어내는 고혹적인 육체미에
넋을 잃고 보고 있다가 문득 주변을 보고 말했다.

"뭐야? 이 사람들 어디서 다 몰려왔어? 평소 촬영할 땐 보이지
도 않더니."

잡지사 관련 여자들부터 의류와 협찬 쪽 여자들까지 죄다 몰려
와 발그레한 얼굴로 촬영을 구경하고 있었다. 거기다 피곤하다며
평소 촬영할 때는 나오지도 않던 자기 동료 여직원들은 화장을 어
찌나 떡칠을 해 놨는지 얼굴을 알아보기 힘들 정도였다.

"이하준이잖아. 이하준."

옆에 앉아 있던 카메라 조수가 하는 말에 남자는 하긴, 하고 중
얼거리며 고개를 끄덕였다.

"이하준, 이제 죄 그만 짓고 빨리 결혼해야 될 텐데. 저 많은 여
자들 다 홀려 놓고 그 업보를 어떻게 갚을 거야?"

남자가 투덜대듯 말하자 카메라 조수가 그를 슥 바라봤다.

"부러우면 그냥 부럽다고 해."

"젠장, 눈물 나게 부럽다. 왜 세상은 저렇게 생긴 남자한테 저런
몸까지 주고 연기력까지 주는 거냐고. 짜증나게."

"세상은 원래 불공평한 거야."

그때 하준이 카메라를 노려보며 자신의 셔츠를 잡아 뜯을 듯 젖히자 여기저기서 탄성과 신음이 터져 나왔다.

"하아……."

"어쩜……! 세상에."

여자들의 애끓는 본능이 담긴 그 탄성 소리들을 들으며 남자는 고개를 절레절레 저었다.

"이 바닥에 있으면 애꿎은 엄마를 원망하게 된다니까. 엄마. 나는 왜 저렇게 생긴 얼굴로 태어나지 않은 건가요."

"그럼 너네 어머니가 그러시겠지. 아가야, 최선을 다했단다. 네가 그렇게 생겨 먹은 걸 어쩌겠니."

"허."

미간을 찡그리면서도 남자는 하준에게서 시선을 뗄 수 없었다. 하긴. 남자도 이럴진대 여자들은 오죽하랴. 부럽긴 하지만 한편으로는 여자들의 저런 앓는 소리가 이해가 되기도 했다.

"수고하셨습니다."

화보 촬영이 끝난 뒤 하준이 인사를 하고 세트를 빠져나왔다. 그가 지나가는 모습까지 넋을 잃은 모습으로 바라보던 여자들은 하준이 완전히 사라지자 은혜로운 시각적 은총에 만족하고 저마다 자리로 돌아갔다.

의상실에서 옷을 갈아입고 메이크업을 지우고 나온 하준은 모자를 깊숙이 눌러쓴 채 밴에 올라탔다.

"오늘 생방송 인터뷰 잡힌 거 알죠? 이번 영화 홍보도 겸하는 거니 영화사에서 신경 좀 써 달라던데요."

하준이 올라타자 형수가 잽싸게 말하고 시동을 걸었다. 대답이 없기에 의아스러운 표정으로 보니 하준은 표정을 굳힌 채로 생각에 잠긴 듯 팔짱을 끼고 있었다.

"형?"

형수가 다시 묻자 하준이 그제야 정신을 차린 듯 형수를 바라봤다.

"어?"

"인터뷰하러 간다고요. 그 전에 샵에 들를 거고."

"아…… 그래."

"무슨 일 있어요?"

"아니야. 출발해."

하준이 고개를 저었지만 표정이 어두워 보였다. 또 무슨 일이지? 형수는 고개를 갸웃거리며 차를 출발시켰다.

하준은 창밖을 바라보며 미간을 구겼다.

마치 숨바꼭질을 하듯 집 안에 콕 박혀서 나오지도 않고 문도 열어 주지 않는 지유 때문에 그의 심기는 무척 불편했다. 어젯밤에도 장 감독을 만나고 들어가는 길에 들렀지만 지유의 태도는 완강했다.

'당분간 이 집엔 들어오지 않기로 했잖아요. 찾아오지 마세요.'

'그럼 내 차에서 얘기하든가.'

'둘만 있는 장소는 싫어요.'

아니, 그럼 연예인 신분으로 사람들이 바글바글한 곳에서 보자는 말인가. 하준이 다시 생각해도 열불이 뻗쳐서 눈에 힘을 줬다.

어쩌자는 거야? 내가 뭘 그렇게 잘못했다고!

문전박대도 한두 번이지, 벌써 일주일이 넘게 꽁꽁 집 안에만 숨어 있는 지유 때문에 그는 속이 터질 것만 같았다. 자존심 때문에라도 다신 안 찾아가! 싶다가도 정신을 차리면 어느새 그 여자의 집 앞에 있는 자신도 도저히 납득하기 힘들었다.

지유는 TV 앞에 오도카니 앉아 있었다. 화력 만렙인 적에게 주둔지를 들키지 않으려 필사적인 장수처럼 그녀는 고독하고 비장한 표정이었다.

'그 남자 자존심이 많이 상했을 텐데…….'

아무 생각도 하고 싶지 않아서 TV 앞에 앉아 있는 거지만 화면은 잘 들어오지 않고 머릿속에는 이하준만 빙글빙글 돌았다. 결심한 바가 있어 최선을 다해 방어하고는 있지만 처음 생각과는 달리 마음 한 구석이 자꾸 물렁물렁해져 버리고 있었다.

'이하준 같은 남자가 이렇게까지 하는데 너무한 거 아냐? 너 이러려고 연애 승낙했니?'

'아냐! 나, 나도 나름대로 필사적이라고. 그래도 너무 쉽게 취급당하는 건 문제 있는 거잖아.'

'그게 쉽게 취급당하는 건지 순수한 마음인지 어떻게 알아? 넌 연애도 안 해 봤잖아.'

"우우우…… 너무해."

스스로의 자아와 말싸움하다가 상처를 입은 지유가 분한 듯 입술을 잘근거렸다. 하지만 솔직히 또 맞는 얘기라는 생각이 들어 더 속이 쓰렸다. 내가 아무것도 모르는 연애치라서 이러는 걸지도 몰라. 그 남자가 엄청 답답해하고 있을 거라고. 분명 오만 정이 다 떨어졌을 거야. 나한테.

지유는 왠지 끝도 없이 우울해지는 것 같은 기분이 들어 의기소침한 표정으로 안고 있는 베개를 꼼지락거렸다.

―반갑습니다. 이하준입니다.

그때 지금까지는 전혀 들어오지 못하고 귀 언저리를 빙빙 맴돌던 TV 소리가 갑자기 귓속으로 혹 침투했다.

"이, 이하준?"

지유가 고개를 번쩍 쳐드니 화면 속에 이하준이 싱글거리고 있었다.

―네. 이하준 씨. 너무 반가워요. 저도 실물로는 처음 뵙는데 정말 얼굴에서 광채가 난다는 게 이런 거구나, 싶네요. 저 잠깐 반해도 되나요?

오버스러운 동작으로 장난스럽게 리포터가 말했지만 그녀의 반짝이는 눈에는 분명 진심이 담겨 있었다. 하준이 하하, 웃으며 적당히 넘기는 것을 지유가 뚫어져라 바라봤다.

'이러고 보니까 저 남자 정말 연예인 맞구나……'

평소 둘이 있을 때의 편한 차림이 아닌 화이트 셔츠에 라이트블루 리넨 재킷을 걸치고 자연스러운 듯 보이면서도 전문가의 세심한 손길이 묻어나는 세련된 헤어스타일을 하고 있는 하준의 모습을 보니 정말 그가 연예인이라는 실감이 났다.

　─본격적인 촬영이 들어가지도 않았는데도 이번 영화에 세간의 기대가 모아지고 있는데요. 특히 얼마 전 입국한 이자벨에 대한 기사가 엄청나더라구요. 직접 본 이자벨은 어떤가요?
　─영화 속의 모습과 똑같은 신비스러운 아름다움을 지닌 배우예요. 함께 있으면 상대방을 편안하게 해 주는 면도 있어서 촬영이 수월할 것 같습니다.

　지유는 리포터와 하준이 대화를 이어 가는 모습을 멍하니 보고 있었다. 문득 하준이 프랑스에 갔을 때 포털에서 그와 이자벨이 찍힌 사진을 보고 느꼈던 감정이 다시 떠올랐다. 화면 속 이하준이 전혀 모르는 낯선 사람처럼 멀게만 느껴지는 기분.

　─영화 정말 기대되네요. 그럼 영화 얘기는 이쯤으로 해 두고 배우 이하준이 아닌 남자 이하준 씨에게 개인적인 질문 드려도 될까요?
　─음. 그래요.

　콧소리가 섞인 리포터의 말을 대외적인 미소를 지은 얼굴로 받으며 하준이 말했다.

―최근 가장 신경 쓰고 있는 일이 뭐가 있을까요?

―신경 쓰고 있는 일이라…….

하준이 잠시 고민하는 듯하더니 진지한 얼굴로 카메라를 바라보며 말했다.

―햄스터가, 집 안에만 박혀 있으려고 해요.

―네? 햄스터요? 이하준 씨 햄스터도 키우세요?

지유도 눈이 둥그레해졌다. 옆집에 햄스터가 있던가? 그런 소리는 못 들었는데?

―얼마 되진 않았는데요. 친해지기가 여간 힘드네요. 겨우 다가갔다고 생각하면 자기 집으로 쏙 들어가서 안 나와 버리더라구요.

……어라? 이거 왠지 익숙한데?

―정말요?

―얼굴 한 번 보겠다고 매일 집 앞에서 얼쩡거려도 본 척도 안 해요. 저만 보면 쏙 들어가 박혀 버리니 답이 없더라구요. 그게 요즘 저의 제일 큰 고민입니다.

마치 누구 들으라는 듯 화면에 대고 진지하게 말을 하는 하준을 보며 지유는 속이 뜨끔했다. 이거 역시…… 나 들으라고 하는 소리

같지?

　—세상에. 이하준 씨가 그렇게 노력을 기울일 정도라니. 그 햄스터 전생에 나라라도 구한 기분이 드네요. 빨리 햄스터 양? 햄스터 군?과 친해졌으면 좋겠네요.

　—네. 조만간 무릎을 맞대고 진지하게 대화를 해 봐야 하지 않을까 싶어요.

　—아하하! 이런 농담도 하실 줄 아시다니, 이하준 씨 오늘 새로운 모습 많이 보게 되는데요? 그럼 건강하게 촬영 잘 하시구요. 저희 방송에도 꼭 다시 나와 주신다고 약속해 주실 수 있죠?

　—물론이죠.

　—그럼 저희 시청자분들에게 마지막으로 한마디 부탁드릴게요.

　—시청자 여러분, 저희 새 영화 《피를 감은 태엽》에 관심 기울여 주셔서 감사합니다. 열심히 해서 좋은 작품으로 보답해 드릴 테니 기다려 주세요. 감사합니다.

　—네! 여기까지 최고의 스타, 이하준과의 짧은 데이트였습니다. 저도 다음 주에 뵐게요. 모두들 즐거운 밤 되세요!

　화면에서는 이하준은 사라지고 익숙한 개그맨들이 나와서 신작 영화에 대한 평을 이어 가고 있었지만 지유의 귀에는 다시 아무것도 들리지 않았다.

　"……나한테 하는 소리 맞지?"

　아닌가? 나 자의식 과잉인가? 혹시 하준 씨가 정말 햄스터를 키운다거나 할 수도 있잖아? 근데 아무리 생각해도 저건 날 지칭하는 것 같은데……?

지유가 혼란스러운 표정으로 화면을 멍하니 바라보고 앉아 있었다. 그때 드르륵 진동이 울렸다.

"어마, 깜짝!"

정신줄을 놓고 있을 때 갑자기 울린 진동 소리에 지유가 파드득 놀라 휴대폰을 낚아챘다.

"아, 문자구나."

문자 표시를 보고 액정을 확인하던 지유가 움찔했다.

[방송, 봤어?]

하준의 문자는 아무래도 방금 전의 생방송 인터뷰를 말하는 게 분명해 보였다. 뭐……뭐라고 하지? 봤다고 해? 못 봤다고 할까? 잠시 치열한 고민에 빠져 있던 지유가 도도도 문자를 쳤다.

[하준 씨 햄스터 키웠어요?]

문자를 보내 놓고 매의 눈으로 액정을 바라보고 있자 드르륵 진동이 울렸다. 문자를 확인한 지유의 얼굴에 핏기가 싸악 가셨다.

[지금 만나러 가려고. 우리 무릎을 맞대고 대화 좀 하지!?]

아…… 역시 난가 봐.

[그럼 집 뒤 공원 입구 일곱 번째 벤치에 있을게요.]

문자를 확인한 하준의 눈매가 가늘어졌다. 뭐야? 이건. 무슨 007첩보작전 펴는 것도 아니고.

집이나 차는 싫지만 사람 많은 곳 역시 문제가 있다고 느낀 지유의 나름대로의 방편이 한밤의 공원벤치인 모양이다. 집 뒤에 공원 비슷한 것이 있던 걸 본 기억은 나지만 제대로 본 적은 없었는데 막상 가 보니 어두컴컴한 것이 그녀가 왜 이곳으로 접선장소를 정했는지 이유를 알 것 같았다.

거기다 일곱 번째 벤치는 산책로로 좁게 이어진 공원 입구에서 한참 안쪽으로 들어가야 있는 곳이라 사람들의 왕래는 더욱 없어 보였다. 그래도 방심은 할 수 없으니 모자를 눌러쓰고 안경을 낀 채 주변을 둘러보며 하준은 천천히 벤치에 다가갔다.

……곰?

만나자고 한 지유는 어디로 가고 곰 같은 둥그런 형체가 앉아 있자 하준은 미간을 좁히고 유심히 바라봤다. 자세히 보니 벤치에 오도카니 앉아 있는 여자는 한여름에 두꺼운 머플러를 둘둘 감고 모자까지 쓰고 있었다.

"그게 더 의심스럽겠다."

하준이 어이없는 표정으로 말하자 흠칫 놀란 지유가 올려다봤다.

"아, 왔어요?"

지유에게 성큼성큼 다가간 하준은 그녀의 몸을 두르고 있는 두꺼운 머플러를 훌훌 풀어냈다. 그러자 지유가 깜짝 놀라 말했다.

"위, 위험한데."

"이러다 쪄 죽어. 한여름에 이게 무슨……."

둘둘 벗겨 내자 지유도 더웠던지 후아, 하고 숨을 터뜨렸다.

"이 시간에 여길 누가 온다고. 어두워서 보이지도 않겠네."

하준이 그녀의 옆에 털썩 앉자 지유가 자신의 목에 손부채질을 하며 머쓱하게 웃었다.

"솔직히 땀이 좀 나서 어떻게 해야 되나 고민은 좀 했어요."

"미련하긴."

"미, 미련할 것까지야…… 이게 누구 때문인데요."

"위험해. 앞으로는 이런 데서 기다리지 마."

"밝은 데도 다른 의미로 위험하잖아요."

"그럼 집에 있어."

"네? 그, 그건 안 된다니까요."

하준이 지유의 얼굴을 가만히 바라봤다. 어둠 속에서 그가 자신을 보고 있자 지유가 침을 꿀꺽 삼켰다.

"네가 원하면 너에게 손 하나 까딱하지 않을 테니까."

"……네?"

"그러길 바란다면."

하준의 낮은 목소리에 지유가 눈을 깜빡이며 그를 바라봤다. 그의 말은 진심인 것 같았다. 적어도 지금 이 순간 느끼기엔 그랬다. 입술을 달싹이던 지유가 말했다.

"그런 걸 바라는 건 아니에요……. 난 솔직히 하준 씨가 키스해 주거나 그럴 때 기, 기분은 무척 좋거든요."

의외의 말에 하준이 한쪽 눈썹을 추켜올렸다.

"싫다고 하지 않았나?"

"그게 싫은 게 아니라요. 하준 씨가 너무 쉽게만 생각하는 것 같아서…… 그러니까 나와 약속한 게 있는데. 그걸 전혀 지킬 마음 없이 그냥 그, 그런 목적으로만 생각하는 것 같아서요."

지유의 말에 하준이 모자를 쓰고 고개를 숙이고 있는 그녀를 가만히 내려다봤다. 그가 모자를 벗기자 지유가 눈을 둥글게 뜨고 고개를 들었다.

"고개 들어 봐. 안 보여. 얼굴."

"누, 누가 보면."

"어두워서 남들에겐 보이지도 않아. 아까부터 쥐새끼 한 마리도 안 지나가고 있고. 그것보다, 난 처음에 그런 목적이라는 걸 분명히 했을 텐데?"

어두웠지만 가까이 있는 하준의 얼굴은 조금 떨어진 가로등 불빛으로 제대로 보였다. 그의 시선에 온전히 시선을 포박당한 채로 지유가 입술을 달싹였다.

"그건 그랬지만 그래도……."

"난 솔직히 말했어. 처음에는 솔직하지 않은 부분이 어느 정도 있었지만 널 만나면서 솔직해지기로 한 거야. 적어도 거짓말은 하고 싶지 않았으니까."

"그건……."

알아요.

지유가 뒷말을 하지 못한 채 어물거리자 하준이 다시 말했다.

"하지만 네 말에 노력하겠다고 한 건 그런 내 목적과 상관없이 내가 그러고 싶어서야. 그래서 노력하기로 했고 노력하고 있어. 그 과정에서 내가 수시로 선을 넘으려고 하는 건…… 나도 어쩔 수 없는 부분이고. 나는 처음부터 다시 만난 너에게 그러고 싶은 내 욕구를 참느라 안간힘을 쓰고 있으니까. 그 모든 것을 통제하기란 쉽지 않아."

"그건……."

그, 그러네요.

또 뒷말을 하지 못한 채 지유가 얼굴만 붉힌 채 우물거리자 하준이 낮게 한숨을 내쉬었다.

"그런 나한테 실망한다면 어쩔 수 없지만 그건 알아둬. 난 이게 최선이고, 필사적으로 노력하고 있고, 이건 나와 무척 어울리지 않는 일이야."

"……."

"그래서 나 역시 충분히 당황하고 있고."

눈이 어둠에 익숙해져서인지 하준의 진지한 눈동자가 몹시 또렷하게 보였다. 그 눈을 가만히 바라보던 지유가 고민하다 입을 열었다.

"하준 씨가 그런 생각을 가지고 있는지는 솔직히 몰랐어요. 내가 무작정 오해한 부분은…… 사과할게요. 미안해요."

"사과받으려고 한 말은 아니야."

"그런 식으로밖에 생각할 수 없어서 미안해요. 난 그냥 나도 모르게 자꾸 그렇게만 받아들여져서."

의기소침한 목소리로 지유가 말하자 하준이 그녀의 손을 잡았다. 커다란 그의 손에 잡히자 지유가 숨을 삼켰다.

"나도 이렇게 몸이 먼저 가려고 해서 미치겠어. 그냥 자동적으로 움직이는 거야. 널 보면 자꾸만 만지고 싶고, 키스하고 싶고, 안고 싶어. 널 처음 만난 이후로 난 항상 그래. 그게 나 역시 이상하고 그저 불감증 때문인지 뭣 때문인지 이유를 자세히 알 수 없지만 어쨌든 난 그래."

손을 감싸고 있는 체온이 따스했다. 그 체온을 느낀 순간 왠지 그냥 믿어졌다.

"그러니까…… 조금만 이해해. 날."

낮게 흘러나오는 그의 목소리를 들으며 지유가 작게 대답했다.

"……나도요."

"할 수 있는 한 노력해 볼게."

"나도요."

하준이 엄지로 지유의 보드라운 손등을 가볍게 쓸었다. 그 손을 가만히 바라보고 있는 지유에게 그가 말했다.

"키스해도 돼?"

지유가 천천히 고개를 들었다. 동그란 눈동자와 안경 너머의 하준의 깊은 다갈색의 눈동자가 마주쳤다.

"키스하기 전에 물어보는 남자는 매력 없대요."

"……하!"

짧게 웃음을 흘린 하준이 지유의 턱을 잡고 고개를 기울였다. 열기를 담은 한여름 밤의 공기가 묻어나는 입술이 서로 맞닿았다. 입술이 벌어지고 숨결이 뒤섞이자 말캉한 혀가 지유의 입안으로 밀려들어왔다.

스르르 눈을 감은 지유는 그의 움직임에 따라 고개를 기울이며 몽롱해진 머릿속으로 생각했다.

이 남자 역시 키스를 너무 잘하는 거 같아.

《피를 감은 태엽》 기자간담회가 열리자 수많은 취재진이 몰려들었다. 하준과 장 감독, 이자벨이 포토라인에 서자 파바밧 소리와 함께 사방에서 플래시가 터졌다. 블랙 슈트를 입은 하준과 크림색 우아한 드레스를 입은 이자벨의 투샷에 특히나 많은 플래시가 터졌다. 세계적인 여배우인 이자벨과 나란히 서도 전혀 손색이 없는 이 하준의 비주얼에는 기자들 역시 혀를 내두를 정도였다.

"이쪽 좀 봐주세요!"

"여기 한 번 부탁합니다!"

끊임없이 이어지는 촬영 요구에도 은은한 미소를 지은 채 응하던 이자벨이 하준에게 가볍게 팔짱을 꼈다. 하준이 내려다보자 이자벨은 카메라를 향해 우아한 미소를 짓고 있었다. 하준 역시 다정한 모습을 연출하자 플래시는 광속으로 터져 갔다.

기자들과의 인터뷰가 끝난 뒤 하준은 장 감독에게 인사한 후 바로 몸을 일으켰다. 옆에 앉아 있던 이자벨이 자신에게 매니저가 다가오기 전에 하준에게 말했다.

「약속이 있으신가 봐요.」

서둘러 몸을 일으키는 하준에게 이자벨이 미소 띤 얼굴로 묻자 하준이 고개를 끄덕이며 웃었다.

「네. 급한 약속이 있어서. 그럼 먼저 가 보겠습니다.」

쿨하게 인사한 하준이 성큼거리며 멀어지자 이자벨의 눈빛이 잠시 그의 훤칠한 뒷모습에 머물렀다.

탐은 나는데…….

사실 이번 영화는 칸 영화제 출품 자체에만 관심 있을 뿐 다른 부분에는 그다지 안중에 없었다. 신인 때부터 각종 영화제에서 쟁 쟁한 상을 수상한 한국의 감독에게 컨택이 들어왔기에 그녀 역시 인기는 얻을 만큼 얻은 참이니 그럴듯한 상 욕심이 생겨 선뜻 받아 들였던 것뿐이다.

그래서 상대 남자 배우에게는 관심도 없었고 이런저런 설명을 들을 때도 그러겠거니 하고 흘려들었었다. 그런데 막상 프랑스에서 처음 하준을 봤을 때 눈이 번쩍 뜨이는 기분이었다.

와우. 좋은데?

동서고금을 떠나 멋진 남자란 언제나 구미를 당기게 하는 법. 동 양적인 세련된 미를 가지고 있으면서도 서양인 부럽지 않게 머리 크기도 작고 다리까지 긴 황금비율의 하준은 처음 본 순간부터 그 녀의 입맛을 다시게 하는 남자였다.

「그런데 왜 반응이 이럴까.」

「응? 뭐라고?」

에어컨 냉방이 너무 세서 코트를 가져와 이자벨에게 걸쳐 주던 자크가 그녀의 중얼거리는 듯한 목소리에 되물었다.

「아. 아무것도 아니야.」

자신을 멀뚱멀뚱 보고 있는 자크를 향해 가볍게 웃어 준 이자벨 이 테이블에서 몸을 일으켰다. 지금껏 어떤 영화에 출연하든 그녀 를 향한 대시는 당연하다는 듯 있어 왔다. 그런데 왜 이 이하준이 라는 남자는 자신에게 전혀 관심이 없는 듯 보일까? 동양 남자는 다 그런가?

이자벨은 늘씬한 다리로 매니저와 경호원의 가드를 받으며 또각 또각 걸어갔다. 그녀가 걷는 것만으로도 카메라를 정리하는 기자들의 시선이 쏠렸다.

집에서 습관처럼 이력서를 넣어 대던 지유는 하준의 급작스러운
문자를 받았다.

[집에 가는 길이야. 들를 테니까 식사 같이 할까?]

문자를 본 지유는 당혹에 휩싸였다.
'이, 이건 어떤 식사를 말하는 거지? 설마 배달시켜 먹자는 건
아닐 테고……'
얼마 전 투닥투닥한 이후로 왠지 이 남자와 부쩍 가까워진 느낌
이 들었다. 그날 그가 한 말들은 마음 한구석을 울렁울렁…… 은
아니고, 어쨌든 말랑말랑거리게 만드는 것이 나도 모르게 삐죽삐죽
세웠던 가시도 저절로 가라앉게 만드는 힘이 있는 것 같았다.

'널 보면 자꾸만 만지고 싶고, 키스하고 싶고, 안고 싶어. 널
처음 만난 이후로 난 항상 그래. 그게 나 역시 이상하고 그저 불
감증 때문인지 뭣 때문인지 이유를 자세히 알 수 없지만 어쨌든
난 그래.'

"끄아앗!"
하준의 그 말을 떠올리자마자 지유는 코피를 팡 쏟을 것 같이 얼
굴에 피가 한 순간에 몰리는 기분이었다. 이러는 게 벌써 몇 번째
야……

정말일까? 그 남자가 정말 날 그렇게 생각한다면 그건 부끄럽지만, 무지무지 부끄럽고 창피하기는 하지만 한편으로는 무척 기쁠 것 같았다.

누군가가 나를 이렇게 특별히 생각하는 것을 겪어 본 적이 없어서 그런지 누군가에게 그런 존재가 될 수 있다는 것도 신기하고. 그 상대가 이하준이라서 더 신기하다. 이건 우주의 빅뱅만큼이나 놀라운 일이 아닐 수 없…….

"아, 답장 보내야지. 답장."

지유는 하준에게 문자를 받았다는 것을 잊고 망상 속의 나라에 빠져 있었다는 것을 깨닫고 얼른 답장을 보냈다.

[알았어요.]
[삼십 분 후쯤 도착해. 집에 잠깐 들렀다 갈게.]
[네.]

짧게 답장을 보낸 지유는 벌떡 일어나 서둘러 쌀을 씻었다. 삼십 분 후라니! 적어도 한 시간정도의 시간 여유는 줘야 뭘 만들든 말든 할 거 아니냐고? 격렬하게 쌀을 씻으며 지유는 머릿속으로 집에 있는 재료로 당장 만들 수 있는 요리를 생각했다. 시계를 쳐다보는 그녀의 눈빛이 조급해졌다.

하다못해 마트라도 갈 시간이 있었더라면!

현관 벨이 울린 건 하준과 메시지를 한 지 정확히 삼십 분이 지난 시점이었다.

"네에!"

지유는 요리하다 말고 날다람쥐마냥 날아가 문을 열어 줬다. 집에 들렀다 온 모양인지 깔끔한 티셔츠와 편한 트레이닝 복 바지를 입은 하준이 싱긋 웃었다.

"아, 냄새 좋다."

하준이 성큼 안으로 들어오자 지유가 얼른 주방 쪽으로 도도도 걸어가며 물었다.

"순두부찌개 좋아해요? 지금 있는 재료로 만들 수 있는 게 순두부찌개랑 계란말이밖에 없어서 말이죠. 이럴 줄 알았으면 미리 장이라도 봐 올 걸 그랬어요. 시간 없어서 아무 준비도 못 했는데."

"순두부 좋아하고, 계란말이도 좋아해. 그만하면 충분히 훌륭한데 왜?"

하준이 넉살 좋게 식탁 앞에 앉으며 말하자 지유가 밝게 웃었다.

"헤헤. 그럼 다행이고요. 잠시만 앉아서 기다려요. 금방 다 되니까."

지유가 팬 위에 노랗게 잘 익은 계란을 솜씨 좋게 말고 있는데 하준의 휴대폰 벨소리가 울렸다. 그가 바지 주머니에서 휴대폰을 꺼내 전화를 받는 모습을 지유가 힐끗거렸다.

"왜."

꽤 친한 사이인 모양이지? 왜, 라고 전화를 받는 걸 보니.

"아니, 집이야. 그 집 말고. 어. 거기…… 뭐? 지금?"

하준의 눈썹 끝이 홱 치솟아 올라가자 지유의 눈썹도 덩달아 치켜 올라갔다.

'응? 뭐지?'

하준이 전화기를 든 채로 뭔가 미묘한 표정으로 지유를 잠시 쳐다봤다. 그 시선에 지유는 뒤집개를 든 채 긴장되는 표정으로 서 있었다. 불안한 기분이 지유를 스쳐 지나갔다. 혹시…… 다시 나가야 되나?

하준이 고개를 돌리고는 휴대폰을 고쳐 잡고 말했다.

"알았어. 그럼 올라오면 전화해."

……가야 되나 보다.

신이 나서 계란을 말던 지유의 손에 한순간 훅 힘이 빠졌다. 거창한 건 아니지만 그래도 같이 먹으려고 열심히 만들었는데 차려지기도 전에 그를 보내야 한다고 생각하니 왠지 막 신이 났던 기분이 푸시시 꺼져 버리는 느낌이었다.

"약속이 생겼나 봐요."

지유가 다 익은 계란말이를 네모난 도마 위에 올리며 짐짓 아무렇지 않은 목소리로 말했다. 그러자 식탁 위에 턱을 괴고 앉아 휴대폰을 빙빙 돌리며 뭔가 생각하고 있던 하준이 지유를 슥 쳐다봤다.

"밥, 한 사람 몫 더 있나?"

"네?"

지유가 막 칼을 들고 계란말이를 자르려다 눈을 동그랗게 떴다. 하준이 그녀의 눈을 바라보며 싱글거렸다.

"내 매니저 소개시켜 줄게."

"……네에?"

이게 무슨 소리? 매니저? 하준 씨 매니저를 소개시켜 준다고? 지금??

지유의 눈이 뎅그렇게 커져 있는데 다시 하준의 전화벨이 울렸다. 그가 전화를 받고는 자리에서 일어섰다.

"어. 올라왔어? 아니 1503호가 아니라 1502호. 맞으니까 잔말 말고 여기로 와."

하준이 전화기를 든 채로 자기 집인 양 자연스럽게 현관 쪽으로 향했다. 그러고는 지유가 유체 이탈한 정신을 수습하기도 전에 현관문을 벌컥 열었다.

"어? 이상하네요? 분명 그때 1503호라고……."

옆집을 손가락으로 가리키며 집 안으로 들어오던 형수와 지유의 눈이 딱 마주쳤다.

"……."

"……."

정적이 흘렀다. 그대로 대략 5초 정도 스톱 자세로 멈춰 있던 형수는 식칼을 들고 굳어 있는 지유와 태연히 현관문을 닫고 주방 쪽으로 걸어가고 있는 하준의 뒷모습을 번갈아 쳐다봤다.

"어엇…… 잠깐."

그제야 묘한 상황을 눈치챈 형수가 빠르게 집 안을 눈으로 훑었다. 그리고 다시 지유에게로 시선을 돌렸을 때, 귀엽고 발랄한 노란 병아리가 그려진 티셔츠를 입은 지유는 아직도 손에 희번덕한 식칼을 든 채로 얼음처럼 굳어 있었다.

"뭐해? 인사해야지."

하준이 형수에게 인상을 쓰자 퍼뜩 정신을 차린 형수가 얼른 고개를 숙였다.

"아, 안녕하세요. 형 매니저 정형수입니다."

"아……안녕하세요. 전 하, 한지유라고……."

"들어와. 밥 먹게. 지유야. 계란말이 다 식겠다. 내 뱃가죽은 등에 붙겠고."

지유의 인사가 끝나기도 전에 식탁 앞에 앉은 하준이 자신의 탄탄한 배를 만지며 말했다.

"어머! 미안해요. 빨리 차릴게요. 저기 형수 씨 일단 이쪽으로 와서 앉으세요."

"네. 그럼 실례하겠습니다."

형수는 지유가 가리킨 식탁 쪽으로 걸어가며 하준을 힐끔 바라봤다. 식탁 앞에 앉은 채 제집 같은 편안한 모습인 그를 보자 형수의 얼굴에 갖가지 표정이 스쳐 지나갔다.

'형, 설마…… 그건 아니죠?'

형수의 간절한 염원과 현실 부정이 담긴 눈빛을 천연덕스럽게 외면한 하준이 싱글거리며 지유에게 말했다.

"형수도 순두부 좋아하는데 마침 잘됐네. 우리 지유가 선견지명이 있는데?"

"헉."

"허억."

하준의 입에서 나온 '우리 지유'라는 닭살스러운 호칭에 지유와 형수는 동시에 헉 소리를 냈다. 형수의 얼굴에 남아 있던 한 줄기 실낱같은 희망이 사라져 버리는 것을 보며 하준이 즐거운 듯 웃었다.

"영광인 줄 알아. 지유가 해 주는 음식은 나도 오늘 처음 먹어 보는 거니까."

"아아…… 네. 여, 영광이네요. 정말……."

형수가 썩은 미소를 짓는 사이 지유는 부지런히 움직여 식탁 위를 빼곡하게 채우고 자신도 하준 옆에 슬쩍 앉았다.

"맛이 어떨지 모르겠지만 드세요."

"네! 잘 먹겠습니다."

"잘 먹을게. 지유야."

자신이 관리하는 연예인의 스캔들 상대가 차려 준 밥을 뚝딱 해치운 형수가 수저를 놓자마자 득달같이 물었다.

"저기 확인차 묻는 건데 두 분 역시 그런 건가요?"

"보고도 몰라?"

하준이 이맛살을 구기자 형수는 그제야 근래 하준의 상태가 심히 이상했던 것이 이 여자 때문이라는 것을 알았다.

"그래서 그런 거였구나……. 난 또, 귀신이라도 들린 줄 알았네. 그럼 저기, 지유 씨라고 했죠?"

"아, 네."

긴장 상태로 꾸역꾸역 밥을 먹고 있던 지유는 형수의 시선이 갑자기 자신을 향하자 흠칫 놀라 대답했다. 형수가 지유를 보며 진지하게 말했다.

"파파라치 워낙 많으니까 조심해 주세요. 찍히면 지유 씨나 형이나 서로 좋을 거 없잖아요. 그리고 무엇보다 그렇게 되면 제가 죽어나거든요."

"아아…… 네."

형수의 당부에 지유가 알았다는 듯 얼른 고개를 끄덕였다. 그러자 옆에 앉아 있던 하준이 인상을 썼다.

"내가 바보도 아니고, 어련히 알아서 잘하려고."

"그래도 이왕이면 서로 조심하는 게 낫잖아요. 안 그래요? 아, 중요한 걸 빼먹을 뻔했네. 잘 먹었어요. 지유 씨. 생각보다 간도 잘 되어 있고 아주 맛있네요. 정신없이 먹었어요."

형수가 부른 배를 내밀어 보이며 사람 좋은 웃음을 짓자 지유가 자리에서 일어나며 말했다.

"뭘요. 아, 커피 한 잔 하실래요?"

"좋죠."

형수는 웃으며 지유에게 대답하고는 하준을 힐끗 바라봤다. 의자에서 일어서는 지유를 미소를 지은 채 바라보고 있는 하준의 눈빛에는 형수도 처음 보는 다정함이 깃들어 있었다.

'저 형도 저런 눈빛을 할 줄 아는구나…….'

솔직히 형수는 조금 충격이었다. 지금껏 스캔들 일으킬 때는 상대방에 전혀 관심 없다는 태도로 일관하더니 지금 하준은 분명 그때와는 다른 모습이었다. 허긴, 요즘 완전 정신 나간 사람 같았잖아.

'그게 저 여자 때문이었다니.'

그리 생각하고 다시 지유를 보니 평범해 보이는 얼굴에도 뭐랄까, 단아함이 깃들어 보이고 묘한 매력이 느껴지는 것이, 이하준이 처음 빠진 여자라는 후광이 제대로 발휘되는 듯했다. 사실 조금 전에 갑자기 소개받게 됐을 때는 놀라긴 했지만 그거야 이렇게 여자를 소개시켜 주는 일이 처음 있던 일이라 그랬던 거고, 지금은 오히려 한편으로 안심이 됐다.

하준도 벌써 서른셋이고 이제 가벼운 스캔들에서 벗어나 정착할 수 있는 여자를 만나야 될 나이인데 인스턴트식 연애만 하고 있으니 솔직히 걱정이 됐던 것도 사실이었으니까.

그리고 이왕이면 하준이 진심으로 빠지는 상대는 같은 바닥에 있는 화려한 여자들이 아닌 그를 내조하고 보필해 줄 수 있는 평범한 여자였으면 했다. 다행히 지유는 형수가 보기에 딱 그런 타입이었다.

'대단합니다, 형. 여자까지 잘 고르다니⋯⋯.'

형수는 능력자를 보는 듯한 눈빛으로 하준을 쳐다보느라 커피를 끓이는 지유의 얼굴이 어두워진 것은 미처 보지 못했다.

커피를 대접한 뒤 하준은 형수를 보내고 오겠다며 함께 집을 나갔다. 지유는 혼자 남은 집 안에 오도카니 앉아 아까부터 자꾸 맘에 걸리던 한 가지를 곰곰이 생각해 보기 시작했다.

'⋯⋯지나치게 자연스럽단 말이지.'

지유가 눈을 가늘게 떴다. 불시에 자신을 소개받은 형수는 처음에는 조금 당황하는 듯 보였으나 곧 무척 익숙하다는 듯 굴었다. 하긴 갑자기 말도 없이 소개받은 데다 집도 바로 옆집이라는 걸 알았으니 매니저인 그가 놀랄 이유는 충분하긴 하지.

그러고는 말한 게 파파라치를 조심하라느니 하며 그런 일처리가 매우 피곤하다는 걸 자신에게 강조했다.

'아무리 봐도 이런 일 한두 번 겪어 본 사람 같지 않은 뉘앙스인데⋯⋯.'

생각해 보니 하준 역시 그랬다. 아주 익숙한 사람처럼 매니저를 소개시켜 주고⋯⋯ 매니저도 익숙한 듯 받아들이고, 커피를 마시면

서도 그들은 매우 자연스러워 보였으니까.

'이상하잖아? 자신이 맡고 있는 배우의 스캔들 상대 집에서 말이지.'

지유의 눈이 더욱 예리해졌다. 하긴 생각해 보면 지금껏 이하준의 스캔들 상대가 한둘이 아니었다. 진득하게 오래 만나는 여자가 없었다 뿐이지 그의 스캔들 상대는 무척이나 다양했으니까. 그렇다는 건……

딩동.

갑자기 울린 현관 벨소리에 퍼뜩 생각에서 깨어난 지유가 현관 쪽으로 다가가 문을 열었다. 문이 열리자 하준이 보기 좋은 미소를 지으며 지유를 내려다보고 있었다.

"미안. 갑자기 소개받아 놀랐지?"

그가 현관 안으로 들어와 문을 닫으며 말하자 지유가 손사래를 쳤다.

"아뇨. 괜찮……."

하준이 대답하는 지유를 끌어당겨 품에 안았다.

"꼭 소개시켜 주고 싶던 동생이라 그랬어. 혹시 기분 나빴다면 미안."

지유를 안은 채로 하준이 귓가에 대고 낮게 속삭였다. 지유는 단단한 품에 끌어안긴 채 조심히 팔을 뻗어 하준을 마주 껴안았다.

"난 괜찮다니까요. 음, 좋은 사람인 것 같아요. 형수 씨."

"그렇지? 내 매니저라서가 아니라 인간적으로 참 좋은 녀석이야. 그 녀석."

형수의 칭찬이 제 칭찬인 듯 기분 좋게 대답하는 하준을 보니 정말 사이가 좋아 보였다.

하준이 안고 있는 팔을 풀어 지유의 턱을 들어 올렸다. 그의 진한 다갈색 눈동자가 지유의 눈을 가만히 들여다봤다.

"겨우 안았다."

"네?"

하준의 말에 지유가 눈을 깜빡이며 물었다.

"오늘 하루 종일 안고 싶었거든. 이렇게."

"아……."

지유가 조금 부끄러운 듯 고개를 숙이자 하준이 지유의 턱을 다시 들어 올렸다.

"왜 시선을 피해. 좀 보자는데."

"너, 너무 대놓고 보니까 그렇죠."

점점 얼굴이 익은 문어처럼 달아오르는 기분에 지유가 입술을 비죽였다. 싱글거리며 지유의 얼굴을 찬찬히 훑던 하준이 말했다.

"그거 알아?"

"뭘요?"

홀린 듯 시선을 포박당한 채로 지유가 대답했다.

"네 눈은 보고 있으면 자꾸 홀리는 듯한 기분이야."

"그건……."

우연이네요. 나도 그런데…….

지유가 대답하기도 전에 하준의 입술이 살며시 내려와 그녀의 입술을 머금었다. 부드러운 입술을 살짝 빨아 당겼다가 소중하게 어루만지는 움직임의 지유의 숨결이 금세 달아올랐다.

까치발을 들어 그의 남자다운 강한 목에 팔을 휘감으며 지유는 아까 내내 마음에 걸리던 부분을 우선 마음의 서랍 한편 깊숙한 곳에 넣어 두기로 했다.

지금은 이 키스가 너무 달콤하니까.

08.

몹시도 관능적인

미국과 유럽 쪽에 뿌려질 영화 포스터 촬영을 위해 하준은 이자벨과 스튜디오에서 포즈를 취하고 있었다. 그로테스크한 영화 분위기에 맞게 핏빛 장미처럼 새빨간 롱 드레스를 입은 이자벨과 목까지 단추를 채운 블랙 턱시도 차림의 하준은 앵글 안에 담기만 해도 절로 그림이 됐다.

「자, 조금만 더 과감하게 가 봅시다. 이자벨 양이 소파 위에 앉은 하준 씨의 몸 위에 올라타는 포즈를 취해 주세요. 눈빛은 서로를 노려보며 강하게. 움직임은 과하지 않지만 눈빛으로 애증과 욕망을 드러내는 그런 분위기를 최대한 살려 볼게요.」

미국에서 온 유명한 포토그래퍼의 주문에 이자벨과 하준은 능숙하게 그가 원하는 포즈를 취했다. 하준의 탄탄한 허벅지 위로 한쪽 무릎을 올려 고혹적인 포즈로 올라간 이자벨이 탐스러운 금발을 한

265

쪽으로 늘어뜨렸다. 그러자 그녀의 우아한 어깨 라인이 카메라 쪽에 비치며 육감적인 몸매가 드러났다.

「세실은 속을 알 수 없는 팜므파탈이죠.」

하준의 몸 위에 올라가 푸른 눈동자로 그를 똑바로 쳐다본 이자벨이 붉은 입술로 속삭였다

「……?」

하준이 한쪽 눈썹을 조금 추켜올리자 이자벨이 그의 귓가에 입술을 더 가까이 가져갔다.

「그래서 더 매력적인 캐릭터예요.」

낮게 속삭인 이자벨이 하준의 셔츠 깃을 양손으로 움켜잡고 쥐어뜯듯 벌렸다. 그 순간 카메라 셔터가 펑펑 쏟아졌다.

「와우! 아주 멋져요. 이 분위기, 정말 세실, 그 자체입니다!」

포토그래퍼의 칭찬에 하준의 눈을 도발적으로 노려본 채로 이자벨이 입술 끝을 휘어 올렸다.

「어때요? 이게 나의 세실이에요.」

이자벨의 속삭이는 목소리에 그녀를 똑바로 바라보고 있던 하준이 쿡, 하고 웃었다. 그의 느른한 웃음에 이자벨의 눈빛에 의아스러움이 담겼다. 내 도발에 안 넘어가?

「내가 생각한 세실과는 조금 다르지만 그런 세실도 매력은 있군요.」

「어머!」

하준이 이자벨의 허리를 두 손으로 확 끌어당겼다. 그러자 하준의 무릎 위에 앉은 상태로 이자벨이 그에게 바짝 가까이 다가서게 됐다. 당황스러운 눈빛을 한 그녀의 눈을 똑바로 응시한 채로 드레

스에 절반만 감싸인 풍만한 가슴골로 고개를 가까이 가져갔다.

'세상에. 무슨……!'

이자벨의 커다랗게 떠진 눈이 이리저리 흔들렸다. 촬영 현장에서 여배우의 몸에 지나친 스킨십은 금기시되어 있다. 물론 자신이 먼저 그를 도발하긴 했지만 이런 스킨십까지 하는 건 계약상에 위배되는 행동이다. 하지만 하준이 기다란 속눈썹을 들어 올려 자신을 똑바로 쳐다본 채 관능적인 입술을 자신의 가슴으로 가까이 가져오는 모습은 도저히 거부할 수 없을 정도로 매혹적이었다.

자신의 가슴을 삼킬 듯 하준의 입술이 벌어지는 순간 이자벨은 아찔한 성적 흥분을 느끼며 고개를 들어 올리고 눈을 질끈 감았다. 아, 나도 몰라!

팡! 팡! 팡!

그 순간 요란한 플래시가 터지는 소리에 이자벨이 흠칫 놀라 눈을 떴다. 고개를 숙이니 하준은 입술을 벌린 채 카메라를 노려보며 그녀의 가슴과 닿을 듯 말 듯 한 위치에 멈춰 있었다. 그 순간을 놓치지 않은 포토그래퍼가 브라보! 를 외쳐 대며 폭풍 셔터질을 해 댔다.

'이, 이런!'

이자벨은 그제야 정신을 차리고 카메라를 고혹적으로 쳐다봤지만 이미 포토그래퍼의 우위는 그가 차지하고 있었다. 그 증거로 낙점된 사진은 그녀가 눈을 질끈 감았다 뜰 때의 모습이었고 하준이 카리스마 넘치는 표정으로 그녀의 가슴을 베어 물 듯 입술을 벌리고 카메라를 강렬하게 응시하는 사진이었다.

「의도한 대로 잘 나왔네요.」

다행히 당시 자신의 상태와는 달리 사진상에는 몽환적인 분위기를 내고 있기에 이자벨은 마치 의도했다는 듯 팔짱을 끼고 만족스럽게 고개를 끄덕였다. 힐끗 바라보자 하준이 그녀를 내려다보며 싱긋 웃고 있었다.

「그거 다행이군요.」

「그렇죠? 흠, 흠.」

　하준의 미소에 왠지 자신의 속내를 들킨 것 같아 이자벨은 괜히 헛기침을 하며 목을 다듬어야 했다.

　'내가 완벽하게 밀리다니…….'

　배우로서 분위기 장악에 밀렸다는 것에 자존심이 상하면서도 왠지 심장이 두근거려 이자벨의 기다란 속눈썹이 가느다랗게 떨렸다.

　하준이 갑자기 집에 찾아와서는 침대 위에 턱하니 앉아 지유에게 말했다.

"내 위에 올라타."

"……네?"

　막 라면을 끓여 식탁으로 옮기려고 주방장갑을 양손에 가재같이 낀 채로 서 있던 지유는 벙벙한 표정으로 하준을 바라봤다.

　올라타? 어딜?

"빨리."

　하준은 미간을 살짝 좁힌 채로 자신의 허벅지를 두 손으로 탁탁 쳤다. 평소처럼 트레이닝 바지를 구찌 스키니 핏 못지않게 연출하고 있는 그의 허벅지 라인과 손바닥이 찰싹이며 닿는 찰진 소리에 지유는 얼굴이 확 붉어졌다.

"가, 갑자기 찾아와서 그게 무슨…… 어어?"

하준이 그녀의 팔을 끌어당겨 힘으로 자신의 무릎 위에 앉게 하자 지유의 얼굴이 화르륵 달아올랐다.

"왜, 왜, 왜 이러는."

"자. 이 장갑 빼고."

하준이 지유의 손에 가재발처럼 껴 있는 주방장갑을 홀렁홀렁 벗겨 내더니 자신의 티셔츠의 목 부분을 잡게 했다.

"아차. 셔츠를 입고 왔어야 되는데."

"네?"

하준이 실수했다는 표정으로 미간을 일그러뜨리자 지유의 표정은 더욱 아리송해졌다. 하준은 할 수 없다는 듯 그냥 그대로 자신의 티셔츠 넥 부분을 잡게 했다.

"할 수 없지. 그대로 손에 꽉 힘을 줘."

"이, 이렇게요?"

"더 꽉."

"이렇게?"

"좋아. 그대로 날 봐."

지유가 동그란 눈을 깜박이며 자신을 보자 하준이 진지한 표정으로 고개를 저었다.

"아니, 아니. 그렇게 보지 말고 노려봐. 눈에 힘을 빡 줘서."

"이렇게요?"

지유가 눈을 세모꼴로 치켜뜨고 하준을 노려봤다. 잠깐, 이거 지금 멱살잡이 아니야?

"좋아. 훌륭해."

하준이 지유의 머리를 쓱쓱 쓰다듬고는 그녀의 허리를 잡아끌었
다.

"어엇."

갑자기 그에게 안기듯 무릎 위에서 허리를 잡아 당겨지자 지유
의 몸이 출렁거렸다. 하준이 그 상태로 자신에게 가까이 지유를 끌
어당긴 채 고개를 들고 시선을 맞췄다.

"시선은 날 보도록 해. 나와 눈을 강하게 마주치고 있어."

"네? 아, 네."

지유는 영문도 모른 채 눈을 세모꼴로 뜬 채로 하준을 열심히 노
려봐 줬다. 정확히는 모르겠지만 그의 연기에 도움이 되는 시도인
것 같았다. 원래 배우들은 촬영 전에 이렇게 미리 연습을 해 볼 수
도 있는 거겠지. 그, 그런데 그렇게 쳐다보면······.

하준의 섹시함이 철철 넘치는 눈빛과 시선을 맞추고 있으려니
삐죽 치켜세웠던 눈꼬리가 절로 스멀스멀 내려오는 기분이었다. 하
준이 그 상태로 지유를 똑바로 올려다보다가 천천히 고개를 앞으로
숙였다.

헛! 거, 거기서 다가오면 가, 가슴이 닿는······!

"어?"

"······왜, 왜요?"

하준이 이상하다는 표정으로 갑자기 우뚝 고개를 멈추자 지유가
얼굴이 시뻘게진 채로 물었다. 그대로 가만히 있던 하준이 고개를
들고 지유를 바라봤다. 지유가 눈을 깜빡이며 영문 모를 표정으로
그를 내려다보고 있었다.

"작구나. 이자벨이랑 비교해 보니."

"뭐, 뭐라구욧?!"

지유가 뱁새눈을 치켜뜨고 버럭 소리치며 그의 얼굴을 확 밀어버리자 하준의 몸이 뒤로 넘어갔다.

"아얏, 평소엔 무슨 말을 해도 못 알아듣더니 왜 이런 말은 잘 알아들어?"

"그거야 당연하죠! 위치가 거긴데!"

지유가 분노한 살쾡이처럼 버럭거리며 그의 몸에서 내려오려고 하자 하준이 잽싸게 손을 뻗어 지유의 허리를 잡고 자신에게 끌어당겼다.

"앗!"

그 힘에 떠밀려 지유가 또다시 하준의 몸 위로 풀썩 떨어지게 되자 그의 손이 결박하듯 지유의 등을 꽁꽁 묶었다.

"놔요, 이거! 작은 가슴 볼 거 뭐 있다고 안고 있대요?"

지유가 하준의 품에서 빠져나오기 위해 꿀렁꿀렁거리며 몸을 비틀었지만 단단히 포박하고 있는 그의 손아귀에서 풀려날 수가 없었다.

"나 큰 가슴 싫어해. 작은 가슴 좋아해."

"뭐라구욧?"

"진짜야. 한 손에 딱 들어오는 아담한 사이즈가 좋아. 아까 촬영했던 이자벨과 같은 포즈를 하려다 보니 그런 말이 나온 것뿐이지 큰 가슴이 좋다는 건 아니었어. 기분 상했다면 미안해."

낑낑거리며 바르작거리는 지유의 몸을 껴안은 채로 하준이 말하자 지유가 눈을 가늘게 뜨고 그를 올려다봤다.

"……진짜예요?"

하준이 고개를 내려 품 안에 가두고 있는 지유와 눈을 맞췄다.

"맹세해."

"흥."

지유가 분이 풀리지 않는 듯 코웃음 치자 하준이 그녀를 안은 채로 침대에서 데구루루 옆으로 굴렀다. 옆으로 누운 상태에서 품에 가둔 채 하준이 그녀를 내려다봤다.

"아까 이자벨과 촬영하는데 그런 생각이 들더라고. 이 순간 이 여자가 한지유였다면 얼마나 좋을까 하는."

"뭐라구욧? 이자벨이 하준 씨 다리 위에 올라갔다구욧?"

지유의 몸이 다시 분기탱천하여 격하게 꿈틀꿈틀거리자 하준이 기다란 다리까지 척 들어 올려 그녀의 몸을 꼼짝 못 하게 했다.

"아, 그건 촬영이니까. 난 배우잖아."

"그거야 물론 그렇지만 기분은 썩 좋지 않네요. 그리고 보니 하준 씨 베드신도 찍고 그러잖아요? 배우니까. 이번 영화 베드신도 있고 막 그래요? 그런 예술성 높은 영화들은 막막 야한 것도 많고 그러던데."

지유가 눈을 가늘게 뜨고 묻자 하준이 잠시 고민하는 듯하더니 말했다.

"솔직히 말해 줘?"

"……아뇨."

하준의 표정으로 보건대 이번 영화 수위가 대강 짐작이 가서 지유가 썩어 들어가는 표정으로 고개를 저었다.

"……."

지유는 애벌레처럼 차렷 자세로 하준에게 안긴 채 머리를 그의 가슴에 푹 박고 말이 없었다. 나도 참. 하준 씨는 배우니까 당연한 건데 왜 이런 데 화가 나는 걸까. 아까 나와 했던 포즈를 그 여자와도 했다고 생각하니까 더 화가 나고…… 그런 아름다운 여자와 그런 포즈를 하고, 키스도 하고, 베드신도 찍고…… 그런 걸 상상하니까 기분이 확 나빠졌다.

"싫어? 그런 거 가능한 한 빼 달라고 그럴까?"

"……아뇨. 작품에서 중요한 건데 그걸 그냥 내가 마음에 안 든다고 빼니 마니 하면 안 되잖아요."

"다른 쪽으로 표현하면 되겠지."

"됐어요. 그건 감독의 영역인데 배우가 참견하면 어떻게 해요."

지유가 의기소침한 목소리로 말하자 하준은 왠지 웃음이 날 것 같았다.

"질투하나? 한지유. 나한테 질투해?"

"그, 그런 게 아니……! 네."

약 2초 정도 반발하다 지유는 얌전히 납득했다. 이걸 어디 봐서 질투가 아니라고 볼 수 있겠냐고. 지유가 인정하자 하준의 낮은 웃음소리가 더 커졌다.

"기쁜데? 한지유가 나한테 질투도 다 하고."

"……그러게요."

"여기서 키스하고 물고 빨고 싶은데, 그럼 솔직히 멈추지 못할 것 같아. 그러면 안 되겠지?"

"……."

"그럼 나가자. 이 침대 위에서 내가 기분을 풀어 줄 수 있는 방법은 아주 많지만 지금은 참기로 하고, 나가서 맛있는 거 사 줄게.

그거 먹고 기분 풀어."

"……비싼 걸로 사 줘요."

"하하. 알았어."

착한 애벌레가 된 지유는 하준이 웃는 소리를 들으며 그의 품에 가만히 안겨 있었다.

순수 예약제 고객만 받는 프라이버시를 완벽히 보장받는 고급 일식집에서 배 터지게 식사를 한 지유는 한결 기분이 나아졌다. 그런데 본의 아니게 본 계산서에 써 있는 금액에 다시 충격을 받았다.

"비싼 걸 사 달라고는 했지만, 눈 튀어나오게 비싼 걸 사 달라고 한 적은 없는데……."

하준의 차로 뿔뿔뿔 따라오며 지유가 중얼거리자 그가 기분 좋게 웃었다.

"맛있었어?"

"그거야…… 물론 맛있었지만요."

"맛있게 먹었으면 됐지. 뭐가 문제야."

하준이 그렇게 말했지만 선팅이 진한 차에 타서 벨트를 매면서도 왠지 마음이 불편했다.

"뭐 가지고 싶은 거 있어? 백화점 들렀다 갈까?"

"네, 네?"

가뜩이나 멋모르고 먹은 음식 가격 때문에 마음이 불편한 상태에서 하준이 그런 말을 하자 지유가 기겁했다. 모자를 깊게 눌러쓴 하준은 이상하다는 얼굴로 지유를 바라봤다.

"왜 그래?"

"아, 아뇨! 백화점은 무슨. 됐어요."

지유가 손을 흔들며 고개를 붕붕 저었다. 한참 그러고 있자 하준이 전방을 보다가 다시 고개를 돌렸다.

"안 어지러워?"

"아, 좀 어지럽긴 하네요."

지유가 핑핑 도는 이마에 손을 가져가자 하준이 전방으로 시선을 돌리고 다시 말했다.

"정말 갖고 싶은 게 없어? 난 뭔가 해 주고 싶은데."

"없어요. 그런 거."

"생각해 봐."

"없다니까요."

지유가 완강한 태도를 보이자 하준이 이상하다는 듯 바라봤다. 지유는 그 말은 더 하지 않겠다는 듯 창쪽으로 냅다 고개를 돌렸다.

백화점이라니. 드라마처럼 패션쇼라도 시켜 주겠단 소린가. 안 될 말이지, 암. 아무리 연예인이라지만 하준도 힘들게 일해 가며 버는 돈일 텐데 내가 그걸 무슨 권리로 펑펑 쓰게 만드느냐고.

"넌 보통 여자들과 좀 다른 것 같아."

하준이 한숨 쉬듯 내뱉는 소리에 지유가 기다렸다는 듯 대답했다.

"네. 제가 좀 독특하죠. 아시다시피."

"그건 알지만……."

핸들을 손가락으로 툭툭 치며 하준이 미간을 좁혔다.

"난 직업이 이래서 너와 할 수 있는 일이 많지 않아. 네가 먹고 싶은 것도 같이 먹지 못하고 가고 싶은 곳도 함께 갈 수 없어. 그러니까 다른 부분으로라도 너를 기쁘게 해 주고 싶은 거야."

"하준 씨 마음은 고맙지만 나는 그런 걸로 기뻐하지 않아요. 오히려 마음이 무거워질 거 같고……."

"마음이 무겁다는 건 부담스럽다는 뜻이야?"

"음…… 솔직히 좀 그래요."

지유의 말에 하준의 미간에 잡힌 세로 주름이 더욱 굵게 패였다. 얼굴을 굳힌 하준이 깊이 한숨을 내쉬었다.

"정말 어렵다. 너."

하준의 낮은 목소리에 지유가 조심스럽게 눈을 굴려 그의 표정을 살폈다.

"……기분 상했어요?"

"어."

그는 정말 기분이 안 좋은 듯 평소의 싱글거리는 미소는 아예 얼굴에서 사라져 있었다. 미간을 바짝 좁힌 채 변장용 모자와 안경을 쓰고 전방만 바라보며 운전을 하는 그의 얼굴은 조금 낯설었다.

'정말 화가 났나…….'

하지만 솔직히 부담스러운 걸 어떻게 하냐는 말이지. 원래 남에게 쉽게 얻어먹고 그런 성격이 아닌지라 늘 하준이 사는 데에 있어서도 마음 한편이 내내 불편했었는데. 거기다 선물까지 받아 버리면 그 부담을 어찌하면 좋으란 말이냐고.

지유는 얼굴을 굳히고 말없이 운전만 하는 하준을 곁눈질로 보며 한숨을 포옥 내쉬었다. 내가 이상한 걸까?

그때 지유가 고개를 번쩍 들더니 소리쳤다.

"꺅! 하준 씨! 파파라치!"

"뭐, 뭣?"

하준이 깜짝 놀라고 지유가 급히 몸을 숙였다.

"젠장, 언제 따라붙은 거야? 꽉 잡아."

하준이 속도를 올리려고 기어를 움켜잡는 순간 지유가 고개를 다시 번쩍 들고는 깔깔 웃었다.

"뻥인데! 하하하! 하준 씨 속았죠? 속았죠??"

"뭐?"

얼굴이 하얗게 질렸던 하준이 지유의 숨넘어가는 웃음소리에 어깨를 들썩이며 안도의 한숨을 내쉬었다.

"놀랐잖아. 정말 따라붙은 줄 알고."

"하준 씨가 너무 말이 없길래 장난 한번 쳐 봤어요. 너무 과했나? 흠흠."

지유가 눈치를 보며 큼큼거리자 하준이 한쪽 눈썹을 추켜올리곤 그녀를 힐끗 바라봤다.

"과했어. 혼이 좀 나야겠는데?"

"······네?"

"아합."

인기척이 없는 좁은 길에 세워진 차 안에서 야릇한 신음이 들렸다. 짙은 선팅 때문에 안 그래도 까만데 시동까지 끈 깜깜한 차 안에선 타액에 젖은 입술이 부딪히는 마찰 소리만 음란스럽게 울리고 있었다.

"하아……읍."

보풀아 오른 지유의 입술을 하준이 맛있는 사탕을 빨듯 쪽쪽거리며 빨아 대자 지유가 색색거리며 달뜬 숨을 몰아쉬었다. 입술과 입술 사이를 오가며 그녀의 말캉한 혀를 휘어 감고 빨자 지유의 속눈썹이 바르르 떨렸다.

달콤한 키스가 어지럽게 이어지자 지유는 자기도 모르게 하준에게 더욱 가까이 몸을 기울였다. 틈새 없이 맞붙은 상체에서, 서로의 등을 쓸어내리는 손에서 점차 열기가 짙어 갔다.

'아아, 어지러워…….'

이 남자의 키스는 사람을 자꾸 흥분되게 만든단 말이지.

지유는 키스가 진해질수록 아랫배가 바짝 조여드는 기분이었다. 머릿속은 빙글빙글 돌고 숨은 턱턱 막히면서도 손발이 오그라들 듯 짜릿한 감각이 척추를 타고 흘렀다.

하준이 좀 더 깊숙이 혀를 밀어 넣자 지유의 작고 도톰한 입술이 크게 벌어지며 그를 받아들였다. 아무리 들여 마셔도 사그라지지 않는 갈증처럼 지유의 입술은 다디달았다. 혀를 적시는 꿀처럼 감미로운 타액을 삼키며 하준이 깊게 숨을 내쉬었다.

"후우."

조금만 더 가면 위험해.

위험경보가 잔뜩 뜨거워진 그의 머릿속을 시끄럽게 울렸다. 하준은 새까맣게 어두워진 눈으로 크게 숨을 들이마시고 지유의 반들거리는 입술을 엄지로 매만진 뒤 그녀의 어깨를 살짝 밀어냈다.

"어……?"

지유가 눈꺼풀을 들어 올려 몽롱한 눈동자로 하준을 바라봤다.

여유를 잃은 하준은 미소를 짓지 못한 채 표정을 굳히고 탁하게 잠긴 눈으로 지유를 응시하고 있었다. 달콤함을 빼앗긴 지유는 본능적으로 그의 얼굴을 두 손으로 잡고 끌어당겼다.

지유가 그의 얼굴을 끌어당겨 다시 입술을 겹치자 하준의 미간이 꿈틀거렸다.

한지유…… 너 어쩌려고 이래.

잠시 멈춰 있던 하준이 그녀의 뒷머리를 움켜잡고 젖힌 뒤 깊숙이 혀를 밀어 넣었다. 하읍, 짤막한 신음을 터뜨리며 지유는 쏟아져 들어오는 그의 키스세례에 열렬히 호응했다. 그의 키스가 한없이 달콤하고, 입술에서 그의 입술이 떨어져 나가면 참을 수 없이 허전했다.

조금 더. 조금만 더…….

아찔하게 밀려드는 쾌감에 휩싸인 채 지유는 그의 매끈한 혀에 휘감겼다 풀어지고, 입술을 살짝 깨물고 핥는 그의 키스에 이리저리 흔들거렸다.

"하아……."

촉, 하고 달짝지근한 소리를 내며 입술이 떨어지자 지유가 막혔던 숨을 터뜨렸다. 그녀의 풍성한 속눈썹이 천천히 들어 올려지는 걸 뜨거운 시선으로 보고 있던 하준이 낮게 잠긴 목소리로 말했다.

"아직 더 기다려야 하나?"

"……!"

하준의 단도직입적인 말에 지유의 얼굴이 발갛게 달아올랐다. 그가 기다리는 게 뭔지 잘 알고 있었다. 가끔씩 느끼는 열을 품은 눈빛이나, 키스할 때 거칠어진 숨결을 진정시킬 때의 표정으로 그가 힘들게 참고 있다는 걸 알고 있었다. 하지만…….

지유가 머뭇거리는 사이 하준이 그녀의 목덜미에 살짝 이를 박았다.

"아."

온몸이 달아올라 아픈 건지 자극적인 건지 경계를 알 수 없는 아찔한 감각에 지유가 어깨를 살짝 움츠렸다. 하준이 예민한 그녀의 목덜미를 뜨거운 입술로 빨며 허스키하게 잠긴 목소리로 말했다.

"나는 이제 한계야. 더는 참기 힘들 것 같아."

"하준 씨……."

하준의 말이 순간 지유의 심장을 뜨겁게 달아오르게 만들었다. 뜨겁다. 심장도, 머릿속도, 그의 목소리도…… 모두.

난 어떻게 하고 싶은 걸까? 더는 이 남자에게 끌리고 있다는 걸 숨기기 힘들 정도가 된 것 같아. 솔직히 이 남자를 느끼고 싶은 것도 사실이고……. 이 남자의 눈빛이 순간순간 강한 열망을 드러낼 때마다 나도 모르게 그냥 함락당하고 싶은 기분이 들어 버려. 이게 도대체 무슨 기분일까?

"난."

하준이 고개를 들고 잠시 숨을 고르고는 지유의 눈을 똑바로 바라봤다. 강렬한 시선에 지유의 아랫배가 확 조여드는 기분이었다. 아아. 나도…… 나도 이 남자를 원하는 것 같아.

"이대로 있으면 짐승이 되어 버릴 것 같은데. 아직 시기가 아니라면…… 내가 완전히 짐승이 돼서 날뛰기 전에 거부해. 지금."

뜨거운 열망으로 이글거리는 그의 눈동자를 마주 보며 지유가 천천히 팔을 뻗어 하준을 끌어안았다.

"좋아요. 하준 씨. 나도 하준 씨 갖고 싶어졌어요."

호텔 스위트룸의 거대한 내부로 들어서자 지유는 심장이 터지기 직전이었다.

'하아, 어쩌지?'

심장에 무슨 모터라도 달아 놓은 것 같아. 막상 용기를 내고서도 오는 사이 쥐어짠 용기를 다 까먹어 버린 모양이다.

지유는 스위트룸 안에 들어오자마자 기다렸다는 듯 가출본능에 충실하려는 정신줄을 잡으려 필사적으로 애썼다.

침착하자. 침착. 침착. 침착. 침…… 헉!

그런데 하준이 뒤에서 강하게 끌어안는 바람에 지유의 모든 노력은 물거품이 되어 버렸다. 등 뒤로 느껴지는 단단한 근육질 몸의 감촉과 뒤에서 자신을 껴안고 있는 강한 팔이 느껴지자 온몸의 피가 확 뜨거워졌다.

"지유야."

하준이 지유의 귓가에 입술을 가까이 대고 낮게 속삭였다. 두근두근두근. 그냥 이름만 불렀을 뿐인데 심장박동은 왜 더 가파르게 상승하는 거지?

"한지유."

하준이 다시 한 번 부르고는 손가락으로 지유의 머리칼을 어깨 너머로 넘겨 하얗게 드러난 뽀얀 목덜미에 입술을 갖다 댔다.

"앗……."

뜨거운 입술이 예민한 뒷목에 와 닿자 지유의 어깨가 흠칫거렸다. 그녀의 뒷목에 천천히 베이비키스를 한 하준이 지유의 턱을 살짝 잡아 자신 쪽으로 돌렸다.

까만 눈동자가 깜빡거리는 것도 잊은 채 그의 열망에 잠긴 눈동자를 응시하고 있었다. 하준의 시선이 점차 아래로 내려갔다. 동그란 콧방울을 미끄러져 내려온 시선이 앵두같이 작고 도톰한 입술에 닿자 그는 고개를 기울여 단숨에 입술을 삼켰다.

……아!

살짝 벌어진 입술 안으로 물컹한 혀가 파고들었다. 열기를 품은 움직임과 아찔한 촉감에 지유는 숨이 벅차 왔다. 하준은 그답지 않은 성마른 몸짓으로 더 깊이 들어가 달콤한 타액을 흠뻑 들이마셨다. 그의 열정이 가득 담긴 숨 막힐 듯한 키스에 지유의 고개가 점차 젖혀졌다.

"음, 아합…… 응."

지유의 입술 안에서 자신도 모르게 달뜬 신음이 터져 나왔다. 뜨거워. 온몸이 뜨거워서 데일 것만 같아. 지유는 타들어 갈 듯한 뜨거운 열기를 느끼며 손을 뻗어 하준의 머리칼 안에 손가락을 밀어넣었다.

"후우."

뒤에서 끌어안은 채로 키스를 퍼붓던 하준이 입술을 떼고 가슴을 들썩일 정도로 크게 숨을 몰아쉬었다. 지유는 가까이서 마주 보는 그의 다갈색 눈동자가 어둡게 물들어 있는 것을 보고 숨을 삼켰다.

"내가 이 순간을 얼마나 기다렸는지 알아?"

하준이 낮게 속삭였다. 참기 힘든 욕망으로 꽉 조인 복근이 터질 듯 단단해지고 숨결이 거칠어졌다.

"어멋."

하준이 지유를 번쩍 안아 들었다. 그가 갑자기 달랑 안아 들자 지유가 놀란 듯 하준의 목에 팔을 감았다. 이 남자는 공주님 안기가 특기인가?

"놀랐어?"

"아, 조금요."

지유가 조금 부끄러운 듯 대답했다. 하준은 그녀를 똑바로 바라본 채로 침대 쪽으로 걸음을 옮겼다.

"긴장되는 모양이군."

"하아…… 네. 솔직히 좀 그러네요. 왜 이렇게 긴장되죠?"

지유가 발갛게 달아오른 얼굴로 솔직하게 말하자 하준이 느른하게 웃으며 그녀의 뺨에 가볍게 키스했다.

"나도 긴장돼."

"하준 씨도요?"

눈을 동그랗게 뜨는 지유를 안은 채로 하준이 침대 위에 털썩 걸터앉았다. 무릎 위에 지유를 옆으로 앉힌 채로 하준이 지유의 눈을 들여다봤다.

"오래 기다려 왔으니까. 그때부터 내내."

하준이 열망으로 한층 더 짙어진 시선으로 지유를 응시하며 그녀의 몸을 천천히 침대 위로 눕혔다. 그 위를 자신의 몸으로 덮은 뒤 양팔을 뻗어 그녀의 머리 양옆을 지탱한 그가 씨익 웃었다.

"나는 멀쩡해 보이는 모양이지?"

아아, 저 관능적인 미소라니……. 똑바로 누운 채 그를 올려다보는 지유의 심장이 터질 것만 같았다.

"천만에."

하준이 천천히 고개를 숙이며 그녀의 귓가에 입술을 바짝 가까이 대고 낮게 속삭였다.

"지금 난 심장이 터져 버리기 직전이야."

그가 지유의 손을 잡고 자신의 탄탄한 가슴에 갖다 대자 터질 듯 강렬히 뛰는 심장박동이 느껴졌다.

"느껴져?"

눈을 똑바로 쳐다보고 묻는 그의 질문에 지유가 달아오른 얼굴로 고개를 끄덕였다. 이 남자도 긴장하고 있구나. 손바닥에 느껴지는 근육질 맨가슴의 감촉과 격렬한 심장박동이 지유를 더욱 어지럽게 만들었다.

그때 하준의 손이 말랑한 지유의 가슴을 단숨에 잡았다.

"……아!"

급작스런 자극에 지유의 몸이 출렁거렸다. 하준은 셔츠 위로 탱글한 가슴을 손에 쥐고 주무르며 고개를 숙여 유혹적으로 벌어진 그녀의 입술을 거칠게 삼켰다. 뜨거운 숨결이 숨도 못 쉴 정도로 급박하게 서로의 입술을 오갔다. 지유의 타액에 젖은 입술이 순식간에 보풀아 올랐다.

"음…… 하아, 으음."

그가 자극에 한껏 예민해진 입술을 빨고 잘근대면서 셔츠 안으로 손을 밀어 넣었다. 브래지어를 들추고 맨가슴을 힘껏 잡아 주무르자 지유는 머릿속이 팽글팽글 도는 기분이었다.

"흐읍. 음하……앗."

하준을 껴안고 입술을 크게 벌려 그를 더 많이 받아들이면서 지유는 그의 손가락 끝이 주는 쾌감에 할딱거렸다.

아, 기분이, 기분이 이상해……!

분명 그때와는 다른 기분이다. 꿈이라고 생각했던 처음의 그날보다 모든 게…… 모든 감각이 훨씬 자극적인 것 같다. 아, 어쩌면 좋지?

하준은 적극적인 지유의 반응에 더욱 강하게 몰아붙였다. 티셔츠와 브래지어를 잡아 확 들춰 올리고 탱탱하게 출렁이는 젖가슴을 뜨거운 입술로 단번에 삼켰다.

"아, 웃, 하, 하준 씨……!"

지유의 허리가 물고기처럼 펄떡였다. 그의 입안에 말랑한 가슴살이 거침없이 빨려 들어가자 아랫배 쪽이 꽉 조여드는 기분이었다. 하준이 혀로 둥글게 핥다가 입술로 쭉 빨아올리자 지유의 다리 사이가 뜨거워졌다.

"흐웃!"

그의 입술에 물렸다 풀려날 때마다 핑크빛 정점이 발딱 치켜 올라갔다. 타액에 젖은 탱탱한 유두를 하준이 손가락으로 살짝 비틀자 지유의 입술이 절로 벌어졌다.

"……아!"

온몸을 뜨겁게 달구는 강한 쾌감에 지유가 숨을 헐떡이며 시트를 움켜잡았다.

"귀여워, 지유…… 너무나 사랑스러워. 세게 깨물어 버리고 싶을 만큼."

하준이 바짝 곤두선 젖꼭지를 입술로 물고 속삭이자 예민한 돌기에 닿는 뜨거운 숨결과 생경한 이의 감촉에 지유가 고개를 저어 댔다.

"그, 그렇게 말하지 마요……."

"왜? 아파?"

"아픈 게 아니라…… 흐읏!"

아! 난 몰라!

하준이 타액에 번들거리는 둥근 정점을 입술로 쭉 빨아들이자 지유는 눈앞이 캄캄해졌다. 그녀의 반응을 진한 시선으로 응시하며 하준이 숨을 깊게 몰아쉬었다.

'안 돼. 아직, 아직은…….'

아까부터 그의 분신은 무서울 정도로 꼿꼿하게 곤두서서 통증을 느끼게 할 정도였다. 그녀의 열기에 들뜬 까만 눈동자와 꿀이라도 바른 듯 매끈한 살결, 그리고 그녀가 헐떡일 때마다 관능적으로 오르락내리락거리는 탐스러운 젖가슴은 그의 인내심을 끊어 놓을 지경이었다.

"후우…… 지유야."

하준이 숨을 몰아쉬며 당장 힘껏 벌려 파고들고 싶은 지유의 날씬한 다리 사이로 천천히 손가락을 미끄러뜨렸다. 그의 손가락 끝이 보드라운 허벅지 안쪽을 타고 올라 도톰하게 갈라진 속살에 닿았다.

"핫!"

아! 거긴! 애액으로 찰싹 달라붙은 팬티 위를 그의 손가락이 더듬자 지유는 순간 전기에 감전된 듯 크게 흠칫거렸다.

"음, 아, 핫. 아앗!"

예민한 부위를 그가 은밀하게 비벼 대자 지유의 입술에서 달뜬 신음이 연달아 터져 나왔다. 그의 손가락 아래에서 믿기지 않는 짜릿한 쾌감이 불길처럼 치밀어 올랐다. 하준이 그녀의 발갛게 달아오른 얼굴을 똑바로 응시하며 이를 악물었다.

"그, 그만! 그만요!"

그의 손가락이 찌걱거리며 더욱 빨라지자 지유는 시트를 바짝 쥔 채로 시뻘겋게 달아오른 얼굴을 붕붕 저어 댔다. 이, 이대로 가면 어떻게 되어 버릴 것 같아⋯⋯!

"괜찮아. 지유야⋯⋯ 괜찮아."

하준이 꽉 잠긴 허스키한 목소리로 지유의 귓가에 속삭이며 우윳빛 애액에 흠뻑 젖은 팬티를 손가락으로 젖혔다.

"⋯⋯으읏!"

"쉬이. 가만히."

달아오른 도톰한 맨살에 그의 단단한 손가락 끝이 닿자 지유의 허리가 크게 튕겨졌다. 하준은 그녀를 달래며 뜨겁게 달아오른 좁은 여성 사이로 손가락을 푹 찔러 넣었다.

"아학!"

그의 기다란 손가락이 촘촘히 달라붙는 뜨거운 여성 안을 쿡쿡 찔러 올리자 지유는 허리를 바짝 들어 올린 채로 엉덩이를 옴찔거렸다. 아! 어떡해. 어떡해.

그가 손가락을 깊숙이 밀어 넣을 때마다 그녀의 앙증맞은 엉덩이가 한껏 뒤로 밀쳐지며 시트를 뒤로 밀어내고 있었다. 하준이 팔에 힘을 준 채로 속도를 올렸다. 지유의 몸이 위아래로 가파르게 출렁거렸다. 점점 더 빨라지는 움직임에 따라 지유의 신음도 급박해졌다.

"으, 웃, 으, 으아…… 아아앗!"

급박하게 고조되던 지유의 신음 소리가 쨍하니 부서졌다. 그녀의 고개가 뒤로 한껏 젖혀지고 온몸에 빳빳하게 힘이 들어갔다.

"흐으……웃……."

하준은 절정의 거센 쾌감 속에 힘껏 조여드는 지유의 몸속에서 천천히 손가락을 빼냈다.

"예뻐. 한지유."

열락의 파도 속에서 감은 눈을 파르르 떠는 지유의 속눈썹에 살짝 입을 맞춘 하준이 속삭였다. 그러고는 몸을 일으켜 자신의 셔츠를 머리 위로 벗어 냈다.

옷이 엉망으로 흐트러진 채 숨을 몰아쉬던 지유가 물기 어린 눈을 힘겹게 들어 올리자 하준의 탄탄한 상체가 보였다. 떡 벌어진 어깨와 오래 관리해 온 날렵한 근육질 몸이 눈에 들어오자 지유가 얼른 눈을 다시 감았다.

'나, 난 몰라!'

저 몸에 안겨 열락에 휩싸였던 기억이 방금 전의 쾌감과 뒤섞여 똑똑히 기억이 났다. 하준이 무릎으로 침대 위로 다시 올라오자 침대 한쪽에 무게가 실렸다.

"왜 얼굴을 가려?"

지유가 손바닥으로 얼굴을 가리고 있는 것을 본 하준이 그녀 쪽으로 다가오며 물었다.

"창피해요. 방금 나 혼자……."

"무슨 소리야. 나도 흥분돼서 죽는 줄 알았는데. 도대체 왜 이렇게 섹시한 거야? 응?"

지유의 몸 위로 올라온 하준이 싱글거리며 얼굴을 가리고 있는 그녀의 손등에 입을 맞췄다.

"가리지 마. 얼굴 보고 싶어."

하준의 낮은 목소리에 지유는 침을 꼴깍 삼키고는 천천히 두 손을 내렸다.

"나빴어요. 나만…… 그렇게 만들고."

달뜬 얼굴로 눈물이 그렁그렁해서 지유가 눈을 흘기자 하준이 얼굴을 찡그리며 웃었다.

"아, 이런. 그렇게 도발하면 곤란해. 내가 지금 죽도록 참고 있던 게 무의미해지잖아?"

"아!"

하준이 그녀의 스커트와 찰싹 달라붙어 있는 팬티를 단번에 끌어 내리자 거친 손길에 지유의 몸이 크게 출렁거렸다. 지유가 당황한 듯 상체를 일으키려 하자 하준이 하얗게 드러난 그녀의 엉덩이를 양손으로 붙잡아 자신 쪽으로 거칠게 내렸다.

"하, 하준 씨?"

그가 노골적으로 자신의 무릎을 벌려 그 안에 자리 잡자 지유가 숨을 몰아쉬었다. 허리를 세우고 팔을 뒤로 뻗어 지탱한 지유가 몸을 움직이려 했지만 꿈쩍도 하지 않았다.

"너 때문이야."

하준은 낮게 말하며 그녀의 허리를 도망치지 못하도록 단단히 붙잡았다. 그의 얼굴에서 미소는 완벽하게 사라지고 위험한 관능의 불길이 넘실거리는 강렬한 눈동자가 그녀를 똑바로 향하고 있었다.

그가 베개 밑에 넣어 뒀던 콘돔을 빼내 그녀를 강렬하게 응시한

채로 포장을 이로 지익 뜯어냈다. 그 모습에서 야성적인 섹시함이
느껴져 지유는 숨이 가빠졌다.

세, 세상에……

지유는 그에게 완전히 포박당한 듯 꼼짝도 할 수가 없었다. 천장
을 향해 단단히 솟구친 채 끄덕이는 거대한 남성에 콘돔을 씌운 그
가 고개를 들었다. 그의 뜨겁게 달아오른 거친 숨결이 느껴졌다.
하준은 본능적으로 힘껏 모으고 있는 지유의 동그란 무릎을 잡고는
낮게 으렀다.

"최대한 자제하려고 했는데 방금 전 네 눈빛이 내 인내심을 끊
어 놨어. 그러니까 한지유, 너 때문이야."

"아, 아니 난…… 아!"

지유가 뭐라 말할 새도 없이 하준이 그녀의 다리를 붙잡아 넓게
벌렸다. 그러자 그 반동으로 지유의 상체가 뒤로 넘어가 침대 위로
풀썩 쓰러졌다. 하준은 허리에 단단히 힘을 준 채 커다랗게 발기한
남성을 그녀의 몸 안 깊숙이 찔러 넣었다.

"헉……!"

지유의 허리가 확 쳐올려지며 입술이 크게 벌어졌다. 온몸을 반
으로 가를 듯 강하게 밀고 들어온 거대한 이물감에 숨이 턱 막히는
기분이었다. 하준은 이를 악물고 굵고 단단한 남성을 더욱 깊이 쑤
셔 넣었다.

"크읏……!"

뭉툭한 끝에서부터 단단한 뿌리까지 힘껏 밀고 들어가는 순간
온몸의 솜털이 죄다 곤두설 정도로 강렬한 쾌감이 터져 나왔다.
웃, 제길! 하준은 지유의 다리를 넓게 벌린 채로 허리를 빳빳이 세

워 그녀의 안으로 빠르고 강하게 짓쳐 들어갔다.

"학! 앗! 아웃……!"

그가 탄탄하고 둥근 엉덩이를 힘차게 밀어 올릴 때마다 지유의 몸이 위아래로 정신없이 흔들렸다. 하준의 몸짓이 무척 과격함에도 이미 절정에 올라섰던 그녀의 몸은 감당하기 버겁게 밀고 들어오는 그의 굵은 남성을 힘껏 조여 댔다.

"후욱, 후욱. 아아, 지유야……!"

그의 몸을 끊어 버릴 듯 압박하는 힘에 하준이 고개를 위로 쳐들고 이를 악물었다. 너무나 강한 쾌감에 바로 사정해 버릴 것 같은 위기감마저 들었다.

빌어먹을! 어떻게 이렇게 좋을 수가 있지?

자칫 잘못하면 애송이 같은 실수를 해 버릴 것 같은 위험에 하준이 숨을 크게 몰아쉬었다. 잠시 움직임을 멈춘 그가 근육이 쩍쩍 갈라진 초콜릿 복근에 바짝 힘을 주고 천천히 깊게 밀고 들어갔다.

"하, 하아…… 응, 으읏."

질주하는 야생마처럼 몰아치다가 속도를 늦춰 부드럽고 깊숙이 밀고 들어오자 지유는 오히려 미칠 것 같았다. 예민하게 내벽을 긁고 올라오는 쾌감에 온몸이 저릿저릿했다.

뭐, 뭐야? 이 느낌은 도대체……?

지유가 정신없이 흔들리며 팽글팽글 도는 머릿속으로 생각해 보려 했지만 생각은 오래가지 않았다. 하준이 강하게 허리를 쳐올리자 그녀의 머릿속에 모든 생각이 날아가 버렸다.

"아아!"

"아, 지유야. 지유야……."

하준이 헐떡이며 쇄골 부근까지 말려 올라간 지유의 티셔츠와 브래지어 아래 방만하게 출렁이는 탱글한 가슴을 힘껏 움켜잡았다. 그가 엄지로 양쪽 가슴의 뾰족하게 곤두선 정점을 비벼 대자 공중에서 흔들리는 지유의 활짝 벌어진 다리에 바짝 힘이 들어갔다.

"아, 아웃……."

"지유야. 여기, 좋아?"

하준이 그녀의 핑크빛 정점을 엄지로 빠르게 문지르며 허리를 거칠게 밀어 올렸다.

"으, 으응. 훗! 조, 좋아요……!"

지유가 할딱이며 말하자 하준이 상체를 숙여 그녀의 가슴을 움켜쥐고 쾌감에 젖은 정점을 뜨거운 입술로 빨아올리기 시작했다.

"학! 하, 하준 씨……! 훗, 으웃, 아!"

하준이 입술로 젖꼭지를 음란하게 빨아 대며 굵고 단단한 남성을 힘껏 밀어 넣자 쾌감에 못 이긴 지유가 정신없이 신음을 쏟았다.

퍽, 퍽, 퍽!

버터플라이가 선명히 새겨진 하준의 근육질 엉덩이가 높이 치켜들려졌다가 퍽! 소리를 내며 강하게 내리꽂히자 지유가 고개를 확 젖혔다.

"으하앗―!"

성감대를 동시에 자극당한 지유가 교성을 내지르며 다시 절정 속으로 빨려 들어갔다. 하준은 이를 악물고 힘껏 조여드는 그녀의 몸 안에서 빠져나왔다.

"후욱, 후욱."

"아, 아아…… 읏!"

하준이 생경한 오르가즘의 쾌락 속에 몸부림치는 지유의 터질 것 같은 진한 핑크빛 젖꼭지를 양손으로 빠르게 비벼 댔다. 그러자 쾌감을 참지 못한 지유가 결국 울음을 터뜨렸다.

"흐윽……."

하준이 상체를 숙여 그녀의 눈꼬리를 타고 흐르는 짭쪼롬한 눈물을 혀로 핥았다.

"이런…… 결국 울렸군."

지유를 안고 살살 달래며 그가 말하자 지유가 훌쩍이며 눈을 흘겼다.

"하준, 하준 씨가 그런 거잖아요."

"미안, 미안해. 이럴 거 같아서 조심하려고 한 건데…… 정말 미안. 많이 아팠어?"

"아픈…… 것보단 자극이 너무 강해서……."

하준이 지유의 물기 젖은 뺨에 가볍게 키스하고는 그녀를 안아 올려 자신의 무릎 위에 앉혔다. 그러고는 촉촉한 까만 눈동자를 똑바로 마주 봤다.

"미안. 이제 천천히 할게."

"아직도……예요?"

지유가 빨개진 얼굴로 눈을 깜빡이며 묻자 하준이 싱긋 웃으며 아직도 빳빳하게 발기해 있는 남성을 잡고 보풀아 오른 그녀의 속살에 비볐다.

"……으응."

두 번이나 절정에 다다랐던 몸이 한껏 예민해져 지유가 저도 모르게 고양이처럼 앓는 소리를 냈다. 뭉툭한 끝이 흠뻑 젖은 속살을 비빌 때마다 지유가 엉덩이를 움찔거렸다. 하준이 엉덩이를 한 번 크게 퉁겨 올리자 미끌미끌한 꽃잎 사이로 단단한 남성이 쿡 찔러 들어갔다.

"앗!"

"크읏, 뜨거워."

그의 몸을 부러뜨릴 듯 뜨겁게 조여 대는 여성에 하준이 매끈한 이마를 일그러뜨렸다. 저절로 튕겨지는 리드미컬한 허리 움직임에 지유가 그의 강한 목에 팔을 감고 매달렸다.

"하, 하준 씨…… 아, 학!"

그녀의 몸을 껴안은 그가 빠르게 허리를 퉁겨 올렸다. 그의 움직임이 점차 빨라지자 지유가 고개를 젖히고 할딱였다. 두 사람의 몸이 요동칠 때마다 침대가 요란하게 흔들리고 땀에 젖은 그의 근육질 가슴에 지유의 바짝 곤두선 젖꼭지가 쓸려 아찔한 쾌감을 자아냈다.

하준은 이를 악물고 지유의 몸을 힘껏 안은 채로 무섭게 허리를 쳐올렸다. 절정을 향한 그의 터질 듯한 질주에 지유는 머릿속이 아득해졌다.

"아웃…… 아…… 아, 아, 아아!"

위아래로 정신없이 흔들리던 지유가 허리를 크게 비틀며 새된 신음을 티뜨렸다. 단단한 턱에 힘을 준 채 거칠게 움직이던 하준도 지유의 어깨에 이를 박으며 뜨거운 절정으로 치솟아 올라갔다.

"아아, 허리야아……."

지유는 자기도 모르게 구부정해지는 허리를 다시 폈다. 이건 뭐 노인네도 아니고, 디스크 환자도 아니고…… 이하준 그 남자 때문에 다리가 제멋대로 풀릴 지경이었다. 끙, 하고 앓는 소리가 절로 나오는 힘겨운 몸을 이끌고 약속 장소인 고깃집에 들어오니 먼저 와 있던 정희가 반갑게 손을 흔들었다.

"지유야!"

키가 큰 정희는 언제 어디서든 눈에 잘 들어온다. 하준 같은 남자를 몰래 만나기엔 정희처럼 큰 키에 미인형보다는 나같이 평범한 얼굴에 평범한 체형이 나을 것 같다는 생각이 들…… 에잇, 그 남자 생각은 하지 말자. 겨우 풀려났는데!

지유는 이틀 내내 자신의 집에 틀어박혀 그녀의 다리를 풀린 나사처럼 만들어 놓은 그 짐승, 그것도 아주 야한 짐승 같은 그 남자는 일단 잊기로 했다.

"잘 지냈어? 취업은?"

자리에 앉자마자 정희가 하는 말에 지유가 입술을 삐죽였다.

"보자마자 스트레스 받는 소리 할래?"

"아직이구나. 하긴, 요즘 취업이 진짜 쉬운 일이 아니긴 하다. 일단 배고프니 주문부터 할까?"

정희가 주문을 하는 사이 지유가 물수건으로 손을 닦았다. 콧속으로 밀려 들어오는 육즙의 향에 입안에 침이 고이는 기분이었다.

"난 네가 웬 소고기 타령을 하기에 취업한 줄 알았지. 평소엔 맨날 내가 먹자고 하잖아."

"뭐, 그, 그건 그렇지."

지유가 급히 물을 들이켰다. 이게 다 이하준 때문이다. 그 남자

한테 기를 쪽쪽 빨려 아주 평소에도 안 당기던 보양식이 당길 정도
니.

정희도 물수건으로 꼼꼼히 손을 닦으며 지유의 얼굴을 가만히
보더니 말했다.

"그러고 보니까 너 좀 마른 것 같다?"

"아…… 그런가? 하하."

어떤 지치지도 않는 남자 때문에 그런다는 말은 차마 하지 못한
지유가 대충 웃어넘겼다.

"정희 너도 좀 마른 것 같은데? 무슨 일 있어?"

서빙 되어 온 소주를 정희의 잔에 꼴꼴 따라 주며 지유가 물었
다. 정희는 이마를 살짝 찡그리고는 찰랑찰랑 채워진 맑은 소주를
단번에 입에 털어 넣었다.

"크으, 좋다."

정말 무슨 일이 있나? 단번에 술잔을 비우는 정희의 분위기가
심상치 않아 지유는 얼른 빈 잔에 소주를 채워 줬다. 이번에도 술
잔을 들어 원샷한 정희가 빈 잔을 탕 소리 나게 테이블 위에 내려
놓으며 말했다.

"실은 말이야. 내가 요즘 힘들어 죽겠어."

"뭐가?"

"우리 안경 군 있잖아. 요즘 날 너무 힘들게 해."

"그렇게 사이가 좋더니…… 무슨 일이길래 그래."

"하아…… 내가 진짜, 일단 한 잔 더 줘 봐. 맨정신으로는 도저
히 얘기하기 힘들다."

"어, 어. 그래."

지유가 얼른 술을 따라 주고 건배했다. 바로 원샷하는 정희에 맞춰 지유도 잔을 비우고 내려놓자 정희가 날카로운 눈빛으로 희번덕거렸다.

"그 나쁜 놈이 글쎄! 나랑 섹스를 안 해! 하루가 멀다 하고 달려들던 놈이 벌써 안 한 지가 3주가 넘었어! 걔 진짜 바람난 거 아니니?!"

정희가 분개하며 버럭 내지르는 소리에 지유도 놀라고 싱글벙글 소고기와 특수 부위를 이쁘게 썰어 내오던 주인아저씨도 놀랐다. 지유와 아저씨가 그대로 굳어 있는 사이 정희가 분기를 참지 못하고 또 소리쳤다.

"우리 속궁합이 얼마나 끝내주는데, 그놈이, 그놈이 나랑 할 땐 두 번이고 세 번이고 한 다니까?"

정희 뒤에서 거의 테이블에 근접했던 주인아저씨가 어정쩡한 미소로 잠시 후에 다시 오겠다는 손짓을 하며 뒷걸음질 쳤다. 그때 지유가 따라 준 술을 이번에도 원샷한 정희가 또 술잔을 거칠게 탕! 내려놓으며 버럭거렸다.

"그런데 망할 고기는 왜 안 나오는 거야?!"

"네, 넵! 여기 나왔습니다!"

주춤주춤 뒤돌아 멀어지던 주인아저씨가 빙글 돌아 순식간에 다가오며 말했다. 묘한 홍조를 띤 주인아저씨가 불판 위에 마블링이 예술적인 소고기를 올리는 것을 똑같이 묘한 홍조를 띤 지유가 지켜보고 있었다. 정희는 그러거나 말거나 매운 고추를 쌈장에 푹 찍어 아작아작 씹어 댔다.

"나쁜 놈……."

눈을 가늘게 뜨고 격렬하게 고추를 씹어 대는 정희를 보고 흠칫 놀란 아저씨는 아직 남은 접시를 들고 냅다 사라졌다. 아저씨가 사라지자 지유가 슬쩍 말했다.

"그……그런데 말이야. 궁금한 게 있는데."

"응?"

고추에 원수라도 졌는지 3개째 고추를 으적으적 씹어 대던 정희가 눈썹을 홱 치켜 올렸다. 지유는 잠시 눈을 굴리며 뜸을 들이고는 입을 열었다.

"하루에 두 번, 세 번 하는 게 힘든…… 일이야?"

지유가 목소리를 낮춰 사뭇 진지한 얼굴로 묻자 정희가 당연하다는 듯 말했다.

"그러엄! 안경 군도 벌써 스물여섯, 꺾인 이십 대인데 매번 두세 번씩 하는 게 쉬운 줄 아니? 피 끓는 십 대도 아니고 말이지. 아, 십 대는 범죄인가? 뭐 걔들은 보통 혼자 하니까."

정희야, 제발.

용기를 내어 나머지 고기를 올리기 위한 역사적 사명을 띠고 다가오던 아저씨가 다시 주춤주춤 멀어지는 것을 보고 지유는 얼른 집게를 들어 보였다. 걱정 마세요, 아저씨. 제가 할게요.

"그렇구나……."

지유는 접시의 고기를 집게로 집으며 중얼거렸다. 그럼 서른이 넘은 나이에 하룻밤에 네다섯 번을 하는 그 남자는 도대체 뭐란 말인가?

"그럼 안경 군은 요즘 왜 그런 것 같아? 뭔가 짚이는 게 있어?"

정희가 어두운 얼굴로 한숨을 푹 내쉬었다.

"나도 그걸 모르겠으니 답답해 죽겠어. 맨날 지가 먼저 호텔 가자고 징징대던 놈인데 요즘은 먼저 만나자고도 안 하고, 조르고 졸라 만나도 피곤하다고 10시도 안 됐는데 들어가자고 하고……."

평소 장난스럽게 안경 군 얘기를 하던 정희는 정말 심각한 듯 울컥한 얼굴로 말했다. 정희의 눈에 슬쩍 눈물까지 고이자 지유도 안타까운 기분이 들었다.

"일이 많이 힘들어서 그렇겠지. 가끔 피곤이 겹치면 우리도 사람 만나는 거 피곤하고 그렇잖아. 너무 그렇게 생각하지 마, 정희야."

지유가 정희의 술잔에 듬뿍 술을 채워 주며 말하자 정희가 우울한 얼굴로 고개를 저었다.

"아니야. 남자가 이러는 데, 이유는 딱 하나밖에 없어."

"응?"

술잔을 든 채로 지유가 눈을 동그랗게 뜨고 물었다.

"맨날 하자고 매달리다가 이렇게 피곤한 사람같이 구는 이유는 하나밖에 없다고."

"그게 뭔데?"

정희가 눈을 가늘게 뜨고 고추 하나를 슥 집어 들었다. 그러고는 날카로운 시선으로 그 고추를 노려보며 말했다.

"내 몸이 지겨워진 거지. 그래서 나와의 관계를 대신할 다른 여자가 생긴 거고."

정희가 손에 든 고추를 덥석 물더니 마치 바람난 무엇이라도 되는 양 격렬하게 씹어 댔다.

"아……아마 아닐 거야. 걱정되면 만나서 한번 물어보지그래?"

"아저씨! 여기 고추 좀 더 줘요! 많이!!"

정희가 버럭 외치자 곧 정희의 앞에는 산더미 같은 고추가 쌓였다. 아저씨의 배려였는지 일부러 작은 고추들만 그득 담긴 접시를 매섭게 노려보던 정희의 눈에서 이내 닭똥 같은 눈물이 똑, 하고 떨어졌다.

"정희야……."

늘 인기 많고 활달하던 정희가 남자 때문에 눈물을 쏟는 모습을 보니 지유도 눈물이 핑 돌았다.

"나쁜 놈. 다른 여자 만나는 거 내 눈에 걸리기만 해! 거시기를 아예 잘라 버릴 테니까!"

눈물을 뚝뚝 흘리며 사납게 일갈하는 정희를 보니 왠지 더 안쓰럽고 처연해 보였다. 나쁜 안경 씨. 그렇게 안 봤는데……. 지유는 착잡한 마음으로 소주를 들이켰다.

영화 세트장 안에서 하준은 감독과 조연출과 함께 카메라 동선을 상의하고 있었다. 그 뒤에서 이자벨이 하준을 가만히 응시하고 서 있었다.

올블랙 슈트 차림인 하준은 한눈에 시선을 사로잡을 만한 압도적인 매력을 풍기고 있었다. 날렵하고 탄탄한 몸매와 수려한 얼굴은 과연 한류 바람을 일으킨다는 탑배우의 비주얼다웠다.

'보면 볼수록 탐난다니까…….'

은밀한 시선으로 하준을 바라보던 이자벨이 그가 세트장 바깥으로 빠져나가는 걸 보고 조용히 뒤따라갔다.

「하준 씨.」

뒤에서 들리는 목소리에 하준이 고개를 돌렸다. 금발을 우아하게 틀어 올린 이자벨이 매혹적인 푸른 눈동자를 빛내며 그에게 다가왔다.

「저에게 하실 말씀이?」

하준은 정중하지만 어딘가 차가운 미소를 지으며 물었다.

「일정 때문에 지금까지 길게 대화 나눌 기회가 없었잖아요. 앞으로 세 달간은 함께 작업해야 할 텐데 가까워질 필요가 있지 않을까요? 개인적으로 같이 식사라도 했으면 좋겠는데.」

이자벨의 고혹적인 눈웃음을 보며 하준이 싱긋 웃었다.

「그럼 감독님께 요청드려 보죠. 촬영 끝난 뒤에 따로 시간 내실 수 있으신지.」

하준이 살짝 고개를 까닥이고는 뒤돌아서 가던 길로 갔다. 뭔가 더 말을 꺼내 보기도 전에 하준이 가 버리자 이자벨의 화사한 미소에 살짝 균열이 갔다.

'한국에서는 이런 사적인 자리를 감독과 함께하나?'

하준의 거절을 그저 문화 차이라고 해석한 이자벨은 팔짱을 끼고는 도도하게 세트장으로 걸어갔다.

술에 취한 정희를 택시에 태워 보내고 지유도 택시를 잡으려는데 전화벨이 울렸다. 가방에서 휴대폰을 급히 빼내 확인해 보니 하준이었다.

"하준 씨?"

— 나 일 끝내고 돌아가는 길인데, 어디야? 아직 밖이면 태우러 갈게.

"괜찮아요. 택시 타면 금방인데요, 뭐."

지유가 웃으며 말하자 하준이 진지한 말투로 말했다.

— 걱정돼서 그래. 말해. 어디야?

"아, 저기 그러니까 여기가 어디냐면……."

하준이 다그치자 지유는 대강 위치를 설명해 주고 전화를 끊었다. 무수히 많은 사람들이 오고 가는 거리에서 끊긴 휴대폰을 잠시 바라보던 지유가 배시시 웃었다. 하준과 한국에서 재회했던 그날 밤 술 마신 정희를 데리러 온 안경 군에게 무척 부러움을 느꼈더랬지. 술 마셨다고 걱정된다며 당장 데리러 오는 애인이 있다는 것에.

'걱정돼서 그래.'

낮게 울리던 하준의 목소리가 떠오르자 지유는 입술 끝이 둥글게 휘어 올라갔다. 크게 숨을 들이쉬고 휴대폰을 꼬옥 움켜쥔 지유는 그와 약속한 장소로 타박타박 걸어갔다.

하준의 차가 보이자 지유는 혹시 몰라 주위를 얼른 살피고 잽싸게 달려갔다. 그의 차에 지유가 올라타자 하준이 대뜸 그녀에게 얼굴을 갖다 댔다.

"왜, 왜 그래요?"

지유는 혹시 누가 볼까 싶어 얼른 주변을 살피며 소리 낮춰 물었다. 그러자 잠시 그대로 있던 하준이 눈썹을 슬쩍 추켜올렸다.

"꽤 마신 모양인데?"

윽, 향기 진한 껌까지 사 먹었는데 예리하시긴.

"아, 그…… 조, 조금 마셨어요. 일단 여긴 사람들 많으니까 어서 출발해요."

지유가 재촉하자 하준이 못마땅한 표정으로 마지못해 차를 출발시켰다. 시내 외곽으로 빠져나가 어둑어둑한 공터 옆에 차를 세운 하준이 가슴 위로 팔짱을 끼곤 물었다.

"누구와 마셨어?"

날카로운 그의 눈을 어리둥절한 눈동자로 마주 보며 지유가 말했다.

"친구랑 마셨는데요?"

"친구, 누구?"

"정희라고……."

여자 이름이 나오자 하준의 표정이 한층 누그러졌다. 난 또, 전의 그 우연이네 뭐네 하는 남자랑 마신 줄 알았네.

"술도 둘이 마신 거고?"

"네. 둘이 마셨는데…… 왜요?"

하준이 흡족한 표정으로 지유의 동그란 머리통을 쓰다듬었다.

"아니야. 앞으로는 술 마실 일 있으면 미리 나한테 얘기해. 촬영장에서 문자 하나 띠익 받으면 내내 신경 쓰여서 일에 집중이 안 되니까."

"신경 쓰였어요? 나 별 주사도 없는데요, 뭐."

"그래도."

확인받으려는 듯 하준이 말하자 지유가 끄덕거렸다.

"음. 알았어요."

지유가 생긋 웃으며 대답했다. 하준이 자신이 보낸 친구와 술 한잔 마시고 들어간다는 문자에 촬영에도 집중하지 못할 정도로 신경

썼다는 말을 들으니 왠지 기분이 좋아졌다. 그의 일을 방해한 건 미안하지만 그래도 이 남자가 나한테 그만큼 신경 써 주는 것 같아서.

"이거 마시고 가자."

하준이 미리 사둔 커피를 건네자 지유가 얼른 받았다.

"고마워요. 아, 오늘 촬영은 어땠어요? 아직 본격적으로 촬영 들어가진 않았다고 들었던 것 같은데."

"누구 때문에 영 집중이 안 돼 힘들었다니까?"

"윽. 미안하게 자꾸 그럴 거예요?"

지유가 스트로를 쪽쪽 빨며 눈썹을 모으자 하준이 귀엽다는 듯 그녀의 미간을 엄지로 가볍게 쓸어 올렸다.

"나쁘진 않았어. 콘셉트 촬영치곤 전문적이었고. 감독 지시가 디테일해서 여기저기 공을 들인 흔적이 보이더군."

"하긴 요즘 워낙 핫한 감독이잖아요. 장준영 감독…… 솔직히 전 이해 안 되는 영화도 몇 개 있던데 《고독한 선택》은 무척 좋았어요. 이해를 떠나 영상도 너무 아름답고…… 슬프지만 뭔가 여운도 많이 남고요."

"그게 장 감독 특성이지. 비극적인 내용을 아름답게 묘사하는 데 가장 강하니까. 특히 미장센이 뛰어나서 영상미가 남다르지."

하준이 동감한다는 듯 끄덕였다. 그의 진지해지는 얼굴을 보니 일 얘기를 할 땐 확실히 다른 눈빛이 되는 것 같았다. 저 눈빛, 더 보고 싶다. 지유는 얼른 더 말을 이었다.

"이번 영화도 그래요?"

지유가 하준의 얼굴을 빤히 보며 눈을 반짝이며 묻자 그의 미간이 슬몃 찌푸려졌다.

"다른 남자에게 지나치게 관심 보이는 거 아니야?"

"에이, 감독으로서죠. 순수하게. 우리나라에서 장 감독님 영화 안 좋아하는 사람은 거의 없잖아요."

"얼씨구. 장 감독님? 언제 님으로 격상된 거야? 장 감독이."

하준이 대번 인상을 구기자 지유가 킥킥 웃었다.

"하준 씨 은근 질투 많네요? 어엇."

하준이 커피를 내려놓고는 갑자기 그녀의 얼굴을 잡아끌어 당겼다. 커피 잔을 든 채로 지유가 끌려가자 그의 웃음기 없는 얼굴이 가득 눈에 들어왔다. 그의 어두운 눈동자가 지유를 똑바로 향했다.

꿀꺽.

지유는 왠지 긴장되어 그의 시선에 포획된 채 마른침을 삼켰다. 하준은 어두운 차 안에서 지유의 얼굴을 잡고 강렬하게 시선을 맞춘 채로 낮게 말했다.

"생각보다가 아니라. 많아, 아주."

하준이 곧바로 고개를 숙여 지유의 말랑한 입술을 삼켰다. 지유가 놀랄 새도 없이 그가 그대로 강하게 입술 사이를 가르고 들어가 작은 혀를 휘감았다.

"하…… 음."

뜨거운 숨결이 밀려들어 오고 입술이 더 크게 벌어졌다. 혀가 이리저리 엉키며 달콤한 타액이 뒤섞이자 지유의 숨이 순식간에 거칠어졌다.

"앗!"

하준이 그녀의 의자를 뒤로 젖히고 순식간에 몸 위로 올라타자 지유의 눈이 당황으로 커졌다.

"하, 하준 씨……."

그의 어둠보다 깊게 물든 짙은 눈동자를 올려다보며 지유가 숨을 삼켰다. 설마 여기서? 한적한 공터 옆길이라지만 만약 파파라치라도 따라붙었다면…….

"여긴 위험해요. 하준 씨. 일단 지, 집으로…… 으읍!"

하준이 지유의 말을 자신의 입술로 거칠게 막아 버렸다. 축축한 혀가 지유의 입안으로 밀려 들어와 아까보다 더욱 강렬하게 그녀의 모든 것을 빨아들였다. 하준이 그녀의 가슴살을 강하게 움켜잡자 지유가 막힌 신음을 터뜨렸다.

"……훗."

그가 지유의 입술을 점령한 채로 옷 속으로 손을 밀어 넣어 맨가슴을 움켜쥐고 입술로 여린 목덜미를 강하게 빨아 당겼다.

"으, 아앗."

뜨겁고 가쁜 숨결이 아슬아슬하게 떨어진 입술 사이로 터져 나왔다. 머릿속이 어질어질해지고 온몸이 뜨겁게 달아올랐다. 그의 입술과 손끝이 주는 쾌감에 지유의 머릿속에서 생각이라는 것이 하얗게 지워졌다.

아…… 어쩌면 좋아!

끝도 없이 터져 나오는 숨 가쁜 감각에 지유는 도저히 숨을 쉴 수가 없었다. 하준의 손이 빠르게 아래로 내려가 그녀의 반바지 버클을 풀었다. 반바지가 그녀의 매끈한 다리를 빠져나가 하얀 발목 아래로 벗겨 나가고 손바닥만 한 팬티가 우악스럽게 다리 사이로 끌려 내려갔다.

"자, 잠깐……."

팬티가 한쪽 발목에 달랑 걸쳐진 채로 지유가 바르작거렸다. 그녀의 훤히 드러난 짙은 수풀을 하준이 강한 시선으로 노려보고 있었다. 지유가 얼굴이 확 붉어져선 그의 시선을 피하기 위해 가리려고 티셔츠 밑단을 두 손으로 잡아 내렸다.

그때 상체를 숙인 하준의 머리가 지유의 무릎 사이로 들어갔다.

"학!"

겨우 가린 티셔츠 자락 아래를 그의 머리가 들추고 들어가자 지유가 급박한 소리를 터뜨렸다.

"하, 하준 씨! 거긴……!"

맨살에 가감 없이 와 닿는 더운 입술의 감촉에 지유의 가슴이 크게 들썩였다. 하준이 입술을 벌려 보드라운 분홍빛 살집을 한 입에 삼켰다.

"아으윽!"

그의 뜨거운 입술 안에 빨려 들어간 예민한 속살이 짜릿한 쾌감에 짓이겨졌다. 쾌감을 참지 못한 지유의 허리가 스프링처럼 튕겨 올랐다.

"아, 아, 아웃, 으아앗."

흥분으로 피가 잔뜩 몰린 흠뻑 젖은 쾌감의 정점을 하준이 입술로 물고 혀로 간질이자 지유는 미칠 것만 같았다. 동그랗게 솟아오른 음핵을 하준이 뜨거운 입김으로 감싼 뒤 날카로운 이로 살짝 깨물자 지유의 입술에서 비명 같은 신음이 터져 나왔다.

"흐아앗—!"

그녀의 샘에서 우윳빛 꿀물이 넘쳐흘렀다. 바들거리는 통통한 엉덩이를 꽉 움켜잡은 하준이 아래까지 길게 흘러내린 달콤한 꿀물을 남김없이 핥고는 상체를 일으켰다. 지유가 거칠게 할딱이며 올려다 보자 하준은 번들거리는 입술을 제 혀로 스윽 핥으며 그녀를 내려다 봤다. 지유의 열락에 젖은 흐릿한 눈동자를 보며 그가 낮게 말했다.

"그만할까?"

"하아, 하아⋯⋯."

"말해. 어서. 지금 말하지 않으면 멈출 거야."

그녀를 똑바로 내려다보며 하준이 으르듯 말하자 숨을 몰아쉬던 지유가 입술을 깨물었다. 부끄럽고 창피하지만 얼얼해질 정도로 뜨 겁게 조여드는 아래에서 그를 원한다는 듯 우윳빛 꽃물을 담뿍 흘 리고 있었다.

좀 더, 조금만 더⋯⋯.

"⋯⋯해 줘요."

지유가 열기로 탁해진 눈동자로 하준을 응시하며 작게 말했다. 그러자 하준이 안 들린다는 듯 눈을 가늘게 뜨며 말했다.

"뭘, 해 줘?"

하아⋯⋯ 제발.

"좀 더 먹어 줘요⋯⋯ 하준 씨."

지유의 말에 하준의 입술 끝이 희미하게 말려 올라갔다. 그러고 는 세우고 있는 그녀의 무릎을 잡고 좀 더 넓게 벌리며 상체를 숙 였다. 그의 뜨거운 입김이 은밀한 곳에 닿자 지유의 엉덩이가 흠칫 거렸다. 뒤로 물러나려는 엉덩이를 잡고 강하게 끌어당기며 하준이 보풀아 오른 연한 살덩이를 덥석 물었다.

"웃⋯⋯!"

참기 힘든 짜릿한 쾌감이 지유의 등허리를 타고 내달렸다. 축축한 혀가 갈라 터진 꽃잎 사이를 훑고 지나가 탱글하게 부푼 작은 정점을 휘어 감았다.

"학. 아, 아흐읏."

지유의 허리가 고양이처럼 바짝 휘어졌다. 눈을 질끈 감고 열락에 헐떡이는 그녀의 입술이 속절없이 벌어지며 달짝지근한 신음을 쏟아 냈다. 젖은 입술로 쾌감의 정점을 쭉쭉 빨아올리던 하준이 지유의 엉덩이를 놔주고 몸을 일으켰다.

"후욱, 후욱."

하준의 거칠어진 숨소리가 좁은 차 안을 울리자 그녀의 몸은 소름이 끼칠 정도로 짜릿한 쾌감을 기대하며 긴장으로 바짝 조여들었다. 달칵, 바지 버클이 풀리는 소리와 지퍼가 내려가는 소리가 지유의 귓가를 울렸다. 글러브박스를 열고 무언가를 찾는 소리가 들리더니 곧 지이익, 콘돔 케이스를 찢는 소리가 들렸다.

하아, 미치겠어…….

팽팽히 긴장된 공기가 참을 수 없는 흥분을 유도했다. 마른침을 삼키는 지유의 몸 앞에 바짝 다가간 하준이 고개를 숙였다.

"후우…… 지유야."

드로즈와 바지만 살짝 내린 하준이 빳빳하게 곤두선 자신의 두꺼운 남성을 잡고 지유의 흥건한 샘에 거칠게 문질렀다.

"아, 아읏."

당장이라도 쑤셔 들어올 듯 사납게 문질러 대는 굵은 남성에 지유의 몸이 연신 움찔거렸다. 흥분으로 한껏 보풀아 오른 속살을 자극적으로 문지르던 하준이 더 이상 참지 못하고 뜨거운 여성 안으로 힘껏 짓쳐 들어갔다.

"아아!"

"크읏……!"

무섭게 발기한 두꺼운 남성이 좁은 여성 안을 밀고 들어가 틈새 없이 꽉 채우자 두 사람의 몸에 팽팽히 힘이 들어갔다. 그가 이를 악물고 지유의 양다리를 잡고 더욱 넓게 벌리며 힘차게 내질러 들어갔다. 살과 살이 문대지는 퍽, 퍽 소리가 거친 숨소리와 맞물려 차 안을 가득 메웠다.

"아, 학! 하준, 하준 씨……!"

지유가 하준의 탄탄한 등 근육을 끌어안았다. 요동치며 꿈틀거리는 미세한 근육의 움직임이 손바닥으로 느껴졌다.

덜컹, 덜컹!

그가 강하게 짓쳐들어올 때마다 요란한 소리를 내며 지유의 몸이 차 시트 속으로 파묻힐 지경이었다. 그들의 거친 움직임으로 차 전체가 흔들리는 것 같았다. 땀이 송골송골 배어난 얼굴을 들어 올린 하준이 지유의 달콤하게 벌어진 입술을 진하게 빨았다. 그녀의 입술을 점령한 채 하준이 더욱 격렬하게 허리를 움직였다.

"으! 음! 으……읏! 으읏!"

막힌 입술 사이로 지유의 신음성이 연달아 터져 나왔다. 그가 거친 숨을 헐떡이며 지유의 아랫입술을 살짝 물었다.

"너무 좋아…… 한지유. 소름 끼치도록."

농담이 아니라 정말 온몸에 소름이 돋아날 정도로 좋았다. 깊고 뜨거운 그녀의 몸 안으로 힘껏 담금질해 들어갈 때마다 머리칼이 쭈뼛 곤두설 것 같은 강한 쾌감이 그의 전신을 휘어 감았다. 어떻게 이렇게 좋을 수 있는 거지?

"으, 으읏, 하준…… 씨! 나, 나도 좋아……요. 홋!"

지유가 하준의 몸을 움켜잡고는 고개를 위로 확 젖혔다. 땀에 젖은 그의 옷이 그녀의 손아귀에 힘껏 당겨졌다. 온몸을 뒤흔들려질 때마다 내리박히는 짜릿함이 이곳이 어디인지도 잊게 만들어 버렸다. 어디든 상관없었다. 지금 이 감각을 도저히 멈출 수 없었다.

철썩, 철썩! 살과 살이 부딪히고 흠뻑 젖은 여성 속으로 짓쳐 들어가는 색정적인 소리가 점차 빨라졌다.

"아아, 이건…… 참을 수가 없어."

하준이 지유의 두 다리를 자신의 허리에 감고 몸을 숙여 그녀를 껴안은 채로 격정적으로 움직이기 시작했다.

"하읏! 학! 아흐읏!"

"아, 읏……!"

거칠게 움직이는 하준의 입술에서도 참기 힘든 신음이 새어 나왔다. 그가 지유의 등 뒤로 손을 밀어 넣어 땀에 젖은 탱탱한 엉덩이를 움켜잡고 세차게 들이쳤다. 아아, 맙소사! 자궁까지 찔러 들어올 듯한 강한 치받침에 지유가 그의 단단한 몸을 힘껏 껴안았다.

"하, 앗, 으아, 아아아아—!"

"크아아앗!"

야수처럼 으르렁거리며 하준이 그녀와 함께 절정으로 치솟아 올라갔다.

09.
곰 같은 체력이여, 솟아라!

백화점에 갑자기 등장한 화려한 남녀에게 사람들의 시선이 쏠렸다. 찰랑이는 금발머리를 높게 틀어 묶은 이자벨은 화이트 셔츠와 크림색 바지 차림이었는데도 여신의 오오라가 감춰지지 않았다. 그녀 옆에 서 있는 타이트한 블루셔츠와 화이트 팬츠를 입은 키가 큰 남자는 모자를 깊게 눌러쓰고 있었지만 누가 봐도 걸어 다니는 조각상이었다.

"내 부모님 생신 선물을 사는데 왜 관계도 없는 둘이 따라오는 거야. 부담스럽게."

장 감독이 투덜거리자 하준이 싱글거리며 말했다.

"살 게 있거든요."

둘의 대화에 한국어를 모르는 이자벨이 그들의 얼굴을 번갈아 바라봤다. 장 감독이 이자벨을 쳐다보며 물었다.

「이자벨도 살 게 있어서 온 거예요? 뭐 필요한 게 있으면 안내
해 줄게요.」

「아, 그냥 구경할 생각이니 괜찮아요.」

감독으로서의 매너를 보이는 장 감독에게 이자벨이 미소 지었다.

"다행이군. 솔직히 좀 귀찮은데."

「네?」

「아, 아무것도 아닙니다.」

장 감독이 태연하게 미소 지었다. 평소 촬영 외에는 여배우와 이
런 자리를 갖는 것을 그다지 선호하지 않는 장 감독이었기에 촬영
하기 전에 얼른 사서 현장으로 갈 생각이었다. 그런데 일정이 꼬여
본의 아니게 주연배우들과 함께 움직이게 된 것이다.

그렇다고 해서 백화점까지 따라올 필요는 없는데…… 괜히 사
람들의 시선을 끄는 것이 불편해진 장 감독은 빨리 사서 나가 버리
려고 눈앞에 보이는 브랜드로 걸어갔다.

「그럼 빨리 사서 나올 테니 조금만 기다리고 있어요. 하준아. 너
도 살 거 있으면 사서 차로 와.」

"그러죠."

하준이 끄덕이고는 가까이 있는 직원에게 다가갔다. 화장품 코너
에 있던 직원은 하준이 다가오자 얼굴을 붉게 물들이고 어쩔 줄을
몰라 했다.

"여기 주얼리 매장이 어디 있죠? 여자들이 좋아하는 쪽이면 좋
겠는데."

"주얼리면…… 저쪽으로 쭈욱 가셔서 왼쪽으로 돌아가시면 양쪽
으로 매장이 있어요. 이 백화점에서 가장 인기 있는 주얼리 브랜드

니까 그 둘 중에서 선택하시면 될 거예요."

"그렇군요. 고맙습니다."

하준이 고개를 숙이고는 직원이 안내해 준 쪽으로 빠르게 걸어갔다. 멀어지는 하준을 보고 이자벨이 서둘러 따라갔다.

「하준 씨. 같이 가요.」

두 사람이 같은 곳을 향하는 것을 보며 직원들이 흥분한 얼굴로 속닥이기 시작했다.

"세상에! 이하준 실물 봤어? 뭐 저렇게 생긴 사람이 있어? 여기서 연예인 많이 봤는데 정말 클래스가 다르다. 그치?"

"그러니까. 다가올 때 아주 뒤에서 후광이 작렬하더라. 그런데 이하준, 저렇게 대놓고 물어보는 거 보니까 이자벨 선물 주려는 거 같지?"

"같이 가잖아. 맞겠지."

"와…… 좋겠다. 역시 그 소문이 사실인가? 프랑스 촬영 때부터 둘이 눈 맞았다더니."

"그런 소문이 있었어?"

"인터넷에 많던데? 거기다가 그 이자벨이 한국에서 인터뷰 했을 때 갖고 싶은 게 있다고 했잖아. 그게 이하준 지칭한 거라고 다들 그러더라고. 설마설마했는데 지금 보니까 맞네. 딱이네. 딱."

그들이 숙덕거리는 소리와 관계없이 하준은 직원이 알려 준 매장으로 들어갔다.

"어서 오세…… 헉!"

하준이 들어오고 뒤이어 이자벨이 따라 들어오자 직원은 무척 당황한 듯 보였으나 투철한 직업의식을 선보이며 미소를 지었다.

하준은 무척 진지한 얼굴로 진열된 주얼리들을 천천히 훑었다.

그런 그의 뒤에 다가온 이자벨이 은근한 눈빛으로 하준을 바라봤다.

'······누굴 줄 생각이지? 설마······ 나?'

그녀의 눈빛은 명백히 그런 기대를 품고 있었다. 지금껏 별다른 태도를 보이지 않았지만 혹시 내성적인 동양인의 특성으로 말 대신 이런 선물로 자신의 마음을 표현하려는 것은 아닐까? 자신에 대한 자신감이 철철 넘쳐흐르는 이자벨은 그렇게 생각할 수밖에 없었다. 그럼 이 남자가 좀 더 고르기 편하게 해 줘야겠지?

「어머나, 예뻐라.」

홀리듯이 말한 이자벨의 말에 하준이 고개를 들어 그녀를 바라봤다.

「어떤 게요?」

하준이 미소를 지으며 자신에게 묻자 이자벨의 마음속 생각은 확신이 되어 갔다. 그녀는 화려한 눈웃음을 지으며 기다란 손가락으로 진열대 안을 가리켰다.

「저 열쇠 모양 목걸이요. 귀엽지 않아요?」

그건 커플이 나눠 끼는 열쇠 모양 목걸이였다. 남자용과 여자용이 크기와 디테일이 조금씩 다른 다이아가 박힌 목걸이를 보고 하준이 눈을 빛냈다.

「여자들은 저런 걸 좋아하는 모양이죠?」

「네. 그래요.」

자신에게 묻는 것이라 의심치 않은 이자벨이 끄덕이며 대답하자 하준이 직원에게 말했다.

"저 열쇠 모양 목걸이, 세트로 포장해 주세요."

"알겠습니다."

내가 옆에 있는데 뭘 포장까지.

이자벨은 도도한 표정으로 자신의 길고 가느다란 목덜미를 손가락으로 쓸며 미소 지었다. 커플로 사다니, 저 남자도 어지간히 티를 내고 싶은 게 틀림없어. 후훗. 그래도 영화 촬영 기간 동안은 좀 가리고 다녀야 되지 않을까? 한국은 스캔들에 예민하다고 들었는데.

이자벨이 주지도 않은 김칫국을 사발로 들이켜고 있는 동안 포장이 완료됐다.

"여기 있습니다. 결제는 어떻게 해 드릴까요?"

"여기요."

하준이 지갑에서 카드를 꺼내 계산하고는 쇼핑백을 받아들고 콧노래를 흥얼거리며 매장을 나가 버렸다.

「……어?」

고개를 빳빳이 세우고 목걸이를 채워 주는 남자의 손길을 기다리던 이자벨의 얼굴이 순간 당황으로 흔들렸다. 잠시 패닉에 빠진 표정으로 있던 이자벨이 서둘러 그를 따라 나갔다.

「하, 하준 씨. 같이 가요.」

의아스러운 표정으로 하준을 따라가며 이자벨이 고개를 갸웃거렸다. 이상하네……? 한국 남자들은 수줍음이 많다더니…… 사람들 없는 데서 주려고 그러나?

이자벨은 그 목걸이가 자신의 것이 될 거라 의심치 않으며 하준을 따라잡으려 발걸음을 빨리했다.

"하준 씨."

"응?"

스위트룸 욕실 안의 커다란 욕조 안에서 지유가 부르자 하준이 하던 일을 멈추고 올려다봤다. 물기에 촉촉이 젖은 머리칼을 만지작거리며 지유가 홍조를 띤 얼굴로 말했다.

"아직 안 들켰겠죠?"

"뭐가. 우리?"

"네."

"걱정 마. 요즘 그 집에도 거의 안 갔고 호텔 올 때도 시간차를 두고 들어왔잖아."

하준이 태평스럽게 대답하고는 다시 하던 일에 몰두하려 하자 지유가 그의 얼굴을 양손으로 척 잡았다.

"그래도 혹시 모르는 거잖아요. 들키면 어떡해요?"

막 말랑하고 부드러운 핑크빛 유두를 입안에 넣으려다 간발의 차로 제지당한 하준이 못마땅한 듯 한쪽 눈썹을 추켜올렸다.

"어려울 거 뭐 있어? 들키면 들키는 거지."

"예에? 아니…… 앗."

하준이 고개를 푸르르 흔들어 지유의 손을 벗어나 자신이 쥐고 있는 보드랍고 말랑한 젖가슴을 한입에 삼켰다. 그의 입술 안에서 한창 달아올랐던 젖꼭지가 뜨거운 입술에 다시 삼켜지자 또로록 솟아올랐다.

'아, 못살아!'

지유의 몸이 또다시 후끈후끈한 열기에 휩싸이기 시작했다. 단단

317

한 몸으로 그녀의 몸 위를 덮은 하준의 지속된 애무에 따뜻한 물속에 잠긴 상태에서도 지유의 은밀한 곳이 속절없이 젖어 버렸다. 하준은 가슴 끝을 베어 문 채로 혀로 굴리며 흠뻑 젖은 그녀의 숲 안으로 기다란 손가락을 밀어 넣었다.

"핫……!"

지유의 허리가 바짝 곤두세워졌다. 하준은 물기에 젖어 오르락내리락거리는 그녀의 양쪽 가슴 위를 타액으로 흥건히 적시고 점차 위로 올라갔다. 하얀 그녀의 목덜미를 빨며 수풀 안에 감춰진 은밀한 구슬을 손가락 끝으로 천천히 문지르자 지유는 달짝지근한 신음을 흘리며 천천히 고개를 젖혔다.

"하, 하아……."

요즘 매번 이런 식이다. 이 남자가 아주 사람을 가두고 꼼짝을 못 하게 하는 바람에 정신을 차릴 수가 없다. 이 남자 손길에 길들여진 건지 최근 쾌감의 정도가 점차 강해져 감당하기 힘들 정도고. 거기다 체력은 어찌나 좋은지…….

이상하다. 정희 말대로면 서른 넘은 남자가 이럴 수는 없다는데, 도대체 이건 어디서 솟아나온 곰 같은 체력이냐고? 앗, 그, 그런데 거길 그렇게 문지르면……!

"으, 아, 으아아……."

하준의 손가락이 빠르게 흥건한 정점을 문지르자 지유의 숨결이 점차 급박해졌다.

"좋아?"

하준이 물기 젖은 머리칼을 뒤로 넘기며 입술 끝을 말아 올렸다. 그러자 지유의 이마가 살짝 찡그려졌다. 얄미워! 그런 건 그 손 좀 멈추고 물으라고요!

"하, 아웃…… 그, 그런 거 물어보지 마요."

"난 궁금한데?"

하준이 진한 미소를 지으며 지유를 똑바로 응시하고는 손가락을 더욱 노골적으로 움직였다. 지유가 핫! 하며 몸을 크게 휘고는 할 딱거렸다.

"모, 몰라요. 훗."

"그래?"

지유가 시근덕거리며 말하자 하준이 한쪽 눈썹을 추켜올렸다. 그러고는 손가락을 미끈한 꽃잎 사이에서 빼내 허벅지 안쪽으로 슬쩍 내렸다.

"흐응. 모르는구나. 난 좋은 줄 알았는데."

그의 손가락 끝이 말랑한 허벅지 안쪽을 은밀히 쓸며 주무르자 지유가 발갛게 달아오른 얼굴로 눈을 흘겼다.

"정말 나빴어."

"내가아?"

하준이 천연덕스럽게 눈을 크게 뜨고는 욕조 난간에 팔을 괴고 지유의 옆에 비스듬히 누웠다. 그러고는 빠져들 듯한 다갈색 눈동자로 그녀를 응시하며 지유의 말랑한 허벅지 안쪽 살을 조몰락거렸다.

"난 좋은데. 이렇게 만지고 있는 것도 좋고 맛보는 것도 좋아. 이 안에 손가락을 집어넣고 느끼면…… 너무 부드러워."

한껏 예민해진 보풀아 오른 속살을 살짝 터치한 손가락이 미련 없이 다시 허벅지로 내려가자 지유의 입술에서 본능적으로 아쉬운 한숨이 흘렀다.

'아아! 얄미워, 얄미워!'

지유가 발갛게 달아오른 얼굴로 그를 흘겨봤다. 단단한 손가락이 살짝씩 스칠 때마다 거칠어지는 숨결을 뻔히 알고 있으면서도 싱글싱글 웃고 있는 하준의 잘생긴 얼굴이 오늘따라 너무 얄미워 보였다.

"지유 몸은 참 예뻐."

허벅지를 타고 올라온 그의 손가락이 물 위로 살짝 드러나 있는 지유의 탐스러운 가슴을 둥글게 쓸었다.

"여기도…… 너무 예쁘고."

뾰족하게 곤두서 있는 가슴의 정점을 내버려 둔 채 느릿한 손놀림으로 보드라운 살덩이만 뱅글뱅글 매만지자 지유는 자꾸만 속이 탔다. 팽팽하게 흥분된 핑크빛 정점이 그의 손가락이 주는 자극을 간절하게 원하고 있었다.

'조금 더…… 아니, 거기 말고 조금 더…… 아아! 미치겠네.'

지유가 부어오른 입술을 살짝 깨물고는 얼굴을 발갛게 물들였다. 거칠어진 그녀의 숨결로 크게 오르락내리락거리는 가슴을 천천히 타고 올라간 하준의 손가락이 쇄골 아래 오목한 부분을 부드럽게 쓸었다. 그의 시선이 그녀의 몸을 천천히 타고 오르는 제 손가락 끝을 향하고 있어 그것이 닿는 곳마다 열기가 지펴 오르는 기분이었다.

"삼키고 싶어."

그의 손가락이 예민한 목덜미를 간질이다가 고개를 숙여 뽀얀 목덜미를 살짝 빨자 지유가 바르작거렸다.

"앗."

지유는 아랫배가 뜨겁게 조여지는 기분이었다. 더 이상 못 참겠어. 어서, 어서…….

그때 하준의 입술이 떨어져나가더니 상체를 세우고 무언가 찾는 듯했다. 지유가 몽롱한 눈으로 바라보자 그가 고급스러운 블랙 케이스를 꺼냈다.

"어어……? 그게 뭐예요?"

지유가 어리둥절한 눈을 하자 하준이 케이스를 열고 그 안에 담긴 열쇠 모양 펜던트가 달린 목걸이를 빼냈다. 팔을 뻗어 지유의 목에 조심스럽게 걸어 주며 그가 속삭였다.

"이걸로 날 열 수 있는 건 너밖에 없어. 너 외에는 누구에게든 난 잠겨 있을 거야."

"하준 씨……."

그의 선물보다 그의 말이 더욱 감동스러워 지유는 코끝이 찡했다. 이런 남자에게 이렇게나 사랑받아도 되는 걸까?

"어때? 마음에 들어?"

목걸이를 걸어 준 하준이 싱글거리며 지유의 입술에 입을 맞추고 물었다. 그러자 지유가 촉촉한 눈빛으로 하준을 바라봤다.

"나 평생 치의 행운을 다 써 버린 거 같아요. 하준 씨한테."

"이런. 그럼 그 행운 내가 다시 채워 줘야겠는데?"

하준이 쿡쿡 웃으며 지유의 사과 같은 탱글한 뺨을 핥았다. 그러고는 케이스 안의 또 하나의 목걸이를 그녀에게 건넸다.

"걸어 주겠어?"

"아, 이것도 열쇠네요?"

그가 건네주는 열쇠 모양 펜던트가 달린 목걸이를 받아 든 지유가 물었다. 하준이 지유의 어깨를 부드럽게 껴안고는 말했다.

"너만이 날 열 수 있듯이, 나만이 널 열 수 있었으면 좋겠어. 솔직히 살 때는 그런 것까진 생각 안 했는데 널 주려고 보고 있는 동안 그런 생각이 들더라."

하준이 낮게 속삭이는 말에 지유가 숨을 들이켰다. 그가 그녀의 몸을 살짝 놔주고는 고개를 숙였다.

"자. 걸어 줘."

지유가 조심조심 고개를 숙인 그의 목에 목걸이를 걸었다. 남자다운 목에 찰랑 목걸이가 걸리자 하준이 고개를 들었다. 똑같은 목걸이를 한 두 사람이 서로의 목걸이를 보며 웃었다.

"잘 어울리는데."

"하준 씨도요."

농담처럼 말하곤 서로 눈을 마주치고 환하게 웃었다. 하준의 손가락이 그녀의 목에 빛나는 목걸이를 매만지다가 천천히 올라갔다. 부드럽게 목덜미를 타고 올라간 손가락이 동그란 턱을 지나 말랑한 입술에 닿았다.

"여기도…… 예뻐. 달콤한 과즙이 흘러나오는 과일같이 매혹적이야."

하준이 지유의 입술을 천천히 쓸며 진한 시선으로 응시했다.

"홀릴 정도로."

낮은 그의 목소리와 예민한 입술에 와 닿는 손가락 끝의 감촉에 지유가 안타깝게 허리를 비틀었다. 민망하게도 이미 한참 전부터 내내 자극을 받아 은밀한 샘이 연신 애액을 흘리며 그를 뜨겁게 원하고 있었다. 하아…… 하준 씨……. 그녀의 눈동자에 맺힌 열망을 고스란히 읽어 낸 듯한 그가 매혹적인 눈매를 휘었다.

"이 예쁜 입으로 내가 듣고 싶은 말을 해 주면 좋겠는데."

"무슨…… 말이요?"

살짝 거칠어진 숨결을 내쉬며 지유가 물었다.

"음. 알려 주기 싫은데?"

하준이 쿡쿡 웃으며 손을 내려 그녀의 바짝 곤두선 분홍빛 젖꼭지를 손가락으로 잡아 살짝 비틀었다.

"아……훗!"

아찔하게 뻗어 나가는 쾌감에 지유의 입술이 달콤하게 벌어졌다.

"이 목소리도 듣기 좋아. 날 항상 달아오르게 만드는 목소리지."

출렁이는 가슴을 움켜쥐고 주무르며 하준이 속삭였다. 점차 열기로 흐릿해지는 지유의 눈동자를 똑바로 보며 그가 다시 말했다.

"이제 솔직하게 말해 줘야 돼?"

하아, 못됐어…… 정말.

지유가 겨우 고개를 끄덕였다. 그녀를 똑바로 응시하며 그가 허벅지 안쪽으로 손을 내렸다. 그의 손가락이 점차 안쪽으로 향할수록 바짝 긴장한 다리 사이가 뜨겁게 달아올랐다. 그때 하준의 낮은 목소리가 내려앉았다.

"나를 원해?"

하준의 잠긴 듯한 탁한 목소리와 함께 그녀의 뜨거워진 속살이 한껏 조여들었다.

"하아…… 응. 원해요."

"이게 어디까지 도달했으면 좋겠어?"

아슬아슬한 위치에 손가락을 멈추고 그가 다시 물었다.

"깊숙이……."

"깊숙이 어디?"

"이, 이 안……까지…… 훗!"

지유가 다리를 살짝 벌리며 말하자 그의 손가락이 기다렸다는 듯 흠뻑 젖은 여성 안으로 푹 찔러 들어갔다. 급작스러운 침입에 지유의 다리에 바짝 힘이 들어갔다. 그가 그대로 쑤걱거리며 연달 아 그녀의 안으로 침범해 들어갔다.

"하! 아핫!"

지유가 쾌감으로 일그러진 얼굴로 고개를 젖히고 헐떡이자 하준 이 그녀의 얼굴을 똑바로 바라보며 팔을 강하게 움직이기 시작했 다. 내부의 예민한 부위를 집중적으로 찔러 대자 그녀의 몸이 불덩 이에 휩싸인 것처럼 뜨겁게 달아올랐다.

"하, 하준 씨! 아, 아아…… 아흐읏!"

지유가 급박한 신음을 터뜨리며 엉덩이를 움찔거렸다. 온몸을 뒤 덮은 쾌감의 불길이 그녀를 더욱 열기 속으로 재촉하고 있었다. 아 아, 조금 더, 조금만, 조금만 더……!

하준이 근육이 꿈틀거리는 강한 팔로 빠르게 쳐올리다가 지유의 입술이 크게 벌어지기 직전에 쑥 빠져나왔다.

"아, 안 돼!"

아주 빠른 속도로 절정으로 치솟아 올라가던 지유가 강제로 끌 려 내려오자 아쉬움의 탄성을 내질렀다. 하준이 그녀의 몸 위로 단 번에 올라오더니 지유의 다리를 한껏 벌려 욕조 난간에 걸쳤다. 그 리고 애액에 흠뻑 젖은 그녀의 좁은 입구 사이로 빳빳하게 곤두선 남성을 강하게 찔러 넣었다.

"학……!"

진한 아쉬움에 떨던 그녀의 안이 손가락과는 비교도 할 수 없이 훨씬 크고 두꺼운 남성으로 빽빽하게 채워지자 지유의 입술이 크게 벌어졌다. 그리고 폭풍 같은 질주가 시작됐다. 하준은 날카로운 쾌감에 몸부림치는 지유를 똑바로 내려다보며 탄탄하고 둥근 엉덩이를 힘껏 밀어 올렸다.

철썩, 철썩!

그의 섹시한 골반이 거칠게 튕겨질 때마다 욕조 안의 물이 거세게 요동치며 욕조 벽을 때려 댔다. 하준은 근육이 꿈틀거리는 강한 팔에 불끈 힘을 주며 욕조를 잡고 리드미컬하게 허리를 움직였다.

"으, 으아!"

그가 뜨겁게 달아오른 여성 안으로 거침없이 내질러 들어갈 때마다 지유가 쾌감의 신음을 터뜨렸다. 격렬하게 움직이는 두 사람의 목에 매달린 목걸이가 잘그락거리며 연신 흔들렸다.

"후우. 후욱."

"훗! 아! 흐으웃!"

욕조 밖으로 사정없이 넘쳐 흐르는 물소리와 급박한 신음 소리가 욕실 안을 뜨겁게 메웠다. 그때 하준이 지유의 몸에서 빠져나가더니 그녀를 일으켜 세웠다.

"앗……?"

"벽을 잡아."

지유의 몸을 뒤로 돌려 벽을 잡고 지탱하게 한 하준이 탱글한 그녀의 엉덩이를 움켜잡고 바짝 다가섰다.

"잠깐 기다려. 이제 참기 힘들 것 같으니까."

하준이 낮게 내뱉고는 수납장 위에 올려둔 콘돔을 빼냈다. 그러고는 빳빳하게 곤두선 채로 끄덕이는 남성에 콘돔을 끼웠다.

그녀의 뒤에 가까이 선 채로 살짝 벌어진 다리 사이를 더욱 넓게 벌리게 한 하준이 아찔하게 갈라진 엉덩이 사이로 거대하게 부푼 굵은 남성을 갖다 댔다. 그 은밀한 곳에 거대한 남성을 끼워 넣자 지유가 본능적으로 엉덩이를 들어 올려 그가 들어오기 쉽도록 도왔다.

투웅!

그의 골반이 앞뒤로 강하게 튕겨지며 그녀의 뜨거운 속살 사이로 쑤셔 들어갔다.

"하악!"

탐스러운 엉덩이 사이로 찔러 들어온 단단한 남성에 지유의 몸이 앞뒤로 크게 흔들렸다. 근육질 허벅지에 바짝 힘을 준채로 하준이 맹렬하게 짓쳐 들어갔다.

"너, 너무 세요! 하준, 하준 씨!"

뒤에서 강하게 내리박히는 힘에 지유의 몸이 욕실 벽에 밀렸다. 벽을 움켜잡은 지유가 정신없이 헐떡이며 고개를 저어 댔다.

"천천히, 하준 씨, 천천히……! 흐읏! 아, 아으읏! 아악!"

격렬하게 들이치는 뜨거운 샘 속에서 참을 수 없는 강렬한 쾌감이 느껴지자 지유의 온몸을 뒤흔들었다.

"헉, 헉. 안 돼. 좀 더…… 좀 더 지유야. 제발."

하준이 낮게 속삭이며 참을 수 없다는 듯 사정없이 골반을 튕겨 댔다. 그가 지유의 잘록한 허리를 움켜잡고 내벽을 긁어내며 쑥 빼냈다가 버터플라이 근육이 선명하게 새겨지도록 엉덩이에 힘을 주고 강하게 쑤셔 들어갔다.

"흐아앗―!"

하준은 그녀의 몸을 벽으로 완전히 밀어붙인 채 아주 깊숙한 곳까지 밀고 들어갔다. 그가 격렬하게 쳐올릴 때마다 지유의 몸이 들쳐 올라갈 듯 튕겨 올랐다. 지유는 종아리에 바짝 힘을 주고 까치발로 버텼다.

터질 것 같아! 정신없이 흔들리는 몸에 바짝 힘을 준 채로 지유가 허리를 꺾어 고개를 뒤로 확 젖혔다.

"아, 아으웃…… 더, 더는……!"

"아아, 지유야! 크웃―!"

더 이상 깊이 들어올 수 없을 정도로 깊숙이 밀고 들어온 그의 터질 듯 발기한 남성을 그녀의 몸이 부러뜨릴 듯 강하게 조여 댔다. 그 쾌감에 얼굴을 사정없이 일그러뜨린 하준이 짐승처럼 으르렁거리며 그녀의 가슴을 움켜잡았다.

"하준 씨! 웃! 아학!"

이를 악문 하준이 강철 같은 단단한 몸으로 빠르게 쳐올리자 도저히 자극을 견디지 못한 지유가 벽을 긁으며 교성을 내질렀다.

"아, 하, 아으웃……!"

벼락같은 쾌감이 온몸에 내리꽂히는 순간 지유의 눈앞이 완전히 깜깜해졌다. 그 순간 그녀의 목에 걸린 열쇠가 물기에 젖어 반짝, 빛났다.

세상에. 그렇고 그런 짓을 하다가…… 기절을 하다니?

지유는 간밤의 일을 생각하고 또 얼굴이 화르륵 붉어졌다. 욕실에서 그대로 정신을 잃고 눈을 떴을 땐 침대 위 그의 품이었다. 처음 눈이 마주친 순간 그가 입술 끝을 말아 올리며 한 말은 그랬다.

'그렇게 좋았어? 기절할 만큼.'

세상에……!

지유가 고개를 절레절레 저었다. 정말 복상사가 남의 일이 아니야. 몸조심해야겠다.

지유는 그렇게 생각하며 버스에 올라탔다. 나도 참, 면접을 보러 가는 길에 이런 음험한 생각을 하다니……. 그래도 간밤의 일이 워낙 충격적이었기 때문에 면접을 보는 내내 복상사에 대해 끊임없이 고찰하고 있었다.

"……어라?"

정신을 차리고 보니 이미 면접을 끝내고 회사를 빠져나오고 있었다. 지유는 회사 입구를 황당한 시선으로 돌아보고는 중얼거렸다.

"하아, 이런 정신으로 면접을 봤으니 이번에도 글러먹었어."

한숨을 내쉬며 버스 정류장 쪽으로 걸어가는데 마침 면접을 망친 원흉에게서 전화가 왔다. 지유는 전화 건 이가 이하준이라는 걸 사람들이 알 리가 없는데도 자기도 모르게 주변을 살피고 조심스럽게 전화를 받았다.

"네. 저예요."

지유가 소곤거리며 대답하자 하준의 밝은 목소리가 들렸다.

— 면접은 잘 봤어?

당신 때문에 망쳤거든요?

"뭐, 대충요. 하…… 씨는 오늘부터 촬영 들어간댔죠?"

아버지를 아버지라 부르지 못하는 홍길동의 마음처럼 지유가 그의 이름을 슬쩍 삼키고는 물었다.

— 세트장 와 있어. 분장 끝내고 스탠바이 대기 중.

"그럼 한동안 바쁘겠어요. 촬영이 보통 힘든 게 아니라고 들었는데……."

— 별로 힘들진 않아. 하나 있다면 한지유를 못 안는다는 것 정도?

"하, 하준 씨!"

지유가 저도 모르게 빽 소리치고는 아차 싶어 얼굴이 벌게져선 주변을 휙휙 둘러봤다. 다, 다행히 들은 사람은 없는 모양이네.

— 그래도 최대한 시간 생기는 대로 찾아갈 테니까, 기다리고 있어.

"나도 취업하면 바빠지거든요? 하…… 씨만 기다리고 있을 순 없죠."

아무래도 면접은 망한 것 같긴 하지만 말이죠.

지유가 입술을 삐죽거리며 말하자 그가 전화기 너머에서 쿡쿡거리며 낮게 웃는 소리가 들려왔다.

— 그럼 난 한지유가 취업에 실패하길 기도해야겠군.

"예에? 치, 치사하게."

— 치사한 게 누군데? 얌전히 나만 기다리고 있게 하려면 할 수 없잖아. 음, 달 보고 기도라도 하라고 해야 하나? 어쨌든 바로 들

어가. 들어가서 문자 보내고.

"아직 날 훤한데요, 뭐."

— 말 들어. 그럼 촬영 들어가야 하니 끊을게.

"아, 네."

후다닥 끊긴 전화를 가만히 보고 있던 지유가 피식 웃었다. 아무튼 걱정은 많아 가지고⋯⋯. 살벌하게 예쁜 미인들이랑 영화니 화보니 드라마니 찍어 대는 건 본인이면서 말이야. 아, 그러고 보니 이번 영화 여주인공은 심지어 이자벨이잖아? 세계에서 알아주는 미모의 여배우와 촬영하는데 걱정은 오히려 내가 해야 되는 거 아닌가?

그래도 왠지 그가 걱정해 주고 안달복달하는 건⋯⋯ 기분이 좋단 말이지.

"후후후."

지유는 블라우스 안에 숨겨 놓은 자신의 목걸이를 손가락으로 더듬어 확인하고는 콧노래를 부르며 경쾌한 걸음으로 버스 정류장으로 향했다.

하준은 주차장에 차를 세우고 예리한 시선으로 주변을 한 번 살핀 뒤 차에서 내렸다. 그러고는 모자를 깊게 눌러쓴 채 빠르게 걸어 엘리베이터에 올랐다. 파파라치에게 들키지 않기 위해 여러 대의 차를 번갈아 가며 사용하지만 그래도 파파라치들을 피하는 건 쉬운 일이 아니었다.

"후우."

엘리베이터 안에서 바뀌는 숫자를 응시하며 하준이 한숨을 내쉬었다.

배우로 오래 생활하다 보니 파파라치에게서 도망치는 일이 일상화되어 있지만 종종 무척 짜증스럽게 느껴진다. 그래서 사는 곳을 주기적으로 바꾸긴 했다. 보통 철통같은 보안과 입구에서부터 모든 것이 봉쇄되는 고급 오피스텔이나 빌라 같은 곳을 옮겨 다니며 살았다. 그럼에도 파파라치들은 얼마간 시간이 지나면 그의 집을 귀신같이 찾아내서 따라붙고는 했다.

'그런데 여긴?'

이곳은 평소 그가 이사를 할 때 가장 중요하게 생각하는 보안이 무척 취약한 곳이었다. 주차장까지 언제든 파파라치가 침투할 수 있는 곳이었으니.

하준은 주변에 대한 경계를 늦추지 않고 엘리베이터에서 내려 지유의 집으로 들어갔다.

"하준 씨, 온다는 말도 없이 갑자기 어쩐 일이에요? 촬영은요?"

뽈뽈거리며 걸어오는 지유의 동그란 눈동자가 그에게 향하자 하준의 입가에 진한 미소가 어렸다.

"아직 본격적으로 시작하진 않아서."

"어엇."

하준이 지유를 달랑 안아 올려 천천히 침대 쪽으로 걸어가며 말했다.

"잠깐 충전 좀 하고 갈게."

그가 그녀의 눈을 맞추며 말하자 지유가 배시시 웃었다.

"응. 그래요."

하준은 지유를 안고 침대 위에 털썩 누웠다. 지유와 나란히 옆으로 누운 채로 등 뒤로 그녀의 작은 등을 껴안자 달콤한 체취가 콧속으로 밀려 들어왔다.

"널 안고 있으면 왜 이렇게 기분이 좋은 걸까?"

하준이 중얼거리듯 말하자 지유는 콩콩거리는 심장의 울림을 느끼며 괜히 헛기침을 했다.

"글쎄요. 그건 저도 잘……. 근데 이러고 있으면 충전이 돼요?"

"음."

하준이 지유를 끌어안은 팔에 단단히 힘을 줘 허리를 끌어당겨선 그녀의 동그란 어깨에 얼굴을 묻었다.

"앗."

간지러운 듯 지유가 살짝 어깨를 움츠리자 하준이 쿡쿡거리며 보드라운 목을 날렵한 콧대로 문질렀다. 지유가 까르르 웃음을 터뜨리며 바르작거리자 그가 그녀의 작은 턱을 살짝 잡아 돌려 입술에 키스했다.

"으합……음…… 하, 하준 씨 이러려고 온……으읍."

지유가 입술을 점령당한 채로 할딱이다가 자신의 엉덩이로 느껴지는 단단한 기둥의 감촉에 눈을 동그랗게 떴다.

"앗, 자, 잠깐……!"

잠깐이 어딨어? 난 너만 보면 참을 수가 없는데.

하준이 느른한 웃음을 지은 채로 지유의 헐렁한 원피스를 잡아 확 끌어 올렸다.

몇 시간 뒤.

하준은 지유의 침대 위에서 탄탄한 근육질 몸을 드러낸 채 실오라기 하나 걸치지 않은 맨몸으로 잠든 지유를 응시하고 있었다. 아직 열기가 남아 있는 발그레한 얼굴로 색색 자고 있는 지유를 팔을 괸 채로 누워 보고 있는 그의 입가에 미소가 피어났다.

지금까지 살아오는 동안 무수한 여자를 만났지만 단 한 번도 여자를 진심으로 믿은 적은 없었다. 하물며 제대로 사귄 여자도 없었다.

그저 처음엔 욕망을 풀어내기 위한 상대로 유혹해 오는 여자와 관계를 가지려 했었는데 키스도 애무도 아무것도 느껴지지 않았다. 오히려 기분이 더러워지자 그만두고 나와 버렸다. 그때는 우연일 수도 있다는 생각에 다시 시도해 봤지만 역시 마찬가지. 여러 여자와 스캔들이 터지는 것도 감수하며 시도해 봤지만 다 마찬가지였다.

막연한 두려움이었던 불감증이 사실로 드러나자 절망했다. 여자를 믿고 안 믿고를 떠나 애초에 여자를 안지 못하는 몸이라는 건 남자로서 참기 힘든 일이었다. 그래서 되는대로 접근해 오는 아무 여자와 시도를 했다.

'결국 그 불감증을 해소시킨 여자는 없었지만.'

피지의 그 리조트에서…… 그날 역시 술에 취해 반포기 상태로 시도했던 일이었다. 이 여자도 마찬가지겠지, 라는 생각으로 먼저 유혹해 온 여자가 남기고 간 번호의 룸으로 올라갔다. 거기서 이 여자를 만났고, 태어나서 처음으로 남자로서의 육체적 만족을 느꼈다.

겨우 찾았다.

그걸 알았을 때의 놀라움과 기쁨은 사실 순전히 육체적인 영역이었다. 그랬기에 처음 이 여자를 그렇게 찾아다닌 이유도 그저 관계를 위한 시험일 뿐이었고. 그땐 그렇다고 생각했다.

"그런데…… 아니었지."

하준의 진한 눈동자가 아이처럼 잠든 지유의 얼굴에 향했다.

이 여자와 함께 있는 사이 그것만이 이유는 아니라는 것을 알게 됐다. 관계를 가진 후엔 더더욱.

그저 트라우마를 벗어나게 해 줬기 때문이 아니라…… 이 여자는 다른 걸 느끼게 했다. 초조함, 열망, 갈망, 애태움…… 태어나서 처음 느끼는 감정들이 우후죽순 생성되어 날 지배하기 시작했다. 통제영역을 넘어.

하준은 잠든 지유의 얼굴에 흘러내려온 머리칼을 살짝 옆으로 넘겨 줬다.

"으응."

그의 손길을 느낀 듯 지유가 작게 몸을 꼼지락거리자 하준의 입술에서 쿡, 하는 웃음이 새어 나왔다. 이 여자가 이렇게 소중한 존재가 될 줄은 생각도 못 했다. 이 좁은 방 안에서 함께 누워 있다는 사실만으로도 마음의 안정이 올 줄은 정말 몰랐다.

"한지유."

하준이 잠든 지유를 낮게 불러 봤다.

한지유…….

널 못 만났다면 어떻게 됐을까?

그 시간 하준의 소속사 대표 이남훈은 자신 앞으로 보내온 사진들을 확인하고 있었다. 한 장 한 장 사진을 확인하던 남훈의 미간이 확 일그러졌다.

"이하준 이 녀석…… 내 이럴 줄 알았어."

하준과 일반인으로 보이는 여자가 같은 오피스텔로 들어가고, 심지어 함께 호텔에서 나오는 장면과 키스하는 장면까지 들어간 사진이 한두 장이 아니었다. 남훈은 지끈거리는 머리를 부여잡고 한숨을 내쉬었다.

"한동안 잠잠하다 했더니. 어쩌려고 일반인이랑 사고를 쳐?"

적어도 같은 업계에 있는 사람들은 타격이 덜하다. 서로 이쪽 생리 다 아는 사람들이고, 소속사 간에 말을 맞추기도 편하며 그 외에도 연예인들은 기본적으로 소속사 차원에서 관리를 받는다.

그런데 일반인은 다르다. 언론의 표적이 되는 순간부터 어디까지 사생활이 난도질당할지도 모르고, 마녀사냥에 휘말릴 위험성 역시 크다. 같은 연예인이라면 몰라도 일반인이라면 그걸 이겨 낸다는 건 쉽지 않다.

"후우……."

남훈이 모자를 쓴 하준과 지유가 서로 바라보고 있는 사진을 잡고 피곤한 눈으로 응시했다. 한참을 바라보던 그가 허탈하게 웃었다.

"녀석. 좋기는 엄청 좋은 모양이군. 아주 흠뻑 빠진 얼굴이야."

지금껏 하준과 신인 시절부터 늘 함께 해 오던 남훈이었지만, 그가 여자에게, 아니 이런 표정을 짓고 있는 모습은 단 한 번도 본 적이 없었다. 이런 식으로 사랑스러워 죽겠다는 얼굴로 누군가를 바라볼 수 있는 타입이라고는 생각 못 했는데…….

지금까지 하준에게 있었던 크고 작은 무수한 스캔들은 소속사에서 홍보 차원에서 터트린 것도 있었고, 하준이 파파라치에게 걸렸던 적들도 많았지만 단 한 번도 길게 만나 왔던 적은 없었다. 또한 하준 쪽에서 애착을 보였던 적 역시 결단코 없었다.

그래서 가끔 하준이 일부러 그런 스캔들을 만드는 게 아닐까 하고 진지하게 고민했던 적도 있었다. 이 자식 이거, 게이 아니야? 라는 생각을 진지하게 한 적도 있을 정도니.

"아주 신체 건강한 남자구나. 이하준."

피식 웃으며 사진을 테이블 위로 툭 떨어뜨린 남훈이 팔짱을 꼈다.

"자, 이제 어쩐다."

파파라치 측은 이 사진들을 볼모로 천문학적인 액수를 제시한 터였다. 우선 피해를 최소화하기 위해선 가장 수위가 가벼운 사진들로만 언론에 배포하기로 하고, 얼마 안 됐다느니 예쁜 사랑 지켜봐 달라니 하는 정도로만 기사를 뽑는 방법이 있다. 스캔들은 스캔들이되 타격이 가장 적은 축에 속한다.

하지만 이 기사 자체를 묻어 버리기 위해선 그들이 바라는 금액을 모두 충족시켜 줘야만 한다.

"흐음……."

팔짱을 낀 채로 한참 고민하던 남훈이 결심을 했는지 휴대폰을 꺼내 들었다. 어딘가의 번호를 누른 그가 진지한 얼굴로 말했다.

"이남훈 대표입니다."

남훈은 밀실로 이루어진 고급 바에서 이자벨과 마주 앉아 있었다. 팔짱을 낀 채로 마네킹 같은 다리를 꼰 이자벨이 눈을 가늘게 뜨고 남훈을 바라봤다.

「내가 왜 이하준 씨 스캔들 무마용이 되어야 하죠?」

남훈이 이자벨에게 깊숙이 고개를 숙였다.

「일방적인 내 연예인을 위한 부탁이라 염치없는 건 알고 있지만 부탁합니다. 지금 그 녀석이 단단히 빠진 상대가 일반인이라 연막이 필요해요.」

「흐응. 재밌네요.」

이자벨이 코웃음을 치고는 칵테일 잔을 들어 들이켰다. 남훈은 고개를 숙인 채로 이자벨이 대답할 때까지 기다렸다. 칵테일을 쭈욱 마신 이자벨이 잔을 내려놓고 그를 똑바로 바라봤다.

「공공연하게 그 사람과 내 기사가 나간다는 거 알고 있어요. 영화 홍보를 위해서도 우리 쪽 에이전시에서도 그냥 내버려 두고 있다는 걸 모를 정도로 날 바보라고 생각하는 건 아니실 테고. 그런데 굳이 대표님이 이렇게 하시는 이유가 뭔가요?」

「앞으로 더 큰 열애설 기사를 내보낼 생각이니 그런 겁니다.」

「그러니 협력해 달라?」

「맞습니다.」

이자벨은 속이 타오르는 기분에 다시 칵테일을 들이켰다. 그 남자가 왜 목걸이를 사 놓고 자신에게 줄 생각도 하지 않는 건지 궁금했는데 그 이유가 지금 풀렸다. 일반인에게 단단히 빠지다니……. 그래서 지금껏 내 유혹에도 눈 하나 깜짝 안 했던 건가?

「……도대체 얼마나 예쁘기에.」

「네?」

이자벨이 낮게 중얼거리는 소리에 남훈이 상체를 숙인 상태에서 머리만 조금 치켜들었다.

「아, 아무것도 아니에요. 그보다 그만 고개 들지 그래요.」

「대답을 해 주시면 들겠습니다.」

완강한 남훈의 태도에 이자벨이 한숨 쉬듯 말했다.

「어차피 일부러라도 스캔들을 키우길 바라고 있는 건 우리 쪽도 마찬가지예요. 하지만 솔직히 말해 개인적으로는 썩 유쾌하진 않네요. 다른 여자의 연막이 되는 기분이니까.」

「그 점 진심으로 미안하게 생각합니다.」

「됐어요. 대표님도 충분히 숨기면서 판 짤 수 있는 거 굳이 솔직하게 말해 줬다는 거 아니까. 이건 날 위한 배려겠죠.」

「…….」

「이제 대답은 충분히 된 것 같은데요. 고개 들어요.」

이자벨의 말에 남훈이 그제야 숙이고 있던 고개를 천천히 들어 올렸다. 이자벨이 자신의 칵테일 잔을 들어 올리며 말했다.

「그거 하나만 말해 줘요.」

「뭘…… 말입니까?」

남훈이 긴장된 표정을 풀지 않고 물었다. 매혹적인 푸른 눈동자로 남훈을 바라보며 이자벨이 말했다.

「그 여자 얼굴 대표님도 봤을 거 아니에요? 어때요? 나보다 예뻐요? 이하준이 그렇게 단단히 빠질 만큼?」

「아…….」

남훈의 얼굴에 순간 당혹이 서렸다. ……진심으로 물어보는 건가? 농담인가? 평소 이런 대 여배우의 심리는 늘 사람을 헷갈리게 만든다는 걸 익히 겪어 온 그는 혼란스러웠다. 국내 여배우조차 그럴진대 프랑스 여배우의 심리를 도대체 어떻게 파악하라는 거야?

남훈이 혼란스러운 표정을 짓고 있는 것을 보며 이자벨이 입술 끝을 비틀어 올렸다.

「그렇게 고민할 만큼 아름다운 사람인가 보네요. 아, 왠지 완전히 진 기분이네.」

착잡한 얼굴로 말한 이자벨이 남은 칵테일을 원샷하고는 남훈을 봤다.

「한 잔 더 할래요?」

「아, 네. 그, 그러죠.」

얼빠진 표정으로 앉아 있던 남훈은 칵테일을 더 주문하기 위해 서둘러 벨을 눌렀다.

지유는 인터넷에 뜬 사진을 눈을 가늘게 뜨고 보고 있었다.

'이 구도 어디서 본 것 같은데……?'

사진 안에는 하준과 이자벨이 나란히 앉아 술을 마시고 있는 모습이 담겨 있었다. 사진 안의 모습은 장소만 프랑스에서 한국으로 바뀌었을 뿐 예전에 본 파파라치 사진과 똑같은 분위기를 풍기고 있었다. 다만 그때는 장 감독이 껴 있었고 이번에는 없었다는 점이 다르다. 그렇다는 건 단둘이 술을 마셨다는 뜻인데…….

지유가 눈을 번뜩이며 사진을 노려봤다. 사진 포커스 탓인지 하준과 이자벨이 유독 사이가 좋아 보였다. 마치 연인스러운 분위기를 풍기는. 보통 주연 배우들은 다 이런가?

지유는 다정한 모습을 보이는 둘의 사진을 한참 노려보다 스크롤을 확확 내렸다. 그러다 댓글에서 순간 멈칫했다.

―저 둘 분위기 수상한데?

―한동안 잠잠하다 했더니 이하준 이번엔 국제적으로 한 건 크게 터뜨리려고 그런 거였어?

―헐, 이거 딱 봐도 둘이 썸 타는 거잖아?

……역시 나만 그렇게 느끼는 게 아닌 모양이야.

매의 눈으로 보고 있는데 연관 기사로 뜬 기사의 제목이 갑자기 눈에 들어왔다.

『이하준 & 이자벨. 프랑스 촬영부터 핑크빛 기운 물씬. 업계에서도 인정.』

이게 무슨 소리야? 프랑스에서부터? 업계에서 인정이라니?

지유가 흰자가 허옇게 보이도록 눈을 치뜨고 재빨리 기사를 클릭했다. 기사에는 프랑스에서부터 파파라치 샷을 찍은 사진들이 누가 봐도 그렇고 그런 분위기로 연상되게끔 나열되어 있었다. 둘만 서 있는 사진, 둘이 얼굴을 바짝 붙이고 대화하는 사진, 이자벨이 안기듯 매달리는 사진…….

"뭣이여, 이게?"

지유의 얼굴이 분노로 벌겋게 달아올랐다. 이 남자가 나 몰래 뒤에서 이런 짓들을 해??

띠띠띠띠띠.

"헉!"

흰자만 치켜뜬 채 한참 모니터를 노려보고 있던 지유는 갑자기 현관 비밀번호를 누르는 소리에 화들짝 놀랐다. 황급히 인터넷 창을 닫으니 곧 이 집 현관 번호를 아는 유일한 남자가 태연히 문을 열고 들어왔다.

"한지유."

모자를 깊게 눌러쓴 하준이 싱긋 웃으며 들어오자 지유가 처녀귀신 같은 음산한 표정으로 의자에서 일어서며 물었다.

"바쁘다면서 어떻게……."

그녀 앞까지 빠르게 걸어온 하준이 냉기가 풀풀 날리는 지유를 인식하지 못하고 덥석 껴안았다. 그의 단단한 품에 안기자 익숙한 향기가 훅 끼쳐 왔다. 하준의 향기. 이 향을 나만 맡는 게 아닌 거 아니야?

지유의 의심과 망상이 머릿속에서 뭉게뭉게 피어올랐다. 방금 본 사진들과 망상이 결합되어 머릿속을 빙글빙글 돌자 지유의 눈이 번뜩였다. 나쁜!

"어떻게 오긴. 보고 싶어서 겨우 시간 쪼개서 온 거지."

"그래도 돼요?"

"물론."

지유를 품에 안은 손에 꽉 힘을 주고는 하준이 하아, 하고 깊은 숨을 내쉬었다. 그러고는 몸을 떼어 내고 고개를 숙여 시선을 맞췄다.

"얌전히 나만 기다리고 있었겠지?"

하준이 빙글빙글 웃으며 말하자 지유가 세모꼴 눈을 가늘게 뜨고 그를 바라봤다.

"내가 왜요?"

지유가 뾰로통한 얼굴로 말하자 하준이 눈썹 끝을 치켜 올렸다.

"뭐야? 며칠 못 봤다고 어디서 못된 버릇이 생겼어?"

"흥. 자긴 금발 미녀와 오붓한 분위기로 술까지 마셨으면서."

"금발 미녀? 설마 이자벨을 말하는 건가?"

"그럼 다른 금발 미녀도 숨겨 놓고 있나 보죠?"

질투로 눈이 먼 지유가 비아냥거리듯 입술을 비죽거리자 하준이 눈을 가늘게 뜨고 그녀를 내려다봤다.

"이거 안 되겠어. 못된 버릇이 점점 심해지는군. 당장 고쳐 줘야 겠는데?"

"꺅!"

하준이 지유를 번쩍 안아 들더니 침대 쪽으로 저벅저벅 걸어갔다.

"이, 이거 놔줘요!"

"얌전히 있어. 혼이 좀 나야 될 것 같으니."

하준이 태연하게 말하며 걸어가자 지유가 필사적으로 바동거렸다. 이대로 가면 뒷일은 불 보듯 뻔했다. 이 남자의 품에 안겨 버리면 늘 이성이 저 멀리 사라져 버리게 된다고!

"놔줘요. 싫단 말이에요!"

그 자리에 우뚝 멈춘 하준이 미간을 좁혔다.

"싫어?"

지유를 바닥에 천천히 내려 준 하준이 그녀의 얼굴을 똑바로 바라봤다. 지유는 발갛게 달아오른 얼굴로 씩씩거리면서 고개를 팩 돌렸다. 하준이 그녀의 턱을 잡아 다시 자신 쪽으로 돌렸다.

"싫다고 했어, 지금?"

하준이 표정을 굳히고 낮게 말하자 지유가 시선을 내리깔았다.

"나 똑바로 보고 말해. 나와 하는 게 싫어?"

그가 으르듯 말하자 입술을 꾹 다물고 있던 지유가 입을 열었다.

"아프단…… 말이에요."

"……뭐?"

하준의 눈에 힘이 들어갔다. 지유가 입술을 잘근거리다 다시 말했다.

"그, 그러니까 그게…… 하준 씨가 너무 힘들게 하니까…… 아프다고요."

무슨 말이든 해야겠기에 지유는 필사적으로 변명거리를 만들어서 내뱉었다. 그 말을 들은 하준은 그 자리에 선 채로 표정이 딱딱하게 굳었다.

"……이런."

그가 미간을 찡그리고는 고개를 들었다. 충격을 받은 얼굴로 한참 그 자세로 서 있던 하준이 가슴을 들썩이며 크게 한숨을 내쉬었다. 그러고는 고개를 숙여 지유의 눈과 시선을 맞추려 노력하며 물었다.

"미안…… 많이 아팠어?"

고집스럽게 고개를 숙인 채로 지유가 천천히 고개를 끄덕였다. 그러자 하준이 미안한 표정으로 어쩔 줄 몰라 했다.

"말을 하지 그랬어. 그랬으면 그렇게 안 했을 텐데……. 힘들게 해서 미안. 정말 미안해."

하준이 조심스럽게 지유를 품 안에 끌어안고는 그녀의 머리를 쓰다듬으며 계속 사과했다.

"괜찮아요."

"괜찮긴 뭐가 괜찮아. 앞으론 참지 말고 얘기해. 알았어?"

"네…… 그럴게요."

대답한 지유는 하준의 품에서 작게 한숨을 내쉬었다.

실은 그게 아닌데……. 이자벨에 대한 질투로 저도 모르게 뾰족해져선 한 거짓말에 하준이 너무 미안해하니까 지유는 슬쩍 미안한 마음이 들었다. 그러면서도 한편으로는 그렇게 아름다운 여자와 내내 같이 촬영을 하는 하준에게 여전히 뾰롱뾰롱 질투가 솟았다.

"하준 씨. 그……."

이자벨과의 스캔들에 대해 물으려던 지유가 입을 다물었다.

"뭔데?"

"그게…… 이……."

하준이 바짝 긴장한 채로 자신의 말을 기다리고 있었다. 지유는 침을 삼키고 입술을 달싹였다.

이자벨과의 스캔들이 사실인가요? 프랑스에서도 공인된 사이라고 하던데.

"이, 이거 놔줄래요? 숨 막혀요."

"아. 그래. 미안."

지유가 나오려던 말을 돌리며 그를 질책하자, 하준이 얼른 놔줬다. 지유는 제 머리칼을 귀 뒤로 넘기며 씁쓸한 표정을 지었다. 왜 말을 못 하니, 왜 묻지를 못 해. 그게 뭐라고.

하준을 올려다보니 그가 여전히 미안한 얼굴로 자신을 내려다보고 있었다.

이 남자를 만나려면 이런 사소한 일로 질투하면 안 되는데…….
알고는 있었지만 쉽사리 마음이 움직이지 않았다. 괜히 배배 꼬인
마음은 꽈배기처럼 점점 더 꼬여 가고 있었고 한편으론 그런 자신
의 속 좁은 마음이 짜증이 났다.

"가 봐야겠어. 잠깐 들른 거라 촬영장으로 돌아갈 시간이야."

하준이 손목시계를 보며 말하자 지유가 고개를 끄덕였다.

"그럼 얼른 들어가 봐요."

현관으로 향하는 하준을 지유가 따라가면서 돌덩이가 얹힌 듯
무거운 가슴을 손으로 지그시 눌렀다. 바쁜 와중에 잠시 짬을 내준
사람한테 이런 질투나 부리다니……. 하지만 도저히 웃음이 나오지
않았다. 나 이렇게 질투가 많은 여자였나?

하준이 문을 열고 나가며 지유의 표정을 다시 살폈지만 지유는
그의 시선을 느끼고 고개를 숙여 애꿎은 발만 내려다봤다. 하준의
눈빛이 어두워졌다.

"전화할게."

"……네."

질투와 미안함 사이에서 지유는 이러지도 저러지도 못하고 문을
닫았다.

예상외로 그날 면접을 봤던 회사에서 출근하라는 연락이 왔다.
참 이상한 일이다. 정성껏 준비해 가서 면접을 봤을 땐 연락이 안
오더니 복상사니 뭐니 고민하다가 정신줄을 놓고 면접을 본 곳에서
채용되다니…….

"이러니 세상일은 모른다고 하는 건가?"

세상의 아이러니를 다시 한 번 깨달은 지유는 얼른 하준에게 문자를 보냈다.

[저 취직했어요. 다음 주부터 출근이에요.]

"음, 이 남자가 축하해 준다고 당장 오면 곤란한데?"

지유는 곤란하다고 읊조리며 욕실로 들어가 구석구석 깨끗이 씻고 보송보송한 몸으로 나왔다. 혹시 지금 난 그 곤란한 상황을 몹시 기다리고 있는 것이 아닌가 하는 생각도 잠시 스쳤지만 애써 흘려 넘기며 휴대폰을 확인했다.

하준의 답장은 아직 오지 않고 있었다. 지유는 고개를 갸웃거리며 휴대폰을 다시 내려놨다.

"……많이 바쁜가?"

하긴 그는 요즘 영화 촬영으로 정신없이 바빠 보이긴 했다. 연락도 드문드문 오는 걸 보니……. 자동차극장에서 영화를 볼 때도 느꼈지만 이 남자는 한번 일을 시작하면 무섭게 집중하는 타입 같았다. 그러니 이렇게 연락이 없는 거겠지.

그때도 겨우 시간 내서 나왔다더니……. 이럴 줄 알았으면 그날 괜히 심술을 부리지 말 걸 그랬어. 그렇게 바쁜 와중에 와 준 거라는 걸 알았다면 안 그랬을 텐데…… 난 도대체 왜 그랬던 걸까? 요즘 자꾸 자신이 못돼져 가고 있는 기분이라 지유는 마음이 안 좋았다.

"쓸데없는 질투로 이상한 거짓말이나 하고……."

지유는 침대 위에 앉아 덜 마른 머리칼을 매만졌다.

배낭여행을 다니면서 이탈리아에 갔을 때 환한 대낮 길거리에서 보란 듯 뜨겁게 키스하고 애정을 과시하는 그 나라 사람들을 보고 조금 놀랐다. 그런데 조금 보다 보니 신기하게 또 금방 익숙해졌다. 그때 그런 생각이 들었었다.

언젠가 진심으로 사랑에 빠지게 된다면 저런 식으로 과감하고 당당하게…… 거리낄 것 없는 사랑을 하고 싶다고.

하지만 하준을 만나게 된 후로 느낀 건 나 자신은 사랑 앞에 무척 소극적인 사람이라는 거였다. 물론 그의 직업상 이탈리아의 그 연인들처럼 밖에서 뜨거운 키스를 할 순 없겠지만 꼭 그런 행동을 하지 않더라도 뭐랄까…… 어쨌든 여러 가지로 소극적인 모습을 보이는 것 같다.

만약 하준이 보통의 직업을 가진 보통 남자였더라도 지금의 관계와 크게 다르진 않았을 거라는 생각도 들고. 물론 하준과 배우라는 직업을 도저히 떼어 놓고 생각할 순 없지만……. 그래도 언젠가는 그 남자와 당당하게 꿈꿔 왔던 연애를 할 수 있을까?

"아아, 복잡해라!"

지유는 아직 답장이 오지 않는 핸드폰을 들고 조금 우울한 얼굴로 액정을 쳐다보고 있었다.

하준은 쉬는 시간에 밴으로 돌아와 털썩 앉았다. 장장 7시간에 걸쳐 쉬는 시간도 없이 감정 신을 촬영한 후라 정신적으로나 육체적으로나 무척 지쳐 있었다.

"후우……."

저도 모르게 긴 한숨을 내쉰 그가 의자 등받이에 깊숙이 기대앉아 휴대폰을 꺼내 들었다. 피곤한 얼굴로 휴대폰을 쳐다보는데 마침 진동이 울리기 시작했다. 발신자를 확인한 그의 눈이 가늘어졌다.

　[임수림]

　액정 위에 떠 있는 글씨를 잠시 보고 있던 하준은 휴대폰을 옆 의자에 휙 던졌다. 그대로 의자를 확 젖히고 누워 팔을 들어 눈을 가렸다.
　의자 위에서 휴대폰은 계속 진동을 울려 댔다.

　퇴근한 지유는 동네로 오는 내내 습관적으로 휴대폰 케이스를 열어 확인했다.
　"아직도 연락이 없네."
　지유의 얼굴이 우울해졌다. 첫 출근하는 날이었는데 하준의 연락은 없었다. 취직했다고 문자 보냈을 때도 한참이 지나서야 답장이 왔었다.

　[축하해.]

　딱 그 세 마디. 목욕재계까지 하고 기다리던 마음은 그 문자 하나로 푸시식 식어 버렸다. 그리고 그 이후로 첫 출근한 오늘까지 하준은 단답형 문자 외에 별다른 연락이 없었다.
　촬영이 그렇게 바쁜가?

솔직히 그 세계는 말로만 들어왔기에 정확히 어느 정도 바쁜지는 감도 잡히지 않았다. 이렇게까지 연락이 없는 걸 보니 정말 눈코 뜰 새 없이 바쁜 거겠지. 그렇지 않았다면 그는 어떻게든 시간을 내서 축하해 주러 나타났을 테니.

일 때문이니 어쩔 수 없다는 걸 알면서도 마음 한편으로 조금 서운했다. 누구보다 하준에게 축하받고 싶었었는데……. 별거 아닌 일이지만 그래도 식구들보다 그에게 먼저 알리고 싶었고, 축하받고 싶었다.

"하아……. 뭐, 할 수 없지."

지유는 작게 한숨을 내쉬고는 자신의 목에 걸린 열쇠 모양 펜던트를 만지작거렸다. 잠시 그러고 있다가 멀쩡한 회사 그만두고 여행이나 다니더니 아직도 취직을 못 했냐며 걱정하시던 시골에 계신 부모님께 전화를 했다. 생각대로 부모님은 지유의 취직 소식에 무척 기뻐하셨다.

— 장하다, 장혀. 이제 취직도 했으니 걱정이 없다야.

부모님을 안심시켜 드렸다는 생각에 전화를 끊고 나자 우울했던 기분이 조금 나아졌다. 그래. 뭐 바빠서 그런 거니까 내가 이해해야지.

지유가 고개를 끄덕이며 휴대폰에서 고개를 떼는데 뒤에서 누군가가 그녀를 불렀다.

"한지유 씨?"

"네?"

반사적으로 돌아보니 성호가 눈을 둥글게 뜨고 서 있었다.

"아, 성호 씨?"

"이야. 맞네요. 같은 동네 살다 보니 이런 데서 또 만나네요. 하하."

성호가 웃으며 지유에게 다가왔다. 그러더니 지유의 옷을 보고 안경테를 추켜올렸다.

"어? 지유 씨 취직했나 보군요. 차림을 보니."

"헤헤. 맞아요. 오늘이 출근 첫날이에요."

지유가 조금은 자랑스러운 듯 말하자 성호는 선뜻 축하해줬다.

"잘됐네요. 요즘 취업하기 워낙 어렵다잖아요. 아, 그때 보내 드린 책은 잘 받으셨어요?"

"네. 이니셜로 나오긴 했지만 제가 나온 부분이 생각보다 많아서 신기하던데요? 내가 책에 등장한다니."

"덕분에 많은 도움받았어요."

"뭘요. 제가 한 게 뭐 있다고……."

지유가 머쓱한 표정을 짓자 성호가 웃음기를 머금은 채로 말했다.

"이렇게 만난 김에 그때 못한 감사의 표시로 식사라도 하자고 하고 싶은데, 안 되겠죠? 남자 친구가 싫어한다고 하셨으니."

"아아……. 네. 죄송해요. 그리고 책까지 받았는데 마음만으로 충분해요."

웃으며 손을 내젓는 지유를 보는 성호의 얼굴에 실망감이 잠시 스쳐 지나갔다. 하지만 금세 미소를 지으며 밝게 말했다.

"뭐, 그럼 다음 기회가 온다면 그때 살게요."

"다음에요?"

"다음에 또 우연히 마주치면요."

아…… 농담인가?

지유가 어정쩡한 미소를 지으며 보고 있으니 성호가 웃는 얼굴로 마주 봤다. 그 얼굴을 보자 장난이라고 확신이 된 지유가 그제야 편하게 웃었다.

"하하. 그래요. 그럼 전 이만."

"네. 가세요."

지유가 고개를 꾸벅이며 뒤돌자 성호도 인사했다. 지유가 멀어지는 모습을 가만히 보고 서 있던 성호의 얼굴에서 웃음을 차차 지워졌다.

생전 처음으로 운명을 느낀 여자였다. 그 놀라운 우연의 들뜸이 자기 혼자만의 감정이었다는 걸 알게 되었을 때 상심이 무척 컸지만 무리하지 않고 기다리기로 했다.

'운명이라면 어떻게든 이어지게 되어 있으니까.'

그렇게 생각하니 마음이 한결 편안해졌다. 적어도 난 우리의 인연이 보통이 아니라고 생각하니까……. 그것도 한 번도 아니고 몇 번이나 이어진 우연. 우연이 겹쳐지면 저절로 인연이 되는 법이다. 그러니 그것을 믿고 기다리기로 했다.

성호는 지유가 멀어질 때까지 조용히 보고 있다가 뒤돌아갔다. 일부러 지유의 집 근처로 항상 돌아가기 때문에 약속 시간보다 늘 여유를 두고 일찍 나와야 했다.

그래도 오늘 같은 우연을 기다리며 내일도 그렇게 할 것이다. 이 우연이 운명으로 변화되는 그날까지…….

엘리베이터 앞으로 걸어가던 지유는 엘리베이터 앞에 서 있는 낯익은 남자의 뒤태를 발견하고 눈이 동그래졌다.

"……어?"

저 훤칠한 기럭지와 날렵한 몸매, 그리고 남들보다 훨씬 높이 있는 골반의 위치와 긴 다리가 그 남자가 누구인지 말해 주고 있었다. 지유의 입술 끝이 둥글게 휘어 올라갔다.

역시. 취직한 첫날인데 왜 아무 연락도 없나 했더니 이렇게 갑자기 나타나 깜짝 놀래켜 주려고 그랬던 거였구나? 헤헤. 귀여운 사람 같으니.

'내가 먼저 놀래켜 줘야지.'

지유는 미소를 머금고 그의 뒤로 살금살금 다가갔다. 점점 거리를 좁혀 가는데 그의 목소리가 들렸다.

"알아. 나도 알고 있으니까 그만 입 다물어. 정형수."

순간 지유가 멈칫했다. 하준은 매니저와 통화 중인지 휴대폰을 귀에 대고 있었는데 그의 목소리가 너무나 낮고 차가웠기 때문이다.

'……무슨 일이지?'

지유가 이대로 다가가도 되나 고민하는 사이 하준의 목소리가 다시 들렸다.

"그 여자, 곧 정리할 거야. ……지겨워졌어, 이제."

뭐라고……?

그 자리에 굳어 있던 지유는 엘리베이터가 멈추기 전 정신을 차리고 옆의 통로로 숨어들었다. 통로 쪽에 몸을 숨기자 곧 엘리베이터가 도착하는 소리가 들리고 문이 열리고 닫히는 소리가 연이어 들렸다.

지유는 그 자리에 가만히 앉은 채로 멍한 얼굴로 생각했다.

난 방금 뭘 들은 거지……?

한참 후에 지유가 집으로 올라갔을 때 혹시, 하는 마음으로 현관문을 열었지만 하준은 없었다. 가지러 올 것이 있어 잠깐 들른 거였을까? 보지 못한 사이에 다시 촬영장으로 돌아갔을 수도 있겠지.

아니면 혹시 그의 집에 있을까?

지유는 그런 생각을 하며 하준의 현관문 앞에 섰다. 서로의 현관 비밀번호를 공유하고 있는 사이인데 왠지 비밀번호를 누르는 것이 망설여졌다. 손가락을 들고 잠시 고민하던 지유는 그래도 역시 확인하고 싶어 조심스럽게 벨을 눌렀다.

— 누구십니까?

이젠 익숙해진 하준의 변조된 목소리를 듣고 지유는 순간 숨을 들이켰다.

"저, 지유예요."

— ……지유?

곧 현관문이 열리고 잠에서 깬 듯한 하준의 모습이 보였다.

"무슨 일이야?"

덜컥.

지유는 일순 심장이 내려앉는 기분이었다. 무슨 일로 찾아왔느냐는 하준의 낮은 목소리와 아까 들은 차가운 목소리가 겹쳐졌다.

'그 여자, 곧 정리할 거야. ……지겨워졌어, 이제.'

설마. 아니겠지.

지유는 미소를 지어 내며 아무렇지 않은 얼굴로 말했다.

"저 오늘 첫 출근이었거든요. 그래서 혹시 하준 씨가 집에 와 있을까 싶어 들러 본 건데 자고 있었나 봐요. 미안해요."

"아…… 좀 피곤해서."

하준이 손바닥으로 피곤한 듯 얼굴을 쓸었다. 피곤하다는 듯, 어쩌면 귀찮다는 듯 한숨을 내쉬는 그의 얼굴을 멍하니 보고 있던 지유는 퍼뜩 정신이 든 듯 말했다.

"마, 많이 피곤한 것 같은데 쉬세요. 얼굴 봤으니까 가 볼게요."

지유는 허둥지둥 말하고 잽싸게 자기 집으로 돌아와 문을 닫았다. 현관문에 기대선 채로 숨을 고르고 나니 왠지 얼굴이 화끈 달아오르는 기분이었다.

'설마 했는데…… 내가 눈치 없이 군 걸까?'

사실 요즘 하준은 나에게 내내 무관심한 태도를 보이고 있었다. 이렇게 티를 냈는데 내가 눈치 없이 그저 바쁘다고만 생각했던 걸까? 아니, 그냥 내가 그렇게 생각하고 싶었던 걸까? 그는 이미 마음이 떠났는데…….

생각해 보면 예상했던 일이었다. 처음부터 하준이 말한 연애의 이유라는 건, 몸…… 그저 육체적인 관계였을 뿐이니까.

'그런 걸까, 정말?'

혼란스러운 지유의 머릿속으로 정희와 하준의 말이 스쳐 지나갔다.

'맨날 하자고 매달리다가 이렇게 피곤한 사람같이 구는 이유는

하나밖에 없어. 내 몸이 지겨워진 거지. 그래서 나와의 관계를 대신할 다른 여자가 생긴 거고.'

'지겨워졌어, 이제.'

'좀 피곤해서.'

방금 전 하준의 표정은…… 정말 평소의 그의 표정과는 많이 달랐다. 마치 귀찮은 사람을 만났다는 듯한…… 그리고 머릿속에서 퍼즐이 짜 맞춰지듯 원하지 않는 그림을 제멋대로 완성시키고 있었다. 그리고 마침내 그림이 완성되었을 때 지유는 깨달았다.

연애의 이유라는 건,

언제든 이별의 이유도 될 수 있는 거라는 걸.

10.
그 남자의 진실

"이게 무슨 소립니까?"

하준의 눈썹이 험악하게 치켜 올라가자 남훈이 예상했던 반응이라는 듯 한숨을 내쉬었다.

"너 이럴 거 같아서 내가 반대했는데, 어쩌냐? 영화 홍보 차원이라는데."

"지금이 어느 시대인데 누가 영화 홍보하자고 주연 배우들을 스캔들로 엮습니까? 그런 수작을 벌일 정도로 영화에 자신 없으면 때려치우라고 하세요."

이남훈이 낭패감 서린 표정으로 끙, 소릴 냈다.

이 녀석 평소보다 더 까칠하군. 하긴 영화 한 번 할 때마다 신경이 고슴도치마냥 곤두서는 놈이긴 하지만……. 젠장, 그래도 이번엔 평소보다 더 심한 것 같잖아?

남훈이 골치가 아픈 듯 이마를 문지르며 말했다.

"장 감독은 몰라. 이건 이자벨 측에서 내건 카드야. 이런 카드 들고 나오는 걸 보면 그 나라도 우리나라만큼 가십에 약한 모양이지."

"난 안 해요."

하준이 인상을 쓴 채로 더 들을 것도 없다는 듯 자리에서 일어났다.

"어이, 하준아. 나 좀 살려 주라. 어? 내가 그 큰 회사랑 어떻게 기 싸움 해? 그리고 사실 홍보 효과로 스캔들만큼 강력한 게 어딨어. 너도 여러 번 해 봐서 알잖아."

"안 한다고 했습니다."

뒤도 안 돌아보고 문 쪽으로 걸어가는 하준을 향해 남훈이 소파에서 어정쩡하게 일어나서는 필사적으로 외쳤다.

"그냥 개봉 때까지만 참아 주면 돼! 그 후엔 자연스럽게 결별설흘릴 테니까 그때까지만 좀 참아, 응? 하준아! 들었지?"

하준이 문을 쾅 닫고 나가 버리자 남훈은 그 소리에 움찔하고는 다시 소파 위에 털썩 앉았다.

"아이고. 모르겠다! 저놈은 사고는 지가 쳐 놓고……."

남훈이 답답한 듯 제 머리칼을 이리저리 흩트려 놓다가 쥐어뜯을 듯 움켜잡았다.

"아, 생각할수록 화나네. 그 사진 덮으려고 내가 돈을 얼마를 썼는데, 저놈이!"

일반인과의 열애설을 덮기 위한 카드인 줄도 모르고 삐딱선을 타는 하준에게 서운해 남훈이 소파 위에서 버둥거렸다.

357

"아오! 조금만 참아야지 뭐. 별수 있나."

남훈이 제풀에 지친 듯 중얼거렸다. 상황이 정리될 때까지는 이대로 넘어가는 게 상책이다. 하준이 놈한테든 하준이 놈이 푹 빠져 있는 그 여자한테든.

하준은 대표실에서 나오자마자 휴대폰을 움켜잡았다. 최근 통화 목록에 번호를 누르고 초조한 눈빛으로 휴대폰을 귀에 댔다. 벌써 몇 번째. 지유의 전화는 차가운 신호음만 내보내며 연결되지 않고 있었다.

이상함을 느낀 건 최근이었지만 본격적으로 연락이 제대로 되지 않는 건 며칠 전이었다. 어제부터는 아예 연락 자체가 되질 않고 있었다.

"제길."

얼굴을 빳빳하게 굳힌 하준이 신경질적으로 차 문을 열고 들어 갔다. 하준이 들어오자 졸고 있던 형수가 번쩍 몸을 일으켰다.

"아, 형. 왔어요?"

하준이 의자에 앉은 채로 휴대폰을 노려봤다. 살벌한 하준의 표정을 본 형수가 흠칫해선 얼른 차의 시동을 걸었다. 차를 출발시켜 도로로 빠져나갔을 때 뒤에서 하준의 목소리가 들렸다.

"정형수."

"네, 네?"

눈치를 보며 운전하던 형수가 냅다 대답하자 하준이 창밖을 노려보며 말했다.

"촬영장 말고 집으로 가."

"집이요? 어느 집 말인······ 아, 아아. 알겠습니다! 형."

하준이 매서운 눈빛으로 쳐다보자 형수가 잽싸게 핸들을 꺾으며 차선을 바꿨다.

지유는 머리를 둥둥 울리는 숙취로 내내 낙지마냥 침대에 달라붙어 있었다. 어제 회사에서 환영회를 해 준다며 회식을 했는데 기분도 그래서 홧김에 주량보다 훨씬 오버해서 마셔 버렸기 때문이다.

하아, 역시 마음이 힘들다고 술을 퍼마셨다간 마음 플러스 몸까지 힘든 사태에 봉착하게 된다니까······ 내가 왜 이런 미친 짓을.

지유가 본인의 어리석은 짓을 통렬히 후회하고 있는데 갑자기 띠띠띠띠 현관 비밀번호 누르는 소리가 들렸다.

"······어?"

지유가 놀란 얼굴로 침대 위에서 몸을 일으켰다. 달칵, 잠금장치가 풀리는 소리와 함께 하준이 문을 열고 들어왔다.

"하준······ 씨?"

지유가 쳐다보자 그가 굳은 얼굴로 침대 앞까지 똑바로 걸어왔다. 침대 위에 앉아 있는 지유 앞에 멈춰 선 하준이 한숨을 크게 내쉬고는 말했다.

"한지유, 너 왜 그래?"

지유가 헝클어진 머리칼을 매만지며 그를 쳐다봤다.

"뭐가요?"

"왜 그러냐고. 요즘."

그의 목소리는 무서울 정도로 낮게 가라앉아 있었다. 평소의 장난스러운 표정은 아예 지우고 서늘함만이 감도는 그의 얼굴에 지유는 마른침을 삼켰다.

말해야 돼. 지금. 더 상처받기 전에.

지유가 숨을 들이켜고는 하준을 똑바로 바라봤다.

"그냥…… 이만하면 충분한 것 같아서요."

"뭐가?"

하준의 단정한 이마가 구겨졌다. 지유는 그의 눈을 담담하게 바라보며 말했다.

"하준 씨가 말한 건 역시 나에겐 연애의 이유가 될 수 없는 것 같아요. 어쩌면 그럴 수도 있을 거라고 생각했는데 이제야 깨닫게 됐어요. 그게 이유가 될 수 없다는 걸요. 그러니까, 그만할래요."

"……뭐?"

그의 굳은 얼굴이 종잇장처럼 새하얘졌다. 뻣뻣해진 그의 얼굴을 응시하며 지유가 다시 입을 열었다.

"우리 처음부터 그러기로 한 거였잖아요."

눈을 가늘게 뜨고 지유를 한참 노려보던 하준이 말했다.

"너……."

눈썹을 일그러뜨린 하준이 크게 가슴을 들썩이고는 다시 입을 열었다.

"내가 알아듣게 똑바로 얘기해."

"방금 말한 대로예요."

지유의 말에 하준의 얼굴이 험악해졌다.

"헛소리하지 마. 그딴 게 말이 돼? 혹시 이자벨과의 기사 때문이야? 그건 사실이……."

"오해하지 말아요. 그것 때문이 아니니까."

"젠장, 그럼 도대체 왜 그러는 건데!"

하준이 눈에 핏대를 세운 채 사납게 으르렁거렸다. 지유는 자신을 노려보는 하준을 마주 봤다. 차가운 표정에 본심을 숨긴 채 자신이 알고 있는 가장 잔인한 말을 떠올렸다.

"왜 안 되는지 더 설명해요? 솔직히 하준 씨 감당 안 돼요. 연예인이랑 연애하는 거, 어릴 때 환상으로나 꿈속에서 해 보는 거지 지금 내 나이에 현실로 감당할 수 있는 일이 아니에요."

"……내가 연예인이라서 그렇다는 거야?"

결국 건드렸다. 이 남자의 가장 약한 부분. 하준의 얼굴이 일그러지는 것이 똑똑히 보였다. 눈시울이 따끔했다. 지유는 목구멍까지 뜨겁게 치솟아 오른 덩어리를 겨우 삼켜 낸 뒤 말했다.

"난요. 사랑하는 사람이랑 어디 나가서 커피 한 잔 맘 편히 못 마시고, 맛있는 식당에 가서 밥 한 번 제대로 못 먹고 항상 남들 시선 신경 쓰면서 사는 생활, 못 견뎌요. 숨 막히고 답답해서."

지유의 말을 들은 하준의 눈동자가 크게 흔들렸다. 한참 무거운 침묵이 흐르고 방 안의 시계 초침 소리만이 둘 사이에 차갑게 내려앉았다.

"……하."

제 머리칼을 성마르게 헝클인 하준이 믿기지 않는다는 듯 지유를 응시했다. 그의 턱이 가늘게 떨리는 걸 보면서 지유는 고개를 떨궜다.

머리 위에서 그의 낮은 목소리가 뿌려졌다.

"진심, 이야?"

"……네."

"나 똑바로 보고 말해."

하준의 말에 지유가 입술을 깨물고 고개를 들었다. 그녀의 까만 눈동자를 충혈된 눈으로 하준이 바라봤다.

보지 마. 한지유.

그의 눈 안에 담긴 간절함을 못 본 척하려 애쓰며 지유가 말했다.

"진심이에요. 하준 씨……. 그만 놔줘요, 나."

그녀의 눈동자를 흔들리는 시선으로 바라보던 하준이 이를 악물고 획 뒤돌았다. 그의 등이 점차 멀어지는 것을 지유가 그 자리에 선 채로 보고 있었다.

탁.

그가 그대로 현관을 빠져나가고 문이 닫히는 모습을 눈도 깜빡거리지 못하고 보고 있던 지유가 복도에 울리는 그의 발걸음 소리가 완전히 멀어지고 나서야 막혔던 숨을 쏟아 냈다.

"하아."

그제야 지유는 그 자리에 무너지듯 털썩 주저앉았다. 꽉 쥐고 있던 주먹을 풀자 겨우 참고 있던 눈물이 왈칵 쏟아졌다.

괜찮아. 잘 참았어.

어차피 해야 할 말이었잖아. 거짓말을 해서라도 내가 더 상처받기 전에 끝내는 게 나아. 그래, 그게…… 나아.

성마르게 눈물을 닦아 낸 지유가 벌떡 일어나 책상으로 다가갔다. 꺼뒀던 모니터를 다시 켜자 팟, 하고 밝아진 모니터에 이자벨의 기사 사진이 떠 있었다.

열애설을 확정 짓는 그 기사에는 하준의 목에 걸린 열쇠 모양 펜던트와 똑같은 목걸이를 하고 있는 이자벨의 사진이 있었다. 양쪽 소속사에서 공식적으로 인정했다는 문구와 함께.

하준은 무서운 얼굴로 엘리베이터에 올라탔다. 쏜살같이 내려가는 엘리베이터 안에서 그의 숨소리가 점차 거칠어졌다. 가슴을 들썩거리며 크게 숨을 몰아쉰 하준이 주먹을 움켜쥐고 천장을 향해 고개를 치켜들었다. 꿀꺽 침을 삼키는 그의 남성적인 목젖이 꿈틀거렸다.

'아프단 말이에요.'

지유의 그 말 이후로 많은 후회를 했었다. 아픈 것도 모르고 내욕심만 채우자고 밀어붙였다는 생각에 스스로 화가 나서 견딜 수가 없을 정도였다.

그래서 참았다.

막상 보면 안고 싶은 마음을 참지 못할 것 같아 보고 싶은 것도 참고 연락하고 싶은 것도 참아 내며 연기에만 몰두하려 애썼다. 그러다 보면 나아질 거라 생각했다. 많이 반성하고, 더 이상 아프게 하지 않을 수 있을 때 만나려고 했다. 그랬는데…….

"그랬는데 결국, 이거야? 한지유."

핏발 선 눈으로 천장을 노려보던 하준이 어이없는 듯 헛웃음을 흘렸다. 이제 그만해? 연애의 이유가 될 수 없어? 말도 안 되는 소리. 날 이렇게 만들어 놓고 어떻게 네가 나한테 이래? 한지유 네가?

"하."

미친 사람처럼 헛웃음을 짓던 하준의 얼굴이 무섭도록 차갑게 굳었다.

너도 그런 소리를 하는구나. 결국…… 너도 그 여자와 똑같아.

"형. 그만 마셔요."

형수가 보다 못해 술잔을 빼앗자 하준이 다시 낚아챘다.

"혀엉!"

답답하다는 듯 소리치는 형수는 아랑곳하지 않고 하준이 자신의 술잔에 독한 위스키를 넘치도록 부어 단번에 들이켰다. 빈 잔을 테이블 위에 내려놓으며 하준이 낮게 말했다.

"시끄럽게 굴지 말고 가."

"아니, 이렇게 죽자고 퍼마시는 형 놔두고 내가 어떻게 가요? 도대체 언제부터 이렇게 마신 거예요. 예?"

촬영장에 하준이 돌아오지 않고 연락도 되질 않자 형수는 하준의 저택으로 바로 달려왔다. 그가 정신적인 데미지를 입을 때면 늘 이곳에 틀어박혀 죽기 직전까지 혼자 술을 마신다는 것을 이미 알고 있었기 때문이다.

"알았어요. 그럼 같이 마시죠, 뭐."

속이 탄 형수가 술을 뺏는 걸 포기하고 잔을 가져와 그의 맞은편에 앉았다. 자신의 잔에 술을 따라 한 번에 비우고 또 술을 채웠다.

처음 이 집에서 술을 마시고 있던 하준을 봤을 때가 생각났다.

살벌할 정도로 넓은 집 안의 불을 다 끄고 어둠침침한 소파 위에서 술을 마시고 있는 하준을 처음 봤을 때 처음 든 생각은 불쌍하다, 였다. 그때 하준은 데뷔작이었던 영화가 소위 말하는 대박을 치며 인기스타로 단숨에 부상했을 무렵이었다. 그리고 그때 연락이 왔다.

일곱 살 때 그를 버리고 떠난 모친에게서.

'만나지 마요. 형. 형 잘되니까 연락 오는 거 보면 몰라요? 보나마나 원하는 건 뻔해.'

'알아.'

'알면서 왜 만나요?'

'……물어보고 싶은 게 있어.'

그날 모친을 만나고 온 하준은 여기 틀어박혀서 그야말로 죽기 직전까지 술을 마셨다. 하준이 모친에게 뭘 물어본 건지 묻진 않았지만 그의 행동을 보건대 적어도 그가 바랐던 대답은 아니라는 건 알 수 있었다.

그 후로 하준의 모친, 임수림은 주기적으로 연락해 그에게 돈을 받아 갔다. 그렇게 호구 노릇하지 말라고 아무리 말해도 하준은 듣지 않았다. 그리고 얼마 전, 임수림의 새 애인까지 하준에게 돈을 요구했다는 걸 알았을 때 진심으로 하준에게 화를 냈다.

'형! 또 보냈어요? 그러지 말라니까 정말 사람 속 터지게……그 자식이 나한테 전화해서 능글능글거리면서 뭐라고 했는지 알아요? 앞으로 자주 연락하겠답니다. 화딱지가 나서 진짜…….'

'알아. 나도 알고 있으니까 그만 입 다물어. 정형수.'

'알면 좀 끊어요! 내가 억지로 형 번호 바꾼 게 몇 번째인데 내 번호는 도대체 어떻게 알고 이러지? 형, 진심으로 말할게요. 이제 그 사람과 인연 끊어요. 형 그러는 거 그 사람 위하는 거 아니야. 망치는 거지.'

'그 여자, 곧 정리할 거야. ……지겨워졌어. 이제.'

'정말이죠? 형. 나랑 약속한 거예요?'

그 통화를 한 지 얼마 되지 않았는데…… 역시 그것 때문인가? 형수가 술을 마시다가 고개를 들고 하준을 바라봤다.

"정리한다더니 정말 했어요?"

"……뭐?"

무섭게 술만 마시던 하준이 형수를 바라봤다.

"임수림이요. 그 여자 정리한다더니 그래서 이러는 거 아니에요?"

형수의 말에 하준의 입꼬리가 시니컬하게 말려 올라갔다.

"훗, 헛소리."

"어? 아니에요?"

"그 여자가 지금 나한테 뭐라고."

하준이 낮게 말하고는 술을 마시자 형수가 알 수 없다는 표정을 지었다.

"그럼 무슨 일로…… 헛? 설마?"

지금의 이하준에게 이 정도의 영향을 끼칠 수 있는 사람이 임수림이 아니면, 딱 하나 남는데?

"지유 씨가 헤어지자고 해요?"

하준의 얼굴이 딱딱하게 굳는 것을 보고 형수는 그제야 지금 그가 지독한 술독에 빠진 이유를 알게 됐다.

"저, 정말이에요? 아니 지유 씨가 왜……."

형수가 성마르게 묻자 하준이 술잔을 든 채로 낮게 말했다.

"충분하대. 이만하면."

"네?"

하준이 고개를 천천히 젖혀 소파 등에 기댔다.

"이만하면…… 나와 만날 수 없는 이유가 확실하다더군."

"그러니까 그게 도대체 무슨 소리예요?"

형수가 답답한 표정을 짓자 하준이 잠시 말없이 천장을 응시하다가 입을 열었다.

"다른 이유라면 잡겠는데, 내가, 감당이 안 된다잖아. 나와는 맘편히 나가서 커피 한 잔…… 밥 한 번 못 먹는다는데. 그게 숨이 막힐 정도로 답답하다는데……."

하준의 낮은 목소리가 잠긴 듯 흘러나오다 뚝 끊겼다. 겨우 믿을 수 있는 여자를 만났다고 생각했다. 임수림의 그늘에서 벗어나, 과거의 트라우마에서 벗어나 이 여자라면…….

한지유가 운명이라고 그렇게 겨우 믿게 됐다. 운명이니까, 그러니까 유일하게 느낄 수 있는 상대도 이 여자 하나뿐이라고.

한동안 천장만 노려보고 있던 하준이 천천히 고개를 내리고 다시 말했다.

"그 여자…… 임수림도 그러더라. 왜 나를 버리고 떠났냐고 물으니 그러더라고. 그 집에 사는 게 숨이 막혀서 살 수가 없었다고."

뭔가 다른 이유가 있길 바랐다.

임수림에게 바란 건 딱 그거 하나였다. 뭔가 힘든 이유가 있어서, 그때를 버티지 못했던 이유. 난폭했던 아버지든 극심한 생활고든 뭐든 좋았다. 다른 이유를 대길 바랐다. 하지만 그 여자가 숨 막히는 이유에는 나도 포함된다는 걸 아는 순간 모친으로서의 임수림에 대한 모든 애착을 버렸다.

……하지만 한지유.

너까지 날 숨 막혀 할 필요는 없는 거잖아.

"형……."

형수가 안타까운 얼굴로 하준을 바라봤다. 이렇게까지 하준이 힘들어했던 모습은 본 적이 없었다. 하준이 충혈된 눈으로 술잔을 응시하며 깊은 한숨을 내쉬었다.

"숨이 막힌다는데, 내가 어떻게 잡아. 그 여자와 똑같은 이유로 떠난다는데 내가…… 어떻게 잡아. 한지유를."

하준이 쓸쓸한 얼굴로 술잔을 들어 단숨에 비우는 것을 형수가 속상한 듯 바라보고 있었다.

야근을 하고 늦은 시간이 돼서야 퇴근한 지유는 밤거리를 천천히 걸었다. 일부러 일을 만들어 야근까지 했는데도 집에 들어가고 싶지 않아 버스도 타지 않고 천천히 걸어서 집으로 가고 있었다.

언제 그렇게 많은 추억을 만든 걸까?

침대에도, 책상에도, 식탁에도, 싱크대에도…… 하물며 찻잔 하나와 방석 하나에도 하준의 추억이 서려 있었다. 그래서 집에 들어가고 싶지 않았다. 혹시 그가 올까 봐, 옆집에 문소리라도 들릴까 봐 밤새 신경을 바짝 곤두세우고 있게 되는 것도 힘들었다.

왜, 왜 난 그를 기다리고 있는 걸까? 이미 끝난 사람인데. 불안함을 참지 못해 거짓말까지 해 가며 헤어진 사람인데…… 왜 자꾸 기다리게 되는 걸까?

어디를 봐도 그가 있고 TV를 켜도 인터넷을 켜도 스마트폰을 봐도 그가 있다. 하물며 버스 정류장 전광판에도…….

"하아……."

지유가 한숨을 내쉬었다. 지유의 안타까운 한숨이 밤공기 속으로 천천히 흩어졌다. 물끄러미 그걸 바라보고 있는데 어디선가 익숙한 멜로디가 들려왔다.

"……!"

—떨리는 수화기를 들고 너를 사랑해 눈물을 흘리며 말해도 아무도 대답하지 않고 야윈 두 손엔…….

지유는 문득 그 자리에 멈춰 섰다. 언젠가 그의 차에서 듣던 그 오래된 노래가 카페의 스피커를 통해 거리를 울리고 있었다. 울컥. 그 순간 지유의 목구멍으로 뜨거운 것이 확 치받쳐 올라왔다. 억지로 삼키지도 못할 만큼 불시에 올라온 그것은 지유의 눈시울을 뜨겁게 만들었다.

아, 너무 아파. 심장이 갈가리 찢기는 듯한 괴로움에 입술을 질끈 깨물었지만 어느새 볼을 타고 눈물이 흘러내렸다.

"흐윽."

지유는 결국 손으로 얼굴을 가리고 그 자리에 주저앉았다. 뜨거운 눈물이 손바닥을 금세 적셨다. 하준의 그 말을 듣지 않았더라면, 이자벨과의 그 사진을 보지 않았더라면, 싸늘한 그의 얼굴에 그렇게 상처받지 않았더라면 아직도 그 사람은 내 옆에 있었을까?

……그냥 물어볼 수도 있었는데.

나와 똑같은 이자벨의 목걸이며, 그날 들은 그 말들은 다 어떻게 된 거냐고. 지금껏 나에게 했던 말은 다 거짓말이었냐고. 울고불고 소리를 쳐서라도 물어볼 수도 있었는데…… 결국은 겁이 났던 거다. 그 남자가 그렇다고 할까 봐.

지금까지 모든 것은 거짓이었다고 할까 봐 그게 무서워서 지레 겁먹고 도망친 거였어. 난 그냥 겁쟁이일 뿐이었어.

"흑. 흐윽. 허엉. 어엉."

그 자리에 쪼그려 앉아 서럽게 울고 있는 지유를 사람들이 힐끗거리며 보고 지나갔다. 지유가 어깨에서 가방이 흘러내리는 것도 모른 채 얼굴을 감싸고 울었다.

그때 누군가가 그녀의 어깨를 잡았다.

"……!"

하, 하준 씨?

그 순간 지유가 눈물범벅인 채로 고개를 번쩍 쳐들었다. 물기에 흐려진 시선에 낯선 형체가 아른거렸다. 지유가 눈을 깜빡거리며 눈물을 떨궈내고 앞에 서 있는 남자를 바라봤다.

"지유 씨. 지유 씨 맞죠? 무슨 일 있는 거예요?"

걱정스러운 얼굴을 하고 있는 성호가 지유에게 말했다. 지유는 그제야 그 남자가 누군지 인지하고 얼른 눈물을 닦으며 일어섰다.

"아. 성호…… 씨."

"일단 저, 괜찮으면 여기 차라도 한 잔 하러 들어가죠. 지금 지유 씨 상태가 너무 안 좋아보여서요."

이제는 다른 음악이 흘러나오는 카페를 가리키며 성호가 조심스럽게 말하자 지유는 울어서 새빨개진 코로 훌쩍이며 대답했다.

"아, 아뇨. 괜찮아요."

지유가 창피한 듯 손을 내젓자 성호가 그녀의 손을 잡고 카페로 이끌었다.

"지금 당신, 누가 봐도 나 실연당했어요, 얼굴이잖아요. 그래도 앞에 누구라도 앉아 있을 때 진정시키고 들어가는 게 좋을 것 같아서 그래요."

"그, 그럴 것까진 없는데……."

성호가 완강히 지유를 커피숍 안으로 데리고 들어가는 바람에 지유는 울어서 팅팅 부은 얼굴로 뻘쭘하게 성호와 마주 앉게 되었다. 성호는 티슈를 한 움큼 지유 앞에 가져다주고는 일어서며 말했다.

"잠시만 기다리고 있어요. 따뜻한 커피 사 올게요. 지유 씨 라떼 맞죠?"

"아…… 네."

한 번 커피 같이 마셨는데 아직까지 자신의 커피 취향을 기억하고 있는 성호가 신기해 멍하니 바라보던 지유가 코를 훌쩍였다. 그러고 보니 저 남자와는 우연치고는 너무 자주 만난다는 생각이 들었다. 하긴 스페인에서부터…….

울어서 먹먹해진 머릿속으로 지유가 기억을 떠올리려 했지만 기억이 잘 나지 않았다. 지금은 뇌가 아예 작동하지 않고 있다는 기분도 들었다. 하아, 하고 한숨을 내쉬고 티슈로 아직도 눈썹에 매달려 있는 눈물을 찍어 냈다.

마음을 진정시킨 사이 성호가 트레이에 커피와 초콜릿, 쿠키, 케이크 등을 담아 왔다.

"뭘 이렇게 많이……."

루돌프처럼 빨개진 코를 매만지며 지유가 묻자 의자에 앉은 성호가 미소를 지으며 그녀 앞에 트레이를 밀어놔 줬다.

"이걸로 기분이 풀리진 않겠지만 그래도 조금이라도 도움이 됐으면 해서요."

"아…… 고맙습니다."

따뜻한 라떼가 담긴 머그잔을 손에 쥔 채 지유가 꾸벅거렸다. 성호는 그녀가 천천히 라떼를 마시는 것을 안경 너머로 응시했다. 어디서든 그녀와 만날 수 있기를 바라며, 그녀의 집 근처를 이유도 없이 서성이던 날들 끝에 겨우 다시 만난 그녀는 울고 있었다.

그게 실연의 눈물이라는 것을 성호는 단번에 알 수 있었다. 길거리에 쪼그려 앉아 울고 있는 지유를 봤을 때 한편으로는 안쓰러우면서도, 한편으로는 역시 운명은 이렇게 될 수밖에 없다는 확신이 강하게 들었다.

그래. 우린 어떻게든 이어질 수밖에 없는 운명이니까.

"그런데요."

조용히 라떼를 마시던 지유가 퉁퉁 부은 눈을 들어 올려 성호를 바라봤다. 그 눈이 성호는 참 아팠다. 바로 자신에게 오지 않고 빙빙 돌아와야 할 수밖에 없는 지유가 안쓰럽게만 느껴졌다. 이제 내가 울지 않게 해 줄게요. 지유 씨.

"네. 왜요?"

성호가 미소를 지으며 다정하게 물었다. 지유는 코를 훌쩍이고는 부어서 잘 떠지지도 않는 눈으로 성호를 가만히 바라봤다.

"왜 저한테 이렇게 잘해 주세요? 몇 번 만나진 않았지만 솔직히 만날 때마다 조금 과하다는 생각이 들어서요."

"아⋯⋯."

예상치 못한 말에 성호가 볼을 붉혔다. 잠시 뜸을 들인 그가 말했다.

"이런 말 해도 될지는 모르겠지만 저 지유 씨한테 운명 같은 걸 느끼고 있어요."

"운명⋯⋯이요?"

"네. 스페인에서 돌아와서 한국에서 다시 만났을 때 분명히 그렇게 느꼈어요. 그때 지유 씨가 남자 친구가 있다고 해서 조금 기다리려고 주변만 맴돌고 있었는데 이제야 그 기회가 돌아온 것 같다는 생각도 드네요."

"네? 기회라니, 지금요?"

지유가 떠지지도 않는 눈을 최대한 둥그렇게 뜨고 성호를 바라봤다. 성호는 자못 진지한 표정으로 지유를 마주 봤다.

"이렇게 여러 번 마주치면서 지유 씨는 그런 생각 안 들어요? 같은 나라 안에서도 몇 번씩이나 만나긴 힘든데. 우린 같은 나라만이 아니라 다른 나라에서도 그랬고 여기서도 그랬잖아요."

마치 신앙심을 간증하는 성직자 같은 결연한 표정으로 성호는 말하고 있었다. 미간을 좁히고 눈을 깜박거리던 지유가 고개를 갸웃거렸다.

"에⋯⋯. 전 솔직히 그렇게는 잘 생각이 안 드네요. 지금 제 남자 친구도…… 아, 지금은 헤어졌지만…… 어쨌든 전 남자 친구와 도 같은 경험을 했거든요."

거기다 첫 만남의 임팩트도 하준 쪽이 훨씬 강했다. 사실 성호는 한국에서 다시 만나기 전까지 완전히 잊고 있던 사람이었으니까.

그 말에 성호는 몹시 놀란 표정을 지었다.

"같은 경험을 했다구요? 그, 그럼 그 사람도 해외에서 만났었단 소리예요?"

"네."

지유가 고개를 끄덕이자 성호가 놀란 얼굴로 입을 다물지 못했 다.

"그럴 리가……."

그의 얼굴이 순식간에 어두워졌다. 지금껏 이런 운명 같은 경험 은 자신밖에 없으리라는 확신이 있었는데 방금 전 지유의 말로 그 믿음이 산산조각이 나 버렸다. 그럼 뭘 위해 지금껏 그녀 주위를 스토커처럼 뱅뱅 맴돌며 타이밍만 기다리고 있었단 말인가.

"저는 성호 씨가 그렇게 생각하고 있는 줄은 꿈에도 몰랐어요. 어쩐지, 그래서 처음부터 과하게 친절하셨구나……."

지유는 그제야 지금까지의 성호의 행동이 이해가 되었다. 같은 일을 겪고도 이렇게 전혀 다른 생각을 하다니. 사람은 알면 알수록 참 신기한 것 같다는 생각을 하고 있는데 성호가 표정을 정리하고 다시 진지한 얼굴로 말했다.

"그런 사람이 한 명 더 있다고 해도 상관없어요. 나는 내 쪽의 운명이 더 강하다고 확신하니까. 그리고 그 사람과도 지금은 헤어 졌잖아요."

"으음. 미안하지만 전 그런 식으로는 전혀 생각할 수 없어요. 성호 씨와는 운명적인 무언가를 느꼈던 적이 한 번도 없고…… 헤어지긴 했지만 지금도 제 머릿속은 그 사람밖에 없고요. 방금 전에 창피하게 길바닥에 퍼질러 앉아 눈물 철철 흘리는 걸 성호 씨도 봤으니 알 거예요."

지유가 천천히 고개를 저으며 말하자 성호의 표정이 참담해졌다. 솔직히 스페인에서 봤을 때도 그렇고 어딘가 맹한 부분이 있다는 생각이 들 정도였는데 지금 확고한 말로 자신을 잘라 내는 지유는 자신이 생각하던 이미지가 아니었다.

지유를 잠시 건너다보던 성호가 어깨를 들썩이며 크게 한숨을 내쉬었다.

"휴우. 제가 너무 일방적으로만 생각한 모양이네요."

"성호 씨의 운명도 분명 있을 거예요. 그게 제가 아닐 뿐이지."

"……그럴 수도 있겠죠. 하지만."

성호가 씁쓸한 표정으로 말하고는 자리에서 일어섰다.

"지유 씨가 제 운명인지 아닌지는 아직 결정 나지 않았잖아요. 나중에 스스로 납득이 되어 포기하게 될 때까진 지금은 그냥 운명이라고 생각하고 있을게요. 지유 씨도 내가 운명이라는 생각이 조금이라도 들면 주저 없이 연락 줘요. 기다릴 테니."

"아뇨. 전……."

지유가 미처 대답을 하기도 전에 성호는 돌아서서 우울한 그림자를 남기며 멀어졌다. 영혼이 빠져나간 듯 휘청이며 카페를 나서는 그를 보며 지유는 하아, 하고 작게 한숨을 내쉬었다.

자신 앞에 여전히 남아 있는 케이크들을 보니 성호에게 미안한 마음도 들고, 또 한편으로는 어쩔 수 없다는 생각도 들었다.

"······난 지금 그 사람 생각만으로도 머릿속이 터질 것 같단 말이에요."

지유는 어두운 얼굴로 식어 가는 커피 잔을 물끄러미 바라봤다.

결국 남아 있는 달달한 음식들에는 손 하나 대지 못한 채 일어서서 카페를 나온 지유는 터덜터덜 집으로 돌아왔다. 엘리베이터에서 내려 현관문 비밀번호를 누르며 습관적으로 옆집을 바라봤지만 그 집에서는 그날 이후로 전혀 인기척이 느껴지지 않았다.

'······이제 안 오겠지?'

하준이 다시는 이곳으로 돌아오지 않을 거라는 생각을 하자 또 다시 눈물이 솟구쳤다. 울지 말자. 울지 말자. 지유는 스스로에게 다짐하며 얼른 문을 열고 안으로 들어왔다.

어두운 방에 불을 켜니 확 하고 밝아졌다. 하준의 흔적들이 고스란히 남은 물건은 일부러 보지 않으려 애쓰며 욕실로 들어가 차가운 물로 퉁퉁 부은 얼굴을 씻었다.

'이제 안 와.'

얼굴에 와 닿는 차가운 물의 감촉을 느끼면서도 가슴 한 구석이 뜨겁게 치밀어 올랐다.

'이제 안 와.'

욱신거리고 죄어 오는 심장이 결국 또 눈에 눈물이 고이게 만들었다. 아프다. 아파. 가슴이 너무나 아파.

그를 사랑하게 된 대가가 이렇게 큰 것일 줄은 몰랐다. 아니, 알았다 해도 피할 수 없었겠지. 그 남자는 도저히 피할 수도, 거부할 수도 없는 사람이었다. 겁이 나고 무섭고 괴로워도 그냥 옆에 있을 걸 그랬을까?

그 사람이 결국 먼저 떠나가는 걸 보게 될 때까지, 그때까지만이라도 옆에서 어떻게든 버티고 있었다면 지금 덜 슬펐을까? 모르겠어. 아무것도 모르겠어. 그냥 지금이 너무 힘들고 괴롭고 아파. 아파 죽겠어.

"……흑."

지유는 차가운 물을 틀어 놓은 채로 한참을 울었다. 그녀의 얼굴을 축축하게 적시고 있는 것이 물인지 눈물인지 알 수 없게 될 때까지.

딩동, 딩동, 딩동!

한밤중에 울리는 급박한 초인종 소리에 지유가 깜짝 놀라 침대 위에서 몸을 일으켰다. 이 시간에 누구지? 울어서 퉁퉁 부은 얼굴로 조심스럽게 현관 쪽으로 다가가는데 밖에서 다급한 목소리가 들렸다.

"지유 씨! 저 형수예요, 형수!"

형수 씨……?

불안한 표정으로 조심조심 현관 쪽으로 다가가던 지유가 얼른 문을 열어 줬다. 급히 달려 왔는지 형수가 무릎을 잡고 상체를 숙인 채로 숨을 몰아쉬고 있었다.

"무, 무슨 일이에요?"

"학, 학, 혀, 형이…… 헉! 지, 지유 씨 얼굴이 왜 그래요?"

호빵같이 퉁퉁 부어서 눈조차 제대로 안 떠지는 지유를 본 형수가 흠칫 놀라 물었다.

"네? 제 얼굴이 왜……."

지유가 영문을 모르겠다는 듯 자신의 얼굴을 더듬거리자 형수가 당황한 마음을 추스르고 말했다.

"지금 큰일 났어요. 형이, 형이 갑자기 사라졌어요."

"네??"

사라졌다니…… 하준 씨가?

"형이 회사엔 말도 없이 기자들한테 잠정 은퇴 선언하고 사라졌어요. 지금 회사도 난리가 아닌데…… 혹시 지유 씨 형 어디 있는지 알아요?"

"아, 아뇨. 저는 잘……."

지유가 혼란스러운 얼굴로 고개를 젓자 형수가 초조한 표정으로 빠르게 말했다.

"형 이대로 일방적으로 은퇴 선언하고 영화 하차해 버리면 다시는 복귀 못 해요. 이 세계, 그리 만만한 세계가 아니에요. 아무리 잘나가는 사람이라도 하루아침에 나락으로 떨어지는 세계라고요. 아, 진짜 미치겠네. 그걸 모를 사람도 아니면서……!"

답답한 얼굴로 머리를 움켜쥐는 형수를 보고 사태의 심각함을 느낀 지유가 다급히 물었다.

"그 사람한테 무슨 일이 있나요? 그 사람, 그런 거 모를 사람 아니잖아요. 이유도 없이 그럴 리가 없어요. 분명 이유가……."

"이유를 몰라요?"

형수가 머리를 움켜잡은 채로 황당한 표정으로 지유를 바라봤다.

"네?"

지유가 되묻자 형수가 답답한 얼굴을 했다.

"지유 씨가 잘 알잖아요. 형 왜 그러는지. 지유 씨랑 헤어지고 형 완전 폐인 된 거 몰라요?"

"하준…… 하준 씨가 폐인이 됐다고요?"

지유의 얼굴이 하얗게 되자 형수가 간절한 표정으로 그녀에게 말했다.

"지유 씨 책망하자는 건 아니에요. 다만 부탁 좀 할게요. 지유 씨. 일단 우리 형 좀 찾아 줘요. 내가 찾을 수 있는 데는 다 찾아봤는데 모르겠어요. 지금 이 나라 안엔 없는 것 같은데…… 혹시 어디 짚이는 데 없어요?"

11.
피지의 밤

지유는 비행기를 타고 초조한 표정으로 창밖을 내다보고 있었다. 그가 정말 그곳에 있을까? 하준이 그곳에 있을지는 자신할 순 없었지만 형수 말대로 그의 잠적이 자신 때문이라면 생각나는 곳은 그곳밖에 없었다.

지유는 어두운 얼굴로 창밖을 바라보며 형수와의 대화를 떠올렸다.

'나…… 난 나 때문에 하준 씨가 그렇게 힘든 줄 몰랐어요. 하준 씨에게 상처받기 두려워서 먼저 헤어지자고 말하긴 했지만 하준 씨도 분명 정리하고 싶다고 생각하는 줄 알았는데……'

'형이 그럴 리가 없잖아요. 솔직히 말하면 형한테 여자 소개받은 것도 지유 씨가 처음이었어요.'

'정말요? 그때 형수 씨가 너무 익숙해 보이기에 자주 있는 일인 줄로만……'

'아니에요. 처음이었어요. 그때 형이 진심인 걸 알았죠. 지금까진 숱한 스캔들을 뿌리면서도 한 번도 그런 적이 없었으니까. 어쨌든 지유 씨. 지금 형 찾을 수 있는 건 지유 씨밖에 없어요. 하준 형…… 모든 걸 다 가진 화려한 남자 같지만 정작 원한 건 딱 두 여자밖에 없었어요. 그 한 명이 형 어머니고, 다른 한 명이 지유 씨죠.'

'어머니요?'

'네. 설명하자면 길지만…… 형 그 여자한테 정말 상처 많이 받았어요. 그러니까 이건 내 개인적인 부탁일 수 있는데, 지유 씨는 제발 형에게 그러지 말아 줘요. 그럼 형 너무 불쌍해지니까 그렇게는 만들지 말아 줬으면 좋겠어요. 내가 이렇게 부탁할게요. 지유 씨.'

그의 어머니에 대한 말을 형수에게 듣고서야 지유는 자신이 그의 통화 내용을 오해했다는 것을 깨달았다.

지겹다고, 이제 정리해야겠다고 말했던 건 내가 아니라 그의 어머니였어……. 나는 도대체 그의 어디까지 오해하고 있던 걸까?

"아아, 모르겠어. 아무것도……."

머릿속이 온통 뒤죽박죽이라 뭐가 맞는 건지 하나도 알 수가 없었다. 다만 지금은 어서 그를 찾아야 한다는 생각밖에 들지 않았다. 사라진 그에게 혹 무슨 일이 있을지도 모른다는 생각이 들 때마다 심장이 죄어 와서 미칠 것 같은 기분이었다.

'하준 씨. 내가 다 사과할 테니까 제발……'

빨리 하준을 찾아서 잘못을 빌고, 이야기를 해야 했다. 급작스런 은퇴 선언에 한국 매스컴은 그에 대한 각종 루머를 양산하며 여론을 악화시키고 있으니 자칫 늦어지면 형수의 말대로 하준은 영영 재기하기 힘들어질지도 모른다.

그 모든 것이 자신의 오해 탓일 수도 있다는 생각에 지유는 초조하게 시계만 바라보고 있었다.

피지의 난디 공항에 도착한 지유는 지체 없이 하준과 처음 만났던 날 묵었던 리조트를 찾아갔다.

상당히 늦은 시간이었지만 리조트 안은 은은하게 밝혀진 조명들과 야외 테라스에 조성된 바에서 흘러나오는 불빛으로 그리 어둡진 않았다.

프런트에 물어보니 잘 모르겠다는 답변만 돌아왔으나 지유는 낙심하지 않고 밖으로 나왔다. 분명 이곳 어딘가에 하준이 있을 거라는 확신이 들었다. 그 확신을 믿고 여기저기 찾아다니기 시작했다.

하준은 흐릿한 시선으로 술잔만 쳐다본 채 앉아 있었다. 그녀를 잊기 위해 무작정 찾아온 이곳에서 벌써 며칠을 지냈는지 기억이 나지 않았다. 이틀? 사흘? 일주일?

"훗. 그게 무슨 상관이야."

술잔을 만지작거리던 그가 헛웃음을 흘렸다.

한지유가 없다는 것만으로도 이렇게 무너지다니……. 정말 우습군.

간신히 잡았다고 생각한 여자가, 진지하지 않았으면 잡을 수 없었기에 처음으로 온전히 믿게 된 여자가 떠났다는 사실이 이렇게 크게 자신을 무너뜨릴 줄은 생각도 못 했다. 한 번도 여자에게 진심으로 빠져 본 적 없었고, 빠질 생각도 없었다.

은연중에 여자는 모두 임수림 같을 거라고 생각했기 때문인지도 모른다. 언제든 날 버리고 갈 수 있는 게 여자라고 무의식중에 생각하고 있었던 것 같다. 그런데 왜 한지유에게는 이렇게 빠져들어 버린 건지…….

그녀를 다시 못 본다는 사실이 이렇게나 심장을 후벼 팔 듯한 고통을 겪게 하는 일인지 정말 몰랐다. 다른 어떤 일도 할 수 없을 만큼 사람을 무력하게 만드는 일인 줄 몰랐다.

연기자라는 직업에 자부심도 있을 정도로 좋아했지만, 그 사실이 그녀와 헤어지게 만들었다는 것이 끔찍했다. 그 정도로 그녀를 사랑하고 있었다는 것이 다시 날카로운 칼날이 되어 가슴 속을 후벼 팠다. 어떻게든 다시 잡으려는 충동이 불길같이 치솟았을 때 그걸 가라앉힌 건 남훈의 말이었다.

'정신 차려. 이하준. 그게 네가 사랑하는 여자를 위해서 맞는 일이라고 생각해?'

'그게…… 무슨 소립니까.'

'무슨 소리긴. 내가 너 연애하는 것도 모르고 있었을 거라고 생각했어? 내가 왜 이자벨 건을 터뜨렸는데. 네가 사랑하는 여자, 지켜 주려고 그런 거지. 일반인이 그걸 어떻게 감당할 수 있을 것 같아? 차라리 잘됐어. 이 정도로 헤어질 정도로 나약한 여자

라면 더 상처 주기 전에 끝내. 놔줘. 그게 맞아.'

미쳐 날뛸 것 같던 충동이 남훈의 그 말로 거짓말처럼 사그라졌
다.

                          •

'솔직히 하준 씨 감당 안 돼요. 연예인이랑 연애하는 거, 어릴
때 환상으로나 꿈속에서 해 보는 거지 지금 내 나이에 현실로 감
당할 수 있는 일이 아니에요.'

그래…… 넌 그렇게 말했었지.
감당할 수 없다는데 내가 그걸 억지로 잡아 돌리려 했어. 강제로
라도 내 옆에 묶어 두려 했어. 그래야 내가 숨을 쉴 수 있을 것 같
아서…… 너는 숨이 막힌다는데, 내가 숨 쉬자고 그러려고 했어.
그런 미친 짓을 하려고 했어. 내가.
"……미쳤지."
진심으로 미친 짓을 하기 전에 어디든 도망쳐야 했다. 그것밖에
생각할 수가 없었다. 그래서 은퇴 선언을 하고 이곳으로 왔다. 그
녀를 처음 만났던 이곳에서 모든 것을 지우고 다시 시작하려 했다.
그런데…… 난 지금 도대체 뭘 하고 있는 걸까.
머릿속에서 하나도 지워지지 않고 생생하게 살아나는 한지유에
대한 기억들이, 이곳에서도 한국에서와 마찬가지로 아무것도 할 수
없게 만들어 버리고 있었다. 몰랐다. 나 자신이 사랑 앞에 이렇게
나 무력해지는 남자였는지.
정말 몰랐다. 한지유를 이렇게나, 깊이 사랑하고 있었는지…….

"어떻게도 할 수 없는데. 이제 와서……."

하준은 쓴웃음을 지으며 그녀를 잊기 위한 유일한 방법이라도 되는 듯 술을 들이켰다.

'하준 씨. 어디 있어요?'

바에서 흘러나오는 은은한 불빛에 의지해 그를 찾아다니던 지유는 어디에도 하준이 보이지 않자 숨을 몰아쉬며 리조트 건물을 올려다봤다. 하긴 이 시간엔 룸 안에 있겠지…… 저 창문들 사이에 그가 있을까? 없다면? 만약 없다면 어쩌지?

지유의 눈빛이 불안으로 흔들리려는데 문득 잔잔한 음악이 흘러나오는 이국적인 야외 바로 시선이 향했다.

"어……?"

드문드문 앉아 있는 사람들 사이 혼자 앉아 모자를 깊게 눌러쓴 채로 술을 마시고 있는 동양 남자가 보였다.

……하준 씨?

직감적으로 그가 하준이라는 걸 알아챈 지유가 그에게 시선을 고정한 채로 한 발 한 발 다가갔다. 테이블 위에는 이미 몇 병의 술병이 텅 빈 채 놓여 있었다. 그 앞에 앉아 말없이 술을 마시는 하준에게 다가갈수록 지유의 눈에 부옇게 눈물이 차올랐다.

……나 때문에 그래요? 지금 나 때문에 그렇게 상처받은 얼굴 하고 있는 거예요?

"하준 씨."

지유가 부르는 소리에 고개를 숙이고 술잔을 매만지고 있던 하준이 멈칫했다. 환청을 들은 듯 멍한 얼굴로 고개를 든 하준과 지유의 시선이 허공에서 부딪혔다.

"……!"

지유를 본 하준의 눈동자가 크게 흔들렸다. 당혹스러운 표정으로 자신을 보고 있는 그를 마주 보며 지유가 눈물을 떨구었다. 고개를 든 그의 모습이 놀라울 정도로 야위어 있었다.

"하준 씨. 말랐어……. 왜, 왜 이렇게 말랐어요."

지유가 울먹거리자 믿기 힘든 표정으로 지유를 응시하고 있던 하준이 한참 만에 입을 열었다.

"……지유?"

그의 목소리가 꽉 잠긴 듯 낮게 흘러나왔다. 지유는 그렁그렁한 눈으로 그에게 천천히 다가갔다. 하준이 벌겋게 충혈된 눈으로 여전히 믿기 어렵다는 듯 그녀를 바라보고 있었다. 그에게 다가온 지유가 두 팔을 뻗어 조심스럽게 그를 껴안자 그의 눈이 크게 흔들렸다.

"미안해요. 미안해요, 하준 씨."

물기 밴 지유의 목소리가 귓속으로 흘러 들어오고 익숙한 달콤한 향기가 콧속으로 밀려 들어왔다.

"……후우, 제길."

참고 있던 숨을 겨우 내쉰 하준이 낮게 말했다.

"내가 지금 술에 취해 헛것이라도 보고 있는 건가? 아니면, 또 꿈인가? 어느 쪽이야?"

"꿈도 헛것도 아니에요. 나 여기 있어요. 지금 이렇게 하준 씨 안고 있는 거 나 맞아요."

지유가 자신의 말을 증명하려는 듯 그의 목덜미를 더욱 힘주어 껴안았다. 하준의 턱에 단단히 힘이 들어갔다.

"정말…… 내 품 안에 있는 게 너 맞아?"

미간을 일그러뜨린 그가 말하자 지유가 속삭였다.

"응. 맞아요."

"꿈, 아니야?"

"응……. 아니에요. 하준 씨."

지유가 있는 힘껏 그의 몸을 꽉 껴안으며 말했다.

"나 하준 씨가 나와 헤어졌다는 이유로 이렇게 힘들어할 줄 몰랐어요. 내가 하준 씨를 오해해서…… 오해해서 그런 거예요. 미안해요, 정말."

지유의 흐느끼는 소리에 하준이 그녀의 몸을 천천히 떼어 냈다. 고개를 든 그가 눈물이 담뿍 맺힌 지유의 눈을 지그시 바라봤다. 그의 붉게 충혈된 눈을 지유가 아프게 마주 봤다. 하준이 천천히 손을 들어 그녀의 눈물을 조심스럽게 닦아 내 주었다.

"난 하준 씨가 이제 나에게 질렸다고만…… 그렇게만 생각했어요."

"……질렸다고? 내가?"

하준의 눈썹이 일그러지는 걸 보며 지유가 조심스럽게 말했다.

"하준 씨가 날 피하는 것 같다는 생각에, 이제 내가 지겨워진 거라고……."

"무슨……. 내가 널 피한 건 맞지만 그건 단지 네가…… 아플까 봐. 내가 또 널 아프게 할까 봐 두려워서 그랬을 뿐인데."

"아프다뇨……? 내가 왜 아프…… 아!"

괜한 질투로 그를 거부하며 했던 말이 생각나 지유가 얼굴을 확 붉혔다.

"미안해요. 그때 그건 사실…… 그냥 질투였어요. 자꾸 이자벨과 하준 씨가 엮이는 기사들을 보니까 괜히 심술이 나고 그래서…… 아팠던 건 아니었는데……."

지유가 민망한 얼굴로 훌쩍이며 말하자 미간을 좁히고 그녀를 바라보던 하준이 말했다.

"그런 거였나……. 난 만나면 못 참고 또 아프게 할까 봐 보고 싶은 것도 억지로 참아 내고 있었는데."

하준이 허탈한 듯 힘 없이 웃으며 말하자 지유가 어쩔 줄 모르겠다는 얼굴로 사과했다.

"미안해요, 정말……. 그리고…… 이자벨이 그 목걸이를 하고 있길래……."

"후우."

하준이 그럴 줄 알았다는 듯 낮게 한숨을 내쉬었다.

"그런 기사가 나갔다는 건 들었어. 결단코, 내가 그 선물을 준 건 너 하나야."

"그럼 그 목걸이는……."

"그 여자가 왜 그걸 하고 있었는지는 나도 몰라. 우리의 사진이 찍혀서 그걸 무마시키기 위해 소속사에서 이자벨과의 열애설을 터뜨렸다는 건 들었어. 그래서 그 목걸이를 했는지까진 나도 모르지만…… 어쨌든 진실은 내가 그 선물을 준 건 한지유밖에 없다는 거야."

하준이 강한 시선으로 지유를 응시하며 말했다. 조금의 거짓도 담기지 않은 그의 눈빛에 지유는 더 이상 말을 잇지 못했다. 애써 그쳐 놓았던 눈물이 다시 흐를 것만 같아 고개를 돌렸다.

그런 지유의 고개를 제 쪽으로 돌리며 눈에 또다시 맺히기 시작한 눈물을 손으로 쓸어 닦아 주었다. 하준이 그제야 입술에 부드러운 미소를 담으며 그녀를 껴안았다.

"됐어. 어떤 오해가 있었든 어떤 잘못을 했든 다 괜찮아. 지금 네가…… 내 품 안에 있으니까."

하준이 그녀의 마음을 달래는 듯한 목소리로 낮게 속삭이자 지유는 아무 말도 못 하고 왈칵 눈물을 쏟으며 그를 힘껏 껴안았다.

"……이 손에서 널 놓친 줄로만 알았어. 이대로 다신 널 잡지 못할 줄 알았어."

하준이 천천히 지유의 등을 쓸어내리며 말하자 지유가 고개를 살짝 들고 얼굴을 가까이 댄 채 시선을 맞췄다.

"난 하준 씨가 연예인인 거 하나도 상관없어요. 그때 내가 했던 심술궂은 말에 신경 쓰지 말아요. 난 당신이 하는 일, 연기에 몰두하는 모습…… 다 너무 멋지고 보기 좋다고 생각하고 있으니까."

하준이 지유의 눈을 가만히 들여다봤다.

"하지만 네 말이 틀린 건 아니었어. 나와 만나면 늘 남의 시선을 신경 쓰면서 살아야 하니까."

"괜찮아요. 숨어서 연애하는 것도 스릴 넘치고 좋던데요?"

지유가 배시시 웃으며 씩씩하게 대답하자 그가 안심한 얼굴로 부드럽게 미소 지었다. 그리고 고개를 기울여 지유의 작고 도톰한 입술을 살짝 머금었다. 말랑한 입술이 맞닿았다가 살짝 떨어지고 진한 시선이 엉켜들었다.

"사랑해. 한지유. 널 미칠 듯이 사랑해."

하준의 뜨거운 고백에 지유가 입술 끝을 둥글게 휘어 올렸다.

"응. 나도 사랑해요, 하준 씨."

"앞으로는 절대 놔주지 않아. 이 품 안에서."

그녀를 끌어안은 팔에 단단히 힘을 준 채로 하준이 낮게 말했다.

"응. 놔주지 마요. 절대로……."

지유가 고개를 숙여 그의 귓가에 가까이 입술을 대고 속삭이자 하준이 그녀를 번쩍 안아 올렸다. 그러고는 테이블에 수표를 던져두고 야외 바 테라스를 빠져나가 객실로 향했다.

"여기 기억해?"

지유를 안은 채 객실 안으로 들어온 하준이 그녀를 침대 위로 사뿐 내려놓으며 물었다. 지유는 그제서야 내내 고정하고 있던 그의 얼굴에서 시선을 돌려 룸 안을 둘러봤다. 그러고 보니 창문 위치와 배치가 묘하게 낯설지 않은 것이…… 어?

"여기…… 내가 여기 왔을 때 묵었던 그 방 같은데, 맞죠?"

지유가 눈이 커다래져서 묻자 하준이 보기 좋은 미소를 지으며 대답했다.

"맞아. 우리가 처음 만났던 곳이지."

"맙소사. 호수까지 기억하고 있었어요?"

"나에겐 무척 특별했으니까."

하준이 지유를 내려다보며 말하자 지유는 일순 말문이 막혔다.

"그래서…… 일부러 여기로 온 거예요?"

그가 천천히 고개를 끄덕이고는 눈썹을 살짝 찡그리며 웃었다.

"이곳에 와서 그 밤을 지우고 싶었어. 너와 처음 만났던 날로 되돌아가서 그날을 지우고…… 그 밤부터 모든 것을 다시 시작하고 싶어서 온 거야. 그러지 않으면 도저히 앞으로 나갈 수 없을 것 같아서."

"하준 씨……."

"괴로웠거든. 너무……."

그의 가라앉은 목소리가 안타까워 지유가 미안한 얼굴로 손을 뻗어 날이 선 듯 날렵해진 턱을 조심스럽게 어루만졌다.

"미안해요. 힘들게 해서."

그가 제 뺨을 쓰다듬는 지유의 손을 잡고 싱긋 웃었다.

"막상 와 보니 그 노력이 소용없다는 걸 깨닫게 됐지만. 오히려 이곳에 오니 너에 대한 기억과 추억들만 가득해져 버려서 아무것도 정리할 수 없었어. 그래서 이러지도 못하고 놈팡이처럼 술만 마시고 있었지."

장난스러움을 담은 하준의 말에 지유도 미소를 지었다.

"그럼 내가 하준 씨 알코올중독에 걸리기 전에 타이밍 좋게 온 거네요?"

"맞아. 잘 왔어. 조금만 늦었어도 난 형편없는 알코올중독자가 되어 버렸을지도 몰라."

하준이 쿡쿡 웃으며 상체를 숙여 지유의 입술에 부드럽게 입을 맞췄다. 입술이 겹쳐지자마자 지유가 사르르 눈을 감고 그의 목에 팔을 둘렀다. 하준의 혀가 애타게 그녀의 입술 속으로 파고들며 작은 혀를 휘감았다. 물컹한 혀가 아찔하게 뒤섞이고 서로의 숨결을 갈망하듯 거칠게 빼앗았다.

"하아…… 으음."

점차 거칠어지는 몸짓과 맞물려 호흡이 가파르게 빨라졌다. 지유의 몸이 점차 뒤로 기울어 마침내 등이 폭신한 침대 위에 닿았다. 그의 입술이 지유의 입술과 작은 귓불, 가느다란 목덜미를 진하게 빨며 훑어 내려왔다.

"아, 하, 하……준 씨."

하준의 입술이 닿는 곳마다 뜨거운 열꽃이 붉게 피어났다. 지유의 원피스를 거칠게 끌어 올리면서 그가 달아오른 숨결을 헐떡이며 속삭였다.

"다신 못 만날 줄 알았어."

지유는 그가 벗겨 내기 쉽도록 팔을 위로 올려 허리를 살짝 들어 줬다. 그녀의 머리 위로 둘둘 말린 원피스가 빠져나가고 새하얗고 보드라운 살결이 드러났다. 앙증맞은 속옷만 남은 그녀의 몸을 하준이 뜨거운 시선으로 응시하자 지유가 슬쩍 볼을 붉혔다. 부끄러움으로 몸을 배배 꼬는데 하준이 미간을 좁혔다.

"역시 안 했네."

"……네?"

"목걸이."

"아아……. 그, 그게."

지유는 괜히 민망해진 기분이었다. 올려다본 하준의 셔츠 안에 목걸이가 보이자 더 그랬다. 난 그날 이후로 서랍에 처박아 놨는데 이 남자는 계속 하고 있었구나…….

"미안해요."

"괜찮아. 버렸으면 다시 사 주면 되니까."

"아니 버린 건 아니고……."

지유가 어물어물 말하는데 자신의 몸에 닿은 그의 뜨거운 시선이 느껴졌다.

"저, 저기 너무 밝은 것…… 같은데."

지유가 발그레해진 볼을 해선 두 손으로 살짝 몸을 가리자 하준이 그 손을 붙잡아 가차 없이 양옆으로 넓게 벌렸다.

"가리지 마."

그가 명령조로 말하며 허리를 숙여 강한 이로 브래지어를 물고 확 들춰 올렸다.

"앗……!"

맨피부에 닿는 단단한 이의 감촉에 지유가 흠칫거렸다. 브래지어 아래 유혹적으로 드러난 탐스러운 젖가슴을 한껏 어두워진 눈동자로 응시하며 하준이 속삭였다.

"네 몸, 내 두 눈으로 빠짐없이 낱낱이 보고 싶어."

그가 입술로 툭 불거진 핑크빛 정점을 단번에 삼키자 지유의 몸이 크게 출렁였다.

"하, 하준 씨…… 웃."

뜨거운 입술로 잔뜩 팽창된 정점을 쭈욱 빨아 올리자 소스라치는 쾌감이 그녀의 척추를 타고 올랐다. 하준은 지유의 양팔을 벌려 단단히 잡아 누른 채로 양쪽 젖가슴 끝 핑크빛 정점이 터질 듯 팽팽하게 곤두설 때까지 연달아 쭙쭙 빨아 올렸다. 타액에 흠뻑 젖은 유두를 혀로 휘감았다가 이로 살짝 깨물자 지유의 몸이 스프링처럼 튕겨 올랐다.

"하웃……!"

못 참겠어! 도저히 참기 힘든 강렬한 쾌감이 불길처럼 치솟았다.

하준은 탐스러운 붉은 과일처럼 벌어진 지유의 입술을 거칠게 삼키고는 뜨거운 키스를 퍼부었다.

"읍, 아흡…… 으응."

그가 격렬한 키스를 퍼부으며 지유의 등 뒤로 팔을 넣어 브래지어 훅을 풀었다. 그러고는 그녀의 두 손을 머리 위로 들어 브래지어를 끌어 올려 벗겨 냈다. 탱글한 가슴이 출렁 드러나고 손바닥만 한 얇은 팬티까지 가차 없이 벗겨지자 지유가 짧은 신음을 토해 냈다.

아, 어쩌면 좋아……. 하준의 눈앞에서 완전히 나체가 된 지유가 숨을 헐떡였다. 몸을 가리고 싶어도 머리 위에서 두 손이 그에게 구속당한 상태라 다리를 모아 굽힐 수밖에 없었다.

"예뻐. 지유야."

하준이 그녀의 팔을 움켜잡은 채로 바짝 예민해진 가슴 끝을 물컹한 혀로 살살 굴렸다.

"훗, 흐읏!"

작은 자극에도 소름이 끼칠 듯한 강한 쾌감이 몰려들자 지유의 방만하게 흐트러진 젖가슴이 요동치듯 들썩였다. 하준이 지유의 팔을 놓아주고 앞으로 모으고 있는 그녀의 무릎을 잡은 채로 그 위에 살짝 입술을 갖다 댔다. 동그란 무릎 위에 내려앉은 입술이 점차 아래로 내려가 매끈한 종아리를 지나 뽀얀 발등에 닿았다.

"아, 그, 그만……!"

그의 입술이 거기서 멈추지 않고 더 아래로 내려가자 지유가 당황하며 다리를 빼내려 했다. 하준은 지유의 발을 잡고 입술로 발등을 타고 내려가 앙증맞은 발가락에 하나하나 키스했다.

"하지 마요. 하준 씨. 아, 아직 샤워도 못 했는데…….."

"괜찮아. 예뻐. 지유의 것은 다 예뻐."

하준이 말랑한 발바닥에도 쪽 입술을 맞추고 그녀의 바들거리는 무릎을 벌려 그 안으로 고개를 숙였다. 그가 순식간에 다리 사이로 파고들자 지유의 눈이 커다래졌다.

"하, 하준……! 흐읏!"

촉촉이 젖은 그녀의 은밀한 속살을 하준이 크게 입술로 물자 지유의 허리가 고양이처럼 휘어졌다. 그의 혀가 그녀의 갈라 터진 꽃잎 사이를 훑고 내려간 뒤 동그랗게 솟아오른 음핵을 휘어 감았다.

"학!"

짜릿한 쾌감에 넓게 벌어진 지유의 다리에 바짝 힘이 들어갔다. 하준은 쾌감의 정점을 집중적으로 입술로 물고 빨아들이기 시작했다. 빨아들이는 힘이 강해질수록 점차 강해지는 쾌감에 지유가 몸부림쳤다. 들썩이는 그녀의 몸을 단단히 고정한 채 하준이 달콤한 샘 속으로 혀를 세워 깊이 찔러 들어갔다.

"……아아!"

지유의 허리가 사정없이 튕겨 올랐다. 그의 혀가 관능적으로 움직이며 꽃잎 사이를 헤집었다.

"하, 아, 아, 아훗……!"

흥분으로 피가 잔뜩 몰린 땡땡해진 음핵을 연신 빨아들이자 지유는 머릿속이 아찔해졌다. 아랫배가 확 조여들어 우윳빛 애액을 흘리는 은밀한 부위가 뜨겁게 달아올랐다.

아, 더, 더 이상은……! 그가 흠뻑 젖은 여성 전체를 통째로 삼킨 뒤 입술로 강하게 빨아들이자 지유의 고개가 뒤로 확 젖혀졌다.

"흐앗—!"

마침내 더 참지 못하고 절정에 다다르자 그의 입술 안에 물린 꽃잎 사이에서 향기로운 꽃물이 넘쳐흘렀다. 하준은 혀로 핥짝이며 기다랗게 흘러내린 달콤한 애액을 남김없이 모조리 핥아 먹었다.

"하, 하아, 하아……."

지유는 절정의 여운에 가느다랗게 몸을 떨며 숨넘어갈 듯 헐떡거렸다. 눈도 뜨기 힘들 정도로 강한 쾌감에 그녀의 두 눈이 흐릿해졌다. 하준은 상체를 세우고 입술에 묻은 그녀의 쾌감의 산물을 혀로 핥았다.

"달콤해."

낮게 말한 그가 발갛게 달아오른 얼굴로 숨을 몰아쉬는 지유를 응시했다.

"하지만 부족해. 이 정도 가지고는 전혀 성에 차질 않아."

하준이 잠긴 목소리로 탁하게 내뱉고는 자신의 티셔츠를 잡아 머리 위로 확 벗어 냈다. 티셔츠가 몸을 타고 올라가자 쫀쫀한 근육질 몸과 진한 색의 작은 유두가 환한 조명 아래 드러났다.

하아……. 오랜만에 보는 탄탄하고 남성적인 상체가 드러나자 지유는 숨이 막힐 것만 같았다. 그가 지유를 똑바로 응시하며 바지 버클을 풀어 드로즈와 함께 동시에 벗어 냈다. 굵은 허벅지 사이로 천장을 향해 빳빳하게 곤두선 그의 거대한 남성이 끄덕거렸다.

아아!

터질 듯한 긴장감에 지유가 마른침을 삼켰다. 하준은 지유의 다리를 잡아 넓게 벌린 뒤 그 사이에 자리를 잡았다. 고개를 숙인 그가 단단히 발기한 성난 남성을 움켜잡아 그녀의 뜨겁게 달아오른 여성에 거칠게 문지르기 시작했다.

"훗, 웃, 으웃…… 아!"

예민한 속살을 애무하듯 문지르는 굵은 남성에 지유의 입술에서 새된 신음이 쏟아져 나왔다. 당장 짓쳐 들어갈 듯 쿡쿡 찔러 올리는 그의 뭉툭한 끝이 우윳빛 샘에 흠뻑 젖어 들어갔다.

"후우, 황홀해. 지유야……."

그가 지유의 두 다리를 벌린 채 탄탄하고 둥근 엉덩이를 음란하게 움직이며 낮게 신음을 흘렸다. 조금만 힘을 주면 푹 찔러 들어갈 듯한 아슬아슬한 쾌감을 즐기며 그가 근육질 엉덩이를 거칠게 튕겨 댔다.

"으, 으훗. 아, 핫! 으응!"

하준의 움직임이 거칠어질수록 지유가 쾌감에 짓이겨진 신음을 터뜨리며 침대 시트를 힘껏 움켜잡았다. 그의 움직임에 맞춰 지유의 엉덩이가 달싹였다. 음란한 마찰을 일으키는 부위가 홧홧하게 달아오르고 호흡이 뜨거워졌다.

아, 어서, 어서……! 짜릿한 쾌감에 지유가 허리를 바짝 치켜 올리는 순간 그의 굵고 단단한 남성이 그녀의 뜨거운 속살 안으로 힘껏 쑤셔 들어왔다.

"학……!"

"……크웃!"

두 사람의 입술에서 단말마의 신음이 터져 나왔다. 하준은 그녀의 몸 안에 깊이 찔러 들어간 채로 하얀 두 다리를 잡아 한껏 벌리며 허리를 거칠게 튕겨 올렸다.

"아, 아웃!"

다리가 최대치까지 벌어지고 그가 아주 깊숙한 곳까지 단번에 치고 들어왔다. 지유가 입술을 크게 벌리는 순간 내벽을 긁으며 쑥 빠져나갔던 빳빳한 남성이 강하게 다시 짓쳐들어왔다. 다시, 또다시.

"흐읏! 아, 아! 아흐……!"

연달아 격렬하게 파고드는 강한 힘에 지유의 젖혀진 목덜미에 땀이 맺혔다. 하준은 상체를 숙여 땀에 젖은 그녀의 하얀 목덜미에 입을 맞췄다. 그대로 강하게 빨아 당기며 지유의 등 뒤로 손을 밀어 넣어 탱탱한 엉덩이를 힘껏 움켜잡았다.

"아! 아! 아앗! 하, 하준 씨……! 아, 아윽!"

도망가지 못하도록 지유의 엉덩이를 꽉 움켜잡고 그가 야생마처럼 거칠게 들이치자 그녀의 온몸이 튕겨나갈 듯 정신없이 흔들렸다.

"후우, 후욱. 지유야. 지유야……."

하준이 지유의 어깨에 얼굴을 묻고 뜨거운 호흡을 토해 냈다. 근육이 불끈거리는 그의 등에 맺힌 땀이 갈라진 근육 사이로 흘러내렸다. 침대 시트가 이리저리 밀릴 정도로 격렬하게 밀어붙이던 하준이 지유의 몸을 안고 옆으로 빙글 돌아누웠다.

"아……."

지유가 옆으로 누운 채로 자신의 등 뒤에 바짝 몸을 밀착하고 있는 하준을 돌아봤다. 그가 팔을 뻗어 그녀의 얼굴을 잡고 열기에 달뜬 입술에 진하게 입을 맞췄다. 에로틱한 키스를 이어 가며 하준이 지유의 다리 한쪽을 들어 올리고 그 사이에 빳빳이 발기한 자신의 남성을 밀어 넣었다.

"아앗!"

그가 옆에서 깊이 쑤셔 들어오자 지유의 몸이 커다랗게 출렁였다. 하준은 지유의 다리를 한껏 벌린 채로 그녀의 안으로 더욱 깊이 쿡쿡 찔러 들어갔다. 맞붙은 살이 섞여 들었다 빠져나가는 색정적인 소리가 룸을 크게 울렸다.

"하, 하준 씨. 너무…… 학. 기, 깊어요……. 읏!"

지유가 헐떡거리며 허리를 뒤로 확 젖혔다. 하준은 그녀의 얼굴을 움켜잡고 아랫입술을 빨아 당기며 더욱 강렬하게 허리를 튕겨 올렸다.

퍽, 퍽, 퍽!

"아흐윽!"

지유가 얼굴을 일그러뜨리며 신음을 터뜨렸다. 짜릿한 전율 같은 쾌감이 그녀의 온몸을 뒤덮었다.

"크으읏…… 너무, 조여…… 크읏!"

그의 남성을 분질러 버릴 듯 뜨겁게 조여 대는 속살에 깊게 몸을 묻은 채로 하준이 으르렁거렸다. 그러고는 이를 악물고 절정의 쾌감에 몸을 떠는 지유의 안에서 빠져나왔다. 옆으로 누운 그녀의 다리를 모으게 한 그가 탐스러운 둥근 엉덩이를 뒤에서 움켜잡았다.

"아."

지유가 파르르 속눈썹을 떨며 진한 숨을 뱉어 냈다. 그가 그녀의 복숭아처럼 갈라진 보얀 엉덩이 사이로 번들거리는 거대한 남성을 뒤에서 푹 찔러 넣었다.

"아훗……!"

강한 충격에 지유의 몸이 앞뒤로 크게 출렁였다. 하준은 그녀의 골반을 잡고 고정시킨 채 빠르게 허리를 쳐올리기 시작했다. 철썩! 철썩! 탄력적인 엉덩이가 그의 몸에 부딪히는 소리가 그들을 더욱 흥분시켰다.

"아! 아아! 앗! 흣!"

절정 직후의 극도로 예민해진 지유의 몸이 그전보다 더한 쾌감을 느끼며 정신없이 흔들렸다. 하준은 위아래로 출렁이는 지유의 가슴을 움켜잡고는 그녀의 귓가에 헐떡였다.

"너무 뜨거워. 날 삼키는 네 안이 뜨거워서 죽을 것 같아."

"으, 아, 아웃……!"

지유가 본능적으로 엉덩이를 치켜올리며 그를 최대치까지 깊숙이 받아들이자 하준의 움직임이 짐승처럼 격렬해졌다. 그가 으르렁거리며 더욱 속도를 올려 그녀의 안으로 짓쳐 들어가기 시작하자 지유가 숨넘어갈 듯한 신음을 터뜨렸다. 그녀의 말랑한 젖가슴을 다시 힘껏 움켜잡은 하준이 거칠게 헐떡였다.

"아, 웃, 지유야. 헉, 이대로, 이대로……!"

"아흑, 하, 하준 씨……! 아아앗!"

비명 같은 신음성과 함께 두 사람의 몸이 절정의 격정적인 파도 속으로 동시에 휩쓸려 들어갔다.

그 밤 내내 몇 번이나 뜨겁게 서로의 마음을 확인한 두 사람은 다음 날 오후 늦게야 밖으로 나와 그림 같은 해변을 함께 거닐었다. 드넓게 펼쳐진 해변과 기다랗게 이어진 야자수 나무 사이를 보폭을 맞춰 걷는 그들의 얼굴에선 행복한 미소가 떠나질 않았다.

해변가 벤치에 앉아 하준의 어깨에 기댄 채 오렌지 빛으로 물들어가는 석양을 바라보며 지유가 말했다.

"여기서 더 함께 있고 싶지만…… 우선 한국으로 돌아가요, 우리."

"벌써?"

하준이 그녀를 내려다보자 지유가 그와 눈을 맞춘 뒤 말했다.

"나 때문에 하준 씨가 무책임한 사람 되는 거 싫어요. 한국에 돌아가서 우선 촬영장에 복귀하고 기자 회견도 다시 해요. 형수 씨…… 많이 걱정하고 있어요."

그가 지유의 눈을 가만히 들여다봤다.

"난 네가 이 일을 그만두고 평범하게 살라고 하면 그럴 수 있어. 내가 사랑하는 단 한 사람을 지키는 것보다 더 중요한 건 나에게 없으니까."

지유가 고개를 저었다.

"그런 거 바라지 않아요. 어제도 얘기했지만 난 하준 씨가 연기할 때 가장 빛난다고 생각해요. 그때 내가 한 말 때문이면 그건 정말 마음에 없던 말이니까…… 신경 쓸 거 없어요."

하준이 그녀의 투명한 눈동자를 진지하게 바라봤다.

"……진심이야?"

"네. 이게 내 진심이에요. 그러니까 어서 돌아가요. 하준 씨. 더 늦기 전에요."

지유가 싱그러운 웃음을 지으며 말하자 그가 부드러운 미소로 답했다.

"그럼 그렇게 할게. 지유가 원한다면."

"응. 고마워요."

지유가 안심한 얼굴로 미소 짓자 하준이 고개를 숙여 그녀의 입술에 부드럽게 키스했다. 그러고는 그녀의 손을 잡고 다시 야자수 나무 길로 걸어가기 시작했다. 어디선가 달콤한 나무열매 향이 났다. 선선한 바람이 불어와 찰랑이는 머리칼과 웃음이 맺힌 뺨을 보드럽게 스치고 지나갔다.

이국적인 섬의 해 질 녘 아름다운 풍경 속으로 두 사람이 천천히 사라졌다.

에필로그. 1

네가 있는 집

급작스러운 은퇴 선언과 번복, 그리고 곧 이어진 결혼 발표로 인해 하준의 팬들은 큰 충격에 빠져들었다. 실망한 팬들의 대규모 팬클럽 탈퇴가 이어짐에도 하준은 담담했다.

"모든 것은 저의 잘못입니다. 책임감 없는 모습에 실망하신 분들께 진심으로 죄송하다는 말밖에 드릴 말이 없습니다."

하준은 공식적인 자리에서는 늘 사과의 인터뷰만 짤막하게 한 뒤 촬영에만 몰두했다. 다행히 기인 기질이 있는 감독은 하준의 돌발 행동에 대해 큰 문제를 삼지 않고 넘어가서 촬영장 분위기는 금방 원래대로 되돌아왔다.

"나 때문이야. 나 때문에 하준 씨가 여자랑 연애하느라 일도 다 때려치운 무개념 배우가 되어 버렸어."

지유가 우울한 표정을 짓자 정희가 말했다.

"신경 쓰지 마. 어차피 배우들 결혼설 터지면 인기 떨어지는 건 당연한 거잖아. 뭐 하준 씨는 워낙 연기력이 뛰어나니까 결혼 뒤에도 작품 선택 잘하면 제대로 된 연기자로 자리 잡을 수 있을 거야."

"그랬으면 좋겠는데……."

지유가 걱정스러운 한숨을 포옥 내쉬었다. 결혼하면 자연히 인기가 떨어지는 것이 연예인의 운명이라지만 아무리 그래도 하준이 자신 때문에 인기가 떨어진다는 건 우울했다. 자신이 그의 앞길을 방해하는 존재인 것 같아서.

"너무 걱정하지 말라니까 그러네. 이하준이 결혼한다고 묻힐 급이냐? 그런 일은 절대 없으니 한숨 좀 그만 쉬어. 우리 둥둥이가 다 듣는단 말이야."

정희가 살짝 나온 제 배를 쓰다듬으며 눈을 흘기자 지유는 그제서야 우울한 표정을 걷어냈다.

"둥둥아. 이모 한숨 쉰 거 아니야. 이모 숨소리가 좀 유달리 커서 그래. 오해하지 말아 주렴."

지유가 진지한 얼굴로 배를 바라보며 하는 말에 정희가 깔깔 웃었다. 정희는 그 안경 군과 사고를 쳐서 다음 달 속도위반 결혼을 앞두고 있었다. 이러니 남녀 사이 일은 모르는 거다. 헤어지니 마니 하더니 정신이 없어서 신경을 못 쓴 사이에 사고까지 치다니…….

도대체 어떻게 된 거냐고 지유가 묻기도 전에 눈에 쌍심지를 켜고 도대체 이하준과 언제 그렇게 된 건지 하나도 빠짐없이 고하라며 살벌하게 닦달하던 정희 때문에 제대로 묻지도 못하고 넘어갔었다.

"전에 그건 잘 해결된 거야? 고깃집에서 말했던 거."

그래도 궁금한 기분에 지유가 슬쩍 묻자 정희가 눈을 깜빡이더니 웃음을 터뜨렸다.

"아아. 그거? 알고 봤더니 그게 그냥 내 오해더라고."

"오해?"

"응. 글쎄 우리 안경 군, 그때 나 몰래 병원 가서 고래 잡은 거 있지?"

지유의 눈이 대번 뗑그래해졌다.

"고래? 고래라면…… 남자들 포경수술 말하는 거야? 그, 어릴 때 다들 하는 거?"

"응. 그거. 안경 군 아버님이 의사시잖아. 그래서 포경수술 쓸모 없다고 안 시켜 줬는데. 중학교 1학년 땐가 친구들이랑 목욕탕 갔다가 엄청 놀림을 당한 거야. 고래 안 잡았다고……. 그게 내내 콤플렉스였던지 나 몰래 고래 잡고 와선 다 아물 때까지 피해 다녔던 거더라고."

"그, 그런 거야?"

"그렇다니까. 하하! 웃기지? 그게 뭐라고 그걸 숨겨? 그냥 말하면 되지, 안 그래? 하하하."

정희는 재밌다고 깔깔 웃어 댔지만 지유는 표정이 썩어 들어갔다. 안경 군의 그 오해로 말미암아 나도 하준을 제대로 오해하게 된 건데…… 근데 그게 고래, 고래잡이 때문이었다니…….

뭔가 억울한 기분이 되어 버린 지유는 미간을 찌푸리고 카푸치노만 벌컥거리며 들이켰다.

한 달간 파리에서 해외로케를 마치고 돌아온 하준이 집으로 돌아왔다. 본래 그의 집이던 거대한 저택으로 들어오자 지유가 마중 나왔다.

"잘 다녀왔어요?"

원래 살던 집은 스캔들 이후 안전하지 않다는 이유로 그의 저택에 들어와 지내고 있던 지유가 조금 힘없는 얼굴로 반기자 짐을 내려놓던 하준이 눈을 가늘게 떴다.

"표정이 왜 그래. 나 없는 동안 무슨 일 있었어?"

"별일 없었어요. 피곤하죠? 얼른 목욕물 받아 줄…… 어어."

지유가 욕실로 향하려는데 하준이 그녀의 팔을 잡아 자신 쪽으로 끌어당겼다. 품에 쏙 들어오는 지유를 강하게 끌어안고 그가 그녀의 귓가에 속삭였다.

"한 달 만인데 에너지 충전 먼저 하고. 완전 방전됐어, 지금."

하준이 깊게 숨을 내쉬며 말하자 지유가 미소를 지으며 그의 등을 살포시 껴안았다.

"촬영이 많이 힘들었나 봐요. 고생했어요."

"널 못 보는 게 가장 힘들었어."

"그것도 고생 많았고."

지유가 그의 등을 토닥거려 주자 하준이 입술 끝을 끌어 올리곤 고개를 들었다. 그러고는 그녀와 시선을 똑바로 맞춘 채로 말했다.

"집이 너무 썰렁해서 무섭진 않았어?"

"음, 좀 너무 커서…… 청소하기 힘들겠다는 생각은 했죠."

"청소하는 분들 따로 오시니 걱정하지 말라니까."

하준이 지유의 허리에 깍지를 끼고 밀착한 채로 그녀의 몸을 움직여 천천히 걸어갔다. 지유가 하준의 걸음을 따라 펭귄처럼 뒤뚱 뒤뚱 뒤로 걸으며 웃었다.

"에이, 그래도 내 집이라 생각하려면 내가 직접 쓸고 닦고 해야 그런 마음이 생기는 거죠. 계속 집에 있으니까 할 일도 없어서 청소밖에 할 게 없기도 했고."

예상한 일이긴 했지만 하준은 결혼을 발표하자마자 언론의 집중 폭격을 받았다. 일반인이라 지유의 신상은 철저히 비밀로 했지만 급작스런 결혼 발표를 한 이하준의 여자가 누구인지 궁금해하는 사람들 때문에 기자들과 파파라치들은 눈에 불을 켜고 달려들었다. 그래서 성 같은 그의 저택 안에 콕 박혀 지내는 중이었다.

아아, 정말 무서운 파파라치들 같으니.

하준은 그녀를 안은 채로 거대한 소파 위에 털썩 앉았다.

"이 집은."

무릎 위에 앉힌 지유의 눈을 가만히 들여다보며 하준이 말했다.

"데뷔하고 인기를 얻고 난 뒤에 가장 먼저 장만한 곳이었어……. 형수에게 내 어머니에 대한 얘기 들었다고 했지?"

"아, 네. 대충 들었어요."

하준의 진지한 표정을 보며 지유가 얼른 고개를 끄덕였다.

"난 어머니에게 버림받은 뒤 아버지에게도 버림받았어. 지금은 돌아가셨지만…… 사실 아버지는 원래 괴팍하기 이를 데 없으셨던 분이라 차라리 집에 없었으면 하고 바랄 정도였지. 하지만 어머니는 아니었어."

그의 과거 이야기를 직접 듣는 건 처음 있는 일이라 지유는 숨을 삼키고 하준의 목소리에 귀를 기울였다. 과거를 상기하는 그의 눈빛이 어둡게 가라앉았다.

"어머니는⋯⋯ 떠나기 직전까지 나에게 헌신적이고 따뜻했던 그런 평범한 어머니였어. 그래서 어머니가 떠난 이후 내내 계속 생각할 수밖에 없었어. 왜 어머니가 나를 갑자기 떠나신 건지. 그리고 왜 난 갑자기 버려진 건지."

"일곱 살 때였다고 했죠?"

지유가 조심스럽게 묻자 하준이 고개를 끄덕였다.

"맞아. 아버지도 떠나 버리고 결국 친척집에 맡겨지게 됐는데 어머니를 욕하는 다른 친척에게서 어머니가 새 가정을 꾸렸다느니 헤어졌다느니 하는 이야기가 계속 들려왔어. 그래도 난 믿을 수가 없었지. 내 안의 근본적인 의문이 해결되지 않았기 때문에 난 그 자리에서 계속 어머니를 기다리고 있다는 기분이 들었어."

하준이 잠시 말을 멈추고 생각에 잠긴 얼굴로 고개를 숙였다. 지유는 그의 목에 팔을 감은 채로 가만히 기다렸다.

"이 집을 사고 나서야 깨달은 거지만 난 배우가 되고 유명해진 이후에 어머니가 다시 연락을 해 오길 기다렸던 것 같아."

"⋯⋯그랬어요?"

"혼자 살기엔 지나치게 크더라고. 아마 내면에는 그런 생각이 있었던 것 같아. 물론 어머니를 위해 연기를 시작한 건 아니었지만 내가 성공해서 유명해지면 어머니가 떠났던 그날처럼 아무렇지도 않게 되돌아오지 않을까⋯⋯ 그렇게 생각했던 거지."

하준은 담담한 목소리로 말했지만 지유는 그의 말에 마음이 아팠다. 어린 나이에 부모에게 버려진 상처를 그렇게나 오래 가지고 있었는데⋯⋯ 다시 연락이 온 어머니는 돈 따위나 요구해 왔다니. 나쁜 사람.

지유가 분기에 차오르는데 하준이 말을 이었다.

"어쩌면 내 성적 트라우마도 어머니 때문일 수 있다는 생각을 오래전부터 했었어. 그것에서 벗어나기 위해서라도 다시 어머니를 만나야 했고. 뭐, 결국 다시 만난 다음에도 결국 트라우마도, 상처도 아무것도 해결되지 않았지만."

"그래서 이 집으로는 들어오지 못하고 여기저기를 떠돈 거예요?"

"음. 그런 것 같아."

하준이 희미한 미소를 지으며 손을 들어 지유의 보드라운 볼을 쓰다듬었다.

"하지만 널 만나고 트라우마에서 벗어나고 보니…… 네가 내 유일한 운명이지 않을까 하는 생각이 들었어."

"운명이요? 내가?"

"그래. 처음부터 운명이었다고. 그래서 널 만난 거라고. 그런 확신이 널 찾아다니게 만들었던 것 같아. 지금도 그래. 네가 이 집에 있다고 생각하니 이곳이 나에게 더 이상 괴로움의 장소가 아닌…… 이제야 진정한 내 집 같다는 생각이 들어."

지유가 입술 끝을 둥글게 휘어 올리며 미소 지었다.

"쑥스럽게 왜 그래요, 대단한 일을 한 것도 아닌데."

하준이 그녀의 말랑한 입술을 가볍게 빨아 당기곤 놔줬다.

"대단해. 얼마나 대단한데."

네가 방금 말한 '내 집'이라는 표현이 얼마나…… 나에게 구원이 되는지, 넌 모르겠지.

하준이 얼굴을 가까이 대고 부드러운 눈빛으로 지유를 응시했다.

지유는 그의 말을 들으니 가슴이 뜨겁게 벅차오르는 기분이었다. 이 남자에게 내가 그렇게나 큰 의미였구나. 이렇게 오래전부터 확신을 가지고 있던 사람인데…… 난 그것도 모르고.

"하준 씨. 나 역시…… 하준 씨가 내 인생에서 가장 큰 최고의 선물이에요. 내 인생에 가장 반짝반짝 빛나는 선물이요."

지유가 물기 젖은 눈동자로 그를 올려다보며 속삭였다. 그러자 하준은 무척 기쁜 얼굴로 그녀의 입술에 진하게 키스하고는 강하게 껴안았다.

"사랑해. 지유야."

"응. 사랑해요…… 하준 씨."

단단한 하준의 품에 안겨 지유는 요즘 내내 걱정하던 일을 잊기로 했다.

만인의 사랑을 받던 그가 자신 때문에 인기가 떨어질까 봐 걱정이었지만, 그가 만인의 사랑보다 나 하나의 사랑을 원한다면 이 한 몸 바쳐 기꺼이 사랑해 주리라.

지유는 그렇게 생각하며 팔을 벌려 하준을 담뿍 끌어안았다.

내가 당신을 사랑해 줄게요.

영원히 변하지 않는…… 만인의 사랑보다 훨씬 더 크고 뜨거운 사랑을.

소파 위에서 서로를 깊이 끌어안은 그들의 몸이 천천히 뒤로 기울고 폭신한 소파 위로 털썩 쓰러졌다. 꼭 껴안은 채로 달콤한 키스를 나누는 두 사람의 입술에 담뿍 행복한 웃음이 걸렸다.

사위를 처음 만난 날

"……누구라고?"

"이하준이요."

"……누, 구라고?"

"이하준."

"……."

지유가 몇 번을 설명했지만 평생 시골에서 소 키우고 농사만 짓고 살았던 순수 토박이 농촌민인 지유의 부모님은 눈을 둥그렇게만 뜰 뿐 말이 없었다. 한 쌍의 순박한 소처럼 둥그런 눈을 뜬 채로 지유를 보며 눈을 껌벅거리던 부모님은 한참 뒤에야 입을 열었다.

"그, 텔레비전에 허구한 날 나오는 머심애?"

"네. 그 사람 맞아요."

이미 기사에선 떠들썩했지만 이하준의 일반인 연애 상대가 제대로 공개된 상태가 아닌지라 지유의 부모님은 이게 무슨 소린지 도통 이해가 되질 않았다.

"그게 무슨 소리여. 내 딸이 왜 연예인이랑 결혼을 해?"

그 연예인과 결혼한다는 딸에게 되묻는 아버지 한효삼은 어리둥절한 얼굴이었다. 미간까지 일그러뜨리고 믿기 어려운 말을 받아들이느라 허허, 허참, 허 이거…… 만 중얼거리고 있는 효삼 옆에서 어머니 윤말숙이 끼어들었다.

"니가 연예인을 만날 일이 어디 있었다고야."

"그, 그게 어쩌다 보니 그렇게 됐어요. 하하."

지유는 겸연쩍어하며 웃었다. 하긴, 믿기 힘들 만도 하지. 오랜만에 집에 놀러온 딸이 다짜고짜 나 연예인이랑 결혼할래요, 하면 어느 부모님이 흔쾌히 어, 그래라 하신단 말인가.

"시상에……."

마치 지구의 멸망을 목전에 둔 사람처럼 어두워진 얼굴로 말숙이 고개를 절레절레 저었다.

"큰일 나. 너, 큰일 난다."

효삼은 그제야 정신을 차린 듯 표정을 굳히고 진지하게 말했다.

"요즘 그런 연예인들 많댄다, 야. 나 젊었을 때도 많았어. 잘나가는 연예인들 결혼한다고 속이고 여자 꼬셔서 말이야. 갸들이 연예인 한번 보더니 아주 환장해서는 정신을 못 차리고 아주……."

"아따, 연예인 보고 돌면 참말로 약도 없어요. 내가 우리 읍내에서도 그런 애 있었다 했죠잉? 갸는 얼굴도 반반하고 읍내에서 제일로 인기 있는 애였는디, 시내 나이트클럽인가 뭔가에 놀러 나갔다가 그때 한창 잘나가던 연예인이랑 딱 눈이 맞아선 아주 말도 못하게 그냥 눈이 돌아 가지고 밤낮을 아주……."

효삼과 말숙은 아주, 아주를 강조하며 무언가를 표현하려 애썼지만 딸 앞에선 표현하기 꺼려지는지 곧 둘 다 흠흠, 헛기침을 했다. 그러다 말숙은 문득 지유의 얼굴을 빤히 보다가 고개를 갸웃거렸다.

"그런데 갸는 얼굴이라도 그렇게 이쁘장하게 생겼는데 우리 딸은 뭘 보고……."

"엄마!"

듣다 못한 지유가 새우 눈을 하고 빽 소리치자 말숙이 움찔 놀랐다.

"하이고, 갸도 그때 애미 애비를 몰라보고 아주 난리더니 우리 딸도 그럴 모양이네."

"그, 그런 거 아니에요. 뭣보다 하준 씨는 그런 사람도 아니고요. 내가 어린 나이도 아닌데 설마 그런 데 속겠어?"

"그건 모르는 거다. 속이는 놈들이 나 지금부터 널 속일랑께, 하고 속이는 것이 아니여. 그냥 좋아 좋아 하다 보면 저도 모르게 넘어가서 몸이고 돈이고 다 갖다 바치게 되어 있는 거여."

"아이 참, 그런 거 아니래두요."

"그럼 이하준이 왜 너랑 결혼을 혀. 이쁘고 잘빠진 것들이 주위에 쌔고 쌨을 것인디."

"엄마!"

모녀가 투닥거리고 있는데 근심 어린 표정으로 방바닥만 쳐다보고 있던 효삼이 깊게 한숨을 내쉬었다.

"후우, 평생 소 팔아 곱게 키운 내 딸이……."

"아빠!"

효삼까지 세상 다 산 듯한 얼굴로 읊조리는 소리를 듣고 있으려니 지유는 속이 답답했다.

'이럴 줄 알았으면 그냥 같이 올 걸 그랬나?'

하준이 부모님을 조만간 만나 뵙자고 말을 꺼냈을 때 지유는 그가 정식으로 찾아오기 전에 먼저 집에 귀띔을 해 두고 싶었다. 그래서 그가 프랑스에서 재촬영 분량이 있어서 잠시 출국한 사이 잽싸게 고향집에 내려온 거였다.

잠시 생각하던 지유는 고개를 도리도리 흔들었다.

'아니야. 하준 씨 있는 앞에서 이런 소리 나오는 것보단 낫지. 먼저 오길 잘한 거야.'

지유는 그렇게 생각하고 다시 정신을 다잡았다. 하준 씨가 오기 전에 어떻게든 부모님의 입장을 조금쯤은 우호적으로 만들어야 해. 굳은 결심을 한 지유가 비장한 눈빛으로 효삼과 말숙을 번갈아 바라봤다.

"저, 하준 씨 진심으로 사랑해요."

진심을 담아 지유가 말하자 효삼과 말숙의 표정은 더욱 어두워졌다. 말숙이 지유에게서 돌아앉으며 이마를 손으로 짚었다.

"미쳐도 단단히 미쳤어. 쟤가."

"저만 그런 게 아니라 그 사람도 저를 정말 사랑한대요. 저도 처음엔 믿기 힘들었지만 하준 씨가 보여 준 진심 어린 모습들로 천천히 믿게 된 거예요."

"다들 진심이라고 믿지…… 누가 자길 속이는 줄 상상이나 했겠어."

말숙이 고개를 저으며 다시 한숨을 내쉬었다. 조곤조곤 설명하려 했던 지유는 속이 또 답답해졌다. 아니, 왜 자꾸 딸 말을 못 믿고 하준 씨를 나쁜 놈으로 만드는 거야?

"글쎄, 속이는 거 아니라니까요! 우린 진짜 서로 사랑한다니까? 이거, 이것도 그 사람한테 받은 거고! 이거 겁나 비싼 거여!"

제 가슴에 달린 열쇠 펜던트를 짤짤 흔들던 지유의 입에서 어릴 때 쓰던 사투리가 튀어나왔다. 펄펄 뛰는 지유를 걱정스러운 시선으로 보던 말숙이 효삼과 시선을 나누고는 지유의 손을 꼬옥 잡았다.

"지유야. 엄마가 너 어릴 때부터 크게 혼낸 적 한 번도 없는 거 알지?"

"뭔 소리여. 만날 엄마 빗자루 피해 대문 밖까지 도망갔었는디."

"그건 네가 어릴 때라 잘 기억이 안 나는 거여."

"어릴 때 기억이 더 선명한 거 몰라요?"

"어쨌든 지유야. 그 남자는 안 된다. 네가 뭔 말을 해도 안 돼. 아닌 건 아닌 거여. 알겠지?"

"왜 자꾸 아니라고만……."

답답해서 제 가슴을 탕탕 치고 싶은 지유의 휴대폰이 요란스럽게 울렸다.

"잠깐만요."

지유는 말숙에게 잡혔던 손을 빼내 휴대폰을 들어올렸다. 액정을 확인한 지유가 눈을 번뜩였다. 그러고는 효삼과 말숙 앞에 제 전화기를 쑥 내보이고 자랑스레 흔들었다.

"봐요. 이 사람한테서 전화 온 거. 이 사람 지금 저 멀리 프랑스에 있는데도 나 걱정해서 전화한 거 보라니까요?"

득의양양하게 말한 지유가 보란 듯 전화를 받았다.

"하준 씨! 바쁠 텐데 괜찮아요?"

하준의 이름을 특히 힘주어 부른 지유가 다정한 목소리로 물었다.

"네? 보고 싶었다고요? 아이, 그거야 맨날 듣는 말인데 뭘 또…… 나도 보고 싶죠오. 당연히."

일부러 깨를 팍팍 뿌려 대며 전화를 받고 있는 지유를 보던 효삼과 말숙이 말없이 서로 진지한 눈빛을 교환했다.

"아, 난 지금 고향집에 내려와 있어요. 엄마 아빠……."

지유가 말을 다 끝내기도 전에 말숙이 휴대폰을 낚아채더니 효삼에게 넘겼다. 완벽한 팀워크를 보이며 잽싸게 스마트폰을 넘겨받았지만 도통 끄는 버튼을 몰라 든 채로 한참 헤매던 효삼이 뒤에 있던 이불더미 속으로 쏙 밀어 넣어 버렸다.

"엄마! 왜 전화하는데 뺏고 그래요?! 아빠까지!"

지유가 놀란 얼굴로 항의하자 효삼이 완강한 표정으로 엄포를 놨다.

"당장 헤어져라. 결혼은 무신 놈의 결혼! 내 눈에 흙이 들어가는 한이 있더라도 연예인하고 결혼 안 시킨다. 알았냐?"

"아니 왜 내 얘긴 제대로 듣지도 않고 일방적으로 안 된다고만 하는 건데요!"

"아, 글쎄 안 된다면 안 돼! 더 말할 것도 없으니 썩 네 방으로 들어가!"

평소 순박하기 짝이 없던 효삼이 완강하게 나오자 지유는 말이 딱 막혔다. 완고한 얼굴로 팔짱을 낀 채 고개를 돌리고 있는 효삼과 그 옆에서 어서 네 방으로 넘어가라는 듯 손짓을 하는 말숙을 보니 오늘은 더 말하기 힘들겠다는 생각에 우울하게 자리에서 일어났다.

"……그럼 자러 갈게요."

축 처진 어깨로 방문을 향해 걸어가던 지유가 고개를 슥 돌렸다.

"휴대폰은……."

"썩 못 들어가?!"

효삼의 강경함에 떠밀리듯 안방에서 나온 지유는 자신의 방으로 터덜터덜 돌아왔다.

"하아……."

방에 들어오자마자 한숨부터 나왔다.

생각도 못한 벽에 부딪히자 무척 서러운 기분이 들었다. 내가 그렇게나 사랑하는 사람인데 왜 보지도 않고 안 된다고만 하냐고. 그것도 단지 연예인이란 이유로.

'연예인이라서 안 된다니. 너 그거 연예인 차별발언인 거 알아? 왜 연예인이라서 안 돼? 눈 두 개, 코 하나, 입 하나, 팔다리 한 쌍씩, 어딜 봐도 너랑 똑같은 사람인데.'

언젠가 하준이 했던 그 말이 떠올랐다.

그때 그도 이런 기분이었을까? 보통 사람들은 무척 동경해 마지않는 직업이지만 이런 식의 차별도 분명 존재하는 거였다.

"그래서 그때 하준 씨가 그렇게 서운해했었구나……. 하아, 그

보다 어쩜담. 하준 씨 돌아오기 전에 어떻게든 먼저 부모님을 설득
시켜야 할 텐데……."

지유는 푹신한 이불에 누워서도 심란한 기분에 쉬이 잠들지 못
하고 이리저리 뒤척이고 있었다.

그 시간 안방에서는 효삼과 말숙의 전혀 다른 쪽의 대화가 이어
졌다.

"그 정도까지 했대? 허, 그런 써글 놈을 봤나……."

"그렇다니까요. 갸 이름이 종말이었는데 그 일 있기 전엔 어찌나
애가 도도하고 자신감 넘쳤는지, 솔직히 학교 다닐 때부터 여자끼
리 질투 나는 그런 애였는디……. 그 일 있고 처음에는 그 자신감
이 아주 극에 다다라서 기고만장했지. 여왕이 따로 없대요. 아주
그냥 지 남자가 연예인이라고 꼭 지가 연예인이라도 된 양 어찌나
재수가 없던지 고것이."

"그래도 그건 남자로서 헐 짓이 아니지."

효삼이 인상을 쓰고 말하자 말숙도 얼른 맞장구를 쳤다.

"물론 그 남자가 나쁜 걸로 하면 제일 나쁘죠. 아무리 그래도 나
이트에서 꼬여내서 애를 임신시키고 그랬으믄 책임을 져야 되는디,
나 몰라라 해 버리고 그걸 돈으로 어떻게 막았는지 처음엔 방송사
에 터트릴라고 이를 바득바득 갈던 종말이가 완전 해골처럼 삐쩍
말라서는 자살시도까지 했겠어요. 나중에 듣고 보니까 그런 애들이
한둘이 아닌 모양이더라고."

"그게 다 그 남자 때문이라니까. 우리 지유를 그렇게 만들 순 없
지."

"암, 당연하죠."

"어떻게 포기를 시킨다……."

효삼과 말숙이 자신들의 소중한 딸을 악의 축인 연예인 놈팡이로부터 지키기 위해 진지한 얼굴로 고민에 빠져들었다.

부모님을 설득시킬 방법을 고민 중인 지유와, 딸을 포기시킬 방법을 고민 중인 효삼과 말숙의 전혀 다른 고민은 새벽 늦게까지 이어졌다.

그 방법을 생각해 내기도 전에 꼭두새벽부터 지유와 부모님은 예상 못 한 상황에 직면했다.

"처음 뵙겠습니다. 이하준입니다."

웬 멀끔한 슈트를 차려입은 걸어 다니는 조각상이 마당에 나타나 인사를 하자 대문을 열어준 말숙도, 마루에 나온 효삼도 충격에 빠진 얼굴이었다.

"하준 씨? 여, 여긴 어떻게……."

수면 부족으로 퉁퉁 부은 얼굴로 마루로 나온 지유도 놀랍기는 마찬가지였다.

"자, 자네가 그……."

효삼의 설마설마하는 물음에 하준이 고른 치아를 드러내며 단정하게 미소 지었다.

"네. 지금 따님과 진지하게 교제 중인 이하준입니다. 따님과의 결혼 승낙을 받고 싶어서 왔습니다."

"허, 허어……."

설마 하던 대답을 듣게 되자 효삼의 눈이 흔들렸다. 사실 이하준이라는 배우에 대해 효삼은 잘 몰랐다. 그저 마누라가 즐겨 보는 드라마에 나왔던 사람이라 지나가다가 TV로 힐끗 본 정도?

그런데 이상한 건 어젯밤 밤새 마누라와 떠들며 상상했던 악의 축처럼 사악한 이미지와 달리, 직접 본 이하준은 지나치게 잘생긴 얼굴만 빼면 물 찬 제비처럼 기름지지도 느물거리지도 않았다.

효삼은 옆에 서서 자신처럼 멍한 얼굴로 하준을 귀신 보듯 보고 있는 말숙의 허리를 쿡쿡 찔렀다.

"시방 어떻게 된 거여? 자네가 지금 지유는 속고 있는 거니께, 결혼하자고 거짓말로만 지유에게 안심시키고 더러운 짓만 할 심산일 거라 했잖은가."

소리를 죽여 다급히 묻는 효삼에게 말숙도 믿기 어렵다는 듯 미간을 좁히고는 작게 대꾸했다.

"나도 그런 줄로만 알았죠……. 이렇게 냅다 찾아올 거라고는 상상도 못 했지."

"저 남자가 자네가 말하던 그 남자는 맞어? 지유가 결혼한다는?"

"그럼 저렇게 생긴 머심애가 또 있을라고요."

효삼과 말숙이 사람을 세워 두고 당황한 표정으로 소리 죽여 실랑이만 하고 있자 하준이 말을 꺼냈다.

"제가 빈손으로 올 수는 없어 준비해 온 것이 있는데, 괜찮다면 먼저 집 안으로 들여도 될까요?"

"어? 아, 그, 그래. 그러게."

갑자기 하준이 묻는 말에 흠칫 놀란 효삼이 대답했다. 그의 대답을 들은 하준이 대문 뒤를 향해 손짓을 하자 기다렸다는 듯이 남자들이 줄줄이 거대한 박스를 나르기 시작했다.

"이, 이건 무슨……?"

백화점의 혼수관을 통째로 옮겨 온 듯한 최신식 평면TV며 양문형 냉장고며 안마 의자, 각종 대형 전자 제품부터 시작해 과일 바구니와 홍삼, 인삼, 산삼, 상황버섯과 영지버섯 등의 보양식품과 모피코트, 값비싼 최고급 덕다운 사파리 점퍼 등 갖가지 의류까지 등장해서 마당이 꽉 차도록 진열되자 효삼과 말숙, 지유까지 입이 떡 벌어졌다.

"하, 하, 하준 씨. 이, 이게 도대체……."

금붕어처럼 입만 뻐끔거리는 부모님을 대신해 지유가 겨우 묻자 하준이 싱긋 웃었다.

"처음 오는 터라 뭘 좋아하실지 몰라 최대한 준비는 해 봤는데 당신 부모님께서 좋아하실지 모르겠군. 어머님. 장소 지정만 해 주시면 저분들이 바로 배치와 설치까지 완벽하게 끝내줄 테니 말씀만 주세요."

"아…… 아니…… 그…… 우리 집은 저런 것들이 들어갈 데가……."

말숙이 창백해진 얼굴로 겨우 말하자 하준이 자신의 손을 탁 쳤다.

"아! 증축 먼저 해 드리는 게 순서였군요. 제가 이런 경험이 한 번도 없다 보니 바보 같은 실수를 하게 됐네요. 죄송합니다."

"뭐? 즈, 증축? 아니, 아니네. 우리 집은 그럴 필요까진……."

"지유가 부모님 시골집 얼른 증축해 드리고 싶다고 저한테 노래를 불렀거든요. 사랑하는 지유가 그렇게 원하는 일인데 안 해 주면 그건 남자의 도리가 아니죠. 어떻게, 말씀만 주시면 바로 공사 들어갈 수 있게 준비해 놓겠습니다."

"아, 아니 그게……."

"하하. 아버님, 걱정하실 것 없습니다. 공사하는 동안 지내시기 불편하지 않게 따로 좋은 휴양지 티켓 끊어 드릴 테니 그곳에서 조금 쉬시다 오시면 공사는 끝나 있을 거예요. 그리 오래 걸리진 않을 거니 염려 놓으세요. 해외가 편하신지 국내가 편하신지만 알려 주시고."

하준의 미소 짓는 얼굴을 넋 빠진 듯 보던 효삼과 말숙이 서로 얼굴을 마주 봤다.

'……이게 꿈이여, 시방?

악의 축이라고만 생각했던 하준이 자신의 딸에게 푹 빠져 자신들에게 돈을 아끼지 않고 쏟아붓는 모습을 보니 정신이 아득해졌다.

"그, 그래도 아직 결혼도 안 했는데 그럴 순 없지."

효삼이 겨우 정신을 차리고 손을 내젓자 하준이 미소 지은 채로 말했다.

"장인어른. 전 지유와 꼭 결혼하고 싶습니다. 우린 그러기로 약속했고…… 무엇보다 저는 지유가 없으면 살아갈 수가 없습니다. 믿어 주세요."

웃는 얼굴이지만 진지한 눈동자로 말하는 하준을 효삼이 마주 봤다. 그 눈빛에는 전혀 거짓이 보이지 않았고 효삼이 보기에도 이 남자가 지유에게 얼마나 빠져 있는지 알게 할 만큼 절실한 부분이 있었다.

'이거, 아무래도 내가 잘못 생각한 모양이군.'

이 나이 먹고도 소문과 남 말에 의지해 만나 보지도 않고 한 사람을 평가하려 했다는 자신의 실수를 깨닫자 효삼은 입맛이 썼다. 잠시 하준을 바라보고 있던 효삼이 시선을 거두고 고개를 천천히 끄덕였다.

"……일단 들어와서 얘기하지. 지유 너도 옷 갈아입고 안방으로 들어와라."

"네? 아, 네."

돌아가는 상황이 파악이 안 되어 아직도 잠옷 차림으로 하준과 부모님만 번갈아 바라보고 있던 지유가 퍼뜩 정신을 차리고 후다닥 방으로 들어갔다. 지유가 방으로 들어간 걸 확인한 효삼이 말숙에게도 말했다.

"자네는 빨리 뭐라도 만들어 내와. 사위 될 사람 처음 왔는데 대충 만들지 말고."

"에고, 내 정신 좀 봐. 그, 그래야겠네요."

말숙도 찬란한 후광을 뽐내며 서 있는 하준과 마당에 으리으리하게 늘어선 그의 선물들에서 겨우 시선을 떼고 얼른 주방으로 들어갔다.

"자네는 이리 들어오게."

"네. 아버님."

효삼이 몸을 돌려 안방 쪽을 향해 걸어가자 하준은 그제야 속으로 안도의 한숨을 내쉬고 신발을 벗고 마루 위로 올라섰다.

그의 머릿속으로 어젯밤의 일이 리플레이 됐다.

사실 어제는 지유를 놀래켜 주기 위해 프랑스에서 일부러 일찍 귀국해서 그녀에게 전화한 터였다. 그런데 시골집에 갔다는 지유의 말과 함께 목소리가 멀어지더니 한참 동안 들리는 지유와 부모님의 대화로 어젯밤의 이곳 상황을 단번에 파악할 수 있었다.

　"큰일이군."

　배터리 방전으로 저절로 전화가 끊길 때까지 계속 듣고 있던 하준은 효삼과 말숙의 대화로 상황의 심각성을 느끼고 그대로 차를 돌렸다. 지유의 시골집 주소는 이력서에 써 있던 본가 주소를 아직도 외우고 있었다. 곧 인사드리러 찾아갈 생각이기에 가는 길을 지유와 논의도 했던 곳이라 주저 없이 차를 돌린 것이다.

　"이럴 때는 배우 하길 정말 잘했다는 생각이 든 다니까."

　한번 외운 대본이 잊히지 않아 지나치게 어두운 작품인 경우 후유증이 생기는 경우도 있었지만 이럴 때는 정말 축복받은 재능이라는 생각이 들었다. 기억에 남겨 둔 그 주소를 내비에 찍고 바로 형수에게 전화했다.

　— 네, 형.

　"시골에 사는 육십 대 부부가 좋아할 만한 거 알아봐. 최대한 빨리."

　— 지금요? 뜬금없이 무슨…….

　"지유 부모님이 결혼 반대하시는 것 같아. 지금 당장 가서 설득시켜야겠으니 빨리 알아봐."

　— 아아. 그런 거였어요? 어어? 이상하네. 왜 싫어하시지?

　"연예인이라서 싫으신가 봐."

　— 하긴 옛날 분들은 그런 인식이 좀 있으시긴 하죠. 형이 연예

인이라 그렇게 싫대요?

"······웃어?"

— 아, 흠흠. 들켰네. 아니 제가 웃으려고 한 건 아니고 그냥 조금 샘통이······라서가 아니라. 하하. 이놈의 주둥이가 왜 이러지? 어쨌든 저, 형. 그런 걸 따로 알아본다고 나올 것 같진 않구요. 제가 생각하기론 돈지랄 방법이 제일일 듯한데.

"뭐야, 그게."

— 예전 분들을 안심시킬 수 있는 가장 확실한 건 생활력이거든요. 내가 이 정도 생활력이 있어서 당신 딸을 돈 걱정 없이 이렇게나 호화롭고 행복하게 살게 할 수 있다. 이거만큼 먹히는 건 없다고 봐요.

"정말이야?"

— 제 생각엔 그럴 거 같아요. 거기에다 플러스 형이 지유 씨를 얼마나 사랑하는지. 그걸 최대한 어필하면 좋을 것 같구요.

"······하긴 듣기로 연예인에 대한 못 미더운 구석이 큰 것 같아. 여러 가지로."

끊기기 전에 지유의 부모님이 했던 말들을 떠올리며 하준이 눈을 가늘게 떴다.

"그럼 그 돈지랄 방법은 뭘 어떻게 해야 하는 건데. 당장 내일 아침 찾아갈 거라 시간이 없어."

— 내일 아침이요? 음, 그럼······ 일단 근처에 백화점에 가서 싹 털어 온 다음에요. 그다음에는 이런 말로······.

과연 형수는 훌륭한 매니저였다. 그의 조언이 그대로 먹힌 지금

이 상황이 증명해 주지 않는가.

형수가 알려 준 대로 만반의 준비를 끝냈음에도 이곳으로 달려오는 내내 상당히 긴장이 됐다. 이 방법이 제대로 먹히지 않는다면 어떤 식으로 지유와의 결혼을 승낙받을지 막막했기 때문이다.

'형. 걱정 마요. 이거 안 먹히면 나 형 매니저 그만둔다니까?'

"훗. 고맙다."

방으로 들어가기 전 하준은 형수의 장담하던 목소리를 떠올리며 진심으로 고마움을 느꼈다.

부모님과 하준이 의외로 분위기 좋게 이야기를 끝내자 지유는 옆에 앉아 있으면서도 어안이 벙벙했다. 어젯밤의 그 완고하던 기색과 달리 효삼은 하준과 친밀하게 막걸리까지 나누고 말숙 역시 육십 년 평생의 요리 내공을 모두 발휘해 상다리가 휘어져라 음식들을 차려선 내어놓았다.

특히 비장의 무기인 씨암탉까지 곱게 삶아져 내놓이자 지유는 당혹스러움을 감추지 못했더랬다. 거나하게 취하셔서 결국엔 사위, 내 딸을 잘 부탁하네. 라는 마지막 말을 남기고 작렬하게 이불 위로 전사한 아버지를 두고 자신의 방으로 하준과 함께 돌아온 지유가 물었다.

"하준 씨, 저 많은 건 왜 사 왔어요? 그냥 빈손으로 와도 뭐라 할 사람 없는데. 정 걸리면 작은 과일바구니 하나 들고 오면 되지 뭘 저렇게……."

"음. 여러 가지로 노력했지."

하준도 술에 취한 듯 기분 좋게 웃으며 지유의 시골집 방을 천천히 둘러봤다.

"증축 공사하면서 여기도 신경 써서 만들어야겠군. 여기 내려올 때마다 너와 함께 쓸 방이니까."

"맞다. 그리고 보니 무슨 증축을 해 준다고…… 아니 엄마도 그래. 그 말에 처음엔 괜찮다더니 나중엔 신이 나서 여긴 이런 식으로 어떤가? 저긴 저런 식으로 어떤가? 막 물어보고. 창피하게."

지유가 당장이라도 조감도를 그릴 듯한 말숙의 흥분한 얼굴을 떠올리며 착잡한 표정을 짓자 하준이 지유의 무릎 위로 털썩 누웠다.

"창피할 게 뭐 있어. 네 부모님이 원하시는 건데. 난 더한 것도 해 드릴 수 있어. 걱정 마."

"하준 씨……."

지유가 감동받은 표정으로 제 무릎을 베고 있는 하준의 단정한 이마를 쓸었다. 하준이 누운 채로 지유를 진지하게 올려다봤다. 다갈색 눈동자로 응시하던 그가 손을 뻗어 손등으로 지유의 뺨을 쓸었다.

"결혼, 허락 안 해 주실까 봐 내가 얼마나 불안했는지 알아?"

"아…… 어제 전화 갑자기 끊겨서 놀랐겠어요. 솔직히 어젯밤까진 부모님이 좀 심하게 반대하셔서 나도 걱정했었거든요."

그가 부모님의 그 후의 대화까지 다 들었다는 것을 알 리 없는 지유가 고개를 끄덕이며 가볍게 말했다. 하준은 그녀의 볼을 쓸던 손을 뒷목으로 옮겨 천천히 자신 쪽으로 끌어당겼다.

지유의 고개가 숙여지고 하준의 입술과 입술이 거꾸로 맞닿았다. 촉, 하는 부드러운 소리와 함께 입술이 닿았다 떨어지자 그가 얼굴을 가까이 둔 채로 말했다.

"반대에도 내 편 들어줘서 고마워."

"그건 당연한 건데……."

하준의 진지한 말에 지유가 슬몃 얼굴을 붉혔다.

"감동받았어. 무척."

그녀의 목덜미를 잡은 손에 다시 힘이 들어가고 두 사람의 입술이 조금 더 높아진 온도로 맞닿았다. 이번에는 더 오래 닿아 있던 입술이 살짝 떨어지자 지유가 배시시 웃었다.

"나도 감동받았어요. 오늘 하준 씨한테."

지유가 조금 쑥스러워하며 말하자 하준의 얼굴에 미소가 번졌다.

"사랑해. 한지유."

"사랑해요. 하준 씨."

속삭이는 듯한 고백과 함께 지유의 고개가 숙여졌다. 이번에는 아주 깊고 오래, 부드럽고 달콤한 초콜릿을 녹여 먹듯 달달한 키스가 오래도록 이어졌다.

창밖에서 노래하듯 울고 있는 풀벌레들도 지쳐서 더 이상 울지 않을 때까지.

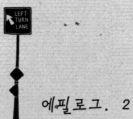

에필로그. 2

칸의 남자,
그 남자의 수상소감

그로부터 일 년 후.

지유의 걱정이 무색하게도 하준의 새 영화가 예상을 뛰어넘는 큰 호평을 받으며 공전의 히트를 치고 한국배우 최초로 남우주연상에 노미네이트됐다. 영화제에 참석하기 위해 하준과 함께 프랑스로 날아온 지유는 시상식장에 도착도 하기 전에 어지러움을 느꼈다.

"아, 안 되겠어."

창백한 얼굴로 중얼거린 지유가 차 안에서 가방에 챙겨 온 우황청심환을 꺼내 먹자 하준이 걱정스러운 표정으로 내려다봤다.

"많이 긴장돼?"

"네. 엄청, 엄청이요."

그림같이 턱시도를 차려입은 하준을 보며 지유가 말하자 그가 부드럽게 그녀의 뺨을 쓰다듬었다.

"긴장할 거 없어."

"어떻게 긴장이 안 돼요. 세계의 유명한 배우들은 죄다 몰려들 텐데. 아아…… 생각하니 또 심장이…….."

지유가 핏기가 싹 가신 얼굴로 심호흡을 하기 시작했다. 잔뜩 긴장된 그녀의 얼굴을 보며 하준이 조심스럽게 손을 잡고 말했다.

"괜찮겠어?"

"괘, 괜찮아요."

지유가 결연한 표정으로 그의 손을 꼭 맞잡았다. 그래. 이 남자를 위해 꼭 필요한 자리니까 내가 용기를 내야지. 아내가 되어 가지고 남편이 상을 받는지 못 받는지도 못 보고 도망치면 어떡해?

지유가 숨을 크게 몰아쉬며 마음을 다졌다.

곧 차가 시상식장 레드카펫 앞에서 멈춰 섰다. 아직 레드카펫 이벤트가 시작되는 시간도 아닌데 벌써 엄청난 수의 카메라들이 대기 중이었다. 멀리서부터 번쩍이던 플래시들이 마치 불꽃놀이 폭죽 터지듯 미친 듯이 번쩍이기 시작하자 지유의 얼굴이 다시 노래졌다.

'여……역시 안 될 것 같아.'

하준은 당당히 차 문을 열고 나가 지유에게 손을 내밀었다. 지유는 바들바들 떨며 그의 손을 잡고 드레스 자락을 움켜잡은 채 차에서 내렸다.

파바바바바박!

그를 향해 쏟아지는 플래시 세례에 지유는 차에서 내리자마자 다시 차로 숨어들었다.

"하, 하준 씨. 여긴 나한테 무리예요. 나 그냥 먼저 호텔에 가 있을게요."

핏기 가신 얼굴로 지유가 말하자 하준도 차 안으로 다시 들어가더니 차 문을 닫았다.

"어? 하, 하준 씨?"

"그럼 나도 같이 가."

하준의 말에 지유가 아연실색하여 소리쳤다.

"안 돼요! 하준 씨는 시상식에 참여해야죠!"

"괜찮아. 안 해도 돼."

"하준 씨!"

「호텔로 다시 돌아가 주세요.」

헉! 이 남자가 정말! 하준이 정말 기사에게 호텔로 가 달라고 하자 지유가 버럭 소리쳤다.

"아저씨! 스탑! 알았어요. 갈게요. 나도 갈 테니 같이 시상식에 가요!"

지유가 차를 멈춰 세우자 하준이 그녀를 염려스러운 표정으로 바라봤다.

"무리할 거 없어. 너 긴장되잖아."

"괜찮아요. 하준 씨 말대로 하준 씨 옆에만 붙어 있으면 되니까."

"……정말 괜찮겠어?"

"괜찮다니까요. 자, 얼른 내려요. 다들 여기만 보고 있잖아요."

지유가 그의 몸을 밀자 하준이 차 문을 열면서 지유의 귓가에 속삭였다.

"무서우면 나만 보고 있어."

"응. 알았어요."

그의 말에 지유가 미소 짓자 하준이 싱긋 웃으며 그녀의 뺨에 키스했다. 좋아. 힘내자! 지유가 다짐을 하고는 입을 앙 다물었다. 할 수 있어. 할 수 있다! 설사 드레스 자락에 구두가 걸려 레드카펫 위에서 나자빠지는 상황이 오더라도 하준 씨를 위해 들어가야 해!

　파파파팡!

　하준이 다시 차 문을 열고 나오자 기다렸다는 듯 플래시가 사방에서 터져 댔다. 지유는 이번엔 그가 내민 손을 꼭 잡고 차에서 내렸다. 플래시 때문에 눈앞이 온통 새하얘졌지만 최대한 자연스러운 미소를 지으려 노력하며 하준에게 팔짱을 낀 채로 입장했다.

　함께 초청된 장 감독과 이자벨과 함께 앉아야 하는 하준과 떨어져서 앉았지만 지유는 생각보다 괜찮았다. 수시로 멀리 있는 자신을 보며 미소 지어 주는 하준만 죽어라 보고 있었기 때문에 더는 이곳이 무섭지만은 않게 느껴지기도 했다.

　그의 주변엔 수많은 해외 스타들이 자리하고 있었지만 지유 눈에는 하준만 스포트라이트를 받은 듯 그만 돋보이게 느껴졌다.

　'저 남자가 내 신랑이라니.'

　지유는 새삼 뿌듯함을 느끼며 하준을 바라봤다. 이윽고 남우주연상 시상 차례가 되자 지유는 심장이 빠르게 뛰기 시작했다. 후보이면서도 하준은 그리 긴장되어 보이지 않았다. 마음을 비운 걸까?

　초조한 심정으로 발표를 기다리고 있는데 놀랍게도 알아듣기 힘든 말 속에서 익숙한 이름이 장내에 울려 퍼졌다.

　「이하준.」

　세상에!

　그의 이름이 불리는 순간 환호성이 울려 퍼지고 모든 카메라가 그의 모습을 잡았다. 하준은 따라 일어나서 껴안아 주는 장 감독의 등을 툭툭 두드려 주고는 단상을 향해 걸어갔다. 트로피를 건네받고 마이크 앞에 선 그를 보자 지유는 심장이 터질 것만 같았다.

하준은 마이크 앞에서 지유에게 먼저 시선을 줬다. 그와 눈이 마주치자 지유가 두 손을 꼭 모으고 눈물이 그렁그렁한 채로 환하게 웃었다.

축하해요. 하준 씨!

지유를 향해 매력적인 미소를 지어 보인 하준이 수상 소감을 기다리는 사람들을 향해 입을 열었다.

「모든 영광을 사랑스러운 내 아내, 한지유에게 바칩니다.」

이날 하준이 했던 짧은 수상소감은 세계적으로 큰 화제가 되었다. 그 수상소감으로 인해 황금종려상 경쟁작엔 뽑혔지만 아깝게 수상엔 실패한 장 감독으로부터 감독 언급 한 번 안 해 줬다고 타박을 받는 등 여러 사람의 원성을 들었지만, 하준은 세상에 둘도 없는 로맨티스트로 영화사에 남게 되었다.

남우주연상이 호명되는 순간 귀빈석에 앉아 감동의 눈물을 펑펑 쏟던 지유는 하준의 수상소감 이후 쏟아지는 선망 어린 시선과 질투를 동시에 받게 되었다.

그래도 그날 지유는 세상에서 가장 행복한 여자가 되었다.

참아야 하느니라

"으응……."

짧은 신음이 흘러나오는 순간 지유가 얼른 손으로 제 입을 막았다. 아차. 나도 모르게 그만…….

"쉬잇."

하준이 지유의 이마에 입을 맞추며 속삭였다. 낮은 조도로 전등을 켜 놓고 침대 위에서 껴안고 있는 지유와 하준은 긴장된 얼굴로 서로를 바라봤다. 아무것도 걸치지 않은 두 사람의 몸이 후끈한 열기로 땀에 푹 젖어 있었다.

알겠어요. 지유는 고개를 끄덕이고는 다시 손을 내려 탄탄한 그의 몸을 껴안았다. 그녀의 말랑하고 부드러운 가슴을 감싸 쥔 하준이 천천히 허리를 밀어 올렸다.

"아……!"

단단하고 굵은 남성이 뜨겁게 달궈진 예민한 내부를 꽉 메우자 지유의 입술이 속절없이 벌어졌다. 그 순간 멀리 떨어져 있는 요람에서 아기 울음소리가 **빽** 울렸다.

"으아아아앙!"

"아, 또!"

지유가 파다닥 일어나 이불로 몸을 감싸며 요람으로 달려갔다. 아아앙거리는 아기 울음소리는 점점 고조를 높여 가고 지유는 얼른 아기를 품에 안아 달래기 시작했다.

"그래, 그래. 우리 찬희. 착하다, 착해."

점점 목소리를 높여 우는데도 뭐가 착하다는 건지 지유는 연신 착하다, 착하다를 반복하며 아기를 달래고 있었다. 그 모습을 허탈한 표정으로 바라보고 있던 하준이 침대 위로 털썩 누웠다.

"찬희야…… 동생이 그렇게 싫은 거냐."

서운한 듯 중얼거리는 하준을 힐끗 본 지유가 아기를 달래며 웃었다.

"그러게요. 이 녀석 외동이 좋은 건가 봐요."

"아무리 그래도 그렇지……."

들끓는 욕망을 억지로 자제하는 하준의 목소리에 서러움이 가득 담겼다. 그러지 않을 수가 없는 것이, 그들의 첫 아이 찬희는 엄마 아빠가 은밀하고 즐거운 시간을 가질라치면 우렁차게 울어 대기 일쑤였다.

그래서 아주아주 조용히 최대한 티를 내지 않고 더더욱 은밀하게 일을 진행하려 했지만 어떻게 아는 건지 매번 기가 막히게 울어 댔다. 하준은 그들의 시간을 위해 저택도 크겠다 상주 보모를 고용

할 생각도 있었지만 지유는 지금이 아이에게 가장 중요할 때라며 말도 꺼내지 못하게 했다.

그럼 난 도대체 어쩌라고.

24시간 아이와 붙어 있는 지유 옆에서 하준은 자신의 불덩이 같은 욕망을 억지로 참아 누르느라 몸에서 사리가 나올 지경이었다. 그 증거로 지금도 자신의 거대한 그놈은 수그러들 줄 모르고 위용을 떨치고 있었다.

"……안 되겠군."

하준은 아내를 덮치는 미친 짓을 벌이기 전에 벌떡 몸을 일으켜 욕실로 들어갔다. 분노의 찬물 샤워를 하러 들어가는 하준을 안쓰럽게 바라보며 지유가 작게 한숨을 내쉬었다.

"내가 조용히 했어야 되는 건데…… 왜 그걸 못해서."

입에 재갈이라도 물어야 할까.

진지하게 고민하는 지유의 눈빛이 번뜩였다.

불면의 밤을 보낸 하준이 부쩍 다크서클이 심해진 얼굴로 지유에게 인사했다.

"인터뷰라 그리 오래 걸리진 않을 거야. 다녀올게."

"응. 다녀와요."

하준이 늘 인사로 하는 키스를 하기 위해 지유의 몸을 안자 그녀가 자동적으로 입술을 내밀고 눈을 감았다.

"……윽."

그 모습마저 엄청난 자극이 될 정도로 하준은 욕구불만이었다. 번쩍 치켜드는 욕망 때문에 아랫도리가 아플 정도로 뻐근해지자 하준이 신음을 내뱉었다. 그 소리에 지유가 의아스러운 표정을 지으며 눈을 떴다.

"가, 갔다 올게."

하준은 빛의 속도로 지유에게 키스한 후 도망치듯 현관으로 빠져나갔다.

"왜 그러지…… 어머."

지유는 고개를 갸웃거리다가 와앙, 울어 대는 아기 소리에 서둘러 아가 방으로 들어갔다.

"오늘은 신혼의 단맛에 푹 빠져 계실 칸의 남자, 이하준 씨를 모셨습니다. 안녕하세요."

"반갑습니다. 이하준입니다."

근사한 짙은 회색의 슈트를 입은 하준이 미소를 지으며 카메라를 향해 인사했다. 품절남임을 알면서도 한껏 치장하고 나온 리포터가 눈웃음을 치며 하준에게 말했다.

"결혼하신 뒤로 오히려 더 멋져지신 것 같아요. 그런 소리 많이 들으시죠?"

"하하. 글쎄요. 잘은 모르겠지만 만약 그렇다면 아무래도 여러 가지로 안정이 되어 그런 게 아닐까요."

여유로운 미소를 짓고 있는 하준의 잘생긴 얼굴을 보며 리포터는 부럽다는 표정을 지었다.

"정말 부럽네요. 이하준 씨 같은 남자와 같이 사는 상상은 여자라면 한 번씩 꿈꿔 봤을 일인데 댁에 계신 그분은 정말 전생에 나라를 수없이 구한 게 아닌가 싶어요."

"아닙니다. 오히려 축복은 제가 받았죠."

"그리 말씀하시니 더 부러워지네요. 자, 그럼 다들 주목하고 있는 이번 작품에 대해 대화를 나눠 볼 텐데요. 칸의 수상 때문에 조금 부담스러울 수도 있을 것 같은데 이번 작품에서는……."

리포터의 말을 웃는 얼굴로 들어 주고 있었지만 하준의 머릿속은 온통 집에 있는 지유 생각밖에 없었다. 도대체 어떤 방법을 써야 이 욕구를 해결할 수 있을지 고민하다 보니 어느새 인터뷰가 막바지에 닿아 있었다.

"그럼 마지막 질문 드리겠는데요. 이하준 2세에 대해 궁금하게 생각하시는 분들이 많은데 이하준 씨를 많이 닮았나요?"

"아, 물론이죠."

눈치 없는 건 제 엄마를 똑 닮았지만요.

하준이 속마음을 숨긴 채 싱긋 웃으며 대답하자 리포터가 다시 물었다.

"소문에는 이하준 씨가 그렇게 아이를 예뻐한다던데, 사실인가요?"

"눈에 넣어도 안 아픈 자식이라는 소리가 이제야 실감이 나더군요. 하하."

그러니 제발 밤엔 잠 좀 자라. 잠 좀!

하준이 속으로 버럭거리며 겉으로는 그림 같은 미소를 지어 보였다. 그 표정을 홀린 듯 바라보며 마냥 따라 웃던 리포터가 정신을 차린 듯 마무리 멘트를 했다.

"네! 그럼 새 영화 기다리겠습니다. 오늘 들어 본 바로는 너무 멋진 영화일 것 같아 저도 무척 기대가 되네요. 오늘 정말 감사합니다!"

"감사합니다."

촬영이 끝나자 하준이 스태프들에게 인사한 후 세트를 빠져나왔다. 형수가 얼른 뒤따라오자 하준이 낮게 물었다.

"다크서클 잘 가려졌어?"

"그럼요. 그래서 오늘 메이크업 더 신경 써서 한 거잖아요. 다크 살짝 보여도 뭐, 사실 형은 그리 흉하지는 않아요. 창백한 피부에 잘 어울린달까. 뱀파이어 같아서."

뱀파이어 같다는 소리에 하준이 픽 웃었다.

"그런데 왜 다크가 그렇게 진해진 거예요? 요즘 내내 그런 거 같던데 잠 못 잘 일이라도 있…… 아, 아아. 그렇지. 아무것도 아니에요."

걱정스럽게 묻던 형수가 뭔가 깨달은 듯 음흉한 눈으로 손을 저었다. 하준은 뭔가 무척 억울한 기분에 미간을 확 좁혔다.

"무슨 생각 하는 거야?"

"에이, 무슨 생각이라뇨. 푸흐흐. 다 그런 거죠 뭐. 신혼이 좋긴 좋은가 봐요. 아이 낳아도 그렇게 좋나? 푸흐흐흐."

"뭐? 그런 거 아니야."

그런 거라면 억울하지나 않지. 하준이 인상을 찡그리며 말하자 형수가 다 안다는 듯 그의 어깨를 탁탁 쳤다.

"그럼 그렇게 알죠, 뭐. 오늘도 바로 집으로 갈 거죠?"

"……어."

하준의 대답에 형수가 그럴 줄 알았다는 얼굴로 능글맞게 웃었다.

"형 그래도 몸 생각 좀 해요. 가뜩이나 섹시하게 생긴 양반이 그렇게 기가 쭉쭉 빨린 얼굴로 나다니면 사람들 상상력을 지나치게 자극하는 거라구요. 너무 그렇게 힘쓰고 그러면 오히려 건강에도 안 좋을걸요?"

"그런 거 아니라니……."

"아! 감독님! 안녕하셨어요?"

하준이 울컥하려는데 마침 반대쪽에서 오는 드라마 감독을 보고 형수가 영업용 스마일을 지으며 얼른 다가갔다. 하준은 멀어지는 형수의 뒷모습을 바라보며 못마땅한 표정을 지었다.

"정말 건강에 안 좋을 정도로 그 힘 좀 썼으면 좋겠네. 휴우."

가뜩이나 욕구불만으로 머리가 어질어질할 정도인데 이런 오해까지 받으니 하준은 몹시 억울하다는 생각이 들었다. 억울하다고 생각하다 보니 점점 더 억울해지고, 도대체 왜 이렇게 참고 참고 또 참는 고행의 인생을 살게 되었는가 문득 서러움이 밀려왔다.

오늘은 무슨 일이 있더라도 이 쌓인 욕구를 풀겠어.

하준은 진지한 눈빛으로 그렇게 다짐하며 형수는 버려둔 채 주차장으로 향했다.

"그래. 지나치게 참았던 거야. 그동안."

광속의 질주를 하며 하준은 스스로에게 납득시키듯 중얼거렸다. 사랑하는 엄마 아빠가 사랑을 나누는 게 뭐가 나빠? 그 녀석도 충분히 이해해 줄 수 있을 거야. 한두 살 먹은 애도 아니…… 애 맞구나. 어쨌든 난 더 이상은 못 버텨.

이글이글 불타오르는 눈빛으로 집에 도착한 하준은 차에서 내리자마자 뛰듯이 정원을 지나쳐 현관으로 향했다. 너무 오래 참았기 때문인지 생각만으로도 온몸에 열기가 들끓었다. 현관문을 벌컥 열고 들어가 침실이 있는 2층으로 단숨에 올라갔다.

"지유야. 나 왔⋯⋯."

숨을 몰아쉬며 침실 문을 연 하준이 그대로 우뚝 멈춰 섰다. 오후의 햇살이 따사롭게 내리쬐는 하얀 창문 아래 커다란 침대 위, 찬희와 지유가 꼬옥 맞붙은 채 세상모르고 자고 있었다.

자신과 똑 닮은 얼굴로 고사리 같은 쪼그만 손을 내민 채 새근새근 자고 있는 찬희와 아이를 보다 잠들었는지 비스듬히 누워서 잠든 지유를, 하준은 시간이 멈춘 듯 한참을 서서 바라봤다.

"⋯⋯훗."

멍하니 방 안 풍경을 바라보고 있던 그의 입술에 따스한 미소가 걸렸다. 하준은 발소리를 죽여 넓은 방을 가로질러 하얀 침대로 천천히 다가갔다. 그러고는 침대 위에 조심스럽게 걸터앉아 지유와 찬희를 가까이에서 바라봤다.

동그란 뺨과 똑 닮은 앙증맞은 입술⋯⋯.

세상에서 가장 사랑스러운 존재가 그곳에 있었다. 그것도 하나도 아닌 둘이나.

하준은 천천히 몸을 숙여 지유의 뒤에 옆으로 길게 누웠다. 달콤한 베이비 파우더 향과 지유의 사랑스러운 향이 겹쳐져 그의 코를 간질였다. 뒤에서 그녀를 껴안으며 뽀얀 목덜미에 얼굴을 묻자 자다 깬 지유가 바르작거렸다.

"으응⋯⋯ 하준 씨⋯⋯ 왔어요?"

잠에 잔뜩 취한 목소리로 지유가 말하자 하준이 그녀의 뺨에 살짝 입을 맞추고 속삭였다.

"더 자. 괜찮으니까."

"……일어나야 되는데……."

달콤한 목소리가 잠에 담뿍 취해 잦아들었다.

하준은 다시 고른 숨소리만 새근새근 들리는 지유를 껴안고 눈을 감았다. 충만한 행복감이 그의 가슴을 뻐근할 정도로 가득 채웠다. 그 상태로 하준은 부드러운 꿈속으로 천천히 미끄러져 들어갔다.

평화로운 오후의 햇살이 세 사람에게 찬란하게 쏟아지고 있었다.

―*The end*

작가 후기

바나이옵니다.

다들 강녕하셨는지요? 저는 『핫 세레모니』 이후로 4개월 만에 책 작업을 끝냈네요. 그동안 이북도 하나 냈고, 빠듯하게 책 작업도 끝내서 나름 알차게 보낸 시간이 아니었나 싶…… 무……물론 수정굴에 빠져 허덕일 땐 망할 놈의 인생을 부르짖으며 모자란 재주를 탓하기도 했지만요. 하하.

늘 겪는 일이지만 수정굴은 정말…… 흑. 힘드네요. 그래도 매번 이리 그 모든 노력이 한 권의 책으로 결실을 맺는 모습을 볼 때마다 스스로 무척 뿌듯하답니다. 또 한 권 책을 냈구나. 나의 시간들을 모조리 쏟아부은 결과물이 세상에 나왔구나, 하는 그런 기분이랄까요?

그래서 과정은 힘들지만 그 순간은 언제나 뿌듯함을 느끼곤 해요.

언제나 책 말미에 적는 글이지만 늘 도움 주시는 뽈미디어 식구들(이젠 정말 식구 같네요), 그리고 야성의 조련력(?)을 선보이는 정시연 팀장님께 감사의 말씀드립니다. 정말 고생 많으셨습니다.

부족한 것이 많은 책이지만 읽으시는 분들에게 조금이나마 사랑스러운 글로 다가설 수 있게 된다면 참 좋을 것 같아요. 다음에는 조금 더 유쾌한 글을 들고 올 수 있기를 바라며 저는 이만 물러갑니다.

벌써 연말이 다가오네요.

모두들 행복한 연말 보내시길 진심으로 바랄게요. 감사합니다.

— 바나 드림

www.bbulmedia.com